DÁLIA AZUL

NORA ROBERTS

Romances

A pousada do fim do rio
O testamento
Traições legítimas
Três destinos
Lua de sangue
Doce vingança
Segredos
O amuleto
Santuário
A villa
Tesouro secreto
Pecados sagrados
Virtude indecente
Bellissima
Mentiras genuínas
Riquezas ocultas
Escândalos privados
Ilusões honestas
A testemunha
A casa da praia
A mentira
O colecionador
A obsessão
Ao pôr do sol
O abrigo
Uma sombra do passado
O lado oculto
Refúgio
Legado
Um sinal dos céus
Aurora boreal
Na calada da noite

Trilogia do Sonho

Um sonho de amor
Um sonho de vida
Um sonho de esperança

Saga da Gratidão

Arrebatado pelo mar
Movido pela maré
Protegido pelo porto
Resgatado pelo amor

Trilogia do Coração

Diamantes do sol
Lágrimas da lua
Coração do mar

Trilogia da Magia

Dançando no ar
Entre o céu e a terra
Enfrentando o fogo

Trilogia da Fraternidade

Laços de fogo
Laços de gelo
Laços de pecado

Trilogia do Círculo

A cruz de morrigan
O baile dos deuses
O vale do silêncio

Trilogia das Flores

Dália azul
Rosa negra
Lírio vermelho

Nora Roberts

DÁLIA AZUL

Volume 1 da Trilogia das Flores

Tradução
Elsa T. S. Vieira

4ª edição

Rio de Janeiro | 2023

Copyright © 2004 by Nora Roberts

Título original: *Blue Dahlia*

Capa: Leonardo Carvalho

Editoração: DFL

Texto revisado segundo o
Acordo Ortográfico da Língua Portuguesa de 1990.

2023
Impresso no Brasil
Printed in Brazil

CIP-Brasil. Catalogação na fonte
Sindicaro Nacional dos Editores de Livros - RJ

R549d 4ª ed.	Roberts, Nora, 1950- Dália azul/Nora Roberts, tradução Elsa T. S. Vieira – 4ª ed. – Rio de Janeiro: Bertrand Brasil, 2023. 378p.: 23 cm (Trilogia das flores; v. 1) Tradução de: Blue dahlia ISBN 978-85-286-1560-9 1. Romance americano. I. Vieira, Elsa T. S. II. Título. III. Série.	
12-1662		CDD – 813 CDU – 821.111(73)-3

Todos os direitos reservados pela:
EDITORA BERTRAND BRASIL LTDA.
Rua Argentina, 171 – 3º andar – São Cristóvão
20921-380 – Rio de Janeiro – RJ
Tel.: (21) 2585-2000

Não é permitida a reprodução total ou parcial desta obra, por quaisquer meios, sem a prévia autorização por escrito da Editora.

Atendimento e venda direta ao leitor:
sac@record.com.br

Para Dan e Jason.
Podem ser homens, mas serão sempre os meus meninos.

*Se as raízes do bulbo da planta estiverem compactas,
devem ser delicadamente soltas.
Elas precisam alastrar-se depois de plantadas, em vez de
continuarem a crescer numa massa compacta.*

— De *TESOURO DE JARDINAGEM*,
sobre o transplante de plantas de vaso

*E tenho a convicção de que todas as flores
Dão valor ao ar que respiram.*

— WORDSWORTH

Queridos Leitores:

Eu não tenho hobbies. Tenho paixões. A jardinagem é uma das minhas paixões, e a Primavera — quando é hora de sair para o ar livre e cavar a terra — é a minha estação preferida.

Vivo nos bosques, no sopé das montanhas Blue Ridge, e meu terreno é irregular e rochoso. Um campo difícil para uma jardineira apaixonada brincar. Resolvi parte do problema com muitos canteiros elevados, mas as rochas conseguem sempre um modo de aparecer. Todas as primaveras, ocorre uma batalha — eu contra a rocha e, na maior parte dos anos, eu ganho.

Tenho a sorte de estar casada com um homem que gosta de trabalhar ao ar livre. Porque, se quero plantar um bulbo de narciso no terreno rochoso, tenho de chamar meu marido com a sua picareta. Mas vale a pena. Todas as primaveras, quando vejo meus narcisos desabrocharem, quando vejo meus salgueiros ficarem verdes, quando vejo as semprevivas que semeei num solo rochoso brotando da terra, sinto-me feliz. Tal como sou feliz quando pego minha pá e minha enxada para começar a preparar o solo para o que quero plantar esta estação.

É um trabalho duro, sujo e cansativo, e eu gosto de fazê-lo, ano após ano. Para mim, um jardim é sempre uma obra em construção, nunca está completamente terminado e é sempre um encanto para os olhos. Há quase vinte anos, meu marido plantou uma magnólia japonesa na frente da nossa casa. Agora, todas as primaveras, as janelas do meu quarto enchem-se dessas encantadoras flores cor-de-rosa. E, quando murcham e caem, outra coisa floresce para me fazer sorrir.

Ao fim de um longo dia, seja escrevendo, seja praticando jardinagem, ou apenas tratando das dezenas de tarefas de que a vida nos encarrega, não há nada como um passeio no jardim para acalmar o espírito e o coração.

Portanto, plante algumas flores, veja-as crescer. As recompensas ultrapassam em muito o trabalho árduo.

Nora Roberts

PRÓLOGO

Memphis, Tennessee
Agosto de 1892

Dar à luz um bastardo não estava em seus planos. Quando descobriu que trazia no ventre o filho do seu amante, o choque e o pânico rapidamente se transformaram em raiva.

Havia formas de lidar com a situação, claro. Uma mulher em sua posição tinha contatos, opções. Mas havia o medo das abortadeiras, quase tanto medo delas quanto daquilo que crescia, indesejado, em seu ventre.

A amante de um homem como Reginald Harper não podia dar-se ao luxo de engravidar.

Ele a sustentava havia quase dois anos, e a sustentava bem. Oh, ela sabia que ele tinha outras — incluindo a esposa —, mas elas não a preocupavam.

Ainda era nova e bonita. A juventude e a beleza eram produtos que podiam ser comercializados. E fizera isso ao longo de quase uma década, com mente e coração de aço. E lucrara com essas mercadorias, polira-as com a graça e o charme que aprendera observando e imitando as senhoras elegantes que visitavam a mansão junto ao rio, onde sua mãe trabalhava.

Ela recebera educação — um pouco. Porém, mais do que a de livros e música, aprendera a das artes da sedução.

Vendera-se pela primeira vez aos quinze anos e, juntamente com o dinheiro, ganhara conhecimento. Mas a prostituição não era seu objetivo, tal como não o era o trabalho doméstico ou arrastar-se para a fábrica dia após dia. Sabia a diferença entre prostituta e amante. Uma prostituta trocava sexo frio e rápido por tostões e logo esquecia tudo, antes mesmo de o homem abotoar a braguilha.

Mas uma amante — uma amante inteligente e bem-sucedida — oferecia romance, sofisticação, conversa e boa disposição para além da mercadoria que tinha entre as pernas. Era uma companheira, um ombro para ele chorar, uma fantasia sexual. Uma amante ambiciosa sabia como não exigir nada e ganhar muito.

Amelia Ellen Conner tinha ambições.

E as concretizara. Pelo menos, a maioria delas.

Selecionara Reginald com muito cuidado. Ele não era atraente nem tinha uma mente brilhante. Mas era, como sua pesquisa lhe garantira, muito rico e muito infiel à magra e legítima esposa, que presidia a Harper House.

Ele tinha uma amante em Natchez e diziam que mantinha outra em Nova Orleans. Podia sustentar mais uma e, portanto, Amelia apontou-lhe as armas. Fez-se sedutora e o conquistou.

Aos vinte e quatro anos, vivia numa bela casa em South Main e tinha três empregadas. Seu guarda-roupa estava cheio de peças bonitas e a caixa de joias cintilava.

Era verdade que as senhoras elegantes que no passado invejara não a recebiam, mas havia um mundo semielegante no qual uma mulher da sua posição era bem-vinda. Onde *ela* era invejada.

Dava festas suntuosas. Viajava. *Vivia*.

Pouco mais de um ano após Reginald tê-la instalado naquela bonita casa, seu mundo hábil e astuciosamente construído desabara.

Teria escondido a gravidez até reunir a coragem necessária para visitar uma abortadeira e acabar com ela. Mas ele a flagrara vomitando violentamente e estudara seu rosto com aqueles olhos escuros e perspicazes.

E soubera.

Não somente ficara satisfeito, como também a proibira de dar fim à gravidez. Para seu choque, comprara-lhe uma pulseira de safiras para festejar a ocasião.

Ela não queria a criança, mas ele queria.

E, assim, ela começou a perceber como a criança podia funcionar a seu favor. Como mãe do filho de Reginald Harper — bastardo ou não —, ela estaria garantida para sempre. Ele podia perder o interesse em ir para sua cama quando ela perdesse o frescor da juventude, quando a beleza diminuísse, mas continuaria a sustentá-la e à criança.

A esposa nunca lhe dera um menino. Mas ela poderia. E *daria*.

Durante os últimos dias gélidos do inverno e pela primavera adentro, ela carregou a criança no ventre e fez planos para o futuro.

Depois, aconteceu algo estranho. O bebê mexeu-se dentro dela. Agitou-se e espreguiçou-se, deu-lhe pontapés. A criança que ela não havia desejado transformou-se em seu filho.

Crescia em seu corpo como uma flor que apenas ela conseguia ver, sentir, conhecer. E, da mesma forma, cresceu dentro dela um tremendo e forte amor.

Ao longo daquele verão sufocante e abafado, ela desabrochou e, pela primeira vez na vida, conheceu uma paixão que não era por si própria nem pelo próprio conforto.

A criança, seu filho, precisava dela. E ela iria protegê-lo com tudo o que tinha.

Com as mãos pousadas no ventre inchado, supervisionou a decoração do quarto do bebê. Paredes pintadas de verde-claro e cortinas de renda branca. Um cavalo de balanço importado de Paris, um berço artesanal da Itália.

Arrumou as roupinhas no guarda-roupa em miniatura. Rendas irlandesa e bretã, sedas francesas. Tudo com um monograma requintadamente bordado com as iniciais do bebê. Ele seria James Reginald Conner.

Teria um filho. Finalmente, algo seu. Finalmente, alguém para amar. Viajariam juntos, ela e seu lindo menino. Ela lhe mostraria o mundo. Ele frequentaria as melhores escolas. Era seu orgulho, sua alegria e seu coração. E se, durante aquele verão abrasador, Reginald aparecia cada vez com menos frequência na casa de South Main, tanto melhor.

Ele era apenas um homem. Aquilo que crescia dentro dela era um filho.

Nunca mais estaria sozinha.

Quando sentiu as dores do parto, não teve medo. Ao longo das horas de suor e dor, pensava apenas numa coisa. Em seu James. Em seu filho. Em sua criança.

Seus olhos desfocaram-se com a exaustão, e o calor, um monstro vivo, era ainda pior do que a dor.

Viu o médico e a parteira trocarem olhares. Olhares de preocupação, de testas franzidas. Mas ela era jovem, saudável, e *iria conseguir*.

O tempo não existia; as horas passaram, com a luz dos candeeiros a gás lançando sombras trêmulas pelo quarto. Ouviu, por entre as ondas de exaustão, um choro fraco.

— Meu filho — disse, com as lágrimas deslizando pela face. — Meu filho.

A parteira segurou-a, impedindo-a de se levantar, murmurando, murmurando.

— Fique deitada. Beba um pouco. Descanse.

Ela bebeu um gole para acalmar a garganta inflamada e sentiu o sabor do sedativo. Antes que conseguisse protestar, mergulhou profundamente no sono. Para muito longe.

Quando acordou, o quarto estava escuro, as cortinas fechadas sobre as janelas. Quando se mexeu, o médico levantou-se da cadeira e aproximou-se para lhe verificar o pulso.

— Meu filho. Meu bebê. Quero ver o meu bebê.

— Vou mandar que lhe tragam um pouco de caldo. Você dormiu durante muito tempo.

— Meu filho deve estar com fome. Mande que me tragam meu bebê.

— Minha senhora. — O médico sentou-se na beira da cama. Tinha os olhos muito apagados, muito perturbados. — Lamento muito. O bebê nasceu morto.

Aquilo que lhe apertou o coração era monstruoso, perverso, dilacerando-a com garras ardentes de dor e medo.

— Eu o ouvi chorar. Isso é mentira! Por que me está me dizendo uma coisa tão horrível?

— Ela nunca chorou. — Gentilmente, ele pegou suas mãos. — Seu parto foi longo e difícil. No final, estava delirando. Minha senhora, lamento muito. Deu à luz uma menina, morta.

Ela não queria acreditar. Gritou e enfureceu-se e chorou e foi sedada, apenas para acordar e gritar e enfurecer-se e chorar de novo.

Primeiro não desejara aquela criança. E depois não desejara mais nada.

Sua dor era inominável, para lá de qualquer razão.

A dor a levou à loucura.

CAPÍTULO UM

Southfield, Michigan
Setembro de 2001

Tinha queimado o molho bechamel. Stella recordaria para sempre esse pormenor irritante, tal como recordaria o ribombar e o estrondo dos trovões da tempestade de verão e a algazarra dos filhos discutindo na sala.

Recordaria o cheiro desagradável, o grito súbito dos alarmes de incêndio e a forma como tirara mecanicamente a panela do fogão e a despejara no lava-louças.

Não era uma grande cozinheira, mas era — em geral — uma cozinheira *precisa*. Para aquela refeição de boas-vindas, planejara fazer frango Alfredo, um dos pratos preferidos de Kevin, acompanhado de uma bela salada verde e pão fresco e crocante com molho de manjericão.

Em sua cozinha organizada, na bonita casa suburbana, alinhara todos os ingredientes e apoiara o livro de culinária aberto em seu suporte, com a proteção de plástico sobre as páginas.

Vestira um avental azul por cima da calça comprida e da blusa e prendera os caracóis ruivos no alto da cabeça, para não atrapalharem.

Estava começando mais tarde do que pretendera, mas o trabalho havia sido uma loucura o dia inteiro. Todas as flores de outono estavam em liquidação no centro de jardinagem e o tempo quente trouxera inúmeros clientes.

Não que se importasse. Adorava o trabalho, adorava positivamente seu emprego como gerente da estufa. Era bom estar de novo em atividade, em tempo integral, agora que Gavin estava na escola e Luke já tinha idade suficiente para ir para a creche. Como seu bebê crescera tanto, a ponto de já ir para a escola?

E, logo, Luke estaria na idade de ir para o jardim de infância.

Estava na hora de ela e Kevin serem um pouco mais ativos em providenciar o terceiro filho. "Talvez esta noite", pensou com um sorriso. Quando chegasse *àquela* última fase, muito pessoal, de seus planos de boas-vindas.

Enquanto media os ingredientes, ouviu o estrondo e o grito no cômodo ao lado. "Estão precisando de mim", pensou, enquanto largava o que estava fazendo e corria para a sala. E ainda queria ter outro filho, quando os dois que já tinha a deixavam praticamente doida.

Entrou na sala e lá estavam eles. Seus anjinhos. Gavin, louro e com o demônio nos olhos, estava inocentemente sentado, brincando com dois carrinhos, enquanto Luke, com os cabelos ruivos iguaizinhos aos dela, gritava e olhava para os blocos de madeira espalhados.

Não precisava ter visto o que acontecera para *saber*. Luke construíra; Gavin destruíra.

Em sua casa, era essa a lei que imperava.

— Gavin, por que você fez isso? — Segurando Luke, deu-lhe palmadinhas nas costas. — Não faz mal, querido. Você pode construir outro.

— A minha casa! A minha casa!

— Foi sem querer — disse Gavin, mas aquele brilhozinho nos olhos, que a fazia ter de se esforçar para conter o sorriso, não desapareceu. — Foi o carro.

— Aposto que foi o carro... depois de você o apontar para a casa dele. Por que não consegue brincar sem estragar? Ele não estava implicando com você.

— Eu só estava brincando. Ele é um bebezinho.

— Pois é. — E foi a expressão dos olhos dela que conseguiu apagar a dos olhos de Gavin. — E, se você quer se portar também como um bebê, vai ser um bebê no seu quarto. Sozinho.

— Era só uma casa idiota.

— Não, não! Mamãe — Luke segurou o rosto de Stella com ambas as mãos e olhou para ela com aqueles olhos ávidos e marejados de lágrimas. — Era uma casa legal.

— Você pode construir outra ainda melhor, está bem? Gavin, deixe seu irmão em paz. Estou falando sério. Estou ocupada na cozinha e o papai não deve demorar. Quer ser castigado no dia em que ele está chegando?

— Não. Você nunca me deixa fazer *nada*.

— Coitadinho. Que chato você não ter brinquedo nenhum, não é? — Colocou Luke no chão. — Construa a sua casa, Luke. Não mexa nos blocos dele, Gavin. Se eu tiver que vir aqui outra vez, garanto que você não vai gostar.

— Quero ir lá para *fora*! — lamentou Gavin quando ela virou as costas.

— Bem, está chovendo, por isso não pode. Estamos todos presos dentro de casa. Comportem-se bem.

Nervosa, voltou ao livro de culinária, tentando organizar as ideias. Num gesto irritado, ligou a televisão da cozinha. Céus, sentia tantas saudades de Kevin! As crianças tinham estado rabugentas a tarde toda e ela estava atrasada, atrapalhada e desorientada. Com Kevin fora havia quatro dias, passara o tempo todo correndo de um lado para o outro como uma louca. Cuidar da casa, das crianças, do trabalho, de tudo o que era preciso fazer, sozinha.

Por que diabos os eletrodomésticos pareciam estar à espera de que Kevin saísse da cidade para enguiçarem? Na véspera, a máquina de lavar quebrara e naquela manhã a torradeira entrara em curto-circuito.

Tinham um ritmo tão bom quando estavam juntos, dividindo as tarefas, partilhando a disciplina e o prazer da convivência com os filhos.

Se ele estivesse em casa, teria sentado para brincar com os meninos — e vigiá-los — enquanto ela cozinhava.

Ou, melhor ainda, ele cozinharia e ela brincaria com os filhos.

Sentia falta do cheiro dele quando se aproximava pelas suas costas, inclinando-se para roçar a face na sua. Sentia falta de se enroscar nele na cama, à noite, e de como conversavam no escuro sobre seus planos ou riam de qualquer coisa que os filhos haviam feito durante o dia.

"Pelo amor de Deus, até parece que ele está fora há quatro meses e não há quatro dias", disse a si própria.

Distraída, ouviu Gavin tentando convencer Luke a construir um arranha-céus que ambos poderiam destruir, enquanto mexia o molho bechamel e via o vento levantar as folhas do outro lado da janela.

Ele não viajaria tanto depois da promoção. "Falta pouco", lembrou a si própria. Ele andava trabalhando muito e estava mesmo à beira de conseguir. O dinheiro a mais também seria bem-vindo, principalmente quando tivessem outro filho — talvez dessa vez fosse uma menina.

Com a promoção e ela trabalhando de novo em tempo integral, poderiam levar as crianças a qualquer lugar no próximo verão. À Disney World, talvez. Eles adorariam. Mesmo que ela estivesse grávida, eles conseguiriam. Ela andava reservando algum dinheiro para as férias — e para o carro novo.

Ter de comprar uma máquina de lavar nova faria um sério rombo no fundo de emergência, mas eles aguentariam.

Quando ouviu os meninos rindo, seus ombros relaxaram de novo. Na verdade, a vida era boa. Era perfeita, tal como ela sempre imaginara. Estava casada com um homem maravilhoso, por quem se apaixonara assim que o vira. Kevin Rothchild, com seu sorriso calmo e doce.

Tinham dois filhos lindos, uma casa bonita num bom bairro, empregos que ambos adoravam e planos em comum para o futuro. E, quando faziam amor, ainda havia fogos de artifício.

Ao pensar nisso, imaginou qual seria a reação dele quando, depois de as crianças estarem na cama, ela vestisse a lingerie sensual que comprara na ausência dele, uma extravagância.

Um pouco de vinho, algumas velas e...

O estrondo que se seguiu, maior do que o primeiro, fez com que ela revirasse os olhos para o teto. Pelo menos dessa vez havia risos em vez de lágrimas.

— Mamãe! Mamãe! — Com o rosto iluminado de alegria, Luke entrou correndo. — Derrubamos tudo. Podemos comer um biscoito?

— Não, falta pouco para o jantar.

— Por favor, por favor, *por favor*!

Ele puxava sua calça, tentando subir pela perna dela. Stella pousou a colher e o afastou do fogão.

— Sem biscoitos antes de jantar, Luke.

— Estamos morrendo de fome — interveio Gavin, batendo com os carros um no outro. — Por que não podemos comer quando temos fome? Por que vamos ter que comer aquele frango horrível?

— Porque sim. — Ela sempre detestara essa resposta em criança, mas agora parecia ter enorme utilidade. — Vamos comer todos juntos assim que o papai chegar. — Mas olhou pela janela, preocupada, com receio de que o avião dele atrasasse. — Podem dividir uma maçã.

Tirou uma maçã da fruteira em cima da bancada e pegou numa faca.

— Não gosto da casca — queixou-se Gavin.

— Não tenho tempo para descascar — disse ela, mexendo o molho com gestos rápidos. — Casca faz bem! — Fazia, não fazia?

— Posso tomar suco? Posso tomar suco também? — Luke continuava puxando sua calça. — Estou com sede.

— Céus, esperem cinco minutos, está bem? Cinco minutos. Vão, vão *construir* qualquer coisa, que eu já levo as fatias de maçã e o suco.

Um trovão ressoou e a reação de Gavin foi pular e gritar:

— Terremoto!

— Não é um terremoto.

O rosto dele estava corado de excitação enquanto girava em círculos e saía da cozinha correndo.

— Terremoto! Terremoto!

Imitando o irmão, Luke correu atrás, também aos gritos.

Stella levou a mão à cabeça, que latejava. O barulho era coisa de doido, mas talvez assim ficassem entretidos até ela terminar o jantar.

Virou-se de novo para o fogão e ouviu, sem grande interesse, anunciarem um boletim especial na televisão.

As palavras filtraram-se através da dor de cabeça e ela se virou automaticamente para a televisão.

Um avião caíra. Dirigia-se para o aeroporto Detroit Metro, proveniente de Lansing. Trazia dez passageiros a bordo.

A colher caiu de sua mão. O coração caiu de seu corpo.

Kevin. Kevin.

Os filhos gritavam, assustados e deliciados, e o trovão ressoou e rebentou por cima deles. Na cozinha, Stella deslizou para o chão enquanto seu mundo desmoronava.

Vieram dizer-lhe que Kevin estava morto. Desconhecidos à sua porta, com expressões solenes. Ela não conseguia aceitar, não conseguia acreditar. Embora já soubesse. Soubera assim que ouvira a voz do jornalista na pequena televisão da cozinha.

Kevin não podia estar morto. Era jovem e saudável. Vinha para casa e iam comer frango Alfredo no jantar.

Mas ela queimara o molho bechamel. A fumaça fizera disparar os alarmes e não havia senão caos em sua bela casa.

Precisou mandar os filhos para a vizinha para que lhe explicassem o que acontecera.

Mas como podia o impossível, o impensável, alguma vez ser explicado?

Um erro. A tempestade, um relâmpago, e tudo mudara para sempre. Um instante no tempo, e o homem que ela amava, o pai de seus filhos, já não estava mais vivo.

"*Há alguém para quem queira telefonar?*"

Para quem iria telefonar senão Kevin? Ele era sua família, seu amigo, sua vida.

Falaram-lhe de pormenores que eram como um zumbido na sua cabeça, de preparativos, de terapia. Lamentavam muito sua perda.

Depois foram embora e ela ficou sozinha na casa que ambos haviam comprado quando estava grávida de Luke. A casa para a qual tinham poupado e que haviam pintado e decorado juntos. A casa com os jardins que ela própria desenhara.

A tempestade passara e agora tudo estava em silêncio. Alguma vez o silêncio fora tão grande? Conseguia ouvir a batida do próprio coração, o zumbido do aquecimento disparando, o gotejar da chuva.

Depois, ouviu o próprio lamento quando desabou à porta da rua. Deitada de lado, encolheu-se como uma bola, em defesa, em negação. Não havia lágrimas, ainda não. Estavam acumuladas numa espécie de nó tenso e quente dentro dela. A dor era tão profunda que as lágrimas não conseguiam alcançá-la. Só conseguia ficar ali deitada, encolhida, com aqueles sons de animal ferido brotando-lhe dos lábios.

Já estava escuro quando se levantou, cambaleante, atordoada e agoniada. Kevin. Em seu cérebro, o nome dele ainda ecoava várias vezes.

Tinha de ir buscar os filhos, tinha de trazê-los para casa. Tinha de contar aos seus bebês.

Oh, meu Deus! Oh, meu Deus, como iria lhes dizer?

Abriu a porta e saiu para a escuridão e para o frio, com a mente abençoadamente vazia. Deixou a porta aberta, caminhou entre os crisântemos e ásteres e passou pelas folhas verdes e brilhantes das azaleias que ela e Kevin haviam plantado num dia claro de primavera.

Atravessou a estrada como uma cega, caminhando através das poças e ensopando os sapatos, por cima da relva molhada, em direção à luz do alpendre dos vizinhos.

Como se chamava a vizinha? Era engraçado, conheciam-se havia quatro anos. Davam carona uma à outra e, às vezes, iam às compras juntas. Mas não conseguia recordar...

Oh, sim, claro. Diane. Diane e Adam Perkins, e os filhos, Jessie e Wyatt. "Uma família simpática", pensou apaticamente. Uma família simpática e normal. Haviam feito um churrasco juntos duas semanas atrás. Kevin assara frangos. Ele adorava churrasco. Tinham bebido um bom vinho, dado umas boas gargalhadas e as crianças haviam brincado juntas. Wyatt caíra e arranhara o joelho.

Claro que se lembrava.

Mas parou em frente à porta, sem saber bem o que estava fazendo ali.

Os filhos. Claro. Fora buscar os filhos. Tinha de lhes dizer...

"Não pense." Endireitou-se, cambaleou, aguentou-se. "Não pense ainda. Se pensar, vai se quebrar em mil pedaços que nunca mais vai conseguir colar."

Seus bebês precisavam dela. Precisavam dela agora. Agora só tinham a ela.

Engoliu aquele nó tenso e quente e tocou a campainha.

Viu Diane como se estivesse olhando para ela através de uma fina camada de água. Ondulante, como se não estivesse bem ali. Ouviu-a vagamente. Sentiu os braços que a rodearam num gesto de apoio e compreensão.

"Mas o seu marido está vivo, não está?", pensou Stella. "A sua vida não acabou. O seu mundo é o mesmo que era há cinco minutos. Por isso, você não pode saber. Não pode."

Quando sentiu que estava prestes a tremer, afastou-se.

— Agora não, por favor. Agora não posso. Tenho de levar os meninos para casa.

— Eu posso ir com você. — Diane tinha as faces molhadas de lágrimas quando estendeu a mão e tocou nos cabelos de Stella. — Quer que eu vá com você, que fique com você?

— Não. Agora não. Preciso... dos meus filhos.

— Vou buscá-los. Entre, Stella.

Mas ela se limitou a balançar a cabeça.

— Está bem. Eles estão na sala. Vou buscá-los. Stella, se houver alguma coisa que eu possa fazer, seja o que for... Basta telefonar. Lamento muito. Lamento muito.

Ela ficou ali, na escuridão, olhando para a luz dentro de casa e à espera.

Ouviu os protestos, as queixas, depois o som de passos. E ali estavam seus meninos — Gavin com os cabelos cor de sol do pai, Luke com a boca do pai.

— Não queremos ir agora — disse Gavin. — Estamos jogando. Não podemos acabar?

— Hoje não. Temos que ir já para casa.

— Mas eu estava ganhando! Não é justo e...

— Gavin. Temos que ir.

— O papai já chegou?

Ela olhou para Luke, para seu rosto feliz e inocente, e quase desfaleceu.

— Não. — Abaixou-se, pegou-o no colo e encostou os lábios naquela boca tão parecida com a de Kevin. — Vamos para casa.

Pegou na mão de Gavin e começou a caminhar em direção à sua casa vazia.

— Se o papai estivesse em casa, ele ia me deixar acabar. — Na voz de Gavin, havia a promessa de lágrimas. — Quero o papai.

— Eu sei. Eu também.

— Podemos ter um cachorro? — quis saber Luke, virando o rosto dela para o seu com as mãos. — Podemos pedir ao papai? Podemos ter um cachorro como a Jessie e o Wyatt?

— Falaremos sobre isso depois.

— Quero o papai — repetiu Gavin, agora em uma voz mais aguda.

"Ele sabe", pensou Stella. "Ele sabe que algo está errado, que algo está terrivelmente errado. Tenho que fazer isso. Tenho que fazer já."

— Vamos nos sentar. — Cuidadosa, muito cuidadosamente, fechou a porta e levou Luke até o sofá. Sentou-se com ele em seu colo e passou o braço pelos ombros de Gavin.

— Se eu tivesse um cachorro — disse Luke muito sério —, tomaria conta dele. Quando é que o papai vai chegar?

— Ele não vai poder vir.

— Por causa da viagem de trabalho?

— Ele... — Ajude-me, meu Deus, ajude-me a fazer isto. — Houve um acidente. O papai sofreu um acidente.

— Como quando os carros viram? — perguntou Luke. Gavin não disse nada, absolutamente nada, e seus olhos perscrutaram o rosto dela.

— Foi um acidente muito grave. O papai teve que ir para o céu.

— Mas depois tem que vir para casa.

— Não vai poder. Nunca mais vai poder vir para casa. Agora terá que ficar no céu.

— Não quero que ele fique lá. — Gavin tentou libertar-se, mas ela o apertou com mais força. — Quero que ele venha para casa *agora*.

— Eu também não quero que ele fique lá, meu amor. Mas ele já não pode mais voltar para casa, por mais que a gente queira.

Os lábios de Luke tremeram.

— Ele está zangado com a gente?

— Não! Não, não, meu querido. Não. — Encostou o rosto nos cabelos dele, com o estômago às voltas e o que lhe restava do coração latejando como uma ferida aberta. — Ele não está zangado com a gente. Ele gosta muito de nós. E sempre gostará de nós.

— Ele morreu. — Havia fúria na voz de Gavin, raiva em seu rosto. Depois desapareceram e ele era apenas um menino chorando nos braços da mãe.

Abraçou-os até adormecerem e depois os levou para a cama dela, para que não acordassem sozinhos. Tal como fizera vezes sem conta, descalçou-os e os cobriu, aconchegando os cobertores.

Deixou uma luz acesa enquanto andava sem rumo — parecia-lhe mais que flutuava — pela casa, trancando as portas, verificando se as janelas estavam fechadas. Quando viu que estava tudo bem, fechou-se no banheiro. Encheu a banheira com água tão quente que o vapor invadiu o ar de neblina.

Somente quando entrou na banheira e submergiu na água escaldante permitiu que o nó se desfizesse. Com os filhos dormindo e o corpo tremendo na água quente, chorou, chorou, chorou.

Conseguiu aguentar. Alguns amigos sugeriram que tomasse um tranquilizante, mas ela não queria bloquear os sentimentos. Nem queria ter a cabeça embotada quando precisasse pensar nos filhos.

Manteve as coisas simples. Kevin teria preferido uma coisa simples. Pensou em cada pormenor da cerimônia — na música, nas flores, nas fotografias. Escolheu uma urna de prata para as cinzas dele e planejou jogá-las no lago. Ele a pedira em casamento no lago, num barco alugado, numa tarde de verão.

Vestiu-se de preto para a cerimônia, uma viúva de trinta e um anos, com dois filhos pequenos e uma hipoteca, e um coração tão partido que julgava que continuaria a sentir seus pedaços lhe perfurando a alma para o resto da vida.

Manteve os filhos perto dela o tempo todo e marcou consultas com um psicólogo para os três.

Pormenores. Conseguia lidar com os pormenores. Desde que tivesse qualquer coisa para fazer, qualquer coisa concreta, aguentaria. Conseguiria ser forte.

Os amigos vieram, com sua compreensão e os pratos de comida e os olhos úmidos. Ela ficou mais grata a eles pela distração do que pelas condolências. Não havia condolência para ela.

Seu pai e a mulher dele vieram de Memphis, e neles, sim, apoiou-se. Deixou Jolene, a mulher de seu pai, cuidar dela, acarinhar e mimar as crianças, enquanto sua mãe se queixava de estar na mesma sala que *aquela mulher*.

Quando a cerimônia acabou, depois de os amigos partirem, depois de ter abraçado o pai e Jolene, que voltavam para casa, obrigou-se a tirar o vestido preto.

Enfiou-o num saco para mandá-lo para uma instituição de caridade. Nunca mais queria vê-lo.

Sua mãe ficou com ela. Stella pedira-lhe que ficasse alguns dias. Com certeza, nessas circunstâncias, tinha direito a ter a mãe a seu lado. Independentemente do atrito entre as duas, que sempre existira, nada se comparava à morte.

Quando entrou na cozinha, a mãe estava preparando café. Stella ficou tão grata por não ter de se preocupar com aquela pequena tarefa que se aproximou e deu um beijo no rosto de Carla.

— Obrigada, estou enjoada de chá.

— Cada vez que eu virava as costas, aquela mulher estava fazendo chá.

— Ela estava tentando ajudar e, sinceramente, não sei se ia conseguir beber café antes.

Carla se virou. Era uma mulher magra, com cabelos louros e curtos. Ao longo dos anos, combatera o tempo com visitas regulares ao cirurgião. Cortes, suturas, liftings e injeções haviam apagado alguns dos anos. "E a deixaram com um ar cortante e duro", pensou Stella.

Podia aparentar ter quarenta anos, mas nunca pareceria feliz por isso.

— Você sempre a defende.

— Não estou defendendo Jolene, mãe. — Cansada, Stella sentou-se. Não havia mais pormenores, concluiu. Não havia mais nada que precisasse ser feito.

Como iria passar aquela noite?

— Não vejo por que razão tolerá-la.

— Lamento que você se sinta pouco à vontade. Mas ela foi muito simpática. Ela e meu pai estão casados há o quê?... Vinte e cinco anos, mais ou menos. Você já deveria estar habituada.

— Não gosto de estar ao lado dela e de sua voz fanhosa. Gentinha.

Stella abriu a boca e voltou a fechá-la. Jolene decididamente não era gentinha. Mas de que adiantaria dizê-lo? Ou recordar à mãe que fora ela quem quisera o divórcio, fora ela quem pusera fim ao casamento. Tal como não adiantava apontar que Carla já estivera casada duas vezes depois disso.

— Bom, ela já se foi.

— E já foi tarde.

Stella respirou fundo. "Não quero discutir", pensou com um aperto no estômago. "Estou muito cansada para discutir."

— As crianças estão dormindo. Estão esgotadas. Amanhã... logo veremos como será amanhã. Acho que tem que ser assim. — Baixou a cabeça e fechou os olhos. — Prefiro pensar que isso tudo é um pesadelo horrível e que vou acordar a qualquer instante e o Kevin estará aqui. Não... não consigo imaginar a vida sem ele. Não aguento pensar nisso.

As lágrimas começaram a escorrer mais uma vez.

— Mãe, não sei o que vou fazer.

— Ele tinha seguro, não tinha?

Stella pestanejou e olhou para Carla, que estava colocando uma caneca de café à sua frente.

— Seguro de vida. Ele tinha seguro de vida?

— Sim, mas...

— Você deveria falar com um advogado e pensar em processar a companhia aérea. É melhor começar a pensar em coisas práticas. — Sentou-se, também com um café para ela. — É o melhor a fazer, de qualquer maneira.

— Mãe — falou lentamente, como se estivesse traduzindo uma língua estranha e desconhecida. — Kevin está morto.

— Eu sei, Stella, e lamento muito. — Estendeu o braço e acariciou-lhe a mão. — Deixei tudo para vir aqui dar uma ajuda, não foi?

— Sim. — Tinha de se lembrar disso e sentir-se grata.

— É uma merda de mundo, quando um homem tão novo morre sem razão nenhuma. Um desperdício terrível. Nunca compreenderei.

— Não. — Stella tirou um lenço do bolso e enxugou as lágrimas. — Nem eu.

— Eu gostava dele. Mas a verdade é que você está numa situação complicada. Contas para pagar, crianças para sustentar. Viúva com dois filhos pequenos. Não há muitos homens dispostos a aceitar uma família já pronta, acredite em mim.

— Não quero homem nenhum, mãe, pelo amor de Deus.

— Mas no futuro vai querer — disse Carla com um aceno. — Aceite o meu conselho e certifique-se de que o próximo tenha dinheiro. Não cometa os mesmos erros que eu. Você perdeu o marido e isso é duro. É muito duro. Mas todos os dias há mulheres que perdem os maridos. É melhor perdê-lo dessa maneira do que passar por um divórcio.

A dor no estômago de Stella era demasiadamente aguda para ser pesar, demasiadamente fria para ser raiva.

— Mãe, Kevin foi cremado hoje. Estou com as cinzas dele numa maldita caixa no meu quarto.

— Você queria a minha ajuda — disse ela, agitando a colher — e eu estou tentando dar a você. Processe a companhia aérea e consiga um bom pé de meia. E não se agarre a um miserável qualquer como eu estou sempre fazendo. Acha que o divórcio também não é um golpe duro? Você nunca passou por um! Pois bem, eu já. Duas vezes. E posso dizer desde já que o terceiro está a caminho. Estou farta daquele infeliz idiota. Você não faz ideia do que ele me tem feito passar. Não só é um idiota insensível e mentiroso, como acho que ele anda me enganando.

Afastou-se da mesa, remexeu no armário e serviu-se de uma fatia de bolo.

— Se ele acha que eu vou aturar isso, está muito enganado. Adoraria ver a cara dele quando receber os papéis do divórcio. Hoje mesmo.

— Lamento que o seu terceiro casamento esteja fracassando — disse Stella rigidamente. — Mas é um pouco difícil para mim mostrar compreensão, uma vez que tanto o terceiro casamento como o terceiro divórcio foram escolhas suas. Kevin morreu. O meu marido morreu, e você pode estar certa de que isso não foi escolha minha.

— Acha que eu quero passar por isso outra vez? Acha que quero vir aqui ajudar você e ter de aguentar a prostituta do seu pai?

— Ela é mulher dele, uma mulher que nunca foi outra coisa senão decente com você e que sempre me tratou muito bem.

— Pela frente. — Carla enfiou um pedaço de bolo na boca. — Acha que você é a única que tem problemas? Que sofre? Você não seria tão rápida para desdenhar aquilo pelo que estou passando se tivesse cinquenta anos e a perspectiva de passar o resto da vida sozinha.

— Você entrou agora nos cinquenta, mãe, e, mais uma vez, estar sozinha é escolha sua.

O mau gênio escureceu os olhos cortantes de Carla.

— Não gosto desse tom de voz, Stella. Não tenho que aturar isso.

— É verdade. Realmente, não tem. De fato, provavelmente seria melhor para as duas se você fosse embora. Agora. Foi uma péssima ideia tê-la chamado. Não sei o que me passou pela cabeça.

— Se você quer que eu vá, muito bem. — Carla levantou-se. — O melhor é mesmo voltar para a minha vida. Você nunca foi capaz de mostrar gratidão e só se sente feliz se consegue me irritar por qualquer coisa. Da próxima vez que quiser chorar no ombro de alguém, telefone para a estúpida da sua madrasta.

— É o que farei — murmurou Stella assim que Carla saiu da cozinha. — Pode ter certeza.

Levantou-se para colocar a caneca no lava-louças, depois cedeu a um impulso mesquinho e a quebrou. Sentia vontade de quebrar tudo, tal como ela fora quebrada. Queria semear a destruição pelo mundo, tal como ela fora destruída.

Em vez disso, apoiou-se na beira do lava-louças e rezou para que a mãe fizesse as malas e partisse rapidamente. Queria-a fora dali. Por que diabos pensara que queria que ela ficasse? Era sempre a mesma coisa entre elas. Cáusticas, combativas. Não havia ligação, não havia nada em comum.

Mas, céus, precisava de um ombro. Precisava muito, apenas por uma noite. No dia seguinte faria o que tivesse de fazer. Mas aquela noite precisava ser abraçada, acariciada e consolada.

Com dedos trêmulos, apanhou os fragmentos da caneca do lava-louças, chorando enquanto os colocava no lixo. Depois, dirigiu-se ao telefone e chamou um táxi para a mãe.

Não trocaram nem mais uma palavra e Stella achou que era melhor assim. Fechou a porta e ouviu o táxi se afastar.

Agora sozinha, foi ver os filhos, aconchegou-os melhor e beijou-os de leve na testa.

Eles eram tudo o que lhe restava. E ela era tudo o que eles tinham.

Seria uma mãe melhor, jurou. Mais paciente. Nunca, nunca os decepcionaria. Nunca viraria as costas para eles quando precisassem dela.

E, quando precisassem do seu ombro, por Deus, ela estaria disponível. Acontecesse o que acontecesse. Fosse quando fosse.

— Vocês estão em primeiro lugar para mim — murmurou. — Estarão sempre em primeiro lugar.

No seu quarto, voltou a se despir e tirou o velho roupão de flanela de Kevin do armário. Enrolou-se nele, no seu cheiro familiar e desolador.

Encolhida em cima da cama, apertou mais o roupão, fechou os olhos e rezou para que chegasse logo a manhã. Por aquilo que aconteceria a seguir.

CAPÍTULO DOIS

Harper House
Janeiro de 2004

Não podia dar-se ao luxo de se deixar intimidar pela casa ou pela sua dona. Ambas tinham reputações estabelecidas.

Da casa, dizia-se que era elegante e antiga, com jardins que rivalizavam com o do Éden. E ela acabara de confirmar isso pessoalmente.

Da mulher, dizia-se que era interessante, algo solitária e talvez um pouco "difícil". Uma palavra, Stella sabia-o, que podia significar qualquer coisa, de determinada a má e fria.

De uma maneira ou de outra, ela seria capaz de aguentar, recordou a si própria enquanto combatia a vontade de se levantar e começar a andar de um lado para o outro. Já suportara coisas piores.

Precisava daquele emprego. Não apenas pelo salário — e era um salário generoso —, mas pela estrutura, pelo desafio, pela ação. Para poder fazer mais do que continuar na rotina em que caíra.

Precisava de uma vida, de algo mais do que bater o ponto e receber o cheque do salário que seria sugado pelas contas. Por mais lugar-comum que isso parecesse, precisava de algo que a realizasse e a estimulasse.

Rosalind Harper era uma mulher realizada, Stella tinha certeza disso. Uma bela casa tradicional, um negócio bem-sucedido. Tentou imaginar como seria acordar todos os dias e saber exatamente quais eram seu lugar e sua meta.

Se pudesse pedir alguma coisa e transmitir essa dádiva aos filhos, seria a consciência de saber quem era. Receava haver perdido essa consciência com a morte de Kevin. Fazer não era problema. Se lhe dessem uma tarefa ou um desafio e espaço para cumprir ou resolver, ela era a mulher certa.

Mas a consciência de saber quem era, dentro de si mesma, fora mutilada naquele dia de setembro de 2001 e nunca mais sarara por completo.

Este era seu princípio, o regresso ao Tennessee. Esta última entrevista, cara a cara, com Rosalind Harper. Se não conseguisse o emprego, bem, arranjaria outro. Ninguém podia acusá-la de não saber trabalhar ou de não conseguir ganhar a vida para si e para os filhos.

Mas, céus, ela queria *aquele* trabalho.

Endireitou os ombros e tentou ignorar os murmúrios de dúvida que ecoavam em sua cabeça. Iria *consegui-lo*.

Vestira-se cuidadosamente para a ocasião. De forma profissional, mas não exagerada, com um terninho azul-marinho e uma camisa branca engomada. "Bons sapatos, uma boa mala", pensou. Joias simples. Nada demasiadamente vistoso. Maquiagem sutil, para realçar o azul dos olhos. Prendera os cabelos na nuca com uma travessa. Se tivesse sorte, a massa de caracóis não se soltaria antes do fim da entrevista.

Rosalind a fizera esperar. Provavelmente era um jogo mental, conjeturou Stella, retorcendo os dedos, abrindo e fechando a fivela do relógio. Deixando-a mofar naquela saleta magnífica, dando-lhe tempo para ver bem as antiguidades e os quadros encantadores, a vista suntuosa das janelas da frente.

Tudo decorado naquele estilo sulista, sonhador e gracioso, que lhe fazia recordar que era uma ianque, um peixe fora d'água.

"As coisas aqui são mais lentas", lembrou a si própria. Tinha de se lembrar de que aquele era um ritmo diferente do que estava habituada, e também uma cultura diferente.

A lareira provavelmente era uma Adams, segundo lhe pareceu. Aquele abajur era, com certeza, um Tiffany original. Chamariam reposteiros àquelas cortinas ou isso era demasiadamente Scarlett O'Hara? Seriam as rendas por trás das cortinas herança de família?

Deus, alguma vez se sentira mais fora do seu mundo? O que uma viúva de classe média do Michigan estava fazendo no meio de todo aquele esplendor sulista?

Recompôs-se e colocou uma expressão neutra no rosto quando ouviu passos se aproximarem no corredor.

— Trouxe café. — Não era Rosalind, mas sim o homem jovial que abrira a porta e conduzira Stella à sala.

Tinha cerca de trinta anos, calculou ela, era de altura mediana e muito magro. Os cabelos castanhos e brilhantes eram ondulados e emolduravam um rosto de artista de cinema, realçado por cintilantes olhos azuis. Apesar de se vestir de preto, Stella não via nada de mordomo nele. Demasiadamente teatral, demasiadamente elegante. Apresentara-se como David.

Pousou em cima da mesinha de café o tabuleiro com o bule e as xícaras de porcelana, os pequenos guardanapos de linho, o açúcar e o creme, além de uma jarrinha minúscula com um raminho de violetas.

— Roz atrasou-se um pouco, mas vai chegar logo; portanto, relaxe e aprecie o seu café. Está confortável?

— Sim, muito.

— Posso trazer-lhe mais alguma coisa enquanto espera por ela?

— Não, obrigada.

— Nesse caso, fique à vontade — disse-lhe, servindo-lhe uma xícara de café. — Nada como uma lareira em janeiro, não é? Faz-nos esquecer que ainda há poucos meses estava calor suficiente para derreter a pele. O que põe no café, minha querida?

Ela não estava habituada a ser tratada por "minha querida" por homens desconhecidos que lhe serviam café em saletas magnificentes. E muito menos, quando desconfiava que ele era alguns anos mais novo do que ela.

— Apenas um pouco de creme. — Teve de fazer um esforço para não olhar fixamente para o rosto dele, pois era... bem, delicioso, com lábios carnudos, os olhos cor de safira, as maçãs do rosto marcantes, a covinha sensual no queixo. — Já trabalha para a sra. Harper há muito tempo?

— Desde sempre — disse ele, com um sorriso encantador, entregando-lhe o café. — Ou, pelo menos, é o que parece, e digo isso no melhor dos sentidos. Responda-lhe diretamente às perguntas objetivas e não ature bobagens. — O seu sorriso abriu-se mais. — Ela *odeia* quando as pessoas a bajulam. Sabe, minha querida, adoro os seus cabelos.

— Oh... — Ela levou automaticamente a mão aos cabelos. — Obrigada.

— Ticiano sabia o que estava fazendo quando pintou essa cor. Boa sorte com Roz — disse, dirigindo-se à porta. — Oh, e os sapatos são fantásticos.

Ela suspirou e pegou o café. Ele reparara nos seus cabelos *e* nos sapatos, elogiando ambos. Era *gay*. Azar o dela.

O café era bom e David tinha razão. Era bom estar junto da lareira em janeiro. Lá fora, o ar estava úmido e frio, com o céu cinzento. Uma pessoa podia habituar-se a um inverno passado junto à lareira bebendo café numa xícara... o que era? Meissen, Wedgwood? Curiosa, levantou a peça para ver a marca do fabricante.

— É Staffordshire, trazida da Inglaterra por uma das noivas Harper em meados do século XIX.

Não valia a pena amaldiçoar-se, pensou Stella. Não valia a pena lamentar o fato de a sua tez clara de ruiva estar corada de embaraço. Apenas baixou a xícara e olhou diretamente nos olhos de Rosalind Harper.

— É linda.

— Sempre achei o mesmo. — Ela entrou, sentou-se na cadeira ao lado de Stella e serviu-se de uma xícara de café.

Uma delas, percebeu Stella, calculara mal o código de vestuário para a entrevista.

Rosalind vestira a sua silhueta alta e graciosa com uma suéter larga, cor de azeitona, e calça de trabalho cáqui, desfiada nas bainhas. Estava descalça, mas usava meias grossas marrons que lhe cobriam os pés compridos e finos. O que explicava, calculou Stella, sua entrada silenciosa.

Seus cabelos eram curtos, lisos e pretos.

Apesar de, até o momento, todos os seus contatos terem sido através de telefone, fax ou e-mail, Stella fizera uma pesquisa sobre ela no Google. Queria saber mais sobre sua potencial chefe — e queria ver seu rosto.

Encontrara vários artigos de jornais e revistas. Estudara Rosalind na infância e ao longo da juventude. Maravilhara-se com as fotos de arquivo de uma noiva deslumbrante e delicada, de apenas dezoito anos, e sentira empatia pela viúva pálida de expressão heroica aos vinte e cinco anos.

Havia mais, claro. Material tirado de revistas da sociedade, especulações e fofocas sobre quando e se a viúva voltaria a casar. Depois, bastante material sobre a criação do negócio dos viveiros, seus jardins, sua vida amorosa. O breve segundo casamento e o divórcio.

Stella formara a imagem de uma mulher determinada e perspicaz. Mas atribuíra a aparência deslumbrante aos ângulos das câmeras, à luz, à maquiagem.

Enganara-se.

Aos quarenta e seis anos, Rosalind Harper era uma rosa madura. Não uma rosa de estufa, pensou Stella, mas uma rosa que enfrentava a natureza, estação após estação, e regressava, ano após ano, mais forte e mais bonita.

Tinha um rosto fino, definido por ossos fortes, e olhos grandes e profundos cor de uísque. A boca, com lábios cheios e bem desenhados, não estava pintada — nem o resto daquele rosto encantador, como percebeu o olhar entendido de Stella.

Havia rugas nos cantos dos olhos escuros, aquelas linhas finas que o deus do tempo adora gravar, mas que não diminuíam sua beleza.

Tudo o que Stella conseguia pensar era: "Por favor, posso ser como a senhora quando crescer? Mas gostaria de me vestir melhor, se não se importa."

— Eu fiz você esperar, não foi?

Respostas diretas, recordou Stella.

— Um pouco, mas não é um grande sacrifício estar sentada nesta sala bebendo um bom café numa xícara Staffordshire.

— David se preocupa demais. Eu estava na estufa de propagação, atrasei-me.

A voz dela, pensou Stella, era enérgica. Não seca — era impossível falar secamente com sotaque do Tennessee —, mas direta e cheia de energia.

— Parece mais nova do que eu pensava. Tem o quê, trinta e três?

— Sim.

— E seus filhos... seis e oito?

— Exato.

— Não os trouxe com você?

— Não. Ficaram com o meu pai e a mulher dele.

— Gosto muito do Will e da Jolene. Como estão eles?

— Estão bem. Gostam de ter os netos com eles.

— Imagino que sim. Seu pai, de vez em quando, mostra as fotografias deles e quase explode de orgulho.

— Uma das razões de eu ter me mudado para cá foi para eles poderem passar mais tempo juntos.

— É uma boa razão. Gosto muito de crianças. Sinto falta de ter algumas por aqui. O fato de ter dois joga a seu favor. Seu currículo, a recomendação do seu pai e a carta do seu último patrão... bem, também não fazem mal nenhum.

Tirou um biscoito da bandeja e mordeu-o, sem tirar os olhos de Stella.

— Preciso de uma organizadora, alguém criativo e trabalhador, uma pessoa apresentável e basicamente incansável. Quero que as pessoas que trabalham comigo consigam acompanhar o meu ritmo, e eu imponho um ritmo acelerado.

— Foi o que me disseram. — "Muito bem", pensou Stella, "também serei enérgica e direta." — Tenho o curso de gestão de viveiros. À exceção dos três anos em que fiquei em casa para ter os meus filhos... e durante os quais criei e tratei do meu próprio jardim e dos jardins de dois vizinhos... trabalhei sempre nesse ramo. Há mais de dois anos, desde a morte do meu marido, tenho criado os meus filhos e trabalhado fora de casa, na minha área. Fiz um bom trabalho com ambas as coisas. Consigo acompanhá-la, sra. Harper. Consigo acompanhar qualquer pessoa.

"Talvez", pensou Roz. "Talvez."

— Mostre-me suas mãos.

Um pouco aborrecida, Stella estendeu as mãos. Roz pousou o café e segurou-as. Virou as palmas para cima e passou os polegares sobre elas.

— Sabe trabalhar.

— Sim, sei.

— O terninho Banker me enganou. Não que não seja um bonito terninho. — Roz sorriu e acabou de comer o biscoito. — Tem estado muito úmido nestes últimos dias. Vamos ver se conseguimos arranjar-lhe umas botas para não arruinar esses lindos sapatos. Vou mostrar-lhe as instalações.

As botas eram grandes demais e a borracha verde-oliva pouco atraente, mas o terreno úmido e o cascalho moído teriam destruído seus sapatos novos.

Mas a aparência importava pouco para o projeto que Rosalind Harper erguera.

A empresa No Jardim ocupava todo o lado oeste da propriedade. O centro de jardinagem estava voltado para a estrada e os terrenos à entrada e de ambos os lados do parque de estacionamento eram lindos e bem tratados. Mesmo em janeiro, Stella conseguia ver o cuidado e a criatividade colocados na apresentação: pela seleção e posicionamento das árvores sempre-vivas e ornamentais, pelas zonas elevadas e adubadas, onde presumia que brotaria a cor dos bulbos e das vivazes, e pelas coloridas plantas anuais da primavera e do verão até as do outono.

Logo à primeira vista, percebeu que não queria o emprego. Estava desesperada por ele. O desejo deixou-lhe os nervos em frangalhos e apertou-lhe o estômago, as sensações que geralmente estão reservadas para um amante.

— Não queria a parte de venda ao público perto da casa — disse Roz enquanto estacionava a caminhonete. — Não queria ver comércio da janela da sala. Os Harper são, e sempre foram, pessoas dedicadas aos negócios. Mesmo quando parte dessas terras tinha algodão em vez de construções.

Stella, com a boca muito seca para falar, conseguiu apenas acenar com a cabeça. A casa principal não era visível dali. Uma área de bosque natural a escondia e impedia que os edifícios compridos e baixos, o próprio centro e, imaginou, a maior parte das estufas se intrometessem na paisagem vista das janelas da Harper House.

E olhem só para aquele velho castanheiro-da-índia maravilhoso!

— Esta seção está aberta ao público doze meses por ano — continuou Roz. — Temos todas as atividades secundárias esperadas, bem como plantas de interior e uma seleção de livros de jardinagem. Meu filho mais velho está me ajudando a gerir esta seção, embora se sinta mais feliz nas estufas ou nos campos. Temos dois empregados de escritório em regime de meio expediente. Dentro de algumas semanas, precisaremos de mais.

"Concentre-se", ordenou Stella a si própria.

— Nesta região, a estação mais movimentada deve começar em março.

— Certo. — Roz a conduziu por uma rampa de asfalto, através de um alpendre imaculado, até um edifício branco e térreo.

Stella observou que havia dois balcões baixos e largos de ambos os lados da porta. Muita luz, para manter o ambiente alegre. Havia prateleiras cheias de aditivos para o solo, adubos, pesticidas, suportes rotativos para sementes. Mais prateleiras com livros e vasos coloridos, próprios para ervas aromáticas ou para colocar plantas em parapeitos. Havia espantalhos, placas decorativas para jardins e outros acessórios.

Uma mulher de cabelos brancos como a neve estava limpando o pó de algumas peças de vitral. Vestia um cardigã azul-claro com rosas bordadas na parte da frente, por cima de uma blusa branca que parecia ter sido engomada até ficar dura como ferro.

— Ruby, esta é Stella Rothchild. Estou lhe mostrando as instalações.

— Muito prazer.

O olhar calculista disse a Stella que a mulher sabia que ela viera por causa do emprego, mas o sorriso era perfeitamente cordial.

— É a filha do Will Dooley, não é?

— Sim, isso mesmo.

— De... do Norte.

Disse isso, para divertimento de Stella, como se fosse um país do Terceiro Mundo de reputação duvidosa.

— Do Michigan, sim. Mas nasci em Memphis.

— É mesmo? — O sorriso tornou-se ligeiramente mais caloroso. — Bem, que coisa, não é? Mudou-se quando era pequena?

— Sim, com a minha mãe.

— Está pensando em voltar?

— Já voltei — corrigiu Stella.

— Bom. — Essa única palavra dizia que logo se veriam. — Está um dia desagradável — continuou Ruby. — Um bom dia para estar dentro de casa. Esteja à vontade para ver o que quiser.

— Obrigada. Não há praticamente lugar nenhum em que goste mais de estar do que num viveiro.

— Escolheu uma vencedora. Roz, Marilee Booker esteve aqui e comprou a orquídea. Não consegui convencê-la do contrário.

— Oh, *merda*. Morrerá em menos de uma semana.

— As orquídeas são bastante fáceis de tratar — observou Stella.

— Não para Marilee. Dizer que tem pouco jeito para plantas é ser simpática. Aquela mulher devia ser proibida por lei de ter qualquer ser vivo a menos de dez metros dela.

— Lamento, Roz. Mas eu a fiz prometer que a traria de volta se começasse a parecer doente.

— A culpa não foi sua — disse Roz, com um aceno, enquanto se dirigia a uma passagem larga. Ali estavam as plantas de interior, das mais exóticas às clássicas, e vasos que iam do tamanho de um dedal a outros tão largos como uma tampa de esgoto. Havia também outros acessórios, como lajes decorativas, armações para caramanchões, suportes para árvores, fontes de jardim e bancos.

— Espero que os meus empregados saibam um bocadinho de tudo — disse Roz enquanto caminhavam. — E, se não souberem a resposta, têm de saber onde a encontrar. Não somos muito grandes, em comparação com alguns dos viveiros atacadistas ou com as empresas paisagistas. Não temos os preços dos centros de jardinagem nos grandes armazéns. Portanto, concentramo-nos em oferecer as plantas mais incomuns, além das básicas, e no serviço ao cliente. Atendemos em domicílio.

— Tem alguém específico entre os seus funcionários para prestar consultoria no local?

— Harper ou eu, se estivermos tratando com um cliente que tenha dúvida sobre alguma coisa adquirida aqui. Ou se quiser simplesmente algum conselho personalizado.

Enfiou as mãos nos bolsos e balançou sobre os calcanhares das botas enlameadas.

— Além disso, tenho um paisagista. Tive que lhe pagar uma fortuna para poder roubá-lo da concorrência. E também tive de lhe dar carta branca. Mas é o melhor na sua área. Quero expandir esse lado do negócio.

— Qual é a sua declaração de missão?

Roz virou-se e ergueu as sobrancelhas, com um brilho divertido nos olhos perspicazes.

— O problema é esse... é precisamente por isso que preciso de alguém como você. Alguém capaz de dizer "declaração de missão" sem achar graça. Deixe-me pensar.

Agora com as mãos nos quadris, olhou em volta e depois abriu as portas de vidro para a estufa adjacente.

— Suponho que temos duas vertentes... já agora, aqui é onde guardamos a maior parte das nossas plantas anuais e cestos suspensos a partir de março. A primeira vertente seria servir a pessoa que cuida do seu jardim. Desde o novato que está apenas começando, ao mais experiente que sabe o que quer e está disposto a experimentar algo novo ou incomum. Dar a esse cliente um bom estoque de plantas, prestar um bom serviço, bom aconselhamento. A segunda vertente seria servir o cliente que tem dinheiro, mas não tem tempo nem inclinação para sujar as mãos de terra. Aquele que quer um jardim bonito, mas não sabe por onde começar ou não quer ter esse trabalho. Aí entramos nós e, por um preço justo, fornecemos o design e as plantas e contratamos os trabalhadores. Garantimos a satisfação do cliente.

— Muito bem. — Stella estudou as mesas compridas, as cabeças dos aspersores do sistema de rega, os ralos no chão de cimento inclinado.

— Quando a estação começa, temos mesas de plantas anuais e perenes ao lado deste edifício. Elas são vistas da parte da frente quando as pessoas passam de carro. Temos uma zona de sombra para aquelas que precisam de sombra — continuou enquanto caminhava, com as botas ecoando sobre o cimento. — Aqui temos as especiarias, e por ali há um armazém para vasos e canteiros de plástico e etiquetas. Aqui, na parte de trás, há estufas para as plantas em estoque, mudas e áreas de preparação. Aquelas duas vão abrir ao público. Aqui há mais anuais vendidas em tabuleiros.

Pisou o cascalho até chegar de novo ao asfalto. Arbustos e árvores ornamentais. Apontou para uma área lateral onde as plantas "hibernadas" se encontravam protegidas dos olhares.

— Ali por trás, inacessíveis ao público, estão as zonas de propagação e enxertos. Tratamos essencialmente de plantas de vaso, mas eu selecionei um acre, mais ou menos, para plantações no terreno. A água não é problema, com o lago lá atrás.

Continuaram a caminhar, enquanto Stella calculava e analisava. E a ânsia em suas entranhas passara de um nó a um punho duro como ferro.

Ela podia *fazer* qualquer coisa ali. Deixar sua marca sobre as excelentes bases construídas por outra mulher. Podia ajudar a melhorar, expandir, refinar.

"Realizada?", pensou. "Estimulada?" Que nada, estaria tão ocupada que se sentiria realizada e estimulada a cada minuto de cada dia.

Era perfeito.

Havia estufas brancas, mesas de trabalho, mesas de exposição, toldos, biombos, aspersores. Stella conseguia visualizar o local repleto de plantas, apinhado de clientes. Ali cheirava a crescimento e possibilidades.

Depois Roz abriu a porta da estufa de propagação e Stella deixou escapar um som, um som breve que não conseguiu controlar. E era um som de prazer.

O cheiro da terra e das coisas em crescimento, o calor úmido. O ar era abafado e ela sabia que seus cabelos ficariam desvairadamente encaracolados, mas entrou assim mesmo.

Mudas brotavam em seus recipientes, plantas novas e delicadas perfuravam o solo enriquecido. Pendurados em ganchos, havia cestos já plantados, prestes a florir. Na entrada da estufa, estavam as matrizes, as mães das mudas. Viu aventais pendurados em pregos, ferramentas espalhadas sobre as mesas ou enfiadas em baldes.

Silenciosamente, percorreu os corredores, reparando que todos os recipientes estavam muito bem classificados. Conseguia identificar algumas das plantas sem ler as etiquetas. Cosmos, columbinas e petúnias. Em poucas semanas, estariam prontas para transplante em canteiros, dispostas em vasos de jardim, aninhadas em espaços soalheiros ou recantos sombrios.

E ela, também estaria pronta? Estaria pronta para se transplantar para lá, para criar raízes ali? Para florescer ali? E seus filhos?

A jardinagem era um risco, pensou. A vida era apenas um risco maior. As pessoas inteligentes calculavam esses riscos, minimizavam-nos e trabalhavam para alcançar seus objetivos.

— Gostaria de ver a área de enxertos, os armazéns e os escritórios.

— Está bem. É melhor tirá-la daqui. Vai sujar sua roupa.

Stella olhou para si própria e viu as botas verdes. E riu.

— É que eu queria parecer uma profissional.

A gargalhada fez Roz inclinar a cabeça num gesto de aprovação.

— Você é uma mulher bonita e tem bom gosto para se vestir. Esse tipo de imagem não a prejudica. Teve o cuidado de se arrumar para esta reunião, coisa que eu não me dei ao trabalho de fazer. Tenho de lhe dar o devido crédito.

— A senhora tem as cartas na mão, sra. Harper. Pode andar como quiser.

— Nesse aspecto, tem razão. — Dirigiu-se à porta, chamou-a com um gesto e saíram as duas, para onde caía uma chuvinha gelada.

— Vamos para o escritório. Não vale a pena andarmos na chuva. Que outras razões você tem para se mudar para cá?

— Não tinha razões para ficar em Michigan. Eu e Kevin nos mudamos para lá depois de casarmos, por causa do trabalho dele. Acho que, depois de ele morrer, acabei ficando por uma espécie de lealdade para com ele, ou apenas porque estava habituada. Não tenho certeza. Gostava do meu trabalho, mas nunca me senti... nunca senti que estava onde deveria estar. Limitava-me a viver um dia após o outro.

— Família?

— Não, ninguém no Michigan. Apenas eu e as crianças. Os pais de Kevin morreram antes de casarmos. Minha mãe vive em Nova York. Não estou interessada em viver na cidade nem em criar meus filhos por lá. Além disso, minha mãe e eu temos... dificuldades de relacionamento. Como acontece muitas vezes entre mães e filhas.

— Graças a Deus só tive filhos homens.

— Oh, sim. — Riu outra vez, agora mais à vontade. — Meus pais se divorciaram quando eu era muito nova. Suponho que você saiba disso.

— Em parte. Como já lhe disse, gosto muito do seu pai e da Jolene.

— Eu também. Assim, em vez de escolher um lugar qualquer, decidi vir para cá. Nasci aqui. Não me lembro, mas pensei... tive esperança de que houvesse alguma ligação. De que pudesse ser este o lugar certo.

Atravessaram de novo o centro de venda ao público e entraram num gabinete minúsculo e entulhado de coisas que fez a alma organizada de Stella se encolher de pavor.

— Não o uso muito — começou Roz. — Tenho as coisas espalhadas entre este escritório e a casa. Quando estou aqui, acabo passando a maior parte do tempo nas estufas ou nos campos.

Tirou um monte de livros de jardinagem de uma cadeira, indicou a Stella que se sentasse e empoleirou-se na beira da secretária atulhada enquanto Stella se sentava.

— Conheço meus pontos fortes e sei como gerir um bom negócio. Construí este local, do nada, em menos de cinco anos. Quando o negócio era menor, quando era praticamente eu a única trabalhadora, podia dar-me ao luxo de cometer erros. Agora, chego a ter dezoito empregados na alta estação. Pessoas que dependem do salário que eu lhes pago. Portanto, não posso me dar ao luxo de cometer erros. Sei como plantar, o que plantar, como dar preços, como desenhar, como armazenar, como lidar com os empregados e como lidar com os clientes. Sei como organizar.

— Parece-me que tem toda a razão. Por que precisa de mim... ou de alguém como eu?

— Porque, de todas essas coisas que eu sei fazer e que tenho feito, há algumas das quais não gosto. Não gosto de organizar. E o negócio cresceu muito para ser apenas eu a cuidar do estoque. Quero um olhar novo, ideias novas e uma cabeça boa.

— Entendi. Um dos seus pedidos era que a gerente morasse em sua casa, pelo menos durante os primeiros meses. Eu...

— Não era um pedido. Era uma exigência. — Pelo seu tom firme, Stella percebeu por que algumas pessoas se referiam a Rosalind Harper como *difícil*. — Começamos cedo e trabalhamos até tarde. Quero alguém que esteja aqui, à mão, pelo menos até eu ter certeza de que entrou no ritmo. Memphis é muito longe e, a não ser que esteja disposta a comprar muito rapidamente uma casa a menos de dez quilômetros da minha, não há alternativa.

— Tenho dois meninos muito ativos e um cachorro.

— Eu gosto de meninos levados e não me importo com o cão, a menos que ele seja um escavador. Se escavar meus jardins, teremos um problema. A casa é grande. Terá bastante espaço para você e para seus filhos. Eu ofereceria a você a casa de hóspedes, mas não conseguiria arrancar de lá o Harper nem com dinamite. É o meu filho mais velho — explicou. — Quer o emprego, Stella?

Ela abriu a boca e respirou fundo. Não havia calculado os riscos de ir para lá? Estava na hora de trabalhar para alcançar seus objetivos. Os riscos daquela única condição imposta por Roz não se sobrepunham aos benefícios.

— Quero, sra. Harper, quero muito este emprego.

— Nesse caso, é seu. — Roz estendeu-lhe a mão. — Pode trazer as suas coisas amanhã... será melhor na parte da manhã... e trataremos de instalar você. Pode tirar dois ou três dias antes de começar, para ter certeza de que seus filhos se ambientaram.

— Obrigada. Eles estão entusiasmados, mas também um pouco assustados. — "E eu também", pensou. — Tenho que ser franca, sra. Harper. Se os meus filhos não se sentirem felizes ao fim de um tempo de adaptação razoável, terei que pensar numa alternativa.

— Se eu não estivesse de acordo, nunca a contrataria. E trate-me por Roz.

Ela celebrou comprando uma garrafa de champanhe e outra de sidra espumante no caminho para a casa do pai. A chuva e o desvio fizeram com que ficasse presa no trânsito da tarde. Ocorreu-lhe que, por mais estranho que pudesse ser no início, havia vantagens em viver onde se trabalha.

Conseguira o emprego! Um emprego dos sonhos, do seu ponto de vista. Talvez não soubesse como seria trabalhar com Rosalind — Roz, melhor dizendo — Harper, e ainda tinha muito que estudar sobre jardinagem naquela região, além de não saber se os outros empregados aceitariam receber ordens de uma desconhecida. E uma desconhecida ianque, ainda por cima.

Mas estava ansiosa para começar.

E os filhos teriam mais espaço para correr na... fazenda Harper, supunha que podia chamá-la assim. Ainda não estava pronta para comprar uma casa — não antes de ter certeza de que ficaria, não antes de ter tido tempo de estudar a região e as comunidades locais. A verdade era que estavam muito apertados na casa do pai. Tanto ele como Jolene eram mais do que amáveis, extremamente acolhedores, mas não podiam ficar indefinidamente todos enfiados numa casa de dois quartos.

Aquela era a solução mais prática, pelo menos em curto prazo.

Estacionou a velha caminhonete atrás do pequeno conversível da madrasta e, pegando a sacola, correu até a porta debaixo de chuva.

Bateu. Eles lhe haviam dado uma chave, mas não se sentia à vontade para entrar sem bater.

Jolene, esbelta em sua calça de ioga preta e camiseta preta justa, com ar demasiadamente jovial para quem tinha quase sessenta anos, abriu a porta.

— Interrompi seus exercícios?

— Não, acabei agora mesmo. Graças a Deus! — Limpou o rosto com uma toalha branca e sacudiu os cabelos cor de mel. — Perdeu a chave, querida?

— Desculpe. Não consigo me habituar a usá-la. — Entrou e parou. — Isto aqui está muito silencioso. Você acorrentou as crianças no porão?

— Seu pai os levou a Peabody para verem os patos. Pensei que seria mais divertido se fossem apenas os três, e então fiquei em casa com meu vídeo de ioga. — Inclinou a cabeça para o lado. — O cachorro está dormindo no alpendre. Você está com um ar satisfeito.

— E com razão. Fui contratada.

— Eu sabia, eu sabia! Parabéns! — Jolene abriu os braços. — Nunca tive a mais remota dúvida. Roz Harper é uma mulher inteligente. Sabe reconhecer uma joia quando a vê.

— Estou enjoada e com os nervos em frangalhos. Deveria esperar pelo pai e pelas crianças, mas... — Tirou a garrafa de champanhe da sacola. — O que você me diz de uma taça de champanhe para brindar ao meu novo emprego?

— Oh, não precisa oferecer duas vezes. Estou tão entusiasmada por você! — Jolene passou o braço sobre os ombros de Stella e dirigiram-se à sala. — Me diz o que achou de Roz.

— Não é tão assustadora em pessoa como eu pensava. — Stella colocou a garrafa na bancada para abri-la, enquanto Jolene tirava taças da cristaleira. — Objetiva e direta, confiante. E aquela casa!

— É uma beleza! — Jolene riu quando a rolha saltou. — Céus, que som tão decadente no meio da tarde. A Harper House está na família dela há gerações. Na verdade, ela é uma Ashby por casamento... o primeiro casamento. Voltou ao nome Harper depois de o segundo casamento terminar.

— Conte-me tudo, está bem, Jolene? Papai não me diz nada.

— Você quer me embriagar para saber das fofocas? Obrigada, querida. — Sentou-se num banco e ergueu o copo. — Primeiro, brindemos à nossa Stella e aos corajosos recomeços.

Stella tocou com o copo no dela e bebeu.

— Hum, maravilhoso. Agora, fale.

— Ela se casou muito nova. Dezoito anos. Aquilo a que se pode chamar um casamento ideal... boas famílias, do mesmo círculo social. Mais importante ainda: foi um casamento por amor. Via-se a distância. Foi mais ou menos quando eu me apaixonei pelo seu pai, e uma mulher reconhece alguém que está no mesmo estado que ela. Ela foi uma filha temporã, acho que a mãe já tinha perto de quarenta anos e o pai estava a caminho dos cinquenta quando ela nasceu. A mãe dela nunca mais se recuperou completamente ou então gostava do papel de esposa frágil e delicada... as opiniões variam. Mas, seja como for, Roz perdeu ambos em menos de dois anos. Ela estava grávida do segundo filho, o... como é mesmo... o Austin, acho eu. Ela e John ficaram com a Harper House. Tiveram três meninos e o menor ainda mal andava quando John morreu. Você pode imaginar melhor do que ninguém o que isso representou para ela.

— Sim.

— Durante dois, três anos, praticamente ninguém a viu fora de casa. Quando começou a sair de novo, a conviver, a dar festas e esse tipo de coisas, surgiu a especulação que seria de se esperar. Com quem ela casaria e quando. Você a viu. É uma bela mulher.

— Muito bonita, sim.

— E, por estas bandas, uma linhagem como a dela vale o seu peso em ouro. Com seu aspecto e sua linhagem, podia ter tido qualquer homem que quisesse. Novo ou velho, solteiro ou casado, rico ou pobre. Mas ficou sozinha. Criou os filhos.

"Sozinha", pensou Stella, bebericando o champanhe. Compreendia muito bem a escolha.

— Manteve a vida privada para si — prosseguiu Jolene —, para a consternação da sociedade de Memphis. O maior rebuliço foi quando ela despediu o jardineiro... bem, os dois jardineiros. Foi atrás deles com um cortador de grama portátil, segundo alguns relatos, e os expulsou da propriedade.

— Sério? — Stella arregalou os olhos, chocada e espantada. — Sério?

— Foi o que ouvi dizer e foi a história que se espalhou, seja verdade ou mentira. Aqui no Sul, muitas vezes preferimos uma mentira divertida a uma verdade pouco interessante. Ao que parece, eles haviam arrancado algumas das plantas dela ou coisa do gênero. Depois disso, nunca mais contratou ninguém. Ficou sozinha tomando conta de tudo. Quando demos por isso... embora devam ter passado uns cinco anos, acho eu... ela estava construindo as instalações de jardinagem no lado ocidental. Casou-se há cerca de três anos e divorciou-se... bem, num abrir e fechar de olhos. Querida, e se bebêssemos mais uma tacinha de champanhe?

— Por que não? — Stella serviu. — Então, o que se passou com o segundo marido?

— Hum... era um tipo muito malandro. Bonito como o pecado e duas vezes mais sedutor. Chama-se Bryce Clerk e *diz* que sua família é de Savannah, mas eu não acreditaria numa única palavra saída daquela boca, nem que viesse banhada a ouro. Seja como for, eles formavam um casal fabuloso, mas depois se soube que ele gostava de ser fabuloso com várias mulheres, e uma aliança não era suficiente para restringir seus hábitos. Ela lhe deu um pontapé.

— Ainda bem.

— Não é mulher que se deixe enganar.

— Isso deu para perceber muito bem.

— Eu diria que ela é orgulhosa mas não vaidosa, decidida mas não dura... pelo menos não demasiadamente dura, embora haja quem discorde. Boa amiga e uma inimiga formidável. Mas você vai conseguir lidar com ela, Stella. Você consegue lidar com qualquer coisa.

Stella gostava que as pessoas pensassem assim, mas o champanhe ou os nervos estavam deixando seu estômago um bocado sensível.

— Bem, isso é o que veremos.

Capítulo Três

Stella tinha um carro cheio de bagagem, uma pasta atulhada de papéis e esboços, um cachorro muito infeliz — que já manifestara a sua opinião sobre a mudança vomitando no banco da frente do carro — e dois meninos discutindo no banco de trás.

Tivera de parar para cuidar do cão e limpar o banco vomitado e, apesar do frio de janeiro, mantinha as janelas totalmente abertas. Parker, o seu boston terrier, estava deitado no chão com ar patético e infeliz.

Não sabia o motivo da discussão dos meninos, mas, como ainda não se tornara física, eles que continuassem. Sabia que estavam tão nervosos quanto o cachorro com mais aquela mudança.

Ela os desenraizara. Por mais cuidadosamente que lidasse com a situação, era sempre um choque. Agora todos eles seriam transplantados. Stella acreditava que floresceriam. Tinha de acreditar ou ficaria tão agoniada quanto o cão da família.

— Odeio você, é um nojento — declarou Gavin do alto dos seus oito anos.

— E eu também odeio você. Você é um estúpido — retorquiu Luke, de seis.

— Odeio as suas orelhas de elefante!

— E eu odeio a sua cara horrível!

Stella suspirou e aumentou o volume do rádio.

Esperou até chegar aos pilares de tijolos que flanqueavam a entrada de acesso à propriedade Harper. Desviou o carro para a calçada e parou. Por um momento, ficou simplesmente ali sentada enquanto os insultos voavam no banco de trás. Parker lançou-lhe um olhar cauteloso, depois saltou para o banco e farejou o ar que entrava pela janela aberta.

Stella desligou o rádio e continuou sentada em silêncio. Aos poucos, as vozes atrás dela começaram a esmorecer e, depois de um último "Odeio o seu corpo todo" murmurado, o silêncio se instalou.

— Estou aqui pensando — disse ela, num tom natural — que devíamos passar um trote na sra. Harper.

Gavin inclinou-se para a frente, esticando o cinto de segurança.

— Que tipo de trote?

— Um trote complicado. Não tenho certeza se vamos conseguir. Já percebi que ela é muito esperta. Teríamos de ser muito malandros.

— Eu consigo ser malandro — garantiu-lhe Luke. E um olhar para o espelho retrovisor revelou a Stella que a cor da batalha já estava desaparecendo de suas faces.

— Muito bem, então, o plano é o seguinte. — Virou-se para olhar para os dois. Como acontecia muitas vezes, ficou abalada ao ver como eram uma fusão interessante de si própria e de Kevin. Os olhos azuis dela no rosto de Luke, os olhos verde-acinzentados de Kevin no rosto de Gavin. Sua boca em Gavin, a de Kevin em Luke. Seus cabelos em Luke, pobrezinho, e os cabelos louros de Kevin em Gavin.

Fez uma pausa dramática, vendo que os filhos estavam ansiosos e concentrados.

— Não, não sei. — Balançou a cabeça pesarosamente. — Talvez não seja uma boa ideia.

Eles irromperam num coro de súplicas e protestos, aos saltos no banco, fazendo com que Parker desatasse a latir entusiasticamente.

— Está bem, está bem. — Ergueu as mãos. — Aqui está o que vamos fazer: vamos nos dirigir até a casa e depois vamos bater à porta.

E, quando entrarmos e vocês conhecerem a sra. Harper..., aí é que terão mesmo de ser muito malandros, muito espertos.

— Nós vamos conseguir! — gritou Gavin.

— Bem, quando isso acontecer, vocês terão que fingir... isso é difícil, mas acho que vocês serão capazes. Terão que fingir serem meninos muito bem-educados e bem-comportados.

— Nós vamos conseguir! Nós... — O rosto de Luke franziu-se. — Eh!

— E eu vou ter que fingir não estar nada surpresa por ter dois filhos bem-educados e bem-comportados. Acham que conseguiremos?

— Eu acho que a gente não vai gostar de viver aqui — murmurou Gavin.

Um sentimento de culpa a invadiu, transformando-se em nervosismo.

— Talvez não. Talvez sim. Teremos de esperar para ver.

— Eu prefiro viver com o vovô e a vovó Jo na casa deles. — Os lábios de Luke tremeram, dilacerando o coração de Stella. — Não podemos?

— Não podemos mesmo. Mas poderemos visitá-los muitas vezes. E eles poderão visitar-nos também. Agora vamos viver aqui e poderemos vê-los sempre. Isto é uma aventura, lembram-se? Se tentarmos, se fizermos realmente um esforço e, mesmo assim, não formos felizes, então tentaremos outra coisa.

— As pessoas aqui falam de maneira estranha — queixou-se Gavin.

— Não, é apenas diferente.

— E não tem neve. Como é que vamos construir bonecos de neve e andar de trenó se o tempo é tão idiota que nem sequer neva?

— Nesse aspecto, você tem razão, mas vamos poder fazer outras coisas. — Teria visto o último Natal com neve? Por que não se lembrara disso antes?

Ele colocou o dedo indicador o queixo.

— Se ela for má, eu não vou ficar.

— Combinado. — Stella ligou o carro, respirou fundo e retomou o caminho.

Momentos depois, ouviu Luke murmurar:

— É grande!

Não havia dúvida a esse respeito, pensou Stella, tentando ver a casa como os filhos a veriam. Seria o tamanho da estrutura de três andares que os impressionava? Ou estariam reparando nos pormenores? A pedra amarelo-clara, as colunas majestosas, o charme da entrada coberta pela escadaria dupla que levava ao primeiro andar e ao seu bonito terraço?

Ou estariam reparando apenas no volume da casa — o triplo do tamanho da sua doce casinha em Southfield?

— É muito antiga — disse-lhes. — Tem mais de cento e cinquenta anos. E a família da sra. Harper sempre viveu aqui.

— Ela tem cento e cinquenta anos? — quis saber Luke, ganhando uma cotovelada e uma fungadela desdenhosa do irmão.

— Palerma. Se tivesse, já estaria *morta*. E haveria vermes rastejando em cima dela e...

— Tenho que lembrar que meninos bem-educados e bem-comportados não chamam os irmãos de palerma? Estão vendo essa grama toda? Não acham que o Parker vai adorar dar os seus passeios aqui? E vocês terão tanto espaço para brincar... Mas deverão se manter afastados dos jardins e dos canteiros, como era lá em casa. No Michigan — corrigiu-se. — E teremos de perguntar à sra. Harper quais são os lugares aonde vocês poderão ir.

— As árvores são muito grandes — murmurou Luke. — Muito grandes mesmo!

— Está vendo aquela ali? É um sicômoro, e aposto que é ainda mais velho que a casa.

Estacionou na frente da casa, numa área própria, admirando o efeito do ácer vermelho japonês, do cedro dourado e das azaleias no centro.

Prendeu a guia de Parker com mãos muito mais firmes do que o seu coração.

— Gavin, você leva o Parker. Voltaremos para buscar as nossas coisas depois de cumprimentarmos a sra. Harper.

— Ela vai poder mandar em nós? — inquiriu ele.

— Sim. O triste e horrível destino das crianças é receber ordens dos adultos. E, como é ela quem pagará o meu ordenado, também poderá mandar em mim. Estamos todos no mesmo barco.

Gavin pegou a guia de Parker quando saíram do carro.

— Não gosto dela.

— É isso que eu adoro em você, Gavin — disse Stella, despenteando os cabelos louros e ondulados do filho. — Sempre com pensamentos positivos. Muito bem, lá vamos nós. — Pegou na mão dele e na de Luke e apertou-as carinhosamente. Os quatro se dirigiram à entrada coberta.

As portas duplas, pintadas do mesmo branco brilhante que a soleira, abriram-se de repente.

— Finalmente! — exclamou David, abrindo os braços. — Homens! Já não sou minoria por aqui.

— Gavin, Luke, este é... desculpe, David, não sei o seu sobrenome.

— Wentworth. Mas David está bom. — Agachou-se e olhou para Parker, que ladrava nervoso. — Qual é o seu problema, amigo?

Em resposta, Parker apoiou as patas da frente no joelho de David e lambeu seu rosto com grande excitação.

— Assim está melhor. Entrem. Roz já vem. Está lá em cima falando ao telefone, discutindo com um fornecedor por causa de uma entrega.

Entraram no amplo vestíbulo, onde os meninos se limitaram a olhar à sua volta de olhos arregalados.

— Muito chique, não?

— É como uma igreja?

— Não — respondeu David a Luke com um sorriso. — Tem partes extravagantes, mas é somente uma casa. Depois levo vocês numa visita guiada, mas talvez precisem antes de um chocolate quente para se recuperar da longa viagem.

— David faz um chocolate quente maravilhoso — disse Roz, descendo a graciosa escadaria que dividia o vestíbulo. Vestia roupa de trabalho, como no dia anterior. — Com muito creme.

— Sra. Harper, os meus filhos. Gavin e Luke.

— É um prazer conhecê-los. Gavin. — Estendeu-lhe a mão.

— Este é o Parker. É o nosso cão. Tem um ano e meio.

— E é muito bonito. Olá, Parker. — Deu uma palmadinha carinhosa na cabeça do cão.

— Eu sou o Luke. Tenho seis anos e estou na primeira série. Já sei escrever o meu nome.

— Não sabe nada — contrariou Gavin, com desdém fraternal. — Só com letra maiúscula.

— É preciso começar de alguma forma, não é? Muito prazer, Luke. Espero que todos se sintam à vontade aqui.

— Não parece muito velha — comentou Luke, e David tentou conter uma gargalhada.

— Ora, muito obrigada. Não me sinto muito velha, pelo menos na maior parte do tempo.

Sem graça, Stella forçou um sorriso.

— Eu disse a eles como a casa era antiga e também que a sua família sempre viveu aqui. Ele está um pouco confuso.

— Eu não estou aqui há tanto tempo quanto a casa. E se bebêssemos o tal chocolate quente, David? Vamos nos sentar na cozinha para nos conhecermos melhor.

— Ele é o seu marido? — perguntou Gavin. — Por que vocês têm sobrenomes diferentes?

— Ela não quer casar comigo — disse-lhe David, enquanto os conduzia pelo corredor. — Partiu o meu pobre coração choroso.

— Ele está brincando com vocês. David toma conta da casa e de quase tudo o mais. Também mora aqui.

— Ela também manda em você? — Luke puxou a mão de David. — A mamãe diz que ela manda em todos nós.

— Eu deixo que ela pense isso. — David introduziu-os na grande cozinha, com as suas bancadas de granito e móveis de cerejeira. Debaixo de uma grande janela, havia um banco grande com almofadas de couro cor de safira.

Em cima da bancada, vasos azuis de ervas aromáticas. Os tachos de cobre cintilavam.

— Aqui é meu domínio — disse-lhes David. — Aqui quem manda sou eu, só para que saibam. Gosta de cozinhar, Stella?

— Não sei se "gostar" é a palavra certa, mas sei que não consigo fazer nada merecedor de uma cozinha assim.

Havia um frigorífico americano, aquilo que parece ser um fogão de restaurante com forno duplo, e metros e metros de bancadas.

E havia também os pormenores que tornam acolhedor um espaço de trabalho, observou ela com alívio. A lareira de tijolos, com um bonito fogo ardendo baixinho, o velho armário de louças cheio de copos antigos, bulbos de tulipas e jacintos florescendo em cima de um carrinho de cozinha.

— Eu vivo para cozinhar. Posso dizer a você que é uma frustração desperdiçar os meus consideráveis talentos com Roz. Para ela, basta uma tigela de cereais. E Harper raramente aparece.

— Harper é o meu filho mais velho. Vive na casa de hóspedes. Vocês vão encontrá-lo de vez em quando.

— É o cientista louco. — David pegou uma panela e alguns pedaços de chocolate.

— Ele faz monstros? Como o Frankenstein? — Enquanto fazia essa pergunta, Luke agarrou novamente a mão da mãe.

— O Frankenstein é de brincadeira — recordou-lhe Stella. — O filho da sra. Harper trabalha com plantas.

— Talvez um dia consiga fazer uma planta gigante que fale.

Encantado, Gavin se aproximou de David.

— Não acredito!

— "Há mais coisas entre o céu e a terra, Horácio." Traz esse banco para cá, meu bom e jovem amigo, e poderá ver o mestre fazer o melhor chocolate quente do mundo.

— Sei que quer voltar ao trabalho — disse Stella a Roz. — A noite passada estive trabalhando em algumas notas e esboços que gostaria de lhe mostrar.

— Esteve ocupada!

— Ansiosa. — Olhou para Luke quando este lhe largou a mão e foi se juntar ao irmão, no banco. — Esta manhã, tenho uma reunião com o diretor da escola. Os meninos talvez comecem amanhã. Pensei em pedir na escola sugestões para espaços de ocupação dos tempos livres antes e depois das aulas, e...

— Eh! — exclamou David, enquanto mexia o chocolate e o leite na panela. — Estes são os meus homens a partir de agora. Pensei que poderiam ficar comigo, fazer-me companhia e trabalhar como meus ajudantes quando não estivessem na escola.

— Não posso pedir-lhe que...
— Podíamos ficar com David — interveio Gavin. — Seria bom.
— Eu não...
— Claro que tudo depende... — disse David descontraidamente enquanto adicionava açúcar ao chocolate. — Se eles não gostarem de PlayStation, está fora de questão ficarem comigo. Tenho os meus princípios.
— Eu gosto de PlayStation — disse Luke.
— Na verdade, têm que *adorar* PlayStation.
— Sim! Sim! — Os dois meninos saltaram ao mesmo tempo em cima do banco. — *Adoramos* PlayStation.
— Stella, enquanto eles acabam de fazer o chocolate, por que não vamos ao carro buscar algumas coisas?
— Está bem. Não vamos demorar. O Parker...
— Deixe o cachorro — disse David.
— Bem, então já voltamos.

Roz esperou até estarem na porta da rua.

— David é maravilhoso com crianças.
— Qualquer pessoa vê isso. — Percebeu que estava torcendo a pulseira do relógio e obrigou-se a parar. — Mas sinto-me como se estivesse lhe impondo alguma coisa. Posso pagar-lhe, claro, mas...
— Decidam isso entre vocês dois. Só queria lhe dizer, de mãe para mãe, que pode confiar nele para cuidar dos seus filhos, para entretê-los e para não os... bem, não, não pode confiar nele para não deixar que se metam em confusão. Quer dizer, em confusões sérias, sim, mas nas comuns, não.
— Para isso teria de ter superpoderes.
— Ele praticamente cresceu nesta casa. É como um quarto filho para mim.
— Seria muito mais fácil. Não teria que levá-los e buscá-los na casa de alguma babá. — "Ainda mais uma desconhecida", pensou.
— Mas não está habituada a que as coisas sejam fáceis.

— Com certeza. — Ouviu gargalhadas provenientes da cozinha. — Mas quero que os meus filhos sejam felizes e acho que essa é a melhor decisão.

— É um som maravilhoso, não é? Já estava com saudades de ouvi-lo. Vamos buscar as suas coisas.

— Tem de me dizer quais são os limites — disse Stella enquanto se dirigiam ao carro. — Aonde os meninos podem ir e aonde não podem. Eles precisam de tarefas e regras. Estavam habituados a isso em casa. No Michigan.

— Vou pensar nisso. Mas David... apesar de eu mandar em vocês todos... já deve ter ideias a esse respeito. O cão também é muito engraçado. — Tirou duas malas do bagageiro do carro. — O meu cão morreu no ano passado e não tive coragem de arranjar outro. É bom ter um cão por aqui. Nome sugestivo.

— Parker... de Peter Parker. É o...

— O Homem-Aranha. Não se esqueça de que eu também criei três meninos.

— Certo. — Stella pegou outra mala e uma caixa de papelão. Sentiu o esforço nos músculos enquanto Roz carregava as duas malas com aparente facilidade.

— Queria lhe perguntar quem mais vive aqui, ou que outros empregados tem.

— É só o David.

— Oh? Quando chegamos, ele nos disse qualquer coisa sobre ser minoria no meio das mulheres.

— Exatamente. David, eu e a Noiva Harper. — Roz entrou com as malas e começou a subir as escadas com elas. — É o nosso fantasma.

— O fantasma...

— Se uma casa tão velha como esta não fosse assombrada, seria uma grande pena, na minha opinião.

— Suponho que é uma maneira sensata de ver as coisas.

Stella partiu do princípio de que Roz estava se divertindo, recorrendo a um pouco do colorido local em benefício da nova hóspede.

Fantasmas aumentariam o folclore da família. Por isso esqueceu rapidamente aquele comentário.

— Podem ficar na ala oeste. Acho que os quartos que preparamos são os melhores para vocês. Eu fico na ala leste, e os aposentos do David ficam perto da cozinha. Todo mundo tem muita privacidade, algo que sempre achei essencial para se manter boas relações.

— Esta é a casa mais bonita que já vi.

— Também acho. — Roz parou por um momento, olhando pelas janelas que davam para um dos seus jardins. — Pode ser úmida no inverno, e passamos a vida chamando o encanador, o eletricista, sempre alguém. Mas adoro cada centímetro. Talvez haja quem ache um desperdício uma casa assim para uma mulher sozinha.

— É sua. É o lar da sua família.

— Exatamente. E assim continuará sendo, aconteça o que acontecer. É aqui. Os quartos dão todos para o terraço. Deixo ao seu critério se deve ou não trancar as janelas do quarto dos meninos. Imagino que, na idade deles, queiram partilhar o mesmo quarto, ainda por cima numa casa desconhecida.

— Acertou em cheio. — Stella entrou no quarto atrás de Roz. — Oh, eles vão adorar. Muito espaço, muita luz. — Pousou a caixa e a mala em cima de uma das duas camas. — Mas são antiguidades. — Passou os dedos pela cômoda de criança. — Estou apavorada.

— A mobília foi feita para ser usada. E as boas peças, para serem respeitadas.

— Acredite, vou lhes transmitir o recado. — "Por favor, meu Deus, não deixe que eles quebrem nada."

— O seu quarto é o do lado. O banheiro faz a ligação entre os dois — disse Roz, apontando. — Achei que, pelo menos inicialmente, iria querer estar perto deles.

— É perfeito. — Entrou no banheiro. A grande banheira antiga estava em cima de uma plataforma de mármore, em frente às portas do terraço. Havia persianas de tecido que se podiam baixar para ter privacidade. O vaso sanitário estava dentro de um armário alto, feito de pinho claro, e tinha válvula automática. Os meninos iam achar o máximo!

Ao lado da pia, estava um aquecedor de toalhas de bronze, já coberto de macias toalhas verde-água.

Do outro lado da porta de ligação, seu quarto estava banhado pela luz de inverno. No chão de carvalho, havia uma fileira de plantas.

Em frente à pequena lareira de mármore branco, havia uma acolhedora sala de estar, com um quadro de um jardim de verão em cima da lareira.

Sobre a cama de dossel, envolta em tule branco e rosa-pérola, via-se uma montanha generosa de almofadas de seda em tons pastel. A cômoda, com o seu longo espelho oval, era de mogno brilhante, bem como a penteadeira encantadoramente feminina e o guarda-roupa trabalhado.

— Começo a me sentir como a Cinderela no baile.

— Se o sapatinho lhe servir. — Roz pousou as malas. — Quero que se sinta confortável e que seus meninos sejam felizes, porque vou obrigá-la a trabalhar muito. A casa é grande e depois David levará você numa visita guiada. Não teremos que nos cruzar a menos que assim o desejemos.

Arregaçou as mangas da blusa e olhou em volta.

— Não sou uma mulher muito sociável, mas aprecio a companhia das pessoas de quem gosto. E acho que vou gostar de você. Já gosto dos seus filhos.

Olhou para o relógio.

— Vou beber aquele chocolate quente... não consigo resistir... e depois voltar ao trabalho.

— Mais tarde, gostaria de passar por lá para lhe mostrar algumas das minhas ideias.

— Muito bem. Procure-me.

E Stella assim o fez. Embora pretendesse levar os filhos com ela, depois da reunião na escola, não teve coragem de tirá-los de junto de David.

Haviam acabado suas preocupações de que eles não se adaptassem a viver numa casa nova com desconhecidos. Parecia que a maior parte das adaptações seria da parte dela.

Dessa vez, vestiu-se mais apropriadamente, com sapatos fortes que já tinham visto sua cota de lama, calça jeans surrada e uma blusa preta. Com a pasta na mão, dirigiu-se à entrada principal do centro de jardinagem.

A mesma mulher estava no balcão, mas dessa vez atendendo uma cliente. Stella reparou numa pequena planta tropical num vaso vermelho e num quarteto de bambus da sorte, presos com um fio de cânhamo decorativo, já numa caixa de papelão.

À espera de serem registrados, viu um saco de pedras e uma jarra de vidro quadrada.

Ótimo.

— Roz está por aqui? — perguntou Stella.

— Oh... — Ruby fez um gesto vago. — Está por aí.

Stella indicou o walkie-talkie atrás do balcão com um aceno de cabeça.

— Ela tem um desses com ela?

A ideia pareceu divertir Ruby.

— Acho que não.

— Está bem, vou procurá-la. São tão curiosos — disse à cliente, apontando para os bambus. — Descontraídos e interessantes. Vão ficar fantásticos nessa jarra.

— Estava pensando em colocá-los na bancada do banheiro. Dão uma aparência engraçada e bonita.

— Perfeito. E são presentes fantásticos, também. Muito mais imaginativos do que as flores habituais.

— Não tinha pensado nisso. Sabe, talvez resolva levar mais um conjunto.

— Nunca é demais. — Sorriu e afastou-se na direção das estufas, congratulando-se enquanto caminhava. Não tinha pressa de encontrar Roz. Isso lhe dava a oportunidade de meter o nariz nas instalações, examinar as mercadorias, o mostruário, os estoques, a afluência de clientes. E de tomar mais algumas notas.

Ficou um bom tempo na área de propagação, estudando o progresso das mudas e as estacas, o tipo de plantas e se estavam saudáveis.

Quase uma hora depois se dirigiu à área de enxertos. Conseguia ouvir música — "os Corrs", pensou — pela porta entreaberta.

Observou. Havia mesas compridas de ambos os lados da estufa, e outras duas encostadas uma à outra no centro. Cheirava a calor, a argila e a turfa.

Havia vasos, alguns com plantas que tinham sido ou estavam sendo enxertadas. Havia pastas penduradas na mesa, como prontuários num hospital. Num canto viu um computador, com a tela coberta de cores vibrantes que pareciam mudar ao ritmo da música.

Dentro de tabuleiros, havia bisturis, facas, tesouras, fita de enxerto, cera e outros instrumentos necessários a essa parte do negócio.

Viu Roz do outro lado, de pé atrás de um homem sentado num banco. Ele tinha os ombros curvados enquanto trabalhava. Roz estava com as mãos na cintura.

— Não deve levar mais de uma hora, Harper. Esse negócio é tão meu quanto seu. Você precisa conhecê-la e ouvir o que ela tem a dizer.

— Sim, sim, mas, droga, estou no meio de uma tarefa. É você quem quer que ela seja gerente, então deixe-a gerir. Não estou interessado.

— Há uma coisa chamada boas maneiras. — A exasperação estava no ar demasiadamente quente. — Estou lhe pedindo apenas que finja ter um pouco disso durante uma hora.

O comentário lembrou a Stella as palavras que ela própria dissera aos filhos. Não conseguiu evitar uma gargalhada, mas fez o seu melhor para disfarçá-la com uma tossidela enquanto descia o corredor estreito entre as mesas.

— Peço desculpas por interromper. Estava apenas... — Parou junto de um vaso, estudando o caule enxertado e as novas folhas. — Não sei o que é isso.

— Dafne. — O filho de Roz lançou-lhe um breve olhar.

— Variedade sempre-viva. E usou um enxerto lateral superficial.

Ele parou e girou sobre o banco. A mãe deixara a sua marca no rosto dele — os mesmos ossos fortes e olhos intensos. O cabelo escuro era consideravelmente mais comprido que o da mãe, tão comprido que ele o prendera atrás com o que parecia ser um pedaço de ráfia. Como ela, era magro e parecia ter, pelo menos, um metro de pernas, e vestia-se descuidadamente com calça jeans rasgada e uma camiseta manchada da Universidade de Memphis.

— Sabe alguma coisa de enxertos?

— Apenas o básico. Uma vez fiz um enxerto de garfo numa camélia. Deu certo. Geralmente, eu me limito às estacas. Sou Stella. É um prazer conhecê-lo, Harper.

Ele limpou a mão na calça antes de apertar a dela.

— Minha mãe disse que você veio para organizar tudo isso.

— É esse o plano, e espero que não seja demasiadamente doloroso para nenhum de nós. Está trabalhando em quê? — Aproximou-se de uma fileira de vasos cobertos por sacos de plástico transparente, mantidos afastados da planta enxertada por quatro estacas.

— Gipsófila... Estou tentando em azul, bem como branco e cor-de-rosa.

— Azul. A minha cor preferida. Não quero incomodá-lo. Estava pensando — disse, voltando-se para Roz — que podíamos encontrar um local para discutirmos algumas das minhas ideias.

— Vamos para a estufa das anuais. O escritório está uma confusão. Harper?

— Está bem, está bem. Vão andando. Vou lá dentro de cinco minutos.

— Harper.

— Está bem, dez. Mas é a minha última oferta.

Com uma gargalhada, Roz deu-lhe uma palmada de leve na nuca.

— Não me obrigue a vir aqui buscar você.

— Chata — murmurou ele, sorrindo.

Lá fora, Roz soltou um suspiro.

— Ele se enfia ali e é preciso espetar uma forquilha no traseiro dele para obrigá-lo a se mexer. É o único dos meus filhos que tem algum interesse no negócio. Austin é jornalista, trabalha em Atlanta. Mason é médico, ou melhor, será um dia. Está fazendo residência em Nashville.

— Deve estar muito orgulhosa.

— Estou, mas quase não vejo nenhum dos dois. E Harper está aqui, praticamente debaixo do meu nariz, e preciso persegui-lo para conseguir ter uma conversa.

Roz sentou-se a uma das mesas.

— Bem, o que tem para me mostrar?

— Ele é muito parecido com você.

— É o que as pessoas dizem. Eu só estou vendo o Harper. Seus filhos estão com David?

— Eu não conseguiria arrancá-los de lá nem com um pé de cabra. — Stella abriu a pasta. — Imprimi algumas notas.

Roz olhou para a pilha de papéis e tentou não fazer uma careta.

— Estou vendo.

— E fiz alguns esboços de como poderemos alterar a disposição das coisas para melhorar as vendas e realçar os itens que não são plantas. Você tem aqui uma localização fantástica, uma paisagem e sinalização excelentes e uma entrada muito apelativa.

— Estou adivinhando um "mas".

— Mas... — Stella umedeceu os lábios. — O primeiro nível da sua área de venda ao público está um pouco desorganizado. Com algumas alterações, a transição para a área secundária fluiria melhor, bem como para as instalações de plantas principais. Veja bem, um plano estrutural funcional...

— Um plano estrutural funcional. Oh, meu Deus.

— Calma, isto não custa nada. O que você precisa é de uma cadeia de responsabilidade para a área funcional. Ou seja, vendas, produção e distribuição. Obviamente, é uma distribuidora hábil, mas, neste momento, precisa que eu fique à frente da produção e das vendas. Se aumentarmos o volume de vendas, tal como propus aqui...

— Fez tabelas. — Havia uma ponta de espanto na voz de Roz. — E gráficos. De repente, fiquei com medo.

— Não ficou nada — disse Stella com uma gargalhada e depois olhou para o rosto de Roz. — Está bem, talvez um bocadinho. Mas, se olhar para esta tabela, poderá ver a gerente dos viveiros... que sou eu... e Roz, pois tem tudo a seu cargo. Partindo daí, temos o seu propagador... que será Roz e Harper, presumo; a gerente de produção, eu; e a gerente de vendas, também eu. Pelo menos, por ora. Precisa delegar e/ou contratar alguém para se encarregar da produção nos terrenos e/ou em recipientes. Esta seção aqui trata do pessoal, tarefas e responsabilidades inerentes a cada função.

— Está bem. — Roz suspirou e esfregou a nuca. — Antes de eu cansar os olhos lendo isso tudo, deixe-me dizer que, embora não afaste a hipótese de contratar mais gente, Logan, o meu paisagista, tem a produção no terreno muito bem controlada neste momento. Eu posso continuar à frente da produção em recipientes. Não fundei este negócio para me sentar e ficar vendo os outros trabalharem.

— Ótimo. Depois, quando for possível, gostaria de me encontrar com Logan para podermos coordenar nossos métodos de trabalho.

O sorriso de Roz parecia ligeiramente perverso.

— Isso vai ser interessante.

— Entretanto, já que estamos as duas aqui, por que não levamos as minhas notas e os meus esboços para a seção de vendas e os estudamos no local? Será mais fácil perceber o que tenho em mente e mais simples de explicar.

"Mais simples?", pensou Roz, levantando-se. Parecia-lhe que nada por ali seria simples a partir de então.

Mas certamente não iriam se aborrecer.

Capítulo Quatro

Parecia tudo perfeito. Stella trabalhava longas horas, mas, nessa fase, grande parte do trabalho ainda era de planejamento. E havia pouca coisa de que ela gostasse mais do que de planejamento. Uma delas era *organizar*. Tinha uma visão das coisas na sua cabeça, de como deveriam ser.

Alguns poderiam ver isso como um defeito, essa tendência de organizar e projetar, para tentar concretizar suas ideias mesmo quando — talvez especialmente quando — os outros não percebiam bem o que ela tinha em mente.

Mas ela não achava que isso fosse um defeito.

A vida corria melhor quando tudo estava em seu devido lugar.

Assim correra a sua vida — ela se certificara disso — até a morte de Kevin. Sua infância fora um labirinto de contradições, de confusões e aborrecimentos. Perdera o pai aos três anos de uma forma muito real, quando o divórcio dividira a família.

A única coisa de que se lembrava claramente da mudança de Memphis era de estar chorando pelo pai.

Desse ponto em diante, parecia que ela e a mãe haviam entrado em conflito por tudo e por nada, desde a cor das paredes às finanças, à forma de passar férias e épocas festivas. Tudo.

Essas mesmas *pessoas* podiam dizer que isso era o que acontecia quando duas mulheres obstinadas viviam na mesma casa. Mas Stella sabia que não era bem assim. Enquanto ela era prática e organizada, a mãe parecia dispersa e espontânea. O que explicava os quatro casamentos e três noivados acabados.

A mãe gostava de luzes, barulho e romances loucos. Stella preferia calma, sossego e compromisso.

Não que não fosse romântica. Era simplesmente mais sensata a esse respeito.

Fora ao mesmo tempo sensato e romântico apaixonar-se por Kevin. Ele era carinhoso, doce e confiável. Queriam ambos as mesmas coisas: um lar, uma família, um futuro. Ele a fizera feliz, fizera-a sentir-se segura e apreciada. E, céus, como sentia a falta dele!

Perguntou-se o que pensaria ele da sua ida para aquele lugar, de seu recomeço. Kevin teria confiado nela. Sempre acreditara nela. Sempre haviam acreditado um no outro.

Ele fora o seu rochedo de uma forma muito concreta. O rochedo que lhe dera uma base sólida sobre a qual pudera construir, depois de uma infância conturbada.

Depois, o destino arrancara esse rochedo de debaixo dos seus pés. Perdera sua base, seu amor, seu amigo mais querido e a única pessoa no mundo que podia amar seus filhos tanto quanto ela os amava.

Houvera algumas vezes, muitas vezes, nos primeiros meses após a morte de Kevin, em que quase perdera a esperança de algum dia voltar a encontrar o equilíbrio.

Agora ela era o rochedo dos filhos e faria o que fosse preciso para lhes dar uma boa vida.

Com os meninos já deitados e um fogo suave ardendo na lareira — na sua próxima casa, *decididamente* ela teria uma lareira no quarto —, sentou-se na cama com o notebook.

Não era a forma mais profissional de trabalhar, mas não se sentia à vontade para pedir a Roz que a deixasse transformar um dos quartos em escritório.

Por ora.

Por ora, poderia trabalhar assim. Na verdade, era aconchegante e, para ela, relaxante estudar o plano de trabalhos para o dia seguinte aninhada numa fabulosa cama antiga.

Tinha uma lista de telefonemas que tencionava fazer aos fornecedores, a reorganização dos acessórios de jardim e das plantas de interior. O novo sistema de preços por códigos de cores para implementar. O novo programa de faturamento para instalar.

Tinha de falar com Roz sobre os empregados temporários. Quem, quantos, quais eram suas responsabilidades individuais e de grupo.

E ainda não conseguira encontrar o paisagista. Parecia que o raio do homem já teria tido tempo nesta última semana de retornar os telefonemas dela. Escreveu "Logan Kitridge", sublinhando o nome.

Olhou para o relógio, recordando a si própria que trabalharia melhor se dormisse bem.

Desligou o computador e o levou para a cômoda a fim de colocá-lo para recarregar. Iria mesmo precisar de um escritório.

Dedicou-se à sua rotina habitual antes de dormir, limpando meticulosamente a maquiagem, estudando o rosto lavado no espelho para ver se a Bruxa do Tempo deixara alguma ruga nova naquele dia. Aplicou o creme para os olhos, o dos lábios, o hidratante de uso noturno — todos alinhados por ordem de utilização na bancada do banheiro. Depois de pôr mais creme nas mãos, passou alguns minutos à procura de cabelos brancos. A Bruxa do Tempo podia ser traiçoeira.

Desejou ser mais bonita. Desejou que suas feições fossem mais regulares, o cabelo liso e de uma cor aceitável. Uma vez o pintara de castanho e fora um desastre. Assim, tinha de viver com...

Percebeu que estava cantarolando e olhou para o seu reflexo no espelho, de testa franzida. Que canção era aquela? Que estranho ter ficado com uma canção na cabeça quando nem sabia qual era.

Depois percebeu que não lhe ficara na cabeça. Ela a estava *ouvindo*. Uma voz suave e sonhadora cantando. Vinha do quarto dos meninos.

Perguntando a si própria por que diabos Roz estaria cantando para os meninos às onze da noite, Stella estendeu a mão para a porta de comunicação.

Assim que a abriu, o canto parou. Sob o brilho suave da luz do abajur com a figura de Harry Potter, viu os filhos nas respectivas camas.

— Roz? — murmurou, entrando.

Estremeceu. Por que estava fazendo tanto frio ali dentro? Dirigiu-se rapidamente e em silêncio às portas do terraço, examinou-as e viu que estavam fechadas, bem como as outras janelas. E a porta do corredor também, verificou, franzindo de novo a testa.

Podia jurar que tinha ouvido alguma coisa. *Sentido* alguma coisa. Mas o arrepio já se desvanecera e não havia qualquer som no quarto a não ser a respiração calma dos filhos.

Arrumou os cobertores, como fazia todas as noites, e beijou os dois na testa.

E deixou a porta de comunicação aberta.

De manhã, já esquecera o ocorrido. Luke não encontrava a sua camiseta da sorte e Gavin se envolvera num desafio de luta livre com Parker durante o passeio matinal, antes de sair para a escola, e teve de mudar de roupa. Por isso, Stella mal teve tempo para o café e o pãozinho doce que David a obrigou a comer.

— Você se importa de dizer a Roz que eu já fui andando? Quero ter a área da recepção pronta antes de abrirmos às dez.

— Ela saiu há uma hora.

— Há uma hora? — Stella olhou para o relógio. Acompanhar o ritmo de Roz se tornara a sua missão pessoal... e, até agora, tinha falhado. — Ela não *dorme*?

— Com ela, o pássaro madrugador não só apanha a minhoca, como tem tempo para cozinhá-la com um belo molho de ameixa para o café da manhã.

— Desculpe-me, mas que nojo! Tenho que ir. — Correu para a porta, depois parou. — David, está tudo bem com as crianças? Você me diria se houvesse algum problema, não diria?

— Com certeza. Temos nos divertido muito. Hoje, depois da escola, vamos experimentar correr com tesouras na mão e, em seguida, vamos tentar descobrir quantas coisas conseguimos improvisar para espetar nos olhos. Depois disso, avançaremos para os materiais inflamáveis.

— Obrigada, agora estou muito mais tranquila. — Abaixou-se e deu uma última palmadinha em Parker. — Fique de olho nesse cara — disse ao cão.

Logan Kitridge estava com pouco tempo. A chuva o obrigara a atrasar seu projeto pessoal, a ponto de precisar adiar alguns dos pormenores — mais uma vez — para poder cumprir seus compromissos profissionais.

Não que se importasse muito. Considerava o paisagismo um trabalho perpetuamente em curso. Nunca estava concluído. Nunca *devia* estar concluído. E, quando se trabalhava com a natureza, era a natureza que mandava. Era uma patroa volúvel e complicada, e continuamente fascinante.

Um homem tinha de estar sempre atento, pronto a vergar, disposto a ceder e a mudar com os estados de espírito da natureza. Planejar em termos absolutos era um exercício de frustração e, para ele, já havia coisas suficientes com que se sentir frustrado.

Uma vez que a natureza se dignara a lhe dar um dia bom e limpo, estava aproveitando para tratar do seu projeto pessoal. Isso significava que tinha de trabalhar sozinho — de qualquer maneira, era como preferia — e ainda arranjar tempo para passar pelo local do trabalho em curso e ver como estavam as coisas com sua equipe de dois homens.

Isso significava que tinha de ir à casa de Roz buscar as árvores que selecionara para seu próprio uso, trazê-las para sua casa e plantá-las antes do meio-dia.

Ou uma hora da tarde. Duas, no mais tardar.

Bem, logo veria como as coisas correriam.

Só não poderia arranjar tempo para essa nova gerente que Roz arranjara. Nem sequer conseguia perceber por que diabo ela contratara uma gerente e, pelo amor de Deus, uma ianque. Parecia-lhe que Rosalind

Harper sabia gerir muito bem seu próprio negócio e não precisava de uma desconhecida de fala rápida para dar cabo do sistema.

Ele gostava de trabalhar com Roz. Era uma mulher que delegava e que não metia o nariz no seu trabalho mais do que o razoável. Ela adorava o trabalho, tal como ele, e tinha instinto para executá-lo. Assim, quando ela dava uma sugestão, as pessoas tendiam a ouvi-la e a levá-la em consideração.

Pagava bem e não aborrecia um homem com pormenores.

E ele sabia, *sabia* que aquela gerente seria uma pedra no seu sapato.

Já não começara a lhe deixar mensagens, naquela voz ianque fria, sobre gestão de tempo, sistemas de faturamento e inventário de estoques?

Ele nunca se preocupara com esse tipo de coisa e não era agora que iria começar a se preocupar.

Ele e Roz tinham um sistema, ora! Um sistema que era suficiente para os trabalhos aparecerem feitos e os clientes ficarem satisfeitos.

Para que mexer em time que estava ganhando?

Conduziu a sua picape através do estacionamento, serpenteando entre os montes de adubo vegetal, areia e troncos decorativos, e contornou a zona de descarga.

Já vira e identificara aquilo que queria — mas, antes de carregar as plantas, daria mais uma olhada. Além disso, havia algumas semprevivas novas no campo e dois abetos na zona protegida que poderia usar.

Harper fizera um enxerto em dois salgueiros e numa sebe de peônias. Estariam prontos para plantar naquela primavera, bem como os vários vasos de estacas e plantas que Roz o ajudara a fazer.

Avançou entre as fileiras de árvores, depois virou e retrocedeu.

"Isso não está certo", pensou. Estava tudo fora do lugar, mudado. Onde estavam seus cornisos? Onde estavam os rododendros e os loureiros que havia selecionado? Onde estava a sua maldita magnólia?

Olhou de testa franzida para um salgueiro, depois começou uma busca cuidadosa, passo a passo, pela seção.

Estava tudo diferente. As árvores e os arbustos já não estavam naquilo que ele considerava uma mistura interessante e eclética de tipos e espécies, mas sim alinhados como soldados, concluiu. Alfabetizados, pelo amor de Deus. Em latim.

Os arbustos tinham sido segregados e estavam organizados da mesma forma obsessiva.

Encontrou suas árvores e, fervendo de raiva, levou-as para o caminhão. Murmurando entre dentes, decidiu ir ao campo e tirar as árvores que queria levar de lá. Pelo visto, estariam mais seguras em sua casa. Obviamente.

Mas primeiro iria procurar Roz e esclarecer aquela trapalhada.

Em cima de uma pequena escada, armada com um balde de água com detergente e um pedaço de pano, Stella atacou a prateleira que acabara de esvaziar. Uma boa limpeza, decidiu, e estaria pronta para a sua mostra recentemente planejada. Visualizava-a cheia de vasos decorativos ordenados por cores, com algumas plantas sortidas entre eles. Se juntasse outros acessórios, como fio de ráfia, regadores decorativos, pedras e bolinhas de florista, e assim por diante, ficaria algo digno de se ver.

Ali, no ponto de vendas, iria gerar compras por impulso.

Estava passando os aditivos para o solo, os fertilizantes e os repelentes de animais para a parede lateral. Esses eram artigos necessários, não de compra por impulso. Os clientes teriam de ir até o fundo para procurar artigos dessa natureza, passando pelos mensageiros do vento que ela iria pendurar, pelo banco e pelo canteiro de concreto que pretendia trazer para dentro. Com as outras alterações, ficaria tudo em harmonia e os clientes seriam naturalmente atraídos para a seção de plantas de interior, passando pelos vasos de pátio, pelo mobiliário de jardim, tudo antes de chegarem à exposição de plantas.

Faltava ainda uma hora e meia para abrirem e, se conseguisse convencer Harper a ajudá-la com as coisas mais pesadas, conseguiria acabar tudo.

Ouviu passos vindo dos fundos e soprou os cabelos para tirá-los dos olhos.

— Estou progredindo — disse. — Sei que ainda não parece, mas...
Interrompeu-se quando o viu.

Mesmo em cima da escada, sentiu-se pequena. Ele não devia medir menos de um metro e noventa e cinco, um homem duro, esguio e em forma, com calça jeans desbotada, manchada de água sanitária numa das pernas. Vestia uma camisa grossa de flanela por cima de uma camiseta e calçava um par de botas tão surradas que Stella pensou que ele deveria ter pena delas e dar-lhes um enterro decente.

Os cabelos compridos, ondulados e despenteados, eram da cor que ela pretendera da única vez que tentara pintar o seu.

Não lhe chamaria de um homem atraente — tudo nele parecia grosseiro e rude. A boca dura, as faces secas, o nariz afilado, a expressão dos olhos. Eram verdes, mas não como os de Kevin tinham sido. Estes eram profundos e carregados, e pareciam, de alguma forma, *quentes*, por baixo da linha forte das sobrancelhas.

Não, ela não diria que ele era atraente, mas sim impressionante, num estilo grande e duro. O tipo de dureza que dava a ideia de que um soco causaria muito mais danos a quem o desferisse do que a ele próprio.

Sorriu, embora estivesse perguntando a si própria onde estaria Roz. Ou Harper. Ou alguém.

— Lamento, ainda não abrimos. Posso ajudá-lo com alguma coisa?

Oh, ele conhecia aquela voz. Aquela voz decidida e fria que lhe deixara mensagens irritantes sobre planos estruturais funcionais e objetivos de produção.

Esperara que ela parecesse como soava — um equívoco comum, supôs. Não havia nada de frio naqueles cabelos ruivos rebeldes, que ela tentava controlar com um lenço idiota, nem na desconfiança dos grandes olhos azuis.

— Mudou a droga das minhas árvores de lugar.

— Desculpe?

— Você tem mesmo que pedir desculpas. Não torne a fazer isso.

— Não sei do que está falando. — Agarrou melhor o balde, pelo sim, pelo não, e desceu da pequena escada. — Encomendou algumas árvores? Se me disser o seu nome, posso ver se consigo encontrar a sua encomenda. Estamos implementando um sistema novo, por isso...

— Não preciso encomendar nada e não gosto do seu sistema novo. E que diabos está fazendo aqui dentro? Onde está *tudo*?

A voz dele lhe parecia de alguém da região, desagradável e com indícios claros de impaciência.

— Acho que talvez seja melhor voltar quando estivermos abertos. No inverno, abrimos às dez. Se me deixar o seu nome... — Aproximou-se do balcão e do telefone.

— É Kitridge e deveria saber muito bem disso, uma vez que não para de me chatear há quase uma semana.

— Não sei... Oh! Kitridge. — Relaxou um pouco. — O paisagista. E não tenho chateado você — disse num tom mais acalorado quando se deu conta do que ele dissera. — Tenho tentado entrar em contato para podermos marcar uma reunião. E o senhor não teve a cortesia de retornar os meus telefonemas. Espero sinceramente que não seja tão mal-educado com os clientes quanto é com os colegas.

— Mal-educado? Ouça, a senhora não sabe o que é ser mal-educado.

— Tenho dois filhos — retrucou ela. — Sei muito bem o que é ser mal-educado. Roz contratou-me para pôr ordem no negócio dela, para tirar parte da carga sistêmica dos ombros dela, para...

— Sistêmica? — Ele ergueu os olhos para o céu como um homem fazendo uma prece. — Céus, vai falar sempre assim?

Ela respirou fundo e tentou acalmar-se.

— Sr. Kitridge, tenho um trabalho a ser feito. Parte desse trabalho consiste em lidar com a vertente paisagista deste negócio. Por acaso é uma vertente muito importante e lucrativa.

— Pode ter certeza. E é a minha vertente.

— Por acaso está também ridiculamente desorganizada e, ao que parece, é gerida como se fosse um circo. Tenho passado a semana toda encontrando pedacinhos de papel soltos e encomendas e faturas... se é que podemos chamar assim... escritas à mão.

— E daí?

— E daí que, se tivesse se dado ao trabalho de retornar os meus telefonemas e de combinar uma reunião, eu poderia ter-lhe explicado como é que esta vertente do negócio vai funcionar a partir de agora.

— Ah, é? — O sotaque do oeste do Tennessee adquiriu uma tonalidade suave e perigosa. — Vai me explicar?

— Exatamente. O sistema que estou implementando vai, em última análise, poupar-lhe uma quantidade considerável de tempo e trabalho, graças aos softwares de faturas e de inventário, às listas de clientes e de designs, a...

Ele a estava observando de alto a baixo. Calculou que devia ter uns bons trinta centímetros a mais do que ela, provavelmente uns quarenta quilos a mais. Mas aquela mulher tinha uma língua afiada. Era aquilo que a sua mãe costumava chamar de uma ferroada de abelha — embora bonita —, e pelo visto nunca se calava.

— E como diabos passar metade do tempo sentado em frente a um computador vai me poupar seja lá o que for?

— Depois de os dados serem inseridos no sistema, acredite que é o que vai acontecer. A essa altura, parece que transporta a maior parte das informações num bolso qualquer ou na cabeça.

— E daí? Se estiver no bolso, sei onde encontrá-la. Se estiver na minha cabeça, também sei onde encontrá-la. Não há problema algum com a minha memória.

— Talvez não. Mas amanhã pode ser atropelado por um caminhão e passar os próximos cinco anos em coma. — Os bonitos lábios distenderam-se num sorriso gelado. — E então, como vamos ficar?

— Uma vez que eu estaria em coma, isso não me preocuparia muito. Venha cá.

Pegou-lhe na mão e puxou-a em direção à porta.

— Eh! — exclamou ela, surpreendida. — *Eh!*

— É trabalho. — Abriu a porta e continuou a puxá-la. — Não vou arrastá-la para a minha caverna.

— Então largue-me. — As mãos dele eram duras como uma rocha e igualmente ásperas. E as pernas dele, percebeu Stella enquanto ele se afastava do prédio, devoravam o terreno em passadas grandes e rápidas, forçando-a a segui-lo num passo de corrida pouco digno.

— Já vou soltá-la. Olhe para aquilo.

Apontou para a área de árvores e arbustos enquanto ela tentava recuperar o fôlego.

— Qual o problema?

— Está uma confusão.

— Claro que não está. Passei quase um dia inteiro nessa área. — E ainda tinha os músculos doloridos para provar. — Está arrumada de forma coesa, de modo que um cliente ou um funcionário que procure uma árvore ornamental consiga encontrá-la rapidamente. Se o cliente estiver à procura de um arbusto que floresça na primavera ou...

— Estão todos alinhados. Como é que fez isto? Usou uma régua de carpinteiro? Como as pessoas que entrarem aqui agora vão ter uma imagem de como as diferentes espécies resultarão juntas?

— Esse é o seu trabalho, seu e do restante do pessoal. Estamos aqui para ajudar e orientar o cliente para as várias possibilidades, de acordo com seus desejos mais concretos. Se andarem por aqui pelo meio à procura de uma maldita hortênsia...

— Podem ver uma aleluia ou uma camélia que também gostariam de ter.

Ele tinha alguma razão, e Stella refletiu sobre o que ele dissera. Não era nenhuma idiota.

— Ou então podem sair de mãos abanando porque não conseguiram encontrar facilmente aquilo que vieram procurar. Funcionários atentos e bem-informados devem ser capazes de encontrar o que o cliente quer. Ambas as formas têm prós e contras, mas eu gosto mais desta. E a decisão é minha.

Recuou um passo.

— Agora, se tiver tempo, precisamos de...

— Não tenho. — Ele se afastou a passos largos na direção da picape.

— Espere aí. — Stella correu atrás dele. — Temos que falar sobre as novas ordens de compra e sobre o sistema de faturamento.

— Mande-me um memorando. Parece ser o seu estilo.

— Não quero mandar-lhe um memorando... e o que está fazendo com essas árvores?

— Vou levá-las para casa — respondeu ele, abrindo a porta da picape e entrando.

— Como assim, levá-las para casa? Não tenho papelada nenhuma dessas árvores.

— Olhe, nem eu. — Depois de bater com a porta, abriu a janela um centímetro. — Para trás, ruiva. Não quero passar por cima dos dedos dos seus pés.

— Ouça, não pode simplesmente tirar plantas daqui quando bem entende.

— Vá falar com Roz. Isto se ela ainda for a chefe. Caso contrário, é melhor chamar a polícia. — Acelerou o motor e, quando ela saltou apressadamente para trás, arrancou em marcha a ré, deixando-a para trás, olhando para ele.

Com as faces coradas de raiva, Stella entrou de novo no prédio. "Seria bem-feito para ele", pensou, "seria muito bem-feito se eu chamasse a polícia." Ergueu a cabeça, com os olhos faiscando, quando Roz abriu a porta.

— Não era a picape do Logan?

— Ele trabalha com clientes?

— Claro. Por quê?

— Tem sorte de nunca ninguém ter processado você. Entrou aqui, não fez outra coisa senão queixar-se. Resmungar, resmungar, resmungar — disse Stella entre dentes, passando por Roz. — Não gosta disso, não gosta daquilo, não gosta de nada, tanto quanto percebi. Depois arrancou com a picape cheia de árvores e arbustos.

Roz esfregou o lóbulo da orelha com ar pensativo.

— É verdade que ele tem um humor instável.

— Humor instável? Vi uma faceta dele e não gostei. — Arrancou o lenço da cabeça e atirou-o para cima do balcão.

— Ele conseguiu irritar você, foi?

— E como! Eu estou apenas tentando fazer aquilo para que me contratou, Roz.

— Eu sei. E, até agora, acho que não fiz nenhum comentário ou queixa que possa ser classificada como resmungar, resmungar, resmungar.

Stella olhou para ela horrorizada.

— Não! Claro que não. Não queria dizer... meu Deus!

— Estamos na fase que eu chamaria de período de adaptação. Nem todo mundo tem a mesma facilidade de adaptação. Eu gosto da maior parte das suas ideias e estou disposta a dar uma oportunidade às outras. Logan está habituado a fazer as coisas à sua maneira e eu não tenho tido problemas com isso. Os resultados são bons.

— Ele levou material. Como é que eu posso manter um inventário se não sei o que ele levou nem para o que é? Preciso de papéis, Roz.

— Imagino que ele deve ter levado os espécimes que tinha selecionado para seu uso pessoal. Se levou mais alguma coisa, com certeza me dirá. E sei que não é esta a sua forma de fazer as coisas — continuou, antes que Stella pudesse abrir a boca. — Eu vou falar com ele, mas talvez você também tenha de se adaptar a algumas coisas. Já não está no Michigan. Bem, vou deixá-la voltar ao seu trabalho.

E ela ia voltar para junto de suas plantas. Geralmente, causavam-lhe menos problemas do que as pessoas.

— Roz? Eu sei que, às vezes, consigo ser muito chata, mas quero mesmo ajudá-la a alavancar o seu negócio.

— Já tinha percebido ambas as coisas.

Sozinha, Stella ficou chateada por mais algum tempo. Depois, pegou o balde e voltou a subir a escada. Aquele encontro não planejado tinha feito seus planos irem pelos ares.

— Não gosto dela. — Logan estava sentado na sala de Roz com uma cerveja na mão e um bocado de ressentimento no coração. — É autoritária, inflexível, presunçosa e histérica. — Quando Roz ergueu as sobrancelhas, encolheu os ombros. — Ok, está bem, histérica não... por enquanto... mas mantenho o resto.

— Eu gosto dela. Gosto da sua energia e do seu entusiasmo. E preciso de alguém que trate dos pormenores, Logan. As coisas cresceram muito e fugiram do meu controle. Só estou pedindo que vocês dois mostrem um pouco de flexibilidade.

— Acho que ela não tem meios-termos. É de extremos. Não confio em mulheres de extremos.

— Você confia em mim.

Ele olhou para a cerveja com expressão carrancuda. Era verdade. Se não confiasse em Roz, nunca teria ido trabalhar para ela, independentemente do salário e das regalias que ela lhe agitasse à frente do nariz.

— Ela vai nos fazer preencher formulários aos montes e documentar quantos centímetros podamos de cada arbusto.

— Não me parece que chegue a tanto. — Roz apoiou os pés em cima da mesa de café e bebeu um gole da sua cerveja.

— Se você tinha mesmo de contratar um maldito gerente, Roz, por que não contratou alguém daqui? Arranje alguém que perceba como as coisas funcionam por aqui.

— Porque não queria alguém daqui. Eu queria Stella. Quando ela descer, vamos tomar uma bebida de forma civilizada e agradável, seguida por uma refeição civilizada e agradável. Não me interessa se vocês gostam um do outro ou não, vão ter que aprender a se dar bem.

— Você é quem manda.

— Isso é um fato. — Roz deu-lhe uma palmada amigável na perna.

— Harper também vem. Eu o obriguei.

Logan ficou em silêncio por mais um minuto.

— Gosta mesmo dela?

— Gosto mesmo. E sentia falta de ter a companhia de uma mulher. Pelo menos de uma mulher que não fosse tola nem irritante. E ela não é uma coisa nem outra. Passou por um mau bocado, Logan, perdendo o marido tão nova. Eu sei como é isso. E ela não se deixou abater nem se tornou frágil. Portanto, sim, gosto dela.

— Nesse caso, vou tolerá-la, mas só por você.

— É assim que se fala. — Com uma gargalhada, Roz inclinou-se e beijou-o na face.

— Só porque sou louco por você.

Stella entrou na sala bem a tempo de ver Logan pegar na mão de Roz e pensou: "Oh, que merda!"

Ela se havia precipitado, discutido, insultado e feito queixas do namorado da sua patroa.

Com um aperto no estômago, empurrou os filhos para a frente e entrou, com um sorriso no rosto.

— Espero que não estejamos atrasados — disse em tom jovial. — Tivemos uma pequena crise com os trabalhos de casa. Olá, sr. Kitridge. Gostaria de lhe apresentar meus filhos. Este é o Gavin, e este é o Luke.

— Como vão? — Pareciam-lhe crianças normais, e não os robôs mecânicos que esperaria que uma mulher como Stella produzisse.

— Meu dente está mole — informou Luke.

— É mesmo? Me mostre, então. — Logan pousou a cerveja para inspecionar seriamente o dente que Luke fez mexer com a língua. — Sabe, tenho um alicate na caixa de ferramentas. Um puxão e tiramos já isso daí.

Ao ouvir um som horrorizado atrás de si, Logan se virou e sorriu friamente para Stella.

— O sr. Kitridge está brincando — disse Stella a Luke, que parecia fascinado. — O dente vai cair quando estiver pronto.

— E, quando cair, a Fada dos Dentes virá e eu receberei um *dólar*.

Logan franziu os lábios.

— Um dólar, hã? Bom negócio.

— Sai sangue quando cai, mas eu não tenho medo.

— Sra. Roz? Podemos ver David lá na cozinha? — Gavin olhou para a mãe. — A mamãe disse que tínhamos de lhe pedir.

— Claro, vão.

— Nada de doces — gritou Stella enquanto eles se afastavam correndo.

— Logan, por que não serve um copo de vinho à Stella?

— Eu vou lá. Não se levante — disse-lhe Stella.

"Hoje ele não parece tanto um idiota autoritário", pensou ela. Arrumara-se muito bem, e Stella conseguia perceber por que razão Roz se sentia atraída por ele. Para quem gostasse do visual másculo.

— Não disse que Harper também vinha? — perguntou-lhe Stella.

— Deve estar chegando. — Roz agitou a cerveja. — Vamos ver se conseguiremos nos portar todos bem. Vamos já despachar o assunto para ter uma refeição agradável sem prejudicar a digestão. Stella está encarregada das vendas, da produção e da gestão diária do negócio. Ela e eu, pelo menos por enquanto, vamos partilhar a gestão de pessoal, enquanto Harper e eu tratamos da distribuição.

Bebeu um gole de cerveja e esperou, embora conhecesse seu próprio poder e não estivesse à espera de objeções.

— Logan está à frente do paisagismo, tanto na estufa como fora. Assim, tem a primeira opção na escolha de materiais e está autorizado a fazer encomendas especiais ou a tratar da compra ou aluguel de equipamento, material ou espécimes necessários para projetos exteriores. As alterações que a Stella já implementou ou propôs... e que foram aprovadas por mim... são para continuar ou implementar, enquanto eu não decidir que não funcionam. Ou pura e simplesmente se eu chegar à conclusão de que não me agradam. Até aqui, tudo claro?

— Perfeitamente — disse Stella com frieza.

Logan encolheu os ombros.

— O que significa que vocês vão colaborar um com o outro, fazer o que for necessário para trabalharem juntos de forma que ambos possam obter resultados em suas respectivas áreas. Eu construí a empresa No Jardim do nada e posso geri-la sozinha, se tiver de ser. Mas não é o que pretendo. Pretendo que vocês dois e Harper assumam com as responsabilidades que lhes foram atribuídas. Podem discutir à vontade. Não me incomodam as discussões. Mas o trabalho terá de ser feito.

Acabou a sua cerveja.

— Perguntas? Comentários? — Após alguns segundos de silêncio, levantou-se. — Muito bem, nesse caso, vamos comer.

Capítulo Cinco

Foi, de maneira geral, uma noite muito agradável. Nenhum dos seus filhos atirou a comida nem fez ruídos desagradáveis de forma audível. Isso era sempre positivo, segundo Stella. A conversa foi educada, até mesmo animada — particularmente quando os meninos descobriram o primeiro nome de Logan, o mesmo nome usado por Wolverine dos X-Men.

Ele ganhou instantaneamente o estatuto de herói, mais ainda quando se descobriu que Logan partilhava a obsessão de Gavin por livros de histórias em quadrinhos.

O fato de Logan parecer mais interessado em conversar com seus filhos do que com ela era outro ponto positivo.

— Se o Hulk e o Homem-Aranha alguma vez lutassem um com o outro, eu acho que o Homem-Aranha iria ganhar.

Logan acenou enquanto cortava um pedaço da sua carne malpassada.

— Porque o Homem-Aranha é mais rápido e mais ágil. Mas, se o Hulk conseguisse apanhá-lo, daria cabo dele.

Gavin espetou o garfo numa batatinha nova, depois ergueu-a no ar como uma cabeça decepada numa estaca.

— Se ele estivesse sob a influência de um vilão perverso qualquer, como...

— Talvez, Mr. Hyde.

— Sim! Mr. Hyde; então, o Hulk poderia ser *obrigado* a ir atrás do Homem-Aranha. Mas ainda acho que o Homem-Aranha iria ganhar.

— Por isso ele é espantoso — concordou Logan — e o Hulk é incrível. É preciso mais do que músculos para combater o mal.

— Sim, é preciso ser corajoso e esperto, e coisas assim.

— Peter Parker é o mais esperto de todos. — Luke imitou o irmão com a batata espetada no garfo.

— Bruce Banner também é esperto. — Como isso fizera os garotos rirem, Logan espetou uma batata e abanou-a. — Consegue sempre arranjar roupa nova depois de voltar à forma normal.

— Se fosse mesmo esperto — comentou Harper —, arranjaria uma maneira de fazer a sua roupa esticar e expandir-se.

— Vocês, os cientistas — disse Logan, sorrindo para Harper. — Nunca pensam no mundano.

— Mundano é um supervilão? — quis saber Luke.

— Mundano quer dizer comum — explicou Stella. — Por exemplo, é mais mundano comer as batatas do que brincar com elas, e é isso que se deve fazer à mesa.

— Oh! — Luke sorriu para a mãe, com uma expressão entre o doce e o malandro, e enfiou a batata na boca. — Está bem.

Depois da refeição, ela aproveitou a desculpa da hora de dormir dos meninos para se retirar. Tinha de tratar do banho deles, de responder às habituais mil perguntas e de aguentar enquanto eles esgotavam as últimas energias do dia, o que, em geral, incluía um deles ou os dois correndo de um lado para o outro praticamente nus.

Depois chegava a sua hora preferida, quando puxava uma cadeira entre as duas camas e lia para eles, enquanto Parker começava a ressonar aos seus pés. O livro que estavam lendo no momento era *Mystic Horse* e, quando o fechou, ouviu os habituais gemidos e súplicas para só mais um pouquinho.

— Amanhã, porque agora, infelizmente, é hora dos beijos molhados.

— Beijos molhados não! — Gavin virou-se de barriga para baixo e escondeu o rosto na almofada. — Isso não!

— Sim, e você tem que se submeter. — Cobriu-lhe a nuca de beijos enquanto ele ria às gargalhadas. — E agora, a minha segunda vítima. — Virou-se para Luke e esfregou as mãos.

— Espera, espera! — Ele estendeu as mãos para se defender do ataque. — Acha que o meu dente vai cair amanhã?

— Mostre outra vez. — Sentou-se na beira da cama dele, observando solenemente enquanto ele movimentava o dente com a língua. — Acho que é bem possível.

— Posso ter um cavalo?

— Não cabe debaixo da almofada. — Ele riu e ela o beijou na testa, nas faces e naqueles lábios doces.

Levantou-se e apagou o abajur, deixando-os com a claridade suave da luz de presença.

— Vocês só têm autorização para ter sonhos divertidos.

— Eu vou sonhar que tenho um cavalo, porque, às vezes, os sonhos se realizam.

— É verdade. Então, boa-noite.

Voltou para o seu quarto, ouvindo os murmúrios de cama para cama que também faziam parte do ritual da hora de dormir.

Tornara-se o ritual deles ao longo dos últimos dois anos. Apenas os três na hora de dormir, quando antes haviam sido quatro. Mas agora era um ritual sólido e bom, pensou ela, quando um riso interrompeu os murmúrios.

A certa altura, ela deixara de sofrer todas as noites, a cada novo dia, por aquilo que tivera. E começara a dar valor àquilo que tinha agora.

Olhou para o notebook e pensou no trabalho que planejara fazer naquela noite. Em vez disso, dirigiu-se às portas do terraço.

Ainda estava muito frio para se sentar lá fora, mas precisava do ar, do silêncio e da noite.

Imagine, imagine só, estava ao ar livre numa noite de janeiro. E não estava morrendo de frio. Apesar de as previsões apontarem para mais chuva, o céu estava salpicado de estrelas e adornado com uma nesga de lua. Sob a luz fraca, conseguia ver uma camélia em flor. Flores no inverno — aí estava mais uma coisa para adicionar à lista das vantagens de ter se mudado para o Sul.

Cruzou os braços sobre o peito e pensou na primavera, quando o ar estaria quente e perfumado pelo jardim.

Queria estar ali na primavera para ver isso, para participar daquele despertar. Queria manter aquele emprego. Não se dera conta do quanto queria ficar até ouvir as palavras firmes e diretas de Roz antes de jantar.

Menos de duas semanas e já estava bastante envolvida. Talvez demasiadamente envolvida, admitiu. Isso era sempre um problema. Tinha sempre de acabar tudo o que começava. Era a sua religião, como a mãe costumava dizer.

Mas era mais do que isso. Sentia-se tocada por aquele local. Era um erro e ela sabia bem disso. Estava apaixonada pelos viveiros e pela sua própria visão de como as coisas poderiam ficar. Queria ver mesas transbordando de cores e folhas verdes, cascatas de flores se derramando de cestos suspensos dispostos ao longo dos corredores, formando caramanchões. Queria ver clientes percorrendo a loja e comprando, enchendo as picapes e os carros com caixas.

E, claro, havia aquela parte sua que queria ir com cada um deles e lhes mostrar exatamente como cada coisa deveria ser plantada. Mas conseguia controlar esse impulso.

Admitia que também queria ver o sistema de arquivo implementado, as folhas de cálculo e os registros de inventário semanal.

E, quer ele gostasse ou não, pretendia visitar alguns dos trabalhos de Logan. Ter uma percepção dessa parte do negócio.

Isso partindo do princípio de que ele não convenceria Roz a despedi-la.

Ele também fora posto no seu lugar, admitiu Stella. Mas tinha a vantagem de jogar em casa.

De qualquer maneira, não iria conseguir trabalhar nem relaxar nem pensar em mais nada enquanto não esclarecesse bem a situação.

Iria descer, com a desculpa de preparar um chá. Se a picape dele já não estivesse mais lá, tentaria conversar um minuto com Roz.

Estava tudo silencioso e teve o triste pressentimento de que eles haviam subido para o quarto. Não queria ter essa imagem na cabeça. Entrou na sala pé ante pé e espreitou pela janela. Apesar de não ver a picape dele, lembrou-se de que não sabia onde ele havia estacionado, nem sequer se teria trazido outro carro.

Deixaria a conversa para o dia seguinte, de manhã. Era melhor. De manhã, solicitaria uma breve reunião com Roz e esclareceria tudo. Era melhor esperar, planejar exatamente o que queria dizer e como deveria dizê-lo.

Uma vez que já estava lá embaixo, decidiu fazer um chá. Depois poderia levá-lo para cima e concentrar-se no trabalho. As coisas pareceriam melhores quando estivesse concentrada em seu trabalho.

Entrou silenciosamente na cozinha e soltou um grito abafado quando viu um vulto indistinto sob a luz fraca. O vulto gritou também e apertou o interruptor ao lado do fogão.

— Da próxima vez, mate-me logo — disse Roz, levando a mão ao coração.

— Desculpe. Céus, você me assustou. Eu sabia que David ia sair esta noite e não pensei que houvesse alguém aqui.

— Só eu. Estou fazendo café.

— Às escuras?

— A luz do fogão estava acesa. Conheço cada canto da casa. Veio assaltar a geladeira?

— O quê? Não, não! — Dificilmente se sentiria à vontade para tanto na casa de outra mulher. — Ia apenas fazer um chá para levar lá pra cima e beber enquanto trabalho um pouco.

— Vá em frente. A menos que prefira um café.

— Se beber café depois de jantar, passo a noite em claro.

Era estranho estarem ali na casa silenciosa, apenas as duas. Não era a sua casa, pensou Stella, nem a sua cozinha, tampouco o seu silêncio. Ela não era uma hóspede, mas sim uma empregada.

Por mais amável que Roz fosse, tudo o que a rodeava era propriedade dela.

— O sr. Kitridge já foi embora?

— Pode tratá-lo por Logan, Stella. Senão, soa desagradável.

— Desculpe, não era essa a minha intenção. — Bem, talvez um pouco. — Simplesmente eu e ele começamos com o pé esquerdo e... oh, obrigada — disse, quando Roz lhe estendeu a chaleira. — Sei que não devia ter-me queixado dele.

Encheu a chaleira, desejando ter pensado melhor no que queria dizer. E ensaiado algumas vezes.

— Por quê? — perguntou Roz.

— Bem, não é muito construtivo que a sua gerente e o seu paisagista briguem logo ao primeiro contato, muito menos que venham fazer queixas sobre isso.

— Sensata. Madura. — Roz encostou-se no balcão enquanto esperava que o café estivesse pronto. "Jovem", pensou. Não podia esquecer-se de que, apesar de algumas experiências comuns, a moça era, pelo menos, dez anos mais nova do que ela. E ainda estava meio verde.

— Tento ser ambas as coisas — disse Stella, pondo a chaleira para aquecer.

— Também já fui assim, há tempos. Depois, pensei, que se lixe! Vou começar o meu próprio negócio.

Stella afastou o cabelo do rosto. Quem era aquela mulher que conseguia ser elegante mesmo sob luzes fortes? Que pronunciava palavras francas com a sua voz de debutante da aristocracia sulista e usava meias de lã velhas em vez de chinelos?

— Não consigo defini-la. Não consigo compreendê-la.

— É isso que costuma fazer, não é? Definir as coisas. — Esticou-se para tirar uma caneca do armário. — É uma boa qualidade para uma gerente. Mas pode ser irritante no nível pessoal.

— Não seria a primeira pessoa a pensar assim — suspirou Stella.

— E, justamente no nível pessoal, gostaria de acrescentar um pedido de desculpas. Não devia ter-lhe dito aquelas coisas sobre Logan. Primeiro, porque não é bonito fazer queixas de um colega. E, segundo, porque não tinha percebido que vocês dois estavam envolvidos.

— Não? — Roz decidiu que este momento pedia um biscoito. Enfiou a mão no pote que David mantinha sempre bem abastecido. — E se deu conta disso quando...

— Quando descemos, antes do jantar. Não tive intenção de ouvir, mas não pude evitar reparar...

— Coma um biscoito.

— Não costumo comer doces depois de...

— Coma um — insistiu Roz, estendendo-lhe o pote. — Logan e eu estamos, de fato, envolvidos. Ele trabalha para mim, embora ele não veja isso bem dessa forma. — Um sorriso divertido apareceu-lhe nos lábios. — Do ponto de vista dele, é mais *comigo*, e eu não me importo. Desde que o trabalho seja feito, o dinheiro entre e os clientes estejam satisfeitos. Também somos amigos. Gosto muito dele. Mas não dormimos juntos. Não estamos, de forma alguma, envolvidos afetivamente.

— Oh! — Desta vez, prendeu a respiração. — Oh... Bem, os meus pés já estão ensopados; portanto, tenho que pedir emprestado o pé de alguém para enfiar outra vez na poça.

— Não me sinto insultada. Estou lisonjeada. Ele é um espécime excelente. Mas não posso dizer que alguma vez tenha pensado nele dessa maneira.

— Por quê?

Roz se serviu de café enquanto Stella tirava a chaleira do fogo.

— Sou dez anos mais velha do que ele.

— E isso a leva a que conclusão?

Roz olhou para ela com uma expressão de surpresa que se transformou em divertimento.

— Tem razão. Isso não quer dizer nada, ou não deveria. No entanto, fui casada duas vezes. Uma foi boa, muito boa. A outra foi ruim, muito ruim. Não estou à procura de homem neste momento. Dão muito problema. Mesmo quando uma relação é boa, exige tempo, esforço e energia. Estou apreciando usar todo esse tempo, esforço e energia comigo própria.

— Não se sente sozinha?

— Sim. Sim, eu me sinto. Houve um tempo em que nunca pensei que poderia dar-me ao luxo de estar sozinha. Criar os meus filhos, a correria, o caos, a responsabilidade.

Olhou em volta, como se estivesse surpresa por ver a cozinha silenciosa, sem o barulho e a desarrumação causados por crianças pequenas.

— Depois de estarem criados... não que isso alguma vez acabe, mas há um ponto em que temos de nos distanciar... pensei que queria partilhar a minha vida, a minha casa, a minha pessoa com alguém. Foi um erro. — Embora a sua expressão continuasse descontraída e agradável, seu tom de voz tornou-se duro como granito. — E eu o corrigi.

— Não consigo imaginar casar-me de novo. Mesmo um bom casamento é um número de equilibrismo, não é? Principalmente se juntarmos à equação a carreira e a família.

— Nunca precisei jogar com todas essas coisas porque nunca as tive ao mesmo tempo. Quando John era vivo, tinha a casa, as crianças, ele. A minha vida girava em torno deles. E mais ainda quando fiquei sozinha com elas. Não estou arrependida — disse, depois de beber um gole de café. — Era assim que eu queria as coisas. O negócio, a carreira, isso tudo começou tarde para mim. Admiro as mulheres que conseguem lidar com todas essas coisas ao mesmo tempo.

— Eu acho que era bastante boa. — Sentiu uma pontada de dor com a recordação, um aperto agridoce no coração. — É um trabalho exaustivo, mas acho que consegui. Agora? Acho que já não tenho capacidade para isso. Estar com alguém todos os dias, ao fim do dia. — Balançou a cabeça. — Não consigo me ver assim. Conseguia sempre imaginar-me ao lado de Kevin, em todos os passos e todas as fases. Não consigo imaginar mais ninguém.

— Talvez essa pessoa simplesmente ainda não tenha aparecido.

Stella encolheu os ombros.

— Talvez. Mas consigo imaginá-la com Logan.

— Sério?

Ela disse isso com tanto humor, com um tom tão sugestivo, que Stella esqueceu todo o embaraço e começou a rir.

— Não dessa maneira. Ainda comecei, mas interpus de imediato um bloqueio mental impenetrável. Queria dizer que ficam bem juntos. Parecem atraentes e descontraídos. Achei que era bom. É bom ter alguém com quem possamos relaxar.

— E a Stella e o Kevin eram assim.

— Éramos. Como se navegássemos lado a lado na mesma corrente.

— Reparei que não usa aliança.

— Não. — Stella olhou para o dedo vazio. — Tirei-a há cerca de um ano, quando comecei a sair com outras pessoas. Não parecia correto usá-la quando estava com outro homem. Já não me sinto casada. Foi um processo gradual, suponho.

Roz acenou afirmativamente, como se ela tivesse feito uma pergunta.

— Sim, eu sei.

— Além disso, ao longo do caminho, deixei de pensar "o que diria Kevin disso", ou "o que faria Kevin" ou de imaginar o que ele pensaria ou desejaria. Por isso, tirei a aliança. Foi difícil. Quase tão difícil quanto perdê-lo.

— Eu tirei a minha no dia em que fiz quarenta anos — murmurou Roz. — Percebi que deixara de usá-la como um tributo. Tornara-se mais uma espécie de escudo contra relações. Assim, tirei-a nesse dia negro — disse, com um meio sorriso. — Porque a verdade é que ou avançamos ou desaparecemos.

— Na maior parte do tempo, estou muito ocupada para me preocupar com tudo isso, e não era minha intenção tocar no assunto agora. Só queria pedir desculpas.

— Desculpas aceitas. Vou levar o meu café lá para cima. Nos vemos pela manhã.

— Está bem. Boa-noite.

Sentindo-se melhor, Stella terminou de fazer o seu chá. Daria um bom avanço ao trabalho pela manhã, decidiu, enquanto subia as escadas com a bandeja. Adiantaria boa parte da reorganização, falaria com Harper e Roz sobre as estacas que deveriam ser adicionadas ao inventário *e* arranjaria um jeito de se dar bem com Logan.

Foi então que ouviu o canto, baixinho e triste, quando começou a percorrer o corredor. Seu coração deu um salto no peito e a xícara estremeceu na bandeja ao acelerar o passo. Estava praticamente correndo quando chegou à porta do quarto dos filhos.

Não havia ninguém lá, mas permanecia aquele mesmo gelo no ar. Depois de pousar a xícara de chá para revistar o armário e olhar debaixo da cama, não encontrou nada.

Sentou-se no chão entre as duas camas, à espera de a pulsação voltar ao normal. O cão se agitou, depois subiu no colo dela para lamber sua mão.

Acariciando-o, Stella ficou ali sentada entre os filhos, enquanto eles dormiam.

No domingo, foi almoçar na casa do pai. Não se importou nem um pouco quando Jolene lhe deu um copo de champanhe com suco de laranja e a mandou sair da cozinha.

Era o seu primeiro dia de folga desde que começara a trabalhar e estava decidida a descansar.

Com os meninos correndo pelo pequeno quintal com Parker, podia sentar-se e conversar com o pai.

— Conte-me tudo — ordenou ele.

— Se eu lhe contasse tudo, ficaríamos aqui durante o almoço, o jantar e o desjejum de amanhã.

— Faça um resumo das partes principais. O que achou da Rosalind?

— Gosto muito dela. Consegue ser direta e ao mesmo tempo fugidia. Nunca sei bem em que pé estou, mas gosto dela.

— Ela tem sorte de contar com você. E, como é uma mulher inteligente, sabe disso.

— Você consegue ser um pouco parcial nesse aspecto.

— Só um pouquinho.

Stella sabia que ele sempre a amara. Mesmo quando passavam meses sem se ver. Havia sempre telefonemas, ou cartas, ou presentes surpresa na caixa de correio.

Olhou então para ele e viu que envelhecera tranquilamente. Enquanto sua mãe travara uma guerra amarga e prolongada contra os anos, Will Dooley fizera uma trégua com eles. Os cabelos ruivos estavam agora grisalhos e o corpo ossudo ostentava uma barriga proeminente. Tinha rugas de riso em volta dos olhos e da boca, óculos empoleirados no nariz.

Seu rosto estava queimado do sol. Ele adorava jardinagem e golfe.

— As crianças parecem felizes — comentou ele.

— Adoram viver lá. Nem acredito como me preocupei por causa disso. Eles simplesmente se adaptaram como se sempre tivessem vivido lá.

— Querida, se você não estivesse preocupada com alguma coisa, morreria.

— Odeio você por ter razão a esse respeito. Seja como for, ainda há alguns problemas em relação à escola. É muito difícil para eles serem novos na escola, mas gostam da casa e de todo aquele espaço. E são loucos pelo David. Conhece David Wentworth?

— Sim. Pode-se dizer que ele faz parte da casa de Roz desde pequeno, e agora a administra.

— Ele é fantástico com as crianças. É um alívio saber que, depois da escola, estão com alguém de quem gostam. E também gosto de Harper, apesar de não vê-lo muito.

— Esse rapaz sempre foi um solitário. Está mais feliz junto das suas plantas. Bom sujeito — acrescentou.

— É, sim, pai, mas acho que me vou limitar a falar com ele de estacas e enxertos, está bem?

— Não pode culpar um pai por querer ver a filha se acertar.

— Eu estou bem, por ora. — "Mais do que alguma vez julguei possível", pensou. — No entanto, vai chegar uma hora em que vou querer ter a minha própria casa. Ainda não estou pronta para começar a procurar... tenho muito que fazer e não quero causar mal-estar entre mim e Roz. Mas é uma das coisas na minha lista. Uma casinha na zona das escolas, quando chegar a hora. Não quero que os meninos tenham de mudar outra vez.

— Acabará encontrando o que procura, como sempre.

— Não serve de nada contentar-me com menos do que isso. Mas ainda tenho tempo. Neste momento, estou envolvida com a reorganização até o pescoço. Estoque, papelada, expositores.

— E aposto que está se divertindo como nunca.

Ela riu e esticou os braços e as pernas.

— Estou mesmo. Olha, pai, o lugar é fantástico e tem tanto potencial para mais... Gostaria de encontrar alguém que tivesse mesmo vocação para vendas e relações com os clientes, e pôr essa pessoa à frente desse departamento enquanto me concentro na rotação do estoque, na papelada e em concretizar algumas das minhas ideias. Ainda nem toquei na parte do paisagismo. Exceto para ter uma discussão com o cara que trata disso.

— Kitridge? — Will sorriu. — Já estive com ele uma ou duas vezes, acho. Ouvi dizer que é um tipo muito suscetível.

— Você está dizendo...

— Mas faz um bom trabalho. Roz não se contentaria com menos, posso lhe garantir. Ele tratou da propriedade de um amigo meu há cerca de dois anos. O meu amigo tinha comprado uma casa velha e queria dedicar-se exclusivamente à reforma. Os terrenos estavam uma desgraça. Contratou Kitridge para tratar disso. Agora está um sonho. Apareceu numa revista e tudo.

— Qual é a história do Logan?

— É um rapaz daqui. Nascido e criado. Mas acho que se mudou para o norte durante algum tempo. Casou-se.

— Não sabia que ele era casado.

— Foi — corrigiu Will. — Não deu certo. Não sei os pormenores, talvez a Jo saiba. Ela é melhor em descobrir e recordar esse tipo de coisa. Logan voltou para cá há cerca de seis ou oito anos. Trabalhou numa grande companhia na cidade até Roz ir buscá-lo. Jo! O que é que você sabe sobre aquele rapaz, o Kitridge, que trabalha para Roz?

— Logan? — Jolene apareceu no corredor. Trazia um avental que dizia COZINHA DA JO, um colar de pérolas ao pescoço e chinelos cor-de-rosa felpudos nos pés. — É sexy.

— Acho que não era bem isso que Stella queria saber.

— Bem, isso ela pode ver por si própria. Tem olhos na cara e sangue nas veias, não tem? Os pais dele se mudaram para Montana, imagina, há uns dois ou três anos.

Encostou-se à parede e levou o dedo ao rosto enquanto organizava as informações.

— Tem uma irmã mais velha que vive em Charlotte. Ele chegou a sair algumas vezes com a filha da Marge Peters, a Terri. Lembra da Terri, não lembra, Will?

— Acho que não.

— Claro que lembra. Ela foi homenageada na formatura e rainha do baile no ensino médio, e depois foi Miss Shelby. Primeira-dama de honra no concurso de Miss Tennessee. A maior parte das pessoas acha que ela não ganhou porque a prova de talento não foi tão boa como poderia ter sido. A sua voz é um pouco... acho que se pode dizer delicada.

Enquanto Jo falava, Stella recostou-se e ficou apreciando. Imaginem, saber aquelas coisas todas e, mais, importar-se. Stella duvidava que conseguisse se lembrar de quem fora a rainha do baile de formatura do seu ensino médio. E lá estava Jo despejando naturalmente informações que tinham pelo menos dez anos.

Só podia ser coisa de sulista.

— E Terri disse que Logan era muito sério para ela — continuou Jo —, mas aquela moça acharia qualquer um muito sério.

Voltou para a cozinha, levantando a voz para se fazer ouvir na sala.

— Ele casou com uma ianque e se mudou para a Filadélfia, ou Boston, ou um desses lugares. Retornou cerca de dois anos depois, sem ela. Não tiveram filhos.

Trouxe mais um coquetel para Stella e outro para si própria.

— Ouvi dizer que ela gostava da vida na cidade grande e ele não, e que foi por isso que se separaram. Provavelmente houve mais alguma coisa. Há sempre mais alguma coisa, mas Logan não é pessoa de falar muito; portanto, as informações são escassas. Ele trabalhou na Fosterly Landscaping por algum tempo. Sabe qual é, Will, tratam basicamente de paisagismo comercial. Embelezar escritórios e centros comerciais, e coisas assim. Consta que Roz lhe ofereceu a lua, a maior parte das estrelas e um ou dois sistemas solares para convencê-lo a ir trabalhar para ela.

Will piscou o olho para a filha.

— Eu disse que ela devia saber os pormenores.

— Nunca tive dúvida.

Jo riu e fez um gesto displicente com a mão.

— Ele comprou o velho sítio Morris, junto ao rio, há uns dois anos. Desde então, está organizando o lugar. *E* ouvi dizer que estava para fazer um trabalho para Tully Scopes. Você não conhece Tully, Will, mas eu estou no comitê de jardinagem com a mulher dele, a Mary. É o tipo de mulher que se queixa de que o céu está muito azul ou de que a chuva está muito molhada. Nunca está satisfeita com nada. Quer mais um Bloody Mary, querido? — perguntou a Will.

— Pode ser.

— Então ouvi dizer que Tully queria que Logan lhe desenhasse uma área de arbustos e um jardim para uma propriedade que ele queria vender.

Jolene continuou a falar enquanto voltava à cozinha para preparar a bebida. Stella trocou um sorriso com o pai.

— E todo santo dia Tully aparecia lá se queixando, ou pedindo alterações, ou dizendo isto ou aquilo. Até que Logan mandou que desse uma volta ou qualquer coisa do gênero.

— Lá se vão as boas relações com os clientes — disse Stella.

— E largou o trabalho — continuou Jolene. — Recusou-se a colocar os pés na propriedade ou a permitir que alguém da sua equipe plantasse sequer um malmequer enquanto Tully não concordasse em se manter afastado. Era isso que você queria saber?

— Esclarece mais ou menos os aspectos básicos, sim — disse Stella, brindando com Jolene.

— Ótimo. O almoço está quase pronto. Por que não vai chamar as crianças?

Com as informações fornecidas por Jolene guardadas em seus arquivos mentais, Stella elaborou um plano. Bem cedo, na segunda-feira de manhã, armada com seu mapa e as indicações retiradas da Internet, partiu para o local do trabalho que Logan tinha marcado nesse dia.

Ou, corrigiu-se, para o trabalho que Roz achava que ele tinha pensado fazer nessa manhã.

Seria terrivelmente amável e cooperativa e flexível. Até ele ver as coisas à maneira dela.

Percorreu as ruas dos subúrbios da cidade. Casas antigas e encantadoras, mais perto umas das outras do que da estrada. Bonitos jardins inclinados. Árvores antigas maravilhosas. Carvalhos e áceres para sombra, cornisos e pereiras Bradford que celebrariam a primavera com flores. Claro que não seria o Sul se não houvesse muitas magnólias emparelhadas com azaleias e rododendros enormes.

Tentou imaginar-se ali, com os filhos, vivendo numa daquelas casas graciosas, com um belo jardim para cuidar. Sim, conseguia se ver, conseguia vê-los felizes num lugar como aquele, amigos dos vizinhos, organizando jantares, jogos, churrascos.

Mas ultrapassava as suas possibilidades financeiras. Mesmo com o dinheiro que poupara e com o capital da venda da casa no Michigan, duvidava que pudesse comprar uma propriedade naquele lugar. Além disso, implicaria os filhos terem de mudar novamente de escola e ela ter de perder muito tempo nos deslocamentos para o trabalho.

Contudo, era uma fantasia agradável, embora de curta duração.

Viu a picape de Logan ao lado de outra, em frente a uma casa de tijolos de dois andares.

Percebeu imediatamente que a propriedade não estava tão bem-cuidada como a maioria das casas vizinhas. O gramado na parte da frente era irregular. As plantações à volta da casa precisavam desesperadamente de forma, e aquilo que parecia ter sido canteiros de flores estava cheio de ervas daninhas ou simplesmente morto.

Ouviu o zumbido de serras elétricas e música country muito alta quando contornou a casa. A hera crescia ali descontroladamente, subindo pelos tijolos. "Devia ser arrancada", pensou ela. Aquele bordo tinha de ser derrubado antes que caísse e aquela cerca estava coberta de silvas e afogada em madressilvas.

Nos fundos, viu Logan, preso a meio do tronco de um carvalho morto. Com a serra elétrica na mão, cortava os ramos secos. Apesar de estar frio, o sol e o esforço físico haviam produzido gotas de suor no rosto e uma mancha escura nas costas da camisa.

Muito bem, ele era sexy. Qualquer homem forte, fazendo trabalho manual, parece sexy. Se juntássemos uma ferramenta perigosa à equação, a imagem iria diretamente aos centros de desejo e faria tocar uma melodia primitiva.

Mas sexy, recordou a si própria, não era a questão.

A questão era o trabalho dele e sua dinâmica. Manteve-se afastada enquanto ele trabalhava e inspecionou o resto do terreno.

O espaço podia ter sido bonito há algum tempo, mas agora estava descuidado, cheio de ervas daninhas, coberto de árvores e arbustos secos. No canto oposto havia um telheiro inclinado, encostado a uma cerca coberta de trepadeiras.

Quase mil metros quadrados, calculou, enquanto via um enorme homem negro arrastar os ramos cortados para junto de um homem branco, baixo e magro, com uma talhadeira na mão. Perto deles, uma trituradora de aspecto maciço esperava a sua vez para mastigar o resto.

A beleza não havia desaparecido dali, constatou Stella. Estava apenas oculta.

Era preciso ter visão para lhe dar vida de novo.

Quando o homem negro a viu, Stella aproximou-se da equipe.

— Posso ajudá-la?

Ela estendeu a mão e sorriu.

— Sou Stella Rothchild, gerente da sra. Harper.

— Prazer. Eu sou Sam, este é Dick.

O homem mais baixo tinha o rosto fresco e sardento de um rapaz de doze anos, com uma barbicha desgrenhada que parecia ter crescido por engano.

— Já ouvi falar de você — disse, olhando para o colega com as sobrancelhas erguidas e um sorriso no rosto.

— Sim? — Ela manteve o tom amável, embora tivesse cerrado os dentes quando sorriu. — Pensei que seria uma boa ideia passar por alguns dos trabalhos, para ver como vão as coisas. — Inspecionou novamente o terreno, mantendo deliberadamente o olhar abaixo do poleiro de Logan na árvore. — E não há dúvida de que vocês têm aqui muito que fazer.

— Uma trabalheira só com a limpeza — concordou Sam, apoiando as mãos enormes e enluvadas na cintura. — Mas já vi coisa pior.

— Há alguma projeção quanto às horas de trabalho?

— Projeção. — Dick riu e deu uma cotovelada em Sam.

Sam, por sua vez, lançou-lhe um olhar compadecido.

— Se quer saber dos planos e das... ah, projeções, tem de falar com o patrão — disse. — Ele tem isso tudo calculado.

— Está bem. Obrigada. Vou deixá-los voltar ao trabalho.

Stella afastou-se, pegou a pequena máquina fotográfica na mala e começou a tirar aquilo que ela chamava de fotografias "antes".

Ele sabia que ela estava lá. De pé, com a roupa passada a ferro e impecável, os cabelos rebeldes presos e óculos de sol que escondiam os grandes olhos azuis.

Já havia se perguntado quando ela viria azucriná-lo no meio de um trabalho, pois parecia-lhe que Stella era uma mulher que nascera para azucrinar. Pelo menos, tivera o bom-senso de não interrompê-lo.

Por outro lado, a verdade é que ela não parecia ter mais nada *a não ser* bom-senso.

Talvez acabasse supreendendo-o. Ele gostava de surpresas e já tivera uma quando conhecera os filhos dela. Estava à espera de ver dois pequenos robôs bem-educados. O tipo de criança que olha para a mãe dominadora antes de dizer uma palavra. Em vez disso, achara-os normais, interessantes, engraçados. Com certeza era preciso ter alguma imaginação para lidar com dois meninos tão ativos.

Talvez ela fosse chata apenas em relação ao trabalho.

"Bem", pensou sorrindo, enquanto cortava um ramo. "Ele também era."

Deixou-a esperando enquanto acabava o que estava fazendo. Demorou mais trinta minutos, durante os quais praticamente a ignorou, apesar de ter visto que ela tirara da mala uma máquina fotográfica — céus — e depois um bloco de notas.

Reparou também que ela fora falar com seus homens e que Dick olhava de vez em quando na direção de Stella.

Dick era um bronco em termos sociais, pensou Logan, particularmente quando se tratava de mulheres. Mas era um trabalhador incansável e aceitaria o trabalho mais sujo com um sorriso largo e idiota. Sam, que tinha mais bom-senso num dedo do que Dick em todo o corpo, era, graças a Deus, um homem tolerante e paciente.

Conheciam-se desde o colégio e esse era o tipo de coisa que caía bem para Logan. A continuidade e o fato de, por se conhecerem há cerca de vinte anos, não precisarem de estar sempre conversando para se fazerem entender.

Explicar a mesma coisa meia dúzia de vezes esgotava sua paciência. E não tinha problema em admitir que paciência não era algo que tivesse em abundância.

Os três juntos faziam um bom trabalho, muitas vezes até mesmo excepcional. E, com os músculos de Sam e a energia de Dick, raramente precisava contratar mais trabalhadores.

E isso era conveniente. Preferia as equipes pequenas às grandes. Assim era mais pessoal, pelo menos do seu ponto de vista. E, do ponto de vista de Logan, todos os trabalhos que aceitava eram pessoais.

Era sua visão, seu suor e seu sangue que ficavam na terra. E também seu nome, que ficava ligado àquilo que criava.

A ianque podia falar tanto quanto quisesse sobre formulários e coisas administrativas. A terra estava pouco se importando com isso. E ele também.

Gritou um aviso a seus homens e derrubou o velho carvalho morto. Depois de descer, soltou o colete de proteção e pegou uma garrafa de água. Bebeu metade sem parar para respirar.

— Senhor... — começou Stella, mas depois pensou: "Lembre-se, pareça amigável." Abriu mais o sorriso e aproximou-se dele. — Bom trabalho. Não sabia que era o Logan que tratava das árvores.

— Depende. Esta não tinha nada de complicado. Veio dar um passeio?

— Não, apesar de ter gostado muito da região. É linda. — Olhou em volta e fez um gesto para abarcar os terrenos. — Esta propriedade também deve ter sido, há tempos. O que aconteceu?

— Um casal viveu aqui cinquenta anos. Ele morreu há algum tempo. Ela não conseguia cuidar da propriedade sozinha e nenhum dos filhos mora aqui perto. Ela adoeceu, a casa foi se deteriorando. Ela piorou. Finalmente, os filhos vieram buscá-la para colocá-la num asilo.

— Isso é muito duro. E triste.

— Sim, grande parte da vida é assim. Venderam a casa. Os novos donos pagaram uma pechincha e querem arrumar o terreno. E nós estamos arrumando.

— O que tem em mente?

Ele bebeu mais um gole de água da garrafa. Stella reparou que a trituradora havia parado e, depois de Logan olhar para trás, por cima do ombro, recomeçou a trabalhar.

— Tenho muitas coisas em mente.

— Especificamente relacionadas a este trabalho?

— Por quê?

— Porque poderei fazer melhor meu trabalho se souber mais sobre o seu. É claro que você vai derrubar o carvalho e, presumo, o bordo na parte da frente.

— Sim. Ouça, isto é assim. Tiramos tudo o que não pode ou não deve ser salvo. Grama nova, cercas novas. Derrubamos o velho telheiro e o substituímos. Os novos donos querem muitas cores. Portanto, recuperamos as azaleias, plantamos uma cerejeira na parte da frente, no lugar do bordo. Lilases ali e uma magnólia daquele lado. Peônias daquele lado, roseiras ao longo da cerca dos fundos. Está vendo aquela elevaçãozinha ali no fundo, à direita? Em vez de a nivelarmos, vamos plantá-la.

Resumiu rapidamente o restante, usando termos em latim e nomes comuns e gesticulando enquanto bebia longos goles de água.

Ele conseguia ver, como sempre, os terrenos depois de prontos. Os pequenos e os grandes pormenores encaixando-se para formar um todo atrativo.

Tal como conseguia ver o trabalho necessário para cada um dos passos, conseguia antever todo o processo e o produto final.

Gostava de ter as mãos na terra. De que outra forma seria possível respeitar a paisagem e as alterações que se faziam nela? E, enquanto falava, olhou para as mãos dela, sorrindo interiormente dos dedos bem-tratados, com o esmalte cor-de-rosa cintilante.

"Burocrata", pensou. Provavelmente incapaz de distinguir grama de sumagre.

Como queria despachá-la, a ela e ao seu bloco de notas, o mais depressa possível, voltou para a casa e falou sobre o pátio que tencionavam construir e as plantas que usaria para realçá-lo.

Quando achou que já tinha falado mais do que falaria normalmente durante uma semana, acabou com a garrafa de água e encolheu os ombros. Não esperava que ela tivesse seguido tudo o que dissera, mas não se podia queixar de que ele não colaborara.

— É maravilhoso. E o canteiro ao longo do lado sul, na parte da frente?

Ele franziu a testa.

— Vamos apenas arrancar a hera. Os clientes querem experimentar tratar eles próprios dessa parte.

— Melhor ainda. O investimento será maior se eles próprios fizerem alguma coisa.

Como concordava, Logan nada disse e brincou com os trocados que tinha no bolso.

— Só que eu preferia ver trepadeiras de inverno a teixos em volta do telheiro. As folhas matizadas ficariam bem, assim como o formato menos uniforme.

— Talvez.

— Trabalha a partir de uma planta ou de cabeça?

— Depende.

"Não sei se lhe arranco os dentes todos ao mesmo tempo ou um de cada vez", pensou ela, mas manteve o sorriso.

— Pergunto porque gostaria de ver alguns dos seus designs em papel. O que me faz lembrar uma ideia que tive.

— Aposto que tem montes de ideias.

— A minha patroa me disse para ser simpática — disse ela, agora friamente. — E a você, o que disse?

Ele encolheu novamente os ombros.

— Estava só dizendo...

— Pensei que, com alguma reorganização e as transferências que estou fazendo, poderia lhe arranjar algum espaço para ter um escritório no centro.

Ele lhe lançou o mesmo olhar que lançara aos seus homens por cima do ombro. "Uma mulher menos forte", pensou Stella, "definharia sob aquele olhar."

— Não quero escritório algum.

— Não estou sugerindo que passe todo o seu tempo lá, apenas que tenha um local para tratar da papelada, dar telefonemas, guardar seus arquivos.

— É para isso que serve a picape.

— Está tentando ser difícil?

— Não preciso tentar, é natural. E a senhora?

— Se não quer o escritório, tudo bem. Esqueça o escritório.

— Já esqueci.

— Ótimo. Mas *eu* preciso de um escritório. *Eu* preciso saber exatamente que estoque, equipamento e materiais você vai precisar para este trabalho. — Pegou de novo o bloco de notas. — Um bordo vermelho, uma magnólia. Que variedade de magnólia?

— Do Sul. *Grandiflora gloriosa.*

— Boa escolha para o local. Uma cerejeira — continuou e, para surpresa e admiração de Logan, passou em revista todo o plano que ele havia delineado.

"Está bem, ruiva", pensou. "Talvez você saiba uma ou duas coisas sobre horticultura, afinal de contas."

— Teixos ou trepadeiras de inverno?

Ele olhou para o telheiro, visualizando ambas as coisas. Diabos o levassem se ela não tinha razão, mas não viu motivo para dizer isso de pronto.

— Depois eu lhe digo.

— Está bem, e vou precisar do número exato e do tipo de espécimes a retirar do estoque, à medida que os for trazendo.

— Conseguirei encontrá-la... no seu escritório?

— Procure-me. — Ela virou as costas e começou a se afastar.

— Ei, Stella!

Quando ela se virou, ele sorriu.

— Sempre quis dizer isto.

De olhos faiscantes, ela se virou e continuou andando.

— Calma, calma, foi só uma piada. Credo! — Ele correu atrás dela. — Não vá embora zangada.

— Mas eu vou embora, certo?

— Sim, mas não vale a pena ficarmos chateados um com o outro. Em geral, eu não me importo de ficar chateado.

— Ninguém diria.

— Mas neste momento não vale a pena. — Como se tivesse acabado de se lembrar de que estava com as luvas de trabalho, tirou-as e enfiou-as no bolso traseiro da calça. — Eu estou fazendo o meu trabalho, a senhora está fazendo o seu. Roz acha que precisa de você e eu tenho Roz em grande consideração.

— Eu também.

— Já percebi. Vamos tentar não nos irritarmos mutuamente, antes que isso se torne crônico.

Ela inclinou a cabeça e ergueu as sobrancelhas.

— Essa é a sua ideia de ser simpático?

— Basicamente, sim. Estou sendo simpático para que possamos fazer ambos aquilo que Roz nos paga para fazermos. E porque seu filho tem um exemplar do *Homem-Aranha* número 121. Se estiver zangada comigo, não vai deixar que ele me mostre.

Ela baixou os óculos escuros e olhou para ele por cima das armações.

— E esta é a sua ideia de ser encantador, certo?

— Não, este sou eu sendo sincero. Quero mesmo ver aquela revista, com os meus próprios olhos. Se estivesse sendo encantador, garanto-lhe que já teria entregado os pontos. É um poder terrível que tenho sobre as mulheres e tento usá-lo com moderação.

— Imagino.

Mas ela estava sorrindo quando entrou no carro.

Capítulo Seis

O carro de Hayley Phillips deslocava-se numa nuvem de fumaça e com uma transmissão fraca. O rádio ainda funcionava, graças a Deus, e ela ouvia as Dixie Chicks no volume máximo. A música mantinha a sua energia fluindo.

Tudo o que possuía estava enfiado dentro do Pontiac Grandville, que era mais velho do que ela e muito mais temperamental. Não que, a essa altura, tivesse muita coisa. Vendera tudo o que podia ser vendido. Não valia a pena ser sentimental. O dinheiro fazia uma pessoa chegar muito mais longe do que o sentimento.

Não era uma indigente. O que depositara no banco era suficiente para ajudá-la a passar os momentos mais difíceis e, se houvesse mais momentos difíceis do que previra, poderia trabalhar para ganhar mais. Não andava à deriva. Sabia exatamente para onde ia. Simplesmente não sabia o que aconteceria quando lá chegasse.

Mas não fazia mal. Se uma pessoa soubesse sempre tudo, nunca seria surpreendida.

Talvez estivesse cansada e talvez tivesse pressionado o velho carro a andar mais do que ele queria naquele dia. Mas, se ela e ele conseguissem aguentar mais alguns quilômetros, talvez tivessem sorte.

Não esperava ser posta para correr a pontapés. Mas, enfim, se fosse, faria o que tinha de ser feito em seguida.

Gostava do aspecto da região, especialmente porque contornara o emaranhado de autoestradas que rodeava Memphis. Desse lado norte, para além da cidade, a terra ondulava um pouco e ela tivera vislumbres do rio e das falésias íngremes que se erguiam sobre ele. Havia casas bonitas — primeiro, os simpáticos subúrbios que se espalhavam à volta da cidade e agora as propriedades maiores e mais ricas. Havia muitas árvores grandes e antigas e, apesar de alguns muros de pedra ou de tijolos, havia no ar uma *sensação* amigável.

E ela realmente precisava de um amigo.

Quando viu o letreiro "No Jardim", abrandou. Estava com medo de parar, com receio de que o velho Pontiac engasgasse e morresse se ela parasse. Mas reduziu o suficiente para olhar para os edifícios principais, para o espaço entre as luzes de segurança.

Depois respirou fundo várias vezes e continuou a dirigir. Estava quase lá. Planejara muito bem o que iria dizer, mas estava sempre mudando de ideia. Cada nova abordagem dava-lhe uma dezena de novos cenários para representar na mente. Servira para passar o tempo, mas não se havia decidido por nenhuma em concreto.

Algumas pessoas diriam que mudar de ideia era parte do seu problema. Mas ela não pensava assim. Se uma pessoa nunca mudasse de ideia, de que adiantaria tê-las? Parecia a Hayley que conhecera inúmeras pessoas presas a uma maneira de pensar, e isso não era usar o cérebro que Deus lhes dera.

Enquanto se dirigia ao caminho de acesso, o carro começou aos solavancos, engasgando.

— Vá lá, vá lá, só mais um pouquinho. Se eu tivesse prestado atenção, teria abastecido no último posto de gasolina.

Depois o carro engasgou, meio dentro, meio fora da entrada entre os pilares de tijolos.

Deu uma palmadinha irritada no volante, mas sem grande convicção. Afinal de contas, a culpa não era de mais ninguém a não ser dela. E talvez fosse bom. Seria mais difícil expulsá-la dali se o seu carro estivesse sem gasolina e bloqueando o caminho.

Abriu a mala e tirou uma escova para pentear os cabelos. Depois de um número considerável de experiências, decidira voltar à sua cor original, castanho-escuro. Pelo menos por enquanto. Estava contente por tê-lo cortado e penteado antes de partir. Gostava das madeixas compridas dos lados e do ar descuidado do corte picotado.

Fazia-a parecer descontraída, jovial. Confiante.

Passou batom e pó de arroz para tirar o brilho do rosto.

— Muito bem, vamos lá.

Saiu do carro, pôs a alça da mala no ombro e começou a subir o longo caminho. Era preciso dinheiro — antigo ou novo — para construir uma casa tão longe da estrada. A casa em que ela crescera estava tão perto da estrada que as pessoas que passavam de carro praticamente podiam estender o braço e apertar-lhe a mão.

Mas ela não se importava com isso. Era uma casa bonita. Uma boa casa, e parte dela tivera pena de vendê-la. Mas aquela casinha perto de Little Rock era o passado. Estava caminhando agora rumo ao futuro.

No meio do caminho, parou e hesitou. Aquilo não era apenas uma casa, constatou, boquiaberta. Era uma mansão. O tamanho era assombroso — ela já vira casas grandes antes, mas nada daquele jeito. Era a casa mais bonita que já vira sem ser numa revista. Era como Tara e Manderley numa só. Graciosa e *feminina*, forte.

Havia luzes brilhando por detrás das janelas e outras iluminando o gramado. Como se estivessem lhe dando as boas-vindas. Não seria bom?

Mesmo que não fosse, mesmo que a expulsassem de lá, tivera a oportunidade de vê-la. Só isso fazia com que a viagem tivesse valido a pena.

Continuou em sua caminhada, cheirando a noite, os pinheiros e a fumaça da lareira.

Cruzou os dedos sobre a alça da mala, para dar sorte, e dirigiu-se diretamente à porta principal.

Levantou um dos batentes de bronze e bateu três vezes, com firmeza.

Lá dentro, Stella estava descendo as escadas com Parker. Era a sua vez de levá-lo para passear.

— Eu abro — gritou.

Parker já estava latindo enquanto ela abria a porta.

Viu uma moça de cabelos castanhos, lisos e com o corte da moda, um rosto fino e anguloso dominado por enormes olhos azul-esverdeados. Ela sorriu, mostrando um pouco da gengiva, e baixou-se para acariciar Parker enquanto este lhe cheirava os sapatos.

— Olá — disse.

— Olá. — "De onde ela terá vindo?", pensou Stella. Não havia nenhum carro lá fora.

A moça parecia ter uns doze anos. E estava grávida.

— Estou à procura de Rosalind Ashby. Rosalind Harper Ashby — corrigiu. — Ela está em casa?

— Sim. Está lá em cima. Entre.

— Obrigada. Chamo-me Hayley. — Estendeu a mão. — Hayley Phillips. — A sra. Ashby e eu somos primas, de uma forma complicada e sulista.

— Stella Rothchild. Entre, sente-se. Vou procurar Roz.

— Agradeço. — Olhando de um lado para o outro, Hayley tentou ver tudo enquanto seguia Stella até a sala. — Uau! A gente tem mesmo de dizer "uau".

— Eu disse o mesmo da primeira vez que entrei aqui. Posso trazer-lhe alguma coisa? Qualquer coisa para beber?

— Estou bem. Talvez devesse esperar até... — Ficou de pé e aproximou-se da lareira. Parecia algo saído de um programa de televisão ou de um filme. — Trabalha na casa? É governanta ou coisa parecida?

— Não. Trabalho nas estufas de Roz. Sou a gerente. Vou chamá-la. Pode sentar-se.

— Não é preciso. — Hayley afagou a barriga. — Viemos sentados.

— Volto já. — Stella saiu, com Parker atrás dela.

Subiu rapidamente as escadas e virou para a ala de Roz. Só estivera lá uma vez, quando David lhe fizera a visita guiada à casa, mas seguiu os sons da televisão e encontrou Roz em sua sala de estar.

Na televisão, estava passando um velho filme em preto e branco. Não que Roz o estivesse vendo. Estava sentada a uma escrivaninha antiga, vestindo calça jeans larga e camiseta, enquanto fazia esboços num bloco. Estava descalça e, para a surpresa de Stella, tinha as unhas dos pés pintadas de cor-de-rosa.

Bateu à porta.

— Hum? Oi, Stella, ainda bem. Estava precisamente desenhando uma ideia que tive para um jardim de estacas na parte noroeste. Pensei que talvez inspirasse os clientes. Venha cá ver.

— Gostaria muito, mas há uma pessoa lá embaixo esperando para vê-la. Hayley Phillips. Diz que é sua prima.

— Hayley? — Roz franziu a testa. — Não tenho nenhuma prima chamada Hayley.

— Ela é muito nova. Parece adolescente. Bonita. Cabelos castanhos, olhos azuis, mais alta do que eu. Está grávida.

— Bem, pelo amor de Deus! — Roz esfregou a nuca. — Phillips. Phillips. A irmã da avó do meu primeiro marido... ou talvez uma prima... casou com um Phillips. Acho eu.

— Bem, ela disse que eram primas de uma forma complicada e sulista.

— Phillips. — Fechou os olhos e levou o dedo à testa como se quisesse despertar suas lembranças. — Deve ser a filha do Wayne Phillips. Ele morreu no ano passado. Bem, é melhor ir ver o que ela quer.

Levantou-se.

— Seus filhos já se deitaram?

— Sim, agora mesmo.

— Então venha comigo.

— Não acha que deveria...

— Stella, você tem a cabeça no lugar. Venha e traga o cão consigo.

Stella pegou Parker e, esperando que a bexiga dele aguentasse, desceu com Roz.

Hayley virou-se quando elas entraram.

— Acho que esta é a sala mais fantástica que já vi. Uma pessoa sente-se aconchegada e especial só de estar aqui dentro. Eu sou a

Hayley. Sou filha de Wayne Phillips. Meu pai era parente do seu primeiro marido, pelo lado materno. A senhora mandou-me um bilhete muito simpático dando os pêsames quando ele morreu, no ano passado.

— Eu me lembro. Cheguei a conhecê-lo, estive com ele uma vez e gostei dele.

— Eu também gostava dele. Peço desculpas por aparecer assim, sem telefonar nem pedir primeiro. Não pretendia chegar tão tarde. Tive problemas com o carro.

— Não faz mal. Sente-se, Hayley. Está grávida de quanto tempo?

— Quase seis meses. O bebê nasce no fim de maio. Também tenho de pedir desculpas porque o meu carro ficou sem gasolina bem na entrada da sua propriedade.

— Podemos tratar disso mais tarde. Está com fome, Hayley? Quer comer alguma coisa?

— Não, obrigada, estou bem. Parei para comer no caminho. Esqueci foi de dar de comer ao carro. Tenho dinheiro. Não quero que pense que estou na miséria ou que vim pedir esmola.

— É bom saber. Nesse caso, beba um chá. Está uma noite fria. Um chá quente cairia bem.

— Se não der muito trabalho. E se tiver descafeinado. — Acariciou a barriga. — A coisa mais difícil da gravidez é ter de cortar a cafeína.

— Eu trato disso. Não demoro nada.

— Obrigada, Stella. — Roz voltou-se de novo para Hayley quando Stella saiu. — Então você veio de carro de... Little Rock, não é?

— Sim. Gosto de dirigir. Gosto mais quando o carro não me prega peças, mas cada um tem de fazer aquilo a que se propõe. — Pigarreou. — Espero que tenha passado bem, prima Rosalind.

— Tenho passado muito bem. E você? Você e o bebê estão bem?

— Estamos ótimos. Saudáveis como cavalos, segundo o médico. E eu me sinto ótima. Grande como uma casa, mas isso não me incomoda, pelo menos não muito. É interessante. Os seus... filhos? Estão bem?

— Sim, estão. Já estão crescidos. Harper, que é o mais velho, mora aqui na casa de hóspedes. Trabalha comigo nas estufas.

— Eu vi as estufas quando cheguei. — Hayley percebeu que estava esfregando as mãos na calça jeans e fez um esforço para parar. — Parecem tão grandes, muito maiores do que eu esperava. Deve estar muito orgulhosa.

— Estou mesmo. O que você fazia em Little Rock?

— Trabalhava numa livraria, quando vim embora já ocupava o cargo de gerente. Uma pequena livraria e café independente.

— Gerente? Com a sua idade?

— Tenho 24 anos. Sei que não parece — disse, com um leve sorriso. — E não me importo com isso. Mas posso mostrar-lhe a minha carteira de habilitação. Estive na universidade, com uma bolsa parcial, Tenho uma boa cabeça. Comecei a trabalhar na livraria nas temporadas de verão, desde o ensino médio. Arranjei o trabalho porque o meu pai era amigo do dono. Mas depois cresci por conta própria.

— Disse "quando vim embora". Já não trabalha lá.

— Não. — "Ela está atenta", pensou Hayley. Estava fazendo as perguntas certas. Já era alguma coisa. — Despedi-me há cerca de duas semanas. Mas tenho uma carta de recomendação do proprietário. Decidi deixar Little Rock.

— Parece um momento difícil para sair de casa e deixar um emprego seguro.

— Pareceu o momento certo para mim. — Ergueu os olhos quando Stella entrou com o carrinho do chá. — Bem, *isso* é mesmo como nos filmes. Eu sei que dizer esse tipo de coisa me faz parecer uma provinciana, mas não consigo evitar.

Stella riu.

— Eu estava pensando precisamente a mesma coisa enquanto o preparava. Fiz chá de camomila.

— Obrigada. Stella, Hayley estava me contando que deixou a sua casa e o seu emprego. Espero que ela nos conte por que achou que esse era o momento certo para duas atitudes tão drásticas.

— Drásticas não — corrigiu Hayley. — Apenas grandes. E foi por causa do bebê. Bem, por causa dele e de mim. Provavelmente, já perceberam que não sou casada.

— A sua família não lhe dá apoio? — perguntou Stella.

— A minha mãe nos abandonou quando eu tinha cinco anos. Talvez não se lembre disso — disse, voltando-se para Roz. — Ou é bem-educada para mencioná-lo. Meu pai morreu no ano passado. Tenho tias e tios, duas avós e primos. Alguns ainda vivem na zona de Little Rock. As opiniões deles sobre a minha atual situação... bem, digamos que variam. Obrigada — acrescentou quando Roz lhe estendeu uma xícara de chá. — Bem, a questão é que fiquei terrivelmente triste quando o meu pai morreu. Ele foi atropelado por um carro ao atravessar a estrada. Um daqueles acidentes que nunca conseguimos compreender e que, bem... não parecem certos. Não tive tempo para me preparar. Acho que nunca se tem tempo. E ele desapareceu de um minuto para o outro.

Bebeu o chá e sentiu-o aquecê-la até os ossos. Não se dera conta de que estava tão cansada.

— Fiquei triste, zangada e sozinha. E depois apareceu um rapaz. Não foi uma aventura de uma noite, nem nada parecido. Gostávamos um do outro. Ele costumava ir à livraria, namorava comigo. Eu costumava retribuir seu afeto. Quando fiquei sozinha, ele foi um conforto para mim. Foi carinhoso. Seja como for, uma coisa levou à outra. Ele é estudante de Direito. Depois voltou para a universidade e, poucas semanas depois, descobri que estava grávida. Não sabia o que fazer. Como poderia lhe dizer? Nem a ele, nem a ninguém. Adiei por algumas semanas. Não sabia o que iria fazer.

— E depois?

— Achei que seria melhor dizer-lhe pessoalmente. Ele deixara de aparecer na loja. Assim, passei pela universidade e o procurei. Acabei descobrindo que ele se apaixonara por outra garota. Ficou um pouco embaraçado por ter de me dizer isso, uma vez que tínhamos dormido juntos. Mas nunca tínhamos feito promessas um ao outro, nem estávamos apaixonados, nem nada. Simplesmente gostávamos um do outro, só isso. E, quando ele falava da outra menina, seus olhos brilhavam. Percebia-se que estava louco por ela. Portanto, não lhe disse nada sobre o bebê.

Hesitou, depois pegou um dos biscoitos que Stella colocara num prato.

— Não resisto a doces. Depois de pensar melhor, achei que lhe contar não faria bem a nenhum de nós.

— Foi uma decisão muito difícil — disse-lhe Roz.

— Não sei se foi. Não sei o que esperava que ele fizesse quando eu lhe contasse, simplesmente achei que tinha o direito de saber. Não queria casar com ele, nem nada. Àquela altura, ainda nem tinha certeza de que iria ficar com o bebê.

Mordiscou o biscoito enquanto acariciava a barriga.

— Acho que essa foi uma das razões por que o procurei, para falar com ele. Não apenas para informá-lo, mas para ver o que ele achava que eu deveria fazer. Mas, enquanto estava ali sentada com ele, ouvindo-o falar daquela menina...

Parou e balançou a cabeça.

— Tinha de decidir o que fazer. Se tivesse lhe contado, isso serviria apenas para fazê-lo sentir-se mal, ressentido ou assustado. Iria acabar com a vida dele quando tudo o que ele tentara fazer fora ajudar-me numa época complicada.

— Mas, desse jeito, ficou sozinha — observou Stella.

— Se tivesse lhe contado, teria ficado sozinha também. Quando decidi ficar com o bebê, pensei novamente em lhe contar e perguntei a algumas pessoas como ele estava. Ele ainda estava com a tal garota e falavam em casamento, por isso acho que fiz a coisa mais certa. No entanto, assim que a gravidez se tornou aparente, houve muitos mexericos e perguntas, muitos olhares e cochichos. E pensei: o que preciso é começar do zero. Assim, vendi a casa e praticamente tudo o que havia lá dentro. E aqui estou eu.

— À procura desse recomeço — concluiu Roz.

— À procura de um emprego. — Fez uma pausa e umedeceu os lábios. — Sei trabalhar. Sei também que muitas pessoas pensariam duas vezes antes de contratar uma mulher no sexto mês de gravidez. Mas talvez a família, apesar de ser família distante e por afinidade, seja um pouco mais compreensiva.

Pigarreou quando viu que Roz continuava calada.

— Estudei literatura e gestão na universidade. Formei-me com louvor. Tenho um histórico de estabilidade no emprego. Tenho dinheiro... embora não muito. A minha bolsa parcial não cobria tudo, e o meu pai era professor e não ganhava muito. Mas tenho o suficiente para tomar conta de mim mesma, para pagar aluguel, comprar comida, o que o bebê precisar. Preciso de um emprego de imediato, qualquer emprego. Você tem o seu negócio, tem esta casa. São necessárias muitas pessoas para cuidar disso tudo. Estou lhe pedindo a oportunidade de ser uma dessas pessoas.

— Você sabe alguma coisa sobre plantas, sobre jardinagem?

— Plantávamos canteiros de flores todos os anos. Meu pai e eu dividíamos o trabalho no jardim. E, aquilo que não souber, posso aprender. Aprendo depressa.

— Você não preferiria trabalhar numa livraria? Hayley era gerente numa livraria — disse Roz dirigindo-se a Stella.

— Mas a senhora não tem uma livraria — observou Hayley.

— Trabalharei de graça durante duas semanas.

— Se alguém trabalha para mim, é pago. Vou contratar os trabalhadores temporários dentro de poucas semanas. Entretanto... Stella, pode usá-la de alguma forma?

— Ah... — Como poderia olhar para aquele rostinho jovem e aquele ventre inchado e dizer não? — Quais eram as suas responsabilidades como gerente?

— Eu não era oficialmente a gerente. Mas, na prática, era o que fazia. Era um negócio pequeno, por isso fazia um pouco de tudo. Inventário, compras, contatos com clientes, planejamentos, vendas, publicidade. Só da parte da livraria. Havia uma equipe independente para a parte do café.

— Quais são seus pontos fortes, na sua opinião?

Ela teve de fazer uma pausa para se acalmar. Sabia que era essencial ser clara e concisa. E era igualmente essencial, para seu orgulho, não implorar.

— Relações com clientes, tudo que diz respeito a vendas. Sou boa com pessoas e não me importo de perder mais um pouco de tempo para ter a certeza de que os clientes levam aquilo que querem. Se os clientes saírem satisfeitos, voltarão e comprarão mais. Se dermos esses passos adicionais e oferecermos um serviço personalizado, conseguiremos a lealdade do cliente.

Stella acenou.

— E seus pontos fracos?

— As compras — respondeu ela sem hesitação. — Se depender de mim, sou capaz de querer comprar tudo. Tinha de estar sempre me lembrando de que não era o meu dinheiro que eu estava gastando. Mas, às vezes, fazia ouvidos moucos a mim mesma.

— Estamos no meio de um processo de reorganização e expansão. Seria bom se me ajudasse a implementar o novo sistema. Ainda há muitas coisas a serem inseridas no computador... algumas bastante chatas.

— Sei trabalhar com um teclado. PC e Mac.

— Vamos fazer a experiência durante duas semanas — decidiu Roz. — Eu lhe pago, mas consideraremos estas duas semanas um período experimental para todas. Se não houver um bom resultado, farei o possível para ajudá-la a arranjar outro emprego.

— Não posso desejar nada mais justo. Obrigada, prima Rosalind.

— Chame-me de Roz. Temos gasolina no galpão. Vou buscá-la e podemos trazer o seu carro para cima. Depois você traz suas coisas para dentro.

— Para dentro? Para cá? — Balançando a cabeça, Hayley pousou a xícara. — Eu disse que não vinha à procura de esmola. Agradeço muito o emprego, a oportunidade. Não espero que me dê abrigo em sua casa.

— A família, mesmo a família distante e por afinidade, é sempre bem-vinda aqui. E teremos oportunidade de nos conhecer melhor, de ver se vamos nos dar bem.

— Você também vive aqui? — perguntou Hayley a Stella.

— Sim. E os meus filhos... seis e oito anos. Estão lá em cima, dormindo.

— Somos primas?

— Não.

— Eu vou buscar a gasolina. — Roz levantou-se e dirigiu-se à porta.

— Eu pago aluguel. — Hayley levantou-se também, levando instintivamente a mão à barriga. — Pago as minhas despesas.

— Ajustaremos o seu salário para compensar.

Quando ficou sozinha com Stella, Hayley soltou um longo suspiro.

— Pensava que ela era mais velha. E mais assustadora. Mas aposto que consegue ser bem assustadora quando precisa. Ninguém pode ter o que ela tem, manter isso tudo e expandir sem saber como ser assustadora.

— É verdade. E eu também posso ser assustadora em relação ao trabalho.

— Vou me lembrar disso. É do norte?

— Sim. Michigan.

— É muito longe. Vive só com os seus filhos?

— Meu marido morreu há dois anos e meio.

— É duro. É muito duro perdermos alguém que amamos. Suponho que nós três sabemos como é isso. Acho que é algo que pode tornar uma pessoa dura, se não tiver mais nada ou ninguém para amar. Eu tenho o bebê.

— Já sabe se é menino ou menina?

— Não. O bebê estava de costas na ultrassonografia. — Começou a roer a unha do polegar, depois baixou a mão. — Acho que eu deveria ir buscar a gasolina que Roz deve estar trazendo.

— Eu vou com você. Podemos tratar disso juntas.

Uma hora depois, Hayley estava instalada num dos quartos de hóspedes na ala oeste. Sabia que estava perplexa. Sabia que não estava dizendo coisa com coisa. Mas nunca tinha visto um quarto tão bonito, nunca esperara estar num quarto como aquele. Muito menos poder chamar-lhe seu, mesmo que fosse apenas temporariamente.

Arrumou suas coisas, passando os dedos pela madeira brilhante da cômoda, do guarda-roupa, pelos abajures de vidro jateado, pelos entalhes na cabeceira da cama.

Iria fazer por merecer tudo aquilo. Fez essa promessa a si própria e à criança, enquanto relaxava num longo banho quente. Mereceria a oportunidade que estavam lhe dando e pagaria a Roz com trabalho e lealdade.

Era boa em ambas as coisas.

Limpou-se e passou óleo na barriga e nos seios. Não tinha medo do parto — sabia como trabalhar duramente para alcançar um objetivo. Mas esperava sinceramente conseguir evitar as estrias.

Sentiu um arrepio e vestiu rapidamente a camisola. Na orla do espelho, pelo canto do olho, viu uma sombra, um movimento.

Esfregando os braços para aquecê-los, entrou no quarto. Não viu nada e a porta estava fechada como ela a deixara.

"Estou exausta", disse a si própria, e esfregou os olhos. Fora uma longa viagem, do passado para o limiar do futuro.

Tirou um dos livros que tinha na mala — os outros, aqueles de que não conseguira desfazer-se, ainda estavam no porta-malas do carro — e enfiou-se na cama.

Abriu-o no marcador de páginas, preparada para uma hora de leitura, como fazia todas as noites.

E estava dormindo com a luz acesa antes de chegar ao fim da primeira página.

A pedido de Roz, Stella voltou à sala e sentou-se. Roz serviu um copo de vinho para cada uma.

— Qual é a sua impressão, sinceramente? — perguntou.

— Jovem, inteligente, orgulhosa. Honesta. Podia ter-nos contado uma história triste sobre ter sido traída pelo pai do bebê, implorado um lugar para ficar, usado a gravidez como desculpa para uma série de coisas. Em vez disso, assumiu a responsabilidade e pediu trabalho. Mesmo assim, vou verificar as referências dela.

— Claro. Pareceu-me corajosa em relação ao bebê.

— É depois de eles nascerem que aprendemos a ter medo de tudo.

— Isso é verdade. — Roz passou os dedos pelos cabelos. — Vou dar alguns telefonemas, descobrir um pouco mais sobre essa parte da família de Ashby. Honestamente, não me lembro muito bem. Nunca tivemos muito contato, mesmo quando o pai dela era vivo. Lembro-me do escândalo quando a mulher desapareceu e o deixou com a menina. Pela impressão que ela me causou, parece que ele se saiu muito bem.

— A experiência de gestão dela pode ser um bom trunfo.

— Outra gerente. — Roz, num gesto que Stella considerou apenas meio irônico, ergueu os olhos para o céu. — Rezem por mim.

Capítulo Sete

Não foram necessárias duas semanas. Dois dias depois, Stella concluiu que Hayley era a resposta às suas preces. Ali estava alguém com juventude, energia e entusiasmo, que compreendia e apreciava a eficiência no local de trabalho.

Sabia ler e criar planilhas de cálculos, compreendia as instruções de primeira e respeitava os códigos de cores. Se fosse tão boa no trato com os clientes como era com os sistemas de arquivo, seria uma joia.

No que dizia respeito às plantas, não sabia muito mais do que as coisas básicas: isto é um gerânio e isto é um amor-perfeito. Mas poderia aprender.

Stella já estava preparada para implorar a Roz que oferecesse a Hayley um emprego em meio-expediente quando maio se aproximasse.

— Hayley? — Stella enfiou a cabeça no novo escritório, arrumado e eficiente. — Por que não vem comigo? Temos quase uma hora até abrirmos. Vamos ter uma aula sobre plantas de sombra na estufa 3.

— Ok. Já está tudo inserido até a letra "H" nas perenes. Não sei o que é metade delas, mas ando lendo umas coisas à noite. Não sabia que os girassóis se chamavam *Helia*... espera... *Helianthus*.

— É mais correto dizer que os *Helianthus* se chamam girassóis. As plantas perenes podem ser divididas na primavera, tanto as que são propagadas por sementes na primavera quanto aquelas por estacas no fim da primavera. As sementes do *Helianthus* anual podem ser colhidas, daquele grande olho castanho, no final do verão ou no começo do outono. Apesar de as cultivadas se hibridizarem livremente, podem não nascer das sementes recolhidas. E aqui estou eu dando uma palestra.

— Não faz mal. Cresci com um professor. Gosto de aprender.

Enquanto passavam pela área de atendimento, Hayley olhou para a janela.

— Acabou de parar uma picape junto da... como é que vocês chamam? Calçada — disse, antes que Stella pudesse responder. — E, hum... *olha* bem para o que está saindo daquela picape. Alto, moreno e totalmente *sarado*. Quem é o tipo?

Esforçando-se para não franzir a testa, Stella encolheu os ombros.

— Deve ser Logan Kitridge, o paisagista de Roz. Suponho que tem muitos pontos na escala de tipos.

— Pontuação máxima na minha escala. — Ao ver a expressão de Stella, Hayley levou a mão à barriga e riu. — Estou grávida, mas ainda tenho as peças todas funcionando. E, por não estar à procura de homem, isso não quer dizer que não goste de olhar para eles. Principalmente quando são tão interessantes. Ele é mesmo duro e sério, não é? Por que será que os homens duros e sérios nos causam um aperto no estômago?

— Não faço ideia. O que ele está fazendo?

— Parece que está carregando pedras. Se não estivesse fazendo tanto frio, aposto que tiraria o casaco. E teríamos um verdadeiro espetáculo de músculos. Céus, bem que dizem que os olhos também comem.

— Você ainda vai ter uma indigestão — murmurou Stella. — Ele não tem planos para pedras de calçada. Não fez nenhum pedido de pedras. Raios!

Hayley ergueu as sobrancelhas quando Stella se dirigiu à porta e saiu com ar decidido. Depois encostou o nariz à janela, preparada para assistir ao espetáculo.

— Com licença?

— Hum? — respondeu Hayley em tom ausente, enquanto tentava ver melhor o que se passava lá fora. Depois afastou-se da janela, lembrando-se de que espiar era uma coisa, ser flagrada nessa situação era outra. Virou-se e simulou um sorriso inocente. E constatou que seus olhos iriam se fartar.

Este não era grande e sério, mas meio desajeitado e sonhador. E muito interessante. Seu cérebro levou um instante para começar a trabalhar, mas finalmente percebeu quem era.

— Olá! Você deve ser Harper. É muito parecido com a sua mãe. Ainda não nos tínhamos visto porque parece que você nunca está por aqui ao mesmo tempo que eu. Enfim. Eu sou Hayley. A prima Hayley, de Little Rock. Talvez a sua mãe tenha dito que estou trabalhando aqui.

— Sim, sim. — Harper não conseguiu lembrar-se de mais nada para dizer. Mal conseguia pensar. Sentia-se fulminado e tolo.

— Você não *adora* trabalhar aqui? Eu já adoro. Há tanta coisa e os clientes são tão simpáticos. E Stella é fantástica. A sua mãe é... nem sei, uma deusa, por ter me dado essa oportunidade.

— Sim. — Fez uma careta. Não costumava ser tão pouco eloquente. — Elas são fantásticas. É fantástico. — Pelo visto, estava batendo todos os recordes. E, claro, ele costumava ser bom com as mulheres. Geralmente. Mas um olhar para aquela e parecia que havia levado uma pancada na cabeça. — Ah... você precisa de alguma coisa?

— Não. — Ela lhe sorriu com expressão curiosa. — Acho que você é que está precisando.

— Eu preciso de alguma coisa? De quê?

— Não sei. — Pousou a mão na fascinante elevação da barriga e riu, um riso rouco e livre. — Foi você que entrou aqui.

— Certo, certo. Não, nada. Agora. Mais tarde. Tenho de voltar. — Lá para fora, para o ar livre, onde talvez conseguisse respirar de novo.

— Foi um prazer conhecer você, Harper.

— Igualmente. — Olhou para trás antes de sair e viu que ela já estava outra vez encostada à janela.

Lá fora, Stella atravessou rapidamente o estacionamento. Chamou duas vezes e, da segunda, conseguiu da parte de Logan um olhar breve e um aceno distraído. Cada vez mais furiosa à medida que se aproximava, explodiu assim que chegou junto das pilhas de pedras.

— O que você pensa que está fazendo?

— Jogando tênis. O que lhe parece que estou fazendo?

— Parece-me que está tirando material que não encomendou e que não foi autorizado a levar.

— Sério? — Pegou mais uma pilha. — Não admira que a minha caligrafia esteja enferrujada. — A picape estremeceu quando largou a carga. — Ei! — Para grande espanto de Stella, ele se inclinou para ela e a cheirou. — Xampu diferente. Cheira bem.

— Pare de me cheirar — repeliu-o com uma sacudidela no queixo e recuou.

— Não consigo evitar. Está vindo aqui. Tenho nariz.

— Preciso da papelada desse material.

— Sim, sim, sim. Está bem. Eu entro para tratar disso depois de carregar tudo.

— Devia tratar disso *antes* de carregar.

Ele se voltou e lhe lançou um olhar quente com aqueles olhos verde-musgo.

— Você é uma chata, ruiva.

— Tenho de ser. Sou a gerente.

Ele sorriu e baixou os óculos de sol para olhar para ela.

— E muito boa nisso, também. Pense na coisa da seguinte maneira: as pedras estão armazenadas no caminho para o edifício. Se carregá-las primeiro e só depois entrar, na realidade estarei sendo mais eficiente.

O sorriso tornou-se irônico.

— Isso seria importante, acho eu, se estivéssemos fazendo, digamos, uma projeção das horas de trabalho.

Encostou-se na picape e estudou-a. Depois, pegou mais uma pilha de pedras.

— E ficar aí parada olhando para mim significa que está perdendo tempo e, muito provavelmente, aumentando suas horas de trabalho.

— Se não entrar para tratar da papelada, Kitridge, eu vou atrás de você.

— Não me tente.

Logan demorou, mas acabou entrando.

Estava imaginando qual seria a melhor forma de irritar Stella outra vez. Os olhos dela ficavam num tom azul-escuro quando se irritava. Mas, quando entrou, viu Hayley.

— Olá.

— Olá — disse ela com um sorriso. — Chamo-me Hayley Phillips. Sou parente da Roz por parte da família do primeiro marido dela. Agora trabalho aqui.

— Logan. Muito prazer. Não deixe que esta ianque a assuste. — Apontou para Stella com um aceno de cabeça. — Onde estão os formulários sagrados e a faca ritual para eu poder cortar uma veia e assiná-los com sangue?

— No meu escritório.

— Muito bem! — Mas deixou-se ficar, em vez de segui-la. — Para quando é o bebê? — perguntou a Hayley.

— Maio.

— Sente-se bem?

— Nunca me senti melhor.

— Ótimo. Esta é uma boa empresa, um bom lugar para se trabalhar, na *maior parte* do tempo. Bem-vinda a bordo. — Dirigiu-se ao escritório de Stella, onde ela já estava sentada em frente ao computador, com o formulário aberto na tela.

— Eu trato deste, para poupar tempo. Mas há um monte deles naquela pasta. Leve-a. Basta preenchê-los quando precisar, pôr a data e assinar ou fazer uma rubrica. E depois deixá-los aqui.

— Hum — disse ele, olhando em volta. A escrivaninha estava limpa. Não havia caixas nem livros no chão ou empilhados em cima de cadeiras.

"É pena", pensou. "Ele gostava do caos normal do escritório antigo."

— Onde está tudo o que costumava estar aqui?

— Em seu devido lugar. Aquelas pedras eram as redondas de 45 centímetros de diâmetro, número A-23?

— Eram as redondas de 45 centímetros. — Pegou a fotografia emoldurada que havia em cima da escrivaninha e olhou para a fotografia dos meninos com o cão. — Muito bonitos.

— São mesmo. As pedras são para uso pessoal ou para um trabalho contratado?

— Ruiva, nunca perde a pose?

— Não. Nós, ianques, somos assim.

Ele passou a língua pelos dentes.

— Hum.

— Imagina, por acaso, como estou *farta* de ser tratada por "ianque", como se fosse uma espécie estranha ou uma doença? Metade dos clientes que entram aqui olha para mim como se eu fosse de outro planeta e houvesse a possibilidade de não vir em paz. Depois, tenho de lhes dizer que nasci aqui, responder a uma série de perguntas sobre a razão de ter ido embora, de ter voltado, quem é a minha *gente*, pelo amor de Deus, antes de poder voltar ao trabalho. Sou do Michigan, não da Lua, e a maldita Guerra Civil já acabou há algum tempo.

Sim, tal e qual os tremoços do Texas.

— Deste lado da Linha Mason-Dixie, chamamos de a maldita Guerra Entre os Estados, querida. E parece-me que, afinal, perde a compostura quando está irritada.

— Não me chame de "querida" com esse sotaque sulista.

— Sabe, ruiva, gosto mais de você assim.

— Oh, cale-se. As pedras. Uso pessoal ou profissional?

— Bom, isso depende do ponto de vista. — Uma vez que já tinha espaço para isso, sentou-se ao canto da escrivaninha. — São para uma amiga. Estou fazendo um caminho... no meu tempo livre, sem prejuízo para o trabalho. Eu lhe disse que vinha buscar o material e que depois lhe mandaria a conta.

— Vamos considerar uso pessoal e usar o seu desconto de empregado. — Começou a escrever. — Quantas pedras?

— Vinte e duas.

Ela anotou o número e lhe deu o preço por pedra, antes e depois do desconto.

Impressionado, mesmo contra sua vontade, ele apontou para o monitor.

— Tem algum nerd da matemática preso aí dentro?

— Apenas as maravilhas do século XXI. Se experimentasse, veria que é mais rápido do que contar nos dedos.

— Não sei. Tenho dedos bastante rápidos. — Tamborilando-os na perna, olhou para ela. — Preciso de três pinheiros brancos.

— Para a mesma *amiga*?

— Não. — Ele sorriu, um sorriso rápido de esguelha. Se ela quisesse interpretar "amiga" como "namorada", ele não via de que adiantaria dizer-lhe que as pedras eram para a sra. Kingsley, sua professora de inglês do décimo ano. — Os pinheiros são para um cliente. Roland Guppy. Sim, como o peixe. Provavelmente ele deve constar em algum lugar de seus vastos e misteriosos arquivos. Fizemos um trabalho para ele no outono passado.

Uma vez que havia uma cafeteira na mesa encostada à parede e ela estava pela metade, ele se levantou, pegou uma caneca e serviu-se.

— Faça de conta que está em casa — disse Stella secamente.

— Obrigado. Por acaso, fui eu que lhe recomendei os pinheiros brancos como cerca viva. Ele hesitou. Levou este tempo todo para admitir que eu tinha razão. Telefonou-me ontem para casa. Eu lhe disse que os levaria e o ajudaria.

— Precisamos de um formulário diferente.

Ele provou o café. Nada mal.

— Não sei por quê, mas estava mesmo tentando adivinhar.

— As pedras são tudo o que vai levar para uso pessoal?

— Provavelmente. Por ora.

Ela apertou a tecla de impressão e abriu outro formulário.

— Três pinheiros brancos. De que tamanho?

— Temos aí uns bons de dois metros e meio.

— Com raiz?

— Sim.

"Meia dúzia de teclas", pensou ele, maravilhado, "e tudo pronto". A mulher tinha dedos bonitos. Longos e esguios, com aquele esmalte cintilante, da cor delicada do interior de uma pétala de rosa.

Não usava anéis.

— Mais alguma coisa?

Ele apalpou os bolsos e, por fim, encontrou um pedaço de papel.

— Foi o preço que eu lhe dei para plantar os pinheiros.

Ela acrescentou o preço da mão de obra, somou e imprimiu três cópias enquanto ele bebia o café dela.

— Uma assinatura ou uma rubrica — pediu. — Uma cópia para os meus arquivos, outra para os seus e outra ainda para o cliente.

— Entendido.

Quando ele pegou a caneta, Stella agitou a mão.

— Espere, vou buscar a tal faca. Qual era a veia que você pretendia cortar?

— Muito engraçada. — Apontou para a porta com o queixo. — E ela também é bonita.

— Hayley? Pois é. E nova demais para você.

— Não diria "demais". Apesar de preferir mulheres com um pouco mais de... — Parou e sorriu de novo. — É melhor parar por aqui.

— Muito sensato.

— Seus filhos estão tendo problemas na escola?

— Desculpe?

— Estava pensando naquilo que me disse há pouco. Ianques.

— Oh! Um pouco, talvez, mas a maior parte das outras crianças acha interessante que eles sejam do Norte e tenham vivido perto de um dos Grandes Lagos. Os professores foram buscar um mapa para mostrar aos outros de onde eles eram.

Seu rosto se suavizou ao falar dos filhos.

— Obrigada por perguntar.

— Gosto das crianças.

Assinou os formulários e, divertido, viu-a gemer — efetivamente gemer — quando ele dobrou descuidadamente os seus e os enfiou no bolso.

— Na próxima vez, importa-se de fazer isso depois de sair daqui? Isso me irrita.

— Tudo bem. — Talvez fosse o rumo diferente que a conversa estava tomando ou talvez a maneira como ela se enternecera e sorrira quando falara dos filhos. Mais tarde, talvez se perguntasse o que lhe passara pela cabeça, mas, por ora, resolveu seguir seus impulsos. — Alguma vez esteve em Graceland?

— Não. Não sou fã do Elvis.

— Calada! — Ele arregalou os olhos e olhou para a porta. — Legalmente, não pode dizer uma coisa dessas por aqui. Sujeita-se a uma multa e a uma pena de prisão ou, dependendo do júri, a ser açoitada em público.

— Não li nada a esse respeito no guia de Memphis.

— São as letras pequeninas. Então eu a levarei lá. Quando é o seu dia de folga?

— Eu... depende. Quer me levar a Graceland?

— Não pode morar nestas bandas enquanto não tiver estado em Graceland. Escolha um dia que eu arranjarei uma maneira de estar livre.

— Estou tentando compreender. Está me convidando para sair com você, para um encontro?

— Não estava querendo levar isto para o lado de um encontro. É mais uma saída entre colegas. — Pousou a caneca vazia na escrivaninha. — Pense e depois me dê uma resposta.

Havia muito que fazer para poder pensar naquilo. Não podia simplesmente ir passear em Graceland. E, mesmo que pudesse, e tivesse algum estranho desejo de fazer isso, sem dúvida não iria passear em Graceland com Logan.

O fato de admirar o trabalho dele — está bem, e o seu corpo — não queria dizer que gostasse dele. Não queria dizer que queria passar seu valioso tempo livre na companhia dele.

Mas não conseguia deixar de pensar nisso, mais ainda, de se perguntar por que ele a convidara. Talvez fosse algum truque, um estranho ritual de iniciação para uma ianque. Levá-la a Graceland, depois abandoná-la na floresta da parafernália de Elvis e ver se ela conseguiria encontrar a saída.

Ou talvez Logan, à sua estranha maneira, tivesse decidido que flertar com ela era um modo mais fácil de driblar seu novo sistema do que discutir com ela.

Mas não parecera estar flertando com ela. Bom, não exatamente. Parecera mais um gesto amigável, espontâneo, impulsivo. E perguntara pelos seus filhos. Não havia forma mais rápida de ultrapassar sua irritação, qualquer escudo, qualquer defesa, do que um interesse sincero por seus meninos.

E, se ele estava apenas sendo amável, parecia uma questão de boa educação e de sensatez retribuir a amabilidade.

O que as pessoas vestiam para ir a Graceland, afinal?

Não que ela tivesse a intenção ir. Provavelmente não iria. Mas era bom estar preparada. Pelo sim, pelo não.

Na estufa 3, supervisionando enquanto Hayley regava as floradas anuais, Stella ponderou a situação.

— Você já foi a Graceland?

— Oh, claro que sim. Estas são maria-sem-vergonha, certo?

Stella olhou para as plantas.

— Sim. Essas são *Busy Lizzies*. Estão crescendo muito bem.

— Estas todas também são maria-sem-vergonha. As da Nova Guiné.

— Certo. Você aprende depressa.

— Bom, estas são mais fáceis de reconhecer porque já as plantei antes. Seja como for, fui a Graceland com uns amigos quando estava na universidade. É muito legal. Comprei um marcador de livros do Elvis. O que será que fiz com ele? Elvis é uma forma de Elvin. Quer dizer "amigo duende". Não é estranho?

— O mais estranho, para mim, é que você saiba isso.

— É uma daquelas coisas que aprendemos sem saber onde.

— Certo. Qual é o traje habitual?

— Hum? — Ela estava tentando identificar outro canteiro pelas folhas dos rebentos. E se esforçando para não pesquisar antes de pôr o nome na etiqueta. — Acho que não há traje adequado. As pessoas vestem o que quiserem. Calça jeans e essas coisas.

— Casual, então.

— Certo. Gosto do cheiro aqui dentro. Cheira a terra e umidade.

— Nesse caso, você fez a escolha de carreira certa.

— Podia ser uma carreira, não podia? — Os olhos azuis voltaram-se para Stella. — Algo em que eu podia aprender a ser boa. Sempre quis ter o meu próprio negócio, um dia. Sempre achei que seria uma livraria, mas isto é mais ou menos o mesmo.

— Como assim?

— Bom, temos o material novo e os clássicos. Temos vários gêneros, se pensarmos bem. Anuais, bianuais, perenes, arbustos, árvores e gramas. Plantas de água e plantas de sombra. Esse tipo de coisa.

— Sabe, você tem razão. Nunca tinha pensado nisso dessa forma.

Encorajada, Hayley caminhou ao longo dos corredores.

— E estamos aprendendo e explorando como fazemos com os livros. E nós, os funcionários, estamos tentando ajudar as pessoas a encontrarem o que é melhor para elas, o que as deixa mais felizes ou, pelo menos, mais satisfeitas. Plantar uma flor é como abrir um livro, porque, em ambos os casos, estamos começando qualquer coisa. E o nosso jardim é a nossa biblioteca. Eu podia tornar-me boa nisto.

— Não duvido.

Virou-se e viu que Stella estava sorrindo para ela.

— Quando for boa, deixará de ser apenas um emprego. Um emprego é bom. Por ora, chega, mas eu quero mais do que um cheque no fim da semana. Não me refiro apenas ao dinheiro... embora, sim, o dinheiro também seja bem-vindo.

— Não, eu percebo o que você quer dizer. Quer o que Roz tem aqui. Um lugar e a satisfação de fazer parte desse lugar. Raízes — disse Stella, tocando nas folhas de um broto. — E flores. Eu sei disso, porque quero o mesmo.

— Mas você já tem. É tão inteligente e sabe para onde vai. Tem dois filhos fantásticos e... e uma posição aqui. Trabalhou para chegar a esta... a esta posição. Eu sinto como se estivesse apenas começando.

— E está impaciente para avançar. Eu também era assim, na sua idade.

O rosto de Hayley irradiava boa disposição.

— Sim, e agora você está velha e rabugenta.

Rindo, Stella puxou os cabelos para trás.

— Tenho dez anos a mais que você. Muita coisa pode acontecer, pode mudar... incluindo nós próprias... numa década. De certa forma, também estou a começando agora, uma década depois de você. Ao me mudar para cá, com os meus dois preciosos filhos.

— Você não tem medo?

— Todos os dias. — Pousou a mão na barriga de Hayley. — Faz parte do ofício.

— Ajuda muito poder falar com você. Quer dizer, você era casada quando passou por isso, mas tanto você como Roz tiveram de lidar com a situação de serem mães sozinhas. Ajuda porque você sabe coisas. É bom estar perto de outras mulheres que sabem coisas que eu preciso saber.

Depois de terminar o trabalho, Hayley se aproximou para desligar a água.

— Então — perguntou –, você vai a Graceland?

— Não sei. Talvez.

Com a equipe dividida entre os pinheiros brancos e a preparação do terreno no trabalho para Guppy, Logan pôs mãos à obra no caminho da sua antiga professora. Não levaria muito tempo para ele e poderia passar pelos outros dois trabalhos durante a tarde. Gostava de ter muitas tarefas ao mesmo tempo. Sempre gostara.

Ir do princípio ao fim num trabalho, bem depressa, não deixava espaço para ideias geniais ou inspirações súbitas. Havia pouco de que ele gostasse mais do que daquele clique, quando vinha algo na sua cabeça que sabia que conseguiria fazer com as mãos.

Podia pegar naquilo que existia e melhorar, talvez fundir parte do que existia com o novo e criar um todo diferente.

Crescera respeitando a terra e os caprichos da natureza, porém mais do ponto de vista de um agricultor. Quando se crescia numa pequena fazenda trabalhando com a terra, lutando com ela, pensou, era possível compreender o que ela significava. Ou podia significar.

Seu pai também adorava a terra, mas de uma forma diferente, supunha Logan. A terra sustentara a família, mas também lhes custara muito e, no fim das contas, oferecera-lhes alguma prosperidade quando o pai optara por vendê-la.

Não podia dizer que sentia saudades da fazenda. Sempre quisera mais do que colheitas e preocupações com os preços de mercado. Mas sempre quisera, sempre precisara trabalhar com a terra.

Talvez tivesse perdido parte da magia quando se mudara para o Norte. Muitos edifícios, muito concreto, muitas limitações para ele. Não conseguira adaptar-se ao clima ou à cultura, tal como Rae nunca conseguira se adaptar ali.

Não tivera bom resultado. Por mais que ambos tivessem tentado alimentar a chama, o casamento murchara e morrera.

Assim, voltara para casa e, por fim, com a oferta de Roz, encontrara o seu lugar — em nível pessoal, profissional e criativo. E estava satisfeito.

Estendeu os fios e pegou a pá.

E enfiou novamente a pá na terra.

O *que* lhe passara pela cabeça? Convidara a mulher para sair com ele. Podia dar-lhe o nome que quisesse, mas, quando um homem convida uma mulher para sair, trata-se de um maldito encontro.

Não tinha a menor intenção de namorar com a certinha Stella Rothchild. Ela não fazia o estilo dele.

Está bem, claro que fazia. Começou a levantar o solo entre os fios, preparando-o antes de alisá-lo e de estender o plástico preto. Na verdade, nunca conhecera uma mulher que não fosse o estilo dele.

Gostava daquela espécie, simplesmente. Jovens e velhas, mulheres do campo e mulheres urbanas e sofisticadas. Inteligentes ou burras, as mulheres o atraíam a quase em todos os níveis.

Acabara casado com uma, não fora? E, apesar de isso ter sido um erro, uma pessoa tinha de cometer alguns erros pelo caminho.

Talvez ele nunca tivesse se sentido particularmente atraído pelo tipo de mulher estruturada e obstinada. Mas havia sempre uma primeira vez. E ele gostava de primeiras vezes. Eram as segundas e as terceiras vezes que podiam deixar um homem saturado.

Mas não se sentia atraído por Stella.

Está bem, droga! Sim, sentia-se. Ligeiramente. Ela era uma mulher atraente, com formas bonitas, também. E depois havia os cabelos. Ele estava mesmo perdido pelos cabelos. Não se importava de passar as mãos naqueles cabelos, só para ver se eram tão sexy ao toque como eram aos olhos.

Mas isso não queria dizer que quisesse namorar com ela. Já era suficientemente difícil lidar com ela profissionalmente. A mulher tinha uma regra ou um formulário ou um maldito sistema para tudo.

Provavelmente, também era assim na cama. Provavelmente, tinha uma lista introduzida no computador de coisas a fazer e a não fazer, tudo com uma prévia declaração de objetivos.

O que ela precisava era de alguma espontaneidade, de uma pequena sacudidela na ordem das coisas. Não que estivesse interessado em ser ele a dar essa sacudidela.

Mas estava tão bonita aquela manhã, e os cabelos dela cheiravam bem. Além disso, tinha aquele sorrisinho sexy que funcionava a seu favor. Quando ele se dera conta disso, já estava convidando-a para ir a Graceland.

"Não há motivo para preocupações", garantiu a si próprio. Ela não aceitaria. Não era o tipo de coisa que uma mulher como ela fizesse só por fazer. Tanto quanto ele conseguia perceber, ela não fazia *nada* só por fazer.

Ambos acabariam se esquecendo de que ele tocara no assunto.

Como achava que isso era imperativo, pelo menos nos primeiros seis meses de trabalho, Stella insistia em ter uma reunião semanal com Roz para discutir o progresso.

Teria preferido um momento e um local específicos para essas reuniões. Mas era difícil apanhar Roz.

Já haviam tido reuniões na estufa de floração e nos campos. Dessa vez, encurralou Roz na sua sala de estar, onde teria poucas probabilidades de lhe escapar.

— Quero entregar-lhe a atualização semanal.

— Oh... Bom, está bem. — Roz pôs de lado um livro grosso sobre híbridos e tirou os óculos de leitura. — O tempo voa. O solo já está aquecido.

— Eu sei. Os narcisos estão prontos para brotar. Muito mais cedo do que eu estava habituada. Temos vendido muitos bulbos. No Norte, geralmente, nós os vendíamos mais no final do verão ou no outono.

— Saudades de casa?

— De vez em quando, mas cada vez menos. Não posso dizer que tenha pena de não estar no Michigan no mês de fevereiro. Ontem eles tiveram quinze centímetros de neve, e eu estou aqui vendo os narcisos brotarem.

Roz recostou-se na poltrona e cruzou os pés calçados com meias.

— Algum problema?

— Lá se vai a minha ilusão de que consigo esconder as minhas emoções sob um semblante calmo. Não, não há problema nenhum. Mas dei o telefonema obrigatório para a minha mãe há pouco. Ainda estou me recuperando.

— Ah!

Era um som evasivo, e Stella pensou que podia ser interpretado como um desinteresse total ou como um convite tácito para desabafar. Uma vez que estava prestes a explodir, decidiu desabafar.

— Passei praticamente a totalidade dos quinze minutos que ela pôde me dispensar do seu ocupado horário ouvindo-a falar sobre o atual namorado. Ela chama mesmo namorados a estes homens com quem anda. Minha mãe tem cinquenta e oito anos e divorciou-se pela quarta vez há dois meses. Quando não estava se queixando de que Rocky... ele se chama mesmo Rocky... não era suficientemente atencioso e se recusava a levá-la às Bahamas para umas férias de inverno, estava falando sobre o seu próximo peeling químico e se queixando de como sofrera com a sua última injeção de Botox. Não perguntou pelos netos, e a única referência que fez ao fato de eu estar vivendo e trabalhando aqui foi para perguntar se eu já estava farta de estar perto do idiota e da sua lambisgoia... os termos habituais que usa para se referir ao meu pai e à Jolene.

Quando quase perdeu o fôlego, Stella esfregou as mãos no rosto.

— Droga!

— São muitas lamúrias, queixas e veneno para apenas quinze minutos. Ela parece ser uma mulher muito talentosa.

Stella ficou calada durante um minuto — um minuto em que deixou as mãos caírem para o colo para poder olhar para o rosto de Roz. Depois atirou a cabeça para trás e soltou uma gargalhada.

— Oh, sim! Oh, sim, está cheia de talento. Obrigada.

— Não há problema. A minha mãe passava a maior parte do tempo... pelo menos do tempo que passamos juntas neste mundo... suspirando melancolicamente por causa da sua frágil saúde. Não que quisesse queixar-se, dizia ela. Quase mandei gravar isso na lápide dela: "Não Que Eu Queira Me Queixar."

— Eu podia pôr "Eu Não Peço Muito" na lápide da minha mãe.

— Aí está. A minha mãe me causou uma impressão tão profunda que eu segui completamente na direção oposta. Provavelmente, poderiam cortar-me um braço que eu não soltaria um gemido.

— Céus, acho que fiz o mesmo com a minha. Tenho de pensar melhor nisso. Muito bem, vamos ao trabalho. Esgotamos os vasos de bulbos mistos. Não sei se quer fazer mais nesta fase tardia da estação.

— Talvez uns poucos. Há pessoas que gostam de comprá-los, já feitos, para presentes de Páscoa e essas coisas.

— Muito bem. E se eu ensinasse Hayley a fazê-los? Sei que geralmente é você quem os faz, mas...

— Não, é um trabalho bom para ela. Tenho observado Hayley. — Ao ver a expressão de Stella, inclinou a cabeça. — Não gosto de mostrar que a estou observando, mas geralmente estou. Sei o que se passa na minha casa e no meu negócio, Stella, mesmo que, de vez em quando, deixe passar algum detalhe.

— E eu estou aqui para me preocupar com os detalhes; portanto, não há problema.

— Exatamente. No entanto, tenho-a deixado basicamente aos seus cuidados. Está correndo tudo bem?

— Mais do que isso. Nunca preciso lhe dizer nada duas vezes e, quando ela disse que aprendia depressa, não estava exagerando. Parece que tem sede de aprender.

— E não faltam aqui coisas para aprender.

— É simpática com os clientes... amável, nunca tem pressa. E não tem medo de dizer que não sabe, mas promete sempre informar-se. Neste momento, está lá fora inspecionando os canteiros e os arbustos. Quer conhecer o que está vendendo.

Aproximou-se da janela enquanto falava, para olhar para fora. Era quase crepúsculo, mas ali estava Hayley passeando com o cão e estudando as perenes.

— Na idade dela, eu estava planejando meu casamento. Parece que foi há um milhão de anos.

— Na idade dela, eu estava criando duas crianças pequenas e grávida do Mason. *Isso* é que parece ter sido há um milhão de anos. E há cinco minutos, ao mesmo tempo.

— Vou sair outra vez do tema, mas queria lhe perguntar o que imagina fazer quando chegarmos a maio.

— Maio ainda é alta estação para nós, e as pessoas gostam de refrescar os jardins de verão. Venderemos...

— Não, referia-me a Hayley. Ao bebê.

— Oh! Bom, ela é que terá de tomar essa decisão, mas, se decidir ficar, teremos de lhe arranjar um trabalho mais leve.

— Ela vai ter de arranjar alguém para tomar conta do bebê, quando estiver pronta para voltar ao trabalho. E o quarto do bebê...

— Hum, isso é pôr a carroça à frente dos bois.

— O tempo voa — disse Stella.

— Arranjaremos as coisas.

Curiosa, Roz aproximou-se também da janela. Parou ao lado de Stella e olhou para fora.

Era muito bonito, pensou, ver uma jovem com uma criança no ventre passeando por um jardim de inverno.

Há tempos ela fora como aquela jovem, sonhando no entardecer, à espera de que a primavera trouxesse vida.

"O tempo não voa", pensou. "Praticamente evapora sem nos darmos conta disso."

— Ela parece feliz e certa do que quer fazer. Mas pode ser que, depois de ter o bebê, mude de ideia em relação ao envolvimento do pai. — Roz viu Hayley pousar a mão na barriga e olhar para longe, onde o Sol estava afundando por detrás das árvores, no rio, para além das copas. — Ter um bebê vivo nos braços e enfrentar a perspectiva de ter de cuidar dele sozinha é um grande choque de realidade. Veremos, quando o momento chegar.

— Tem razão. E suponho que nenhuma de nós a conhece suficientemente bem para saber o que é melhor para ela. Por falar em bebês, está quase na hora de enfiar os meus na banheira. Vou deixar o relatório semanal com você.

— Está bem. Depois eu o lerei. Tenho de lhe dizer, Stella, que gosto do que tem feito. Tanto do que se vê, por exemplo, nas áreas dos clientes como do que não se vê, na gestão do escritório. Vejo a primavera se aproximando e, pela primeira vez em vários anos, não estou exausta e me arrastando por excesso de trabalho. Não posso dizer que me importasse muito de ter tanto trabalho, mas também não posso dizer que não me agrada o contrário.

— Mesmo quando eu a aborreço com pormenores?

— Mesmo nesse momento. Não tenho ouvido queixa sobre o Logan nos últimos dias. Nem da parte dele. Estou vivendo num paraíso de falsidade ou vocês dois entraram em harmonia?

— Ainda há alguns probleminhas e desconfio que surgirão outros, mas nada com que tenha de se preocupar. Na verdade, ele teve um gesto muito amável e se ofereceu para me levar a Graceland.

— Mesmo? — Roz ergueu as sobrancelhas. — Logan?

— Seria assim tão fora do normal, para ele?

— Não faço ideia, mas nunca o vi convidar ninguém do trabalho para um encontro.

— Não é um encontro, é uma saída.

Intrigada, Roz sentou-se outra vez. "Nunca se sabe o que podemos aprender com uma mulher mais nova", pensou.

— Qual é a diferença?

— Bom, um encontro é jantar e cinema, com potencial, até mesmo provável, conotação romântica. Levar as crianças ao jardim zoológico é uma saída.

Roz recostou-se e esticou as pernas.

— As coisas mudam mesmo, não é? Na minha maneira de ver, quando um homem e uma mulher saem juntos, não deixa de ser um encontro.

— Está vendo, esse é o meu dilema. — Uma vez que Roz parecia estar disposta a conversar, Stella aproximou-se e sentou-se no braço da poltrona. — Porque essa foi a minha primeira ideia. Mas me pareceu apenas um gesto amável, e o termo "saída" foi dele. Como uma espécie de ramo de oliveira. E, se eu aceitar, talvez encontremos esse meio-termo, essa harmonia, o que quer que seja preciso para amenizar os pontos mais complicados na nossa relação de trabalho.

— Então, se estou compreendendo bem, iria a Graceland com Logan pelo bem da empresa.

— Mais ou menos isso.

— E não porque ele é um homem solteiro muito atraente, dinâmico e decididamente sexy.

— Não, isso seria apenas um bônus. — Esperou que Roz parasse de rir. — E não estou pensando em seguir esse caminho. O namoro é um campo minado.

— Nem me fale. Tenho mais anos nessa zona de guerra do que você.

— Eu gosto de homens. — Levou a mão à nuca para prender melhor o rabo de cavalo. — Gosto da companhia dos homens. Mas namorar é muito complicado e estressante.

— É melhor complicado e estressante do que totalmente aborrecido, algo que muitas das minhas experiências nesse campo foram.

— Complicado, estressante ou totalmente aborrecido, mesmo assim prefiro o termo "saída". Ouça, eu sei que Logan é seu amigo.

Mas gostaria de lhe perguntar se acha que eu estaria cometendo um erro se fosse com ele, ou lhe dando a impressão errada. O sinal errado. Ou talvez cruzando aquela linha divisória entre colegas. Ou...

— Isso é muita complicação e estresse para uma simples saída.

— Eu sei. Isso me irrita. — Balançou a cabeça e levantou-se. — É melhor ir tratar dos banhos. Oh, e vou pôr Hayley para trabalhar nos tais bulbos amanhã.

— Muito bem. Stella... vai aceitar esta saída?

Ela fez uma pausa quando chegou à porta.

— Talvez. Vou refletir a respeito.

Capítulo Oito

Estava sonhando com flores. Um jardim encantado, cheio de botões novos e de vida, ondulava à sua volta. Era perfeito, bem-arranjado e ordenado, as orlas como uma régua, formando um contraste nítido com a grama bem-aparada.

As cores fundiam-se umas nas outras, brancos e rosas, amarelos e verdes-prateados, todos os tons pastel suaves e delicados que tremeluziam com uma elegância sutil sob os raios dourados do sol.

Sua fragrância era calmante e atraía um bonito bando de borboletas atarefadas ou a curiosidade de um colibri cintilante. Nem uma erva daninha sequer se intrometia na sua perfeição, e todas as flores estavam cheias e maduras, com dezenas e dezenas de botões à espera de sua vez de abrir.

Fora ela quem fizera isto. Circundou o canteiro com uma sensação de orgulho e satisfação. Remexera a terra e alimentara-a, planejara e selecionara e plantara cada planta exatamente no local certo. O jardim correspondia tão precisamente à sua visão que era como uma fotografia.

Levara anos planejando, trabalhando, criando. Mas agora tudo o que quisera alcançar estava ali, florescendo aos seus pés.

Contudo, perante seus olhos, um caule cresceu, forte e verde, empurrando os outros, estragando a simetria. "Deslocado", pensou ela, mais aborrecida do que surpresa por vê-lo brotando do solo, crescendo e desenrolando as folhas.

Uma dália? Não plantara dálias ali. O lugar das dálias era na parte de trás. Plantara especificamente um trio de dálias, altas e cor-de-rosa, na parte de trás do canteiro, com trinta centímetros exatos de intervalo.

Espantada, inclinou a cabeça e estudou a planta enquanto os caules cresciam e engrossavam, enquanto os botões se formavam, gordos e saudáveis. Fascinante, tão fascinante e inesperado.

Mesmo enquanto começava a sorrir ouviu — sentiu? — um murmúrio sobre a pele, um murmúrio através do cérebro.

— *Está mal aqui. Mal. Tem de ser removida. Vai roubar e roubar até não restar mais nada.*

Estremeceu. O ar à sua volta estava subitamente frio, com um vestígio de umidade, e nuvens escuras aproximavam-se daquele encantador sol dourado.

Sentiu um aperto de terror na boca do estômago.

— *Não deixá-la crescer. Vai estrangular a vida de tudo o que fez.*

Era verdade. Claro que era verdade. Não tinha que crescer ali, afastando as outras à força, alterando a ordem.

Teria de arrancá-la, de encontrar outro lugar para ela. Reorganizar tudo, precisamente quando julgara ter terminado. "E olhem para aquilo", pensou, enquanto os botões se formavam, enquanto se abriam para libertar as pétalas de um tom azul-escuro. Era a cor errada. Demasiadamente forte, escura e viva.

Era linda; não podia negar. Na verdade, nunca vira um espécime mais belo. Parecia tão forte, tão real. Era já quase tão alta quanto ela, com flores do tamanho de pratos.

— *Ela mente. Mente.*

Aquele murmúrio, de algum modo feminino, de algum modo irado, perpassou seu cérebro adormecido. Gemeu baixinho e agitou-se, inquieta, na cama fria.

— *Mate-a! Mate-a. Depressa, antes que seja tarde.*

Não, não podia matar algo tão belo, tão vivo, tão vigoroso. Mas isso não queria dizer que poderia deixá-la ali, fora do lugar, desequilibrando o restante do canteiro.

Todo o seu trabalho, a preparação, o planejamento, e agora aquilo. Teria de preparar outro canteiro para incluir aquela flor. Com um suspiro, estendeu a mão, roçou os dedos naquelas pétalas azul-marinho. Daria muito trabalho, pensou, muito trabalho, mas...

— Mamãe...

— Não é bonita? — murmurou ela. — É tão *azul*.

— Mamãe, acorda.

— O que é? — Emergiu do sonho, afastando as teias do sono quando viu Luke ajoelhado na cama ao lado dela.

Céus, o quarto estava gelado.

— Luke? — Instintivamente, puxou a colcha para cima dele. — O que aconteceu?

— Estou com dor de barriga.

— Oh! — Sentou-se e pousou automaticamente a mão na testa dele para ver se tinha febre. Pareceu-lhe um pouco quente. — Dói?

Ele balançou a cabeça. Stella viu o brilho dos seus olhos, o reflexo das lágrimas.

— Estou me sentindo mal. Posso dormir na sua cama?

— Está bem. — Afastou os lençóis. — Deite e se agasalhe. Não sei por que está tão frio aqui dentro. Vou medir sua temperatura, só para ficar descansada. — Encostou os lábios em sua testa enquanto ele se aninhava em seu travesseiro. Decididamente, parecia um pouco quente.

Acendeu o abajur da mesa de cabeceira e saiu da cama para ir buscar o termômetro no banheiro.

— Vamos ver se consigo saber o que está acontecendo. — Acariciou-lhe os cabelos enquanto enfiava o termômetro na orelha dele. — Já estava se sentindo mal quando foi para a cama?

— Não, foi... — O corpo dele ficou tenso e emitiu um pequeno gemido.

Stella soube que ele ia vomitar antes mesmo que ele se desse conta disso. Com rapidez de mãe, pegou-o e correu para o banheiro.

Chegaram a tempo, no exato instante, e ela murmurou e acariciou-o, preocupada, enquanto ele vomitava.

Depois, ele voltou o rostinho pálido para ela.

— Vomitei.

— Eu sei, meu amor. Você já vai melhorar.

Deu-lhe um pouco de água, refrescou-lhe o rosto com uma toalha úmida e levou-o de novo para a cama. "Que estranho", pensou, "o quarto já não parece frio."

— Não estou mais me sentindo mal.

— Ainda bem. — Apesar disso, mediu-lhe a febre (37,5 ºC, não era muito ruim) e trouxe o cesto dos papéis para junto da cama. — Dói alguma coisa?

— Não, mas não gosto de vomitar. Fico com a boca amarga. E tenho outro dente mole e, se vomitar outra vez, ele pode cair e depois não vou poder colocá-lo debaixo do travesseiro.

— Não se preocupe com isso. Claro que você vai ter o dente para pôr debaixo do travesseiro, como fez com o outro. Vou lá embaixo buscar ginger ale. Fique aqui quietinho que eu venho já, está bem?

— Está bem.

— Se tiver vontade de vomitar outra vez, tente usar isto. — Puxou o cesto dos papéis para o lado dele. — Eu venho já, meu amor.

Saiu rapidamente, correndo pelas escadas de camisola. Uma das desvantagens de uma casa muito grande, percebeu, era que a cozinha ficava a um quilômetro dos quartos.

Tinha de pensar em comprar um pequeno frigobar, como aquele que havia no dormitório na universidade, para pôr na sala de estar do andar de cima.

"Febre baixa", pensou, enquanto entrava na cozinha. Provavelmente estaria melhor no dia seguinte. Caso contrário, chamaria um médico.

Procurou o ginger ale, encheu um copo grande de gelo, pegou uma garrafa de água e voltou para cima.

— Vou beber ginger ale — ouviu Luke dizer enquanto se aproximava da porta do quarto. — Porque estive maldisposto. Já estou melhor, mas mesmo assim posso beber ginger ale. Você também pode beber um bocadinho, se quiser.

— Obrigada, querido, mas... — Quando entrou no quarto, viu que Luke estava voltado de costas para a porta, encostado ao travesseiro. E o quarto estava outra vez frio, tão frio que via o vapor de sua própria respiração.

— Ela foi embora — disse Luke.

Um arrepio que não era causado unicamente pelo frio percorreu a espinha de Stella.

— Quem foi embora?

— A senhora. — Os seus olhos cheios de sono animaram-se um pouco quando viu o ginger ale. — Ficou aqui comigo enquanto você foi lá embaixo.

— Que senhora, Luke? A sra. Roz? Hayley?

— Não. A senhora que costuma vir cantar. É simpática. Posso beber o ginger ale todo?

— Pode beber um pouco. — Suas mãos tremiam ligeiramente enquanto despejava a bebida no copo. — Onde você a viu?

— Ali. — Apontou para a cama, depois pegou o copo com as duas mãos e bebeu. — É bom.

— Já a tinha visto antes?

— Já. Às vezes, acordo e ela está lá. Canta a canção do *dilly-dilly*.

"*Lavender's blue, dilly dilly, lavender's green...*" Era a canção que ela ouvira, percebeu Stella com um medo gelado. A canção que ouvira alguém cantarolar.

— Ela... — "Não", pensou, "é melhor não lhe perguntar se ela o assustou". — Como ela é?

— É bonita. Tem cabelos amarelos. Acho que é um anjo, uma senhora anjo. Você se lembra da história do anjo de guardar?

— Anjo da guarda.

— Mas ela não tem asas. Gavin diz que talvez seja uma bruxa, mas uma bruxa boa, como no *Harry Potter*.

A garganta de Stella estava seca.

— Gavin também já a viu?

— Sim, quando ela vem cantar para nós. — Devolveu o copo a Stella e esfregou os olhos. — Já não estou me sentindo mal, mas estou com sono. Posso dormir na sua cama?

— Claro que sim. — Mas, antes de se enfiar na cama com ele, Stella acendeu a luz do banheiro.

Foi ver Gavin, lutando contra o impulso de arrancá-lo da cama e trazê-lo consigo para a sua.

Deixando a porta de ligação bem aberta, voltou para o seu quarto.

Apagou a luz do abajur da mesa de cabeceira e enfiou-se na cama com o filho.

E, puxando-o para perto, abraçou-o enquanto ele dormia.

Na manhã seguinte, ele parecia bem, animado e cheio de energia, enquanto contava alegremente a David, no café da manhã, que tinha vomitado e bebido ginger ale.

Pensou em deixá-lo ficar em casa por um dia, mas ele não tinha febre e, a julgar pelo seu apetite, nenhum problema de estômago.

— Não deixou sequelas — comentou David quando os meninos correram pelas escadas acima para buscar as mochilas. — Você, por outro lado, parece ter passado uma noite difícil. — Serviu-lhe mais uma xícara de café.

— É verdade. E não foi por causa de Luke ter estado indisposto. Depois de vomitar, acalmou-se e dormiu como um bebê. Mas, antes de adormecer, disse-me uma coisa que me deixou acordada a noite toda.

David apoiou os cotovelos na bancada central e inclinou-se para a frente.

— Conte tudo para mim.

— Ele disse... — Olhou em volta, atenta ao som dos passos dos filhos nas escadas. — Disse que há uma senhora de cabelos amarelos que vai à noite ao quarto dele e canta para ele.

— Oh! — Ele pegou o pano e começou a limpar a bancada.

— Não diga "oh" com esse sorrisinho bobo.

— Ei, fique sabendo que este é o meu sorriso afetado e divertido. Não tem nada de bobo.

— David.

— Stella — disse ele no mesmo tom severo. — Roz lhe disse que temos um fantasma, não disse?

— Tocou no assunto. Mas há só um probleminha em relação a isso. Fantasmas não existem.

— Então, você acha que uma loura qualquer entra na casa toda noite, dirige-se ao quarto dos meninos e começa a cantar? *Isso* é mais plausível?

— Não sei o que está se passando. Já ouvi alguém cantar, e senti...

— Nervosa, torceu a pulseira do relógio. — Seja como for, a ideia de um fantasma é ridícula. Mas está acontecendo alguma coisa com os meus filhos.

— Ele tem medo dela?

— Não. Provavelmente imaginei ter ouvido alguém cantar. E Luke tem seis anos. É capaz de imaginar tudo e mais alguma coisa.

— Você já perguntou ao Gavin?

— Não. Luke diz que ambos a viram, mas...

— Eu também a vi.

— Oh, por favor.

David passou o pano na água, espremeu o excesso e o colocou na beira da lava-louças para secar.

— Somente quando era pequeno, mas eu a vi algumas vezes quando dormi aqui. No começo, me assustou, mas ela simplesmente *ficava* ali. Você pode perguntar ao Harper. Ele a viu muitas vezes.

— Está bem. E quem é, afinal, este suposto fantasma? — Ergueu a mão para impedi-lo de responder quando ouviu passos correndo pelas escadas. — Falaremos sobre isso mais tarde.

Tentou não pensar a respeito e conseguiu esquecer o assunto temporariamente, quando se concentrava no trabalho. Mas a questão acabava sempre voltando à sua mente e ali ficava como a canção de ninar do fantasma.

Ao meio-dia, deixou Hayley trabalhando nos vasos de bulbos, Ruby no balcão e, pegando um bloco, dirigiu-se à estufa de enxertos.

"Dois coelhos de uma só cajadada", pensou.

A música naquele dia era Rachmaninoff. Ou seria Mozart? Fosse qual fosse, incluía muitas cordas e flautas apaixonadas. Passou pelas áreas de manutenção, pelas ferramentas, pelos solos e aditivos e adubos de enraizamento.

Encontrou Harper no extremo oposto, perto de uma bancada em cima da qual havia uma pilha de vasos de 12 centímetros, vários cactos e um tabuleiro de adubo de enraizamento. Reparou nos pregadores da roupa, nos elásticos, na ráfia, no frasco de álcool desnaturado.

— O que você usa nos cactos de Natal?

Ele continuou trabalhando, usando sua faca para cortar um broto da junção de um enxerto. Tinha mãos muito bonitas, reparou Stella. Dedos compridos, de artista.

— Cunha apical? Complicado, mas provavelmente é o melhor com esse espécime, por causa dos caules achatados. Você está criando um padrão ou hibridizando?

Ele fez o corte vertical no feixe vascular, mas continuou em silêncio.

— Estou perguntando porque... — Pousou a mão no seu ombro e, quando ele deu um salto e soltou um grito abafado, Stella recuou, sobressaltada, e esbarrou na mesa atrás de si.

— Merda! — Ele largou a faca e enfiou o polegar que cortara na boca. — Merda! — repetiu, com o polegar na boca, e tirou os fones dos ouvidos com a mão livre.

— Desculpe-me! Você se cortou? Deixe-me ver.

— É só um arranhão. — Tirou o dedo da boca e esfregou-o distraidamente na calça jeans suja. — Nem de longe tão fatal como o *ataque cardíaco* que você ia me causar.

— Mostre o dedo. — Segurou a mão dele. — Agora o corte está cheio de terra.

Ele viu o olhar dela desviar-se para o álcool e puxou a mão.

— Nem pense nisso!

— Bom, pelo menos, você deveria limpá-lo. E peço desculpas, mais uma vez. Não vi os fones. Pensei que você tinha me ouvido.

— Não faz mal, não foi nada. A música clássica é para as plantas. Mas começo a ficar com os olhos vidrados se ouvi-la durante muito tempo.

— Sim? — Pegou os fones e encostou um deles ao ouvido. — Metallica?

— Sim. O meu tipo de música clássica — disse ele, olhando desconfiado para o bloco de notas que ela trazia na mão. — O que houve?

— Gostaria de ter uma ideia do que você terá pronto, aqui, para a grande abertura de primavera, no mês que vem. E o que tem em fase de poder ser transferido para a estufa do estoque.

— Oh, bom... — Ele olhou em volta. — Muita coisa. Provavelmente. Tenho os registros no computador.

— Melhor ainda. Talvez possa me fazer uma cópia. Seria perfeito.

— Sim, está bem. Espere um minuto. — Arrastou o banco para o computador.

— Não precisa ser já, se você está no meio de outra coisa.

— Se não for já, vou acabar me esquecendo.

Com uma perícia que ela admirou, teclou com os dedos sujos até encontrar o que procurava.

— Prefiro que você não tire nada quando eu não estiver aqui.

— Sem problemas.

— Ah... como está Hayley?

— É a resposta às minhas orações.

— Mesmo? — Ele pegou uma lata de refrigerante e bebeu um gole rápido. — Ela não está fazendo trabalho pesado nem mexendo em produtos tóxicos, não é?

— Claro que não. Neste momento está tratando dos vasos de bulbos.

— Pronto. Arquivo enviado.

— Obrigada, Harper. Isto facilita muito a minha vida. Nunca fiz um enxerto num cacto de Natal. Posso ver?

— Claro. Quer fazer um? Eu lhe explico.

— Gostaria muito.

— Vou acabar este. Está vendo, eu corto um broto de cinco ou seis centímetros, pela junção. Cortei os cinco centímetros superiores do caule da planta principal. E, antes de cortar o dedo...

— Desculpe.

— Não foi a primeira vez. Fiz este corte fino e vertical no feixe vascular.

— Até aí já entendi.

— Daqui, desbasto lascas de pele de ambos os lados da base do broto, afunilando a ponta e expondo o núcleo central. — Os dedos compridos trabalharam pacientemente. — Está vendo?

— Hum, hum. Você tem boas mãos para isto.

— É natural. Foi a minha mãe que me ensinou a enxertar. Fizemos uma cerejeira ornamental quando eu tinha mais ou menos a idade do Luke. Agora vamos inserir o broto no corte do caule da outra planta. Queremos que os tecidos expostos de ambas fiquem em contato. Temos de fazer coincidir o máximo possível as superfícies do corte. Eu gosto de usar um espinho de cacto comprido... — Tirou um de um tabuleiro e o enfiou através da área enxertada.

— Prático e orgânico.

— Sim, não gosto de usar ráfia nestes. Pregadores de roupa são a melhor opção. Mesmo na junção, vê, para que fique firme, mas não muito apertado. O adubo de enraizamento é composto por duas partes de solo para cactos e uma parte de areia fina. Já fiz a mistura. Colocamos nosso bebê no vaso e cobrimos a mistura com um pouco de cascalho miúdo.

— Para ficar úmido, mas não encharcado.

— Isso mesmo. Depois é preciso etiquetá-lo e pô-lo num local arejado, mas não sob o sol direto. As duas plantas devem unir-se dentro de dois dias, mais ou menos. Quer experimentar?

— Quero. — Sentou-se no banco depois de ele se levantar e começou, seguindo cuidadosamente as instruções dele. — A propósito, David estava me falando da lenda da casa, esta manhã.

— Muito bem. — Ele manteve o olhar concentrado nas mãos dela e na planta. — Faz uma lasca muito fina. Lenda?

— Sabes, *buuuu*, o fantasma.

— Oh, sim, a loura de olhos tristes. Costumava cantar para mim quando eu era pequeno.

— Vamos lá, Harper.

Ele encolheu os ombros e bebeu mais um gole do refrigerante.

— Você aceita? — Agitou a lata. — Tenho mais na bolsa térmica.

— Não, obrigada. Você está me dizendo que um fantasma costumava entrar no seu quarto e cantar para você?

— Até os meus doze, treze anos. Aconteceu o mesmo com os meus irmãos. Quando chegamos na adolescência, ela some. Agora você tem de afunilar o broto.

Stella fez uma pausa no trabalho e olhou para ele.

— Harper, você não se considera um cientista?

Ele sorriu para Stella com aqueles olhos castanhos e sonhadores.

— Nem tanto. Parte do que eu faço é ciência e parte requer algum conhecimento científico. Mas, na realidade, sou um jardineiro.

Atirou a lata de refrigerante no cesto e abaixou-se para tirar outra da bolsa térmica.

— Mas, se você está me perguntando se acho que os fantasmas estão em contradição com a ciência, a resposta também é: nem tanto. A ciência é exploração, experimentação, descoberta.

— Não posso discutir essa definição. — Voltou-se de novo para o trabalho. — Mas...

Ele abriu a lata.

— Vai bancar a Scully* comigo?

Ela teve de se rir.

— Uma coisa é um menino acreditar em fantasmas e em Papai Noel, mas...

— Está tentando me dizer que Papai Noel não existe? — Ele simulou estar horrorizado. — Isso é cruel.

— Mas — continuou ela, ignorando-o — é completamente diferente no caso de um homem adulto.

— A quem você está chamando de homem adulto? Acho que vou ter de expulsar você da minha casa, Stella. — Deu-lhe uma palmadinha no ombro, sujando-a de terra, e depois sacudiu-lhe distraidamente a camisa. — Eu vi aquilo que vi, sei aquilo que sei. Faz parte de crescer nesta casa, mais nada. Ela sempre foi... uma presença benigna, pelo menos para mim e meus irmãos. Embora, algumas vezes, tenha causado preocupação à minha mãe.

---

* Dana Scully, personagem do seriado *Arquivo X*, é uma médica-legista fiel à racionalidade e à ciência. (N.T.)

— Preocupação? Como assim?
— Pergunte a ela. Mas não sei por que você está se incomodando com isso, uma vez que não acredita mesmo em fantasmas. — Sorriu.
— Belo enxerto. Segundo o folclore familiar, ela é uma das noivas Harper, mas não está em nenhum dos quadros ou fotografias que temos. — Encolheu os ombros. — Talvez seja uma criada que morreu aqui. Não há dúvida de que conhece todos os cantos da casa.
— Luke me disse que a viu.
— Sim? — Pareceu mais atento enquanto Stella colocava a etiqueta no vaso. — Se você está com medo de que ela faça mal ao Luke ou ao Gavin, não precisa se preocupar. Ela é... não sei, maternal.
— Perfeito, então... um fantasma não identificado, porém maternal, que assombra os quartos dos meus filhos à noite.
— É uma tradição da família Harper.

Depois de uma conversa assim, Stella precisava de qualquer coisa sensata com que ocupar a mente. Tirou um tabuleiro de amores-perfeitos e algumas pervincas de uma estufa, encontrou alguns vasos de concreto moldado no armazém e colocou-os, juntamente com alguns sacos de terra, num carrinho de mão. Reuniu ferramentas, luvas, juntou alguma solução adubadora e levou tudo para a parte da frente.

Os amores-perfeitos não se importam com um pouquinho de frio, pensou; portanto, não vão se incomodar se apanharem mais algumas geadas. E o seu ar festivo, as suas cores ricas, pintariam a primavera junto à entrada.

Depois de posicionar os vasos, pegou o bloco e anotou exatamente tudo o que tirara do armazém. Inseriria os dados no computador quando terminasse.

Depois se ajoelhou para fazer algo que adorava, algo que nunca deixava de reconfortá-la. Algo que sempre fazia sentido.

Plantou.

Quando acabou o primeiro, com as alegres flores púrpuras e amarelas contra o cinzento baço do vaso, afastou-se para examinar seu trabalho. Queria que o segundo fosse o mais parecido possível com aquele.

Estava absorta quando ouviu o ruído de pneus no cascalho. "Logan", pensou, enquanto erguia os olhos e identificava sua picape. Viu-o começar a virar na direção da área de material, depois voltar para trás e dirigir rumo ao edifício.

Saiu da picape, com as suas botas gastas, calça jeans surrada e óculos de sol de lentes pretas.

Stella sentiu um arrepio entre as omoplatas.

— Olá — disse ele.

— Olá, Logan.

Ele ficou ali parado, com os polegares enfiados nos bolsos da calça de trabalho e um trio de arranhões recentes no antebraço, pouco abaixo das mangas arregaçadas.

— Venho buscar uns troncos decorativos e mais plástico preto para o trabalho nos Dawson.

— Está avançando bem.

— É fácil. — Aproximou-se mais e inspecionou o trabalho dela.

— Estão com bom aspecto. Sou capaz de usá-los.

— Estes são somente para amostra.

— Pode fazer mais. Vou levar esses para Miz Dawson, ela vai querer ficar com eles. Uma venda é uma venda, ruiva.

— Oh, está bem. — Praticamente não tivera um *minuto* para pensar nos vasos como dela. — Pelo menos deixe-me acabar. Diga-lhe que tem de substituir estes amores-perfeitos quando estiver calor. Não se dão bem no verão. E, se puser sempre-vivas nos vasos, deverá cobrir as plantas durante o inverno.

— Por acaso, eu também sei uma coisinha ou duas sobre plantas.

— Quero apenas garantir a satisfação do cliente.

Ele fora educado, pensou ela. Até mesmo cooperativo. Não se aproximara para lhe dar uma lista de material? O mínimo que podia fazer era retribuir a simpatia.

— Se o convite para Graceland ainda estiver de pé, tenho algum tempo na próxima quinta-feira. — Manteve os olhos nas plantas, falando num tom tão casual quanto um buquê de malmequeres. — Se for um bom dia para você.

— Quinta-feira? — Ele havia preparado uma série de desculpas para o caso de ela tocar no assunto. Estava cheio de trabalho, tinha de ficar para outra hora.

Mas ali estava ela, ajoelhada no chão, com aqueles malditos cabelos encaracolados espalhados por todo lado e o sol incidindo sobre eles. Aqueles olhos azuis, aquela voz fria de ianque.

— Claro, pode ser na quinta-feira. Quer que eu venha buscá-la aqui ou em casa?

— Aqui, se não houver problema. A que horas é melhor para você?

— Talvez por volta de uma da tarde. Assim, ainda poderei trabalhar pela manhã.

— Perfeito. — Levantou-se, sacudiu as luvas e arrumou-as no carrinho. — Deixe-me apenas calcular o preço destes vasos e preencher um formulário de encomenda. Se ela decidir não ficar com eles, traga-os de volta.

— Não será preciso. Apenas trate da papelada. — Tirou um papel bem dobrado do bolso. — Para os vasos e para os materiais que apontei aqui. Eu vou carregando a picape.

— Muito bem. Ótimo. — Dirigiu-se ao escritório. O arrepio havia passado das omoplatas para o umbigo.

Não era um encontro, não era um encontro, lembrou a si própria. Nem sequer era uma saída, na verdade. Era um gesto. Um gesto de boa vontade de ambas as partes.

"E agora", pensou enquanto entrava no escritório, "nenhum dos dois pode voltar atrás."

Capítulo Nove

— Não sei como chegamos à quinta-feira. — Tem qualquer coisa a ver com Thor, o deus nórdico. — Hayley encolheu os ombros com um ar acanhado. — Sei muitas coisas idiotas. Não me pergunte o motivo.

— Não estava me referindo à origem da palavra, mas sim a como chegou tão depressa. Thor? — repetiu Stella, desviando os olhos do espelho no banheiro dos empregados para olhar para Hayley.

— Tenho quase certeza.

— Vou aceitar a sua palavra. Muito bem. — Abriu os braços. — Como estou?

— Muito bonita.

— Excessivamente bonita? Pareço formal demais ou arrumada?

— Não, bonita na medida certa. — A verdade era que invejava a aparência de Stella, com calça em tom cinza simples e camiseta preta.

Elegante, mas cheia de curvas por baixo. Antes de engravidar, Hayley era mais longilínea e tinha seios pequenos.

— A camiseta realça as suas formas — acrescentou.

— Oh, meu Deus! — Horrorizada, Stella cruzou os braços e pressionou-os contra os seios. — Realça as formas? Como quem quer dizer "olhem para os meus seios"?

— Não. — Rindo, Hayley puxou os braços de Stella para baixo. — Pare com isso. Você tem seios muito bonitos.

— Estou nervosa. É ridículo, mas estou nervosa. *Detesto* estar nervosa; é por isso que raramente fico nervosa. — Puxou a manga da camiseta e sacudiu-a. — Por que precisamos fazer uma coisa que detestamos?

— É apenas uma saída descontraída, à tarde. — Hayley evitou a palavra encontro. Já haviam discutido esse assunto. — Vá e divirta-se.

— Certo. Claro. Sou tão boba. — Sacudiu-se antes de sair do banheiro. — Você tem o número do meu celular.

— Todo mundo tem o número do seu celular, Stella. — Olhou para Ruby, que respondeu com uma gargalhada. — Acho que o presidente da câmara o tem nas teclas de discagem rápida.

— Se houver algum problema, não hesitem em usá-lo. E, se você tiver alguma dúvida e não conseguir encontrar a Roz nem o Harper, me ligue.

— Sim, mamãe.

— Muito engraçada.

— E os *strippers* não confirmaram presença. — Ruby soltou uma gargalhada e Hayley sorriu. — Portanto, você pode ir descansada.

— Acho que descansar não está nos meus planos para hoje.

— Posso perguntar há quanto tempo você não tem um encontro... quero dizer, uma saída?

— Não muito tempo. Uns meses. — Quando Hayley revirou os olhos, Stella também revirou os dela. — Tenho andado ocupada. Tive muito trabalho com a venda da casa, embalar as coisas, arrumar espaço para guardar tudo, procurar escolas e pediatras por aqui... Não tive tempo.

— E não teve ninguém que fizesse você querer arranjar tempo. Até hoje.

— Não é nada disso. Por que diabos ele está atrasado? — inquiriu, olhando para o relógio. — Eu já sabia que ele se ia atrasar. Tem todo o ar de alguém que chega sempre cronicamente atrasado a quase tudo.

Quando um cliente entrou, Hayley deu um tapinha no ombro de Stella.

— Esta é a minha deixa. Divirta-se. Posso ajudar? — perguntou, aproximando-se do cliente.

Stella esperou mais alguns minutos, dizendo a si própria que Hayley estava cuidando bem do novo cliente. Ruby registrou as compras de outros dois. O trabalho estava sendo feito e não lhe restava outra coisa senão esperar.

Decidindo esperar lá fora, pegou seu casaco.

Seus vasos estavam bonitos, e calculou que o local onde os colocara era diretamente responsável pela quantidade de amores-perfeitos que haviam vendido nos últimos dias. Se esse fosse o caso, poderiam acrescentar mais alguns, talvez um ou dois barris cortados ao meio e alguns vasos suspensos.

Tomando nota, caminhou de um lado para o outro, escolhendo os melhores locais para colocar as amostras, a fim de acrescentar outros pequenos toques que inspirassem os clientes a comprar.

Quando Logan chegou, à uma e quinze, ela estava sentada nos degraus, fazendo uma lista das potenciais amostras e arranjos e calculando a mão de obra necessária para criá-los.

Levantou-se assim que ele saiu da picape.

— Desculpe-me o atraso.

— Não há problema. Estava ocupada.

— Não se importa de ir na picape?

— Não seria a primeira vez. — Entrou e, enquanto colocava o cinto, estudou a quantidade de bilhetes e apontamentos, esboços e contas, presos ao painel.

— É o seu sistema de arquivo?

— A maior parte. — Logan ligou o CD player e Elvis começou a cantar "Heartbreak Hotel". — Parece adequado.

— Você é um grande fã dele?

— Temos de respeitar o Rei.

— Quantas vezes você já esteve em Graceland?

— Não sei. Qualquer pessoa de fora que vem para cá quer visitar o lugar. Uma visita a Memphis inclui Graceland, Beale Street, costela e a caminhada dos patos no Peabody.

Talvez pudesse descontrair-se, decidiu Stella. Afinal de contas, estavam apenas conversando. Como pessoas normais.

— Então esta é a primeira coisa na minha lista de coisas a fazer.

Ele olhou para ela. Apesar de ter os olhos escondidos pelas lentes escuras, Stella percebeu, pelo ângulo da sua cabeça, que estavam semi-cerrados, fitando-a especulativamente.

— O quê? Você já está aqui há um mês e ainda não foi comer a nossa famosa costela?

— Não. Acha que serei presa por isso?

— Você é vegetariana?

— Não, e gosto de costela.

— Querida, se você não comeu a costela de Memphis, então não sabe o que é costela. Seus pais não vivem aqui? Acho que já os conheci.

— Meu pai e a mulher, sim. Will e Jolene Dooley.

— E nada de costela?

— Pelo visto, não. Acha que *eles* podem ser presos por isso?

— É possível, se a notícia se espalhar. Mas eu vou me portar bem e manter o silêncio, por ora.

— Suponho que ficamos lhe devendo essa.

Depois, "Heartbreak Hotel" começou a tocar "Shake, Rattle and Roll". Era a música do seu pai, pensou Stella. Era estranho, e de certa forma enternecedor, ir parar em Memphis, ouvindo a música que seu pai ouvira na adolescência.

— O que você tem que fazer é levar as crianças a Reunion para comerem costela — disse-lhe Logan. — De lá poderão ir a pé até Beale, para verem o espetáculo. Mas, antes de comerem, terão de passar pelo Peabody para verem os patos. As crianças têm de ver os patos.

— Meu pai já os levou.
— Isso é capaz de livrá-lo da cadeia.
— Que alívio! — Era mais fácil do que ela julgara que seria, e sentiu-se uma tola ao pensar que havia preparado vários tópicos de conversa casual. — Tirando a época em que você esteve no Norte, sempre viveu na área de Memphis?
— Exatamente.
— É estranho para mim saber que nasci aqui, mas não ter nenhuma recordação. Gosto de estar aqui, e gosto de pensar... excluindo a falta de costela, até o momento... que existe uma ligação. Claro que ainda não passei o verão aqui... que me lembre... mas gosto. Adoro trabalhar para Roz.
— Ela é uma joia.
Ao ouvir tom de afeto em sua voz, Stella virou o rosto para ele.
— Ela pensa o mesmo de você. Na verdade, inicialmente, pensei que vocês dois fossem...
O sorriso dele se alargou.
— Sério?
— Ela é bonita e inteligente, e vocês têm muito em comum. Têm uma história.
— Isso tudo é verdade. Provavelmente, a nossa história faria com que algo desse gênero fosse muito estranho. Mas obrigado.
— Eu a admiro muito. Também gosto dela, mas tenho uma grande admiração por tudo o que ela conseguiu. Sozinha. Criar a família, manter a casa, construir um negócio a partir do zero. E sempre à sua maneira, tomando ela própria todas as decisões.
— É isso que quer para você?
— Não quero ter um negócio. Pensei nisso há alguns anos. Mas dar um salto desses sem paraquedas e com dois filhos? — Balançou a cabeça. — Roz é mais corajosa do que eu. De resto, percebi que não era isso o que eu realmente queria. Gosto de trabalhar para outra pessoa, de resolver problemas e de apresentar planos criativos e eficientes de melhorias ou expansão. A gestão é aquilo em que sou melhor.
Fez uma pausa breve.

— Você não tem nenhum comentário irônico a fazer a esse respeito?

— Só em pensamento. Assim posso guardá-lo para quando você me irritar outra vez.

— Mal posso esperar. Seja como for, gosto de plantar um jardim do zero... como começar a escrever numa folha em branco. Contudo, mais do que isso, gosto de pegar um jardim que não foi muito bem-planejado, ou que precisa de melhorias, e aperfeiçoá-lo.

Fez uma pausa e franziu a testa.

— É engraçado, acabo de me lembrar de um sonho que tive há algumas noites sobre um jardim. Um sonho muito estranho, com... não sei, com qualquer coisa de sinistro. Não consigo lembrar-me de tudo, mas havia... uma dália azul, enorme e maravilhosa. Dália é uma das minhas flores preferidas, e o azul é a cor de que mais gosto. Apesar disso, ela não devia estar ali, não era o lugar dela. Eu não a tinha plantado. Mas estava ali. Estranho.

— O que você fez com ela? Com a dália?

— Não me lembro. Luke me acordou e o meu jardim e a dália exótica evaporaram. — "E o quarto", pensou, "o quarto estava gelado."

— Ele não estava se sentindo bem, estava indisposto.

— Já está bom?

— Sim. — "Mais um ponto a favor dele", pensou Stella. — Está ótimo, obrigada.

— E o dente?

"Oh, oh! Segundo ponto positivo." Ele se lembrava de que o seu filho tinha um dente prestes a cair.

— Vendido à Fada dos Dentes por uma nota de dólar novinha em folha. O segundo está quase caindo. Agora está falando como se estivesse soprando, é muito engraçado.

— O irmão já o ensinou a cuspir pelo buraco do dente?

Ela fez uma careta.

— Que eu saiba, não!

— Olhos que não veem... Aposto que ainda está lá. A dália mágica florescendo na terra dos sonhos.

— É um pensamento agradável. — *Mate-o.* "Céus, de onde veio isto?", pensou, estremecendo. — Era espetacular, se bem me lembro.

Olhou pela janela quando ele entrou numa área de estacionamento.

— Chegamos?

— Do outro lado da estrada. Aqui é uma espécie de centro de visitantes, a área de organização. É onde se compram os bilhetes e os grupos são transportados de minivan a partir daqui.

Desligou o motor e virou-se para ela.

— Aposto cinco dólares como, quando sairmos, você estará totalmente convertida.

— Convertida ao Elvis? Nunca tive nada contra ele.

— Cinco dólares. Depois da visita, você vai comprar, no mínimo, um CD do Elvis.

— Apostado.

Era muito menor do que ela imaginara. Imaginara uma grande propriedade, uma espécie de mansão, do nível da Harper House. Em vez disso, era uma casa de tamanho relativamente modesto, e os cômodos — pelo menos os incluídos na visitação — eram bastante pequenos.

Avançou lentamente com os demais turistas, ouvindo as memórias e observações gravadas de Lisa Marie Presley através dos fones que lhe haviam sido fornecidos.

Observou, assombrada, os tecidos pregueados, em tons fortes de amarelo, azul e vinho, que pendiam do teto e cobriam cada centímetro das paredes na sala de jogos entulhada, dominada por uma mesa de bilhar. Depois olhou maravilhada para a cascata, as gravuras de animais selvagens e os acessórios polinésios, coroados por um teto forrado com um carpete verde, na sala da selva.

"Alguém viveu aqui", pensou. Não apenas alguém, mas um ícone — um homem famoso, de um talento miraculoso. E era enternecedor ouvir uma mulher, que era uma criança quando perdera esse pai famoso, falar sobre o homem de quem se lembrava e que amara.

A sala dos troféus era espantosa, e suas objeções de estilo foram imediatamente substituídas por uma sensação de deslumbramento. Parecia que quilômetros de parede, nos corredores sinuosos, estavam cobertos de cima a baixo com os discos de ouro e platina de Elvis. Tudo aquilo alcançado e conquistado em menos anos do que Stella tinha de vida.

E, com Elvis cantando nos fones de ouvido, admirou os seus feitos, observou maravilhada seus inúmeros trajes elaborados e espalhafatosos. Depois, deixou-se encantar pelas suas fotografias, pelos cartazes dos filmes e pelos recortes de suas entrevistas.

Logan descobriu que era possível aprender muito sobre uma pessoa ao se passear com ela por Graceland. Algumas pessoas riam da decoração ultrapassada e deselegante. Outras paravam, com os olhos vidrados de adoração pelo Rei morto. Outras mais caminhavam ao som da música, olhando à sua volta boquiaberta ou conversando entre si, de passo acelerado para poderem chegar logo às lojas de souvenir. Depois podiam ir para casa e dizer que já haviam estado naquele lugar.

Mas Stella olhava tudo. E ouvia. Logan percebia que ela estava ouvindo atentamente a gravação, pela forma como tinha a cabeça ligeiramente inclinada para a direita. "Ouvindo seriamente", pensou ele, e apostaria muito mais do que cinco dólares em como ela estava seguindo as instruções da fita gravada, pressionando o número para ativar o segmento seguinte exatamente na altura certa.

Na verdade, era algo engraçado de se ver.

Quando saíram para a pequena peregrinação ao túmulo de Elvis do lado da piscina, ela tirou os fones de ouvido pela primeira vez.

— Não sabia nada disso — começou. — Sabia apenas as coisas mais básicas. Mais de um bilhão de discos vendidos? É quase incompreensível. Nem consigo imaginar como seria *fazer* tudo isso e... você está rindo de quê?

— Aposto que, se você fizesse um teste sobre o Elvis agora, teria pontuação máxima.

— Cale-se. — Mas riu, ficando novamente séria enquanto caminhavam, ao sol, rumo ao Jardim da Meditação e ao túmulo do Rei.

Havia flores, flores vivas murchando no sol e flores de plástico com as cores desbotadas. E a pequena sepultura ao lado da piscina parecia ao mesmo tempo excêntrica e adequada. À sua volta, as máquinas fotográficas disparavam e Stella ouviu alguém soluçando.

— Há quem afirme ter visto o fantasma dele ali — Logan apontou.

— Isto, claro, se é que ele está mesmo morto.

— Você não acredita nisso, com certeza.

— Oh, não, Elvis deixou este lugar há muito tempo.

— Estava falando do fantasma.

— Bom, se ele quisesse assombrar algum lugar, seria este com certeza.

Voltaram para o local onde a minivan os aguardava.

— As pessoas por aqui falam de fantasmas com grande naturalidade.

Ele demorou um minuto a perceber.

— Oh, a Noiva Harper! Você já a viu?

— Não, não vi. Mas talvez isso seja apenas porque ela não existe. Não vai me dizer que você já a viu.

— Não. Muitas pessoas afirmam tê-la visto, mas também há quem diga ter visto Elvis comendo sanduíches de pasta de amendoim e banana num restaurante qualquer, dez anos depois de ele ter morrido.

— Exatamente! — Ela estava tão satisfeita com o bom-senso dele que lhe deu uma palmadinha no braço. — As pessoas veem o que querem ver, ou o que foram educadas para ver, ou o que esperam ver. A imaginação não tem limites, principalmente nas condições ou na atmosfera adequada. Deviam fazer qualquer coisa melhor com estes jardins, você não acha?

— Nem me faça falar.

— Você tem razão. Nada de falar de trabalho. Em vez disso, vou lhe agradecer por ter me trazido. Não sei se teria vindo aqui sozinha.

— O que achou?

— Triste, enternecedor e fascinante. — Entregou os fones de ouvido ao funcionário e entrou no veículo. — Alguns cômodos tinham uma decoração bastante... única, digamos.

Os braços de ambos se tocaram, roçaram e ficaram encostados um ao outro nos assentos apertados do veículo. Os cabelos de Stella ficaram caídos sobre o ombro dele até ela puxá-lo para trás. Logan lamentou que ela tivesse feito isso.

— Conheci um tipo que era fã incondicional de Elvis. Dedicou-se a fazer uma réplica de Graceland em sua casa. Arranjou um tecido como aquele que vimos na sala de jogos e forrou as paredes e o teto.

Ela se virou para ele.

— Você está brincando.

Logan fez uma cruz com os dedos sobre os lábios.

— Juro. Até fez um rasgão na mesa de bilhar para ficar igual à do Elvis. Quando ele falou em arranjar aqueles eletrodomésticos amarelos...

— Dourados.

— Seja lá o que for. Quando começou a dizer que ia arranjar alguns iguais, a mulher lhe deu um ultimato. Ela ou Elvis.

O rosto de Stella se iluminou com uma expressão divertida e Logan deixou de ouvir a conversa dos outros passageiros. Havia qualquer coisa nela, quando sorria, que o deixava meio tonto.

— E quem ele escolheu?

— Hum?

— Quem ele escolheu? A mulher ou Elvis?

— Bem. — Logan esticou as pernas, mas não conseguia afastar o corpo do dela. O sol incidia na janela, refletindo-se naqueles caracóis ruivos. — Contentou-se em fazer a recriação na adega, e estava tentando convencê-la a deixá-lo pôr um modelo em escala mais reduzida do Jardim da Meditação no quintal.

Ela soltou uma gargalhada deliciosa. Quando encostou a cabeça ao banco, seus cabelos caíram de novo sobre o ombro dele.

— Se ele conseguir convencê-la, espero que fiquemos com o trabalho.

— Pode contar com isso. Ele é meu tio.

Ela riu de novo, até ficar sem fôlego.

— Ora, mal posso esperar para conhecer a sua família. — Olhou para ele. — Vou confessar que só aceitei vir hoje com você porque não queria estragar um gesto simpático com uma recusa. Não esperava me divertir tanto.

— Não foi bem um gesto simpático, mas um impulso de momento. Os seus cabelos cheiravam bem e isso me privou dos sentidos.

A ironia invadiu-lhe o rosto enquanto puxava os cabelos para trás.

— Agora você devia me dizer que também se divertiu.

— Por acaso, sim.

Quando a van parou, ele se levantou e recuou para deixá-la passar.

— Por outro lado, seus cabelos ainda cheiram bem; portanto, pode ter sido por causa disso.

Ela lhe lançou um sorriso por cima do ombro e, droga, ele sentiu um aperto na barriga. Geralmente, aquele aperto significava a possibilidade de diversão e prazer. Com ela, Logan achava que significava encrenca.

Porém, fora educado para levar as coisas até o fim, e sua mãe ficaria horrorizada e chocada se ele não levasse uma mulher com quem passara a tarde para comer qualquer coisa.

— Está com fome? — perguntou, depois de descer do veículo atrás dela.

— Oh... Bom, é muito cedo para jantar e muito tarde para almoçar... Eu devia...

— Deixe a coisa rolar. Coma fora do horário das refeições. — Stella ficou tão surpresa quando ele pegou sua mão que nem lhe ocorreu protestar enquanto a puxava para um dos restaurantes no local.

— Não devia mesmo demorar. Disse a Roz que estaria de volta às quatro.

— Sabe, se você continuar tão tensa por muito mais tempo, vai acabar conseguindo uma úlcera.

— Não estou tensa — argumentou ela. — Sou apenas responsável.

— Roz não tem relógio de ponto nos viveiros e um cachorro-quente não demora assim tanto tempo.

— Não, mas... — Gostar dele era algo muito inesperado. Tão inesperado quanto o arrepio na sua pele ao sentir aquela mão grande e forte segurando a dela. Há muito tempo não estava na companhia de um homem. Por que, então, pôr fim àquela tarde?

— Está bem — assentiu, apesar de o seu assentimento ser supérfluo, pensou, pois ele já a havia puxado para junto do balcão. — Bom, já que estou aqui, talvez possa perder um minuto ou dois e dar uma olhada nas lojas.

Ele pediu dois cachorros-quentes e duas Coca-Colas e sorriu para ela.

— Está bem, espertinho. — Ela abriu a bolsa e procurou a carteira, da qual tirou uma nota de cinco dólares. — Vou comprar o CD. E a minha Coca-Cola é light.

Comeu o cachorro-quente e bebeu a Coca-Cola. Comprou o CD. Mas, ao contrário de qualquer outra mulher que Logan conhecia, Stella não parecia sentir nenhuma obrigação religiosa de olhar e de mexer em tudo o que havia na loja. Fez o que tinha a ser feito e saiu — metódica, despachada e precisa.

Enquanto regressavam à picape, reparou que ela estava outra vez olhando o celular.

— Há algum problema?

— Não — respondeu ela, voltando a guardá-lo na bolsa. — Estava vendo se tinha alguma mensagem. — Mas parecia que todos haviam sobrevivido sem ela durante uma tarde.

A menos que houvesse algum problema com os telefones. Ou que tivessem perdido seu número. Ou...

— Os viveiros podem ter sido atacados por psicopatas com fetiche por petúnias — disse Logan, enquanto lhe abria a porta. — Os funcionários podem estar todos amarrados e amordaçados na estufa neste exato momento.

Stella fechou a bolsa com um gesto decidido.

— Você não acharia tanta graça se chegássemos lá e isso tivesse acontecido mesmo.

— Oh, sim, acredite que acharia.

Deu a volta por fora da picape, entrou e sentou-se ao volante.

— Tenho uma personalidade obsessiva, linear e orientada por objetivos, com fortes tendências de organização.

Ele olhou para ela.

— Ainda bem que me disse. Tinha ficado com a impressão de que você era uma cabeça de vento.

— Bom, chega de falar sobre mim. Porque...

— Por que insiste em fazer isso?

Ela fez uma pausa, com as mãos no ar.

— Fazer o quê?

— Por que você está sempre enfiando esses pregadores nos cabelos?

— Porque eles estão sempre caindo.

Deixando-a chocada e sem palavras, ele estendeu a mão, tirou-lhe os pregadores e atirou-os no chão da picape.

— Nesse caso, por que se dá ao trabalho de colocá-los?

— Bom, pelo amor de Deus. — Ela olhou para os pregadores de testa franzida. — Quantas vezes por semana alguém diz que você é arrogante e autoritário?

— Nunca as contei. — Saiu da área de estacionamento. — Seus cabelos são sexy. Você deveria deixá-los soltos.

— Muito obrigada pelos conselhos de beleza.

— Normalmente, as mulheres não ficam chateadas quando um homem lhes diz que são atraentes.

— Não estou chateada e você não disse que eu era atraente. Disse que os meus cabelos eram sexy.

Ele tirou os olhos da estrada por tempo suficiente para olhá-la de cima a baixo.

— O resto também não está ruim.

Bom, alguma coisa não estava bem quando um elogio daqueles a fazia sentir calor na barriga. Era melhor voltar a temas de conversa mais seguros.

— Voltando ao que ia lhe perguntar antes de ser tão estranhamente interrompida, por que você se dedicou ao design paisagístico?

— Um emprego de verão, que foi ficando.

Ela esperou um, dois, três segundos.

— Sinceramente, Logan, não é preciso se aborrecer com coisas tão pequenas.

— Desculpe. Nunca sei quando devo me calar. Cresci numa fazenda.

— Sério? E você gostava ou odiava?

— Estava habituado, basicamente. Gosto de trabalhar ao ar livre e não me importo de fazer trabalho duro e físico.

— Que tagarela — disse Stella, quando ele se calou de novo.

— Não há muito mais para contar. Não queria ser agricultor e, de qualquer maneira, meu pai vendeu a fazenda há alguns anos. Mas gosto de trabalhar com a terra. É o que eu gosto de fazer e o que faço bem. Não vale a pena fazermos algo de que não gostamos ou em que não somos bons.

— Vamos experimentar outra abordagem. Como você soube que era bom nisso?

— Nunca ter sido despedido foi uma pista. — Ele não via como ela podia estar interessada nisto, mas, uma vez que estava insistindo, sempre dava para passarem o tempo. — Sabe quando estamos na escola e, por exemplo em História, se fala na Batalha de Hastings, ou na travessia do Rubicão, ou sabe Deus em quê? Entrava e saía — disse, tocando num lado da cabeça e depois no outro. — Eu decorava o que era preciso, por tempo suficiente para fazer o teste e depois *puf*. Mas, no trabalho, o patrão me dizia "Vamos pôr as cotonárias ali, alinhar aquelas bérberis ali", e eu não me esquecia. Nem do que eram nem do que precisavam. Gostava de plantá-las. Dava-me satisfação cavar o buraco, preparar o solo, mudar o aspecto das coisas. Tornar as coisas mais agradáveis aos olhos.

— Pois é — concordou ela. — Acredite ou não, é mais ou menos o que sinto em relação aos meus arquivos.

Ele lhe lançou um olhar de esguelha e ela reprimiu um sorriso.

— Não me diga. Seja como for, às vezes pensava que, se calhar, as cotonárias ficariam melhor ali e, em vez de bérberis, camecipáris realçariam mais essa seção. Assim, fui-me inclinando para o design.

— Eu pensei no design durante algum tempo. Não sou muito boa — disse ela. — Dei-me conta de que era difícil adaptar a minha visão à do restante da equipe... ou do cliente. Ficava muito presa à matemática e à ciência da coisa e bloqueava quando era hora de passar para a parte artística.

— Quem tratava do jardim quando você estava no Norte?

— Era eu. Se tinha alguma coisa em mente que exigia maquinaria ou mais músculos do que eu e o Kevin tínhamos juntos, fazia uma lista para dar aos subempreiteiros. — Sorriu. — Uma lista muito pormenorizada e específica, com o design passado para o papel. Depois eu colocava neles. Sou campeã em colar nas pessoas.

— E nunca ninguém tentou empurrar você para um buraco e enterrá-la?

— Não. Mas, por outro lado, sou uma pessoa muito simpática e agradável. Talvez, quando chegar o momento de eu procurar a minha própria casa, você possa me ajudar com o design dos jardins.

— Mas eu não sou simpático nem agradável.

— Vou me lembrar disso.

— E não será um grande passo para uma maníaca em detalhes, obsessiva e linear, confiar em mim quando só viu um dos meus trabalhos, ainda por cima em sua fase inicial?

— Não concordo com o termo "maníaca". Prefiro "entusiasta". E, por acaso, já vi vários dos seus trabalhos completos. Tirei alguns endereços dos arquivos e dei uma volta por aí. É o que eu faço — disse, quando ele parou o carro num sinal e olhou para ela. — Passei algum tempo vendo Harper trabalhar, e Roz, bem como todos os empregados. Fiz questão de ver alguns dos seus trabalhos concluídos. E gosto do seu trabalho.

— E se não tivesse gostado?

— Se não tivesse gostado, não diria nada. Isso é com Roz, e é evidente que *ela* gosta do seu trabalho. Mas teria feito alguma pesquisa sobre outros paisagistas, discretamente, depois faria um relatório e o entregaria a Roz. É o meu trabalho.

— E eu pensando que o seu trabalho era gerir os viveiros e me aborrecer com formulários.

— Também é. Parte desse trabalho de gestão é garantir que todos os empregados, subempreiteiros, fornecedores e equipamentos não sejam apenas adequados para a empresa No Jardim, mas os melhores que Roz pode pagar. Você é caro — acrescentou –, mas o seu trabalho justifica o preço.

Quando viu que ele continuava de testa franzida, espetou seu dedo no braço dele.

— Normalmente, os homens não ficam chateados quando uma mulher elogia o trabalho deles.

— Ah! Os homens nunca se chateiam, cismam.

Ela tinha certa razão. Mas lhe ocorreu que sabia muito sobre ele — coisas pessoais. Quanto ganhava, por exemplo. Quando perguntou a si próprio como se sentia em relação a isso, a resposta foi: "Não muito à vontade."

— O meu trabalho, o meu salário e os meus preços são apenas entre mim e Roz.

— Não mais — disse ela em tom jovial. — Roz tem a última palavra, claro, mas eu estou aqui para gerir. Só estou dizendo que, na minha opinião, Roz mostrou intuição e bom-senso comercial quando trouxe você para trabalhar para ela. Você é muito bem-pago porque merece. Há alguma razão para você não tomar isto como um elogio e ultrapassarmos a fase da cisma?

— Não sei. Quanto ela lhe paga?

— Isso é entre mim e ela, mas você tem toda a liberdade para lhe perguntar. — O tema de *Guerra nas Estrelas* começou a tocar dentro de sua bolsa. — É o toque do Gavin — explicou, enquanto procurava o celular e via que a chamada vinha de casa. — Alô? Olá, querido.

Embora ainda estivesse um pouco aborrecido, Logan viu o rosto de Stella iluminar-se.

— Sério? Você é o máximo. Sim. Claro que sim. Até já.

Fechou o telefone e voltou a guardá-lo na bolsa.

— Gavin teve nota máxima no teste de ditado.

— Boa.

Ela riu.

— Nem imagina o que é isso. Tenho de ir buscar uma pizza de pepperoni. Na nossa família, não é uma cenoura na ponta de um garfo que usamos como motivação... ou simplesmente suborno... é pizza de pepperoni.

— Você suborna seus filhos?

— Muitas vezes e sem qualquer peso na consciência.

— Muito esperta. Como eles estão na escola?

— Bem. Tanta preocupação e sentimento de culpa da minha parte para nada. Tenho de me lembrar disso no futuro. Foi uma grande mudança para eles... casa nova, escola nova, pessoas novas. Luke tem facilidade de fazer amigos, mas Gavin, às vezes, é um pouco tímido.

— Não me pareceu nada tímido. O menino tem energia. Os dois têm.

— Isso foi por causa dos desenhos em quadrinhos. Qualquer amigo do Homem-Aranha, blá, blá, blá... Por isso foram simpáticos com você. Mas os dois estão se adaptando muito bem. Portanto, posso riscar da minha lista de motivos de preocupação o trauma dos meus filhos por terem sido arrancados de seus amigos.

— Aposto que você tem mesmo uma lista.

— Todas as mães têm. — Soltou um suspiro satisfeito quando ele estacionou em frente aos viveiros. — Foi um dia muito agradável. Este lugar não é fantástico? Olhe para ele. Ativo, bonito, eficiente, acolhedor. Invejo a visão de Roz, para não falar da sua coragem.

— Não me parece que você tenha muita falta de coragem.

— Isso é um elogio?

Ele encolheu os ombros.

— É uma observação.

Stella gostava de ser vista como uma pessoa corajosa; portanto, não lhe disse que passava grande parte do tempo assustada. A ordem e a rotina eram sólidos muros defensivos que mantinham o medo a distância.

— Bom, muito obrigada. Pela observação e pela tarde. Gostei de ambas. — Abriu a porta e saiu. — E a ida à cidade para comer costela está na minha lista de coisas a fazer.

— Você não vai se arrepender. — Ele saiu e contornou a picape até junto dela. Não sabia bem a razão. Hábito, talvez. Boas maneiras arraigadas que a mãe lhe incutira desde rapaz. Mas este não era o tipo de situação em que o rapaz tinha de acompanhar a moça à porta para lhe roubar um beijo de boa-noite.

Stella pensou em estender a mão, mas parecia algo formal *e* ridículo. Portanto, limitou-se a sorrir.

— Vou pôr o CD para os meninos ouvirem — disse, balançando a bolsa. — Vamos ver o que eles acham.

— Muito bem. Até a próxima.

Logan começou a se dirigir à picape. Depois praguejou entre dentes, atirou os óculos de sol para cima do capô e voltou para trás.

— Mais vale levar isto até o fim.

Ela não era lenta e não era ingênua. Percebeu o que ele pretendia fazer quando ainda estava a um passo de distância. Mas parecia incapaz de se mexer.

Ouviu brotar dos seus próprios lábios um som indistinto — não uma palavra — e depois os dedos dele se enfiaram em seus cabelos, segurando-lhe a cabeça com pressão suficiente para obrigá-la a ficar na ponta dos pés. Viu os olhos dele. Havia salpicos dourados no meio do verde.

Depois tudo se desfocou, e a boca de Logan, quente e forte, estava sobre a dela.

Não havia nada de hesitante no beijo, nada de experimental ou particularmente amigável. Era apenas exigente, com um vestígio de irritação. "Tal como o homem", pensou ela vagamente. Ele estava fazendo o que pretendia fazer, determinado em ir até o fim, mas não particularmente contente com aquilo.

No entanto, Stella sentiu o coração na garganta, palpitante, bloqueando-lhe as palavras e a respiração. Os dedos da mão que erguera contra o ombro dele, numa espécie de defesa aturdida, apertaram com força. Depois deslizaram para o cotovelo dele, sem forças, quando Logan levantou a cabeça.

Com a mão ainda nos cabelos dela, disse:

— Droga!

Puxou-a de novo até ela ficar na ponta dos pés e passou o braço à sua volta, colando o corpo ao dela. Quando sua boca baixou uma segunda vez, o restante do cérebro de Stella que ainda não havia entrado em curto-circuito derreteu por completo.

Ele não devia ter pensado em beijá-la. Mas, depois de ter pensado, não parecia razoável virar as costas e deixá-lo por fazer. E agora estava metido em encrenca, completamente enredado naqueles cabelos rebeldes, naquele aroma sexy, naqueles lábios macios.

E, quando aprofundou o beijo, ela emitiu um ligeiro som, uma espécie de gemido abafado. Como um homem podia evitar desejá-la?

Os cabelos dela eram como uma teia de seda encaracolada, e o corpo bonito e curvilíneo vibrava contra o dele como uma máquina bem-afinada, preparada para entrar em ação. Quanto mais ele a apertava, mais conseguia saboreá-la e mais longínquos pareciam os sinos de aviso que o recordavam de que não queria envolver-se com ela. Fosse de que maneira fosse.

Quando conseguiu libertá-la, recuou e viu o sangue subir às suas faces. Tornava-lhe os olhos mais azuis, maiores. Dava-lhe vontade de colocá-la no ombro e de levá-la para qualquer lado, qualquer lado onde pudessem acabar o que aquele beijo começara. Como a ânsia de fazer isso era tão grande que doía, recuou mais um passo.

— Muito bem — julgou ter dito num tom calmo, mas não tinha certeza, por causa do barulho do sangue fluindo em seus ouvidos. — Vemo-nos por aí.

Voltou para a picape e entrou. Conseguiu ligar o motor e engatar marcha a ré. Depois pisou novamente no acelerador quando o sol lhe bateu nos olhos.

Viu Stella avançar, pegar os óculos escuros que haviam saltado do capô e caído para cima do cascalho. Abriu a janela quando ela se aproximou.

Seus olhos não se desviaram dos dela quando estendeu a mão.

— Obrigado.

— De nada.

Pôs os óculos, recuou, virou o volante e saiu da área de estacionamento.

Sozinha, Stella deu um longo suspiro trêmulo e respirou fundo; depois soltou a respiração, enquanto ordenava às pernas fracas que a levassem até o alpendre.

Conseguiu chegar aos degraus e deixou-se cair sobre eles.

— Santa mãe de Deus — murmurou.

Deixou-se ficar ali sentada, mesmo quando um cliente saiu e outro entrou, tremendo e sentindo tudo dentro de si aos saltos. Sentia-se como se tivesse caído de um precipício e estivesse agarrada com os dedos suados — por pouco, por muito pouco — a uma pequena saliência prestes a se desfazer.

O que faria em relação àquilo? E como raciocinar, quando nem sequer conseguia pensar?

O melhor era não tentar raciocinar enquanto não conseguisse pensar. Levantou-se e limpou as palmas úmidas na calça. Por ora, ia regressar ao trabalho, mandar vir uma pizza e depois voltar para casa, para junto dos filhos. Voltar ao que era normal.

Sempre se dera melhor com a normalidade.

Capítulo Dez

Harper escavou a terra na base da clematite que trepava pelo aramado. Este lado do jardim era muito calmo. Os arbustos e as árvores ornamentais, os caminhos e os canteiros separavam aquilo a que ele ainda chamava casa de hóspedes do edifício principal.

Os narcisos começavam a abrir, o amarelo vivo fazendo forte contraste com o verde primaveril. As tulipas seriam as próximas. Eram uma das suas flores preferidas naquele início de primavera, por isso plantara um canteiro de bulbos à porta da cozinha da casa de hóspedes.

A casa era uma pequena cocheira e, segundo todas as mulheres que já levara lá, encantadora. "Casinha de bonecas", essa era a expressão geralmente utilizada. Ele não se importava, apesar de pensar mais na casa como uma casa de campo ou uma casa de caseiro, com as aduelas de cedro caiadas e o telhado inclinado. Era confortável por dentro e por fora, e mais do que adequada às suas necessidades.

Havia uma pequena estufa a poucos metros da porta dos fundos, e esse era o seu domínio pessoal. A casinha estava suficientemente distante da casa principal para ter privacidade, razão pela qual não precisava se sentir mal quando tinha convidadas do sexo feminino passando a noite lá. No entanto, era suficientemente perto para poder chegar à casa principal em poucos minutos, se a mãe precisasse dele.

Não gostava que ela ficasse sozinha, apesar de David estar sempre por perto. E dava graças a Deus pela presença de David. Pouco lhe importava que ela fosse autossuficiente ou a pessoa mais forte que ele conhecia. Simplesmente, não gostava da ideia de a mãe estar sozinha naquela enorme casa velha, dia após dia, noite após noite.

Embora, sem dúvida, fosse preferível assim a ter ficado com aquele imbecil com quem se casara. Não havia palavras que descrevessem como desprezava Bryce Clerk. Supunha que o fato de a mãe ter caído na conversa dele provava que ela não era infalível, mas fora um erro grave para uma pessoa que raramente cometia erros.

Embora ela o tivesse abandonado, rapidamente e sem misericórdia, Harper ficara preocupado, sem saber como ele aceitaria a separação — em relação a Roz, à casa, ao dinheiro, a tudo.

E diabos o levassem se ele não tinha tentado entrar uma vez, à força na casa, na semana antes de o divórcio se sacramentar. Harper não tinha dúvidas de que a mãe teria conseguido lidar com ele, mas não fizera mal nenhum estar por perto.

E o prazer que lhe dera poder colocar aquele desgraçado interesseiro, falso e mentiroso para correr não tinha descrição.

Mas talvez já tivesse passado tempo suficiente. E não se podia dizer que atualmente ela estivesse sozinha na casa, de maneira alguma. Duas mulheres e duas crianças eram muita companhia. Com isso e com o negócio, ela andava mais ocupada do que nunca.

Talvez devesse começar a pensar em ter sua própria casa.

O problema era que não conseguia pensar numa boa razão para fazer isso. Adorava aquele local, como nunca amara uma mulher. Com uma espécie de paixão absorvente, respeito e gratidão.

Os jardins eram seu lar, mais até do que a casa grande, mais do que sua casinha. Na maior parte dos dias, podia sair de casa, dar uma boa e saudável caminhada, e estava no trabalho.

Deus sabia que não queria mudar-se para a cidade. Aquela barulheira toda, aquela gente toda. Memphis era ótima para uma saída à noite — uma discoteca, um encontro, para se reunir com os amigos. Mas, se lá vivesse, sufocaria em menos de um mês.

E decididamente não queria viver nos subúrbios. O que ele queria estava exatamente ali, onde vivia agora. Uma casinha bonita, vastos jardins, uma estufa e o trabalho a curta distância.

Agachou-se sobre os calcanhares e ajeitou o boné que usava para os cabelos não lhe caírem nos olhos. A primavera estava chegando. Não havia nada como a primavera ali. O cheiro, as imagens, até os sons.

A luz, com a aproximação do crepúsculo, estava mais suave. Quando o Sol se pusesse, o ar ficaria frio, mas já sem o gelo do inverno.

Quando acabasse de plantar, iria buscar uma cerveja. E se sentaria do lado de fora, na escuridão, ao ar livre, apreciando a solidão.

Tirou um amor-perfeito amarelo vivo do tabuleiro e começou a plantá-lo.

Não a ouviu aproximando-se. Estava tão concentrado que nem reparou na sombra dela. Por isso, o "Olá!" amigável o fez dar um salto.

— Desculpe-me. — Rindo, Hayley afagou a barriga. — Pelo visto, você estava muito distante daqui.

— Acho que sim. — De súbito, os dedos pareciam-lhe gordos e desajeitados, o cérebro lento. Hayley tinha o sol por trás, por isso precisou semicerrar os olhos quando os ergueu para ela. Um halo de luz circundava-lhe a cabeça e o rosto estava oculto pelas sombras.

— Estava dando uma volta e ouvi a sua música. — Indicou as janelas abertas, pelas quais se derramava o som do REM. — Já os vi ao vivo, uma vez. Muito bons. Amores-perfeitos? São um artigo com muita saída neste momento.

— Bom, eles gostam do frio.

— Eu sei. Por que você os colocou aqui? Tem esta espécie de trepadeira.

— Clematite. Gosta de sombra nas raízes. Por isso... colocamos plantas anuais em cima das raízes dela.

— Oh! — Agachou-se para ver melhor. — De que cor é a clematite?

— É púrpura. — Harper não tinha certeza se uma mulher grávida deveria agachar-se. As coisas lá dentro não ficariam muito apertadas? — Você quer uma cadeira ou qualquer coisa?

— Não, estou bem. Gosto da sua casa.

— Eu também.

— Parece um livro de histórias, com os jardins e tudo. Quer dizer, a casa grande é fantástica, mas, às vezes, é um pouco intimidante. — Fez uma careta. — Espero não estar parecendo ingrata.

— Não, eu entendo o que você quer dizer. — Seria melhor se continuasse plantando. Ela não tinha *cheiro* de grávida. Tinha um cheiro sexy. E esse pensamento só podia estar errado. — É uma casa extraordinária e ninguém conseguiria arrancar minha mãe de lá, nem com dinamite. Mas é *muita* casa.

— Levei uma semana para superar o instinto de andar na ponta dos pés e falar em voz baixa. Posso plantar um?

— Não tem luvas. Vou buscar...

— Ora, não me importo de sujar as mãos. Hoje esteve aqui uma senhora que me disse que dava sorte uma grávida plantar jardins. Qualquer coisa a ver com fertilidade, acho eu.

Ele não queria pensar em fertilidade. Havia nisso qualquer coisa de assustador.

— Força.

— Obrigada. Queria dizer... — E era mais fácil com as mãos ocupadas. — Bom, queria dizer que sei o que deve ter parecido eu surgir assim do nada, cair de paraquedas na porta da sua mãe. Mas não vou abusar da sua boa vontade. Não quero que pense que eu seria capaz de uma coisa dessas.

— Só conheci uma pessoa que foi capaz de fazer isso, e não durante muito tempo.

— O segundo marido. — Hayley acenou enquanto calcava a terra em volta da planta. — Pedi ao David para me falar sobre ele, para não dizer qualquer coisa estúpida sem querer. Ele me contou que ele enganou Roz com outra mulher. — Escolheu outro amor-perfeito.

— E que Roz, quando soube, lhe deu um pontapé tão grande e com tanta força que ele só aterrissou a meio caminho de Memphis. Tenho de admirá-la, porque, mesmo estando furiosa, com certeza isso a magoou. E mais, é embaraçoso quando alguém... ops!

Encostou a mão na parte lateral da barriga e Harper ficou branco como a cal da parede.

— O que foi? O que foi?

— Nada. O bebê está se mexendo. Às vezes me dá uns pontapés, mais nada.

— Você devia se levantar, devia se sentar.

— Deixe-me só acabar esta. Onde eu vivia, quando a barriga começou a se fazer notar, havia pessoas que pensavam que eu tinha me metido em encrenca e que o pai do bebê me abandonara. Quer dizer, pelo amor de Deus, estamos no século XXI! Seja como for, isso me irritava, mas também era embaraçoso. Acho que, em parte, foi por isso que vim embora. É difícil sentir-se constantemente constrangida. Pronto. — Deu uma palmadinha na terra. — Estão muito bonitos.

Ele se levantou de um salto, para ajudá-la a se endireitar.

— Quer sentar-se um pouco? Quer que eu a acompanhe até em casa?

Ela deu uma palmadinha na barriga.

— Isso deixa você nervoso.

— Parece que sim.

— A mim também. Mas está tudo bem. É melhor você ficar plantando o resto antes que escureça. — Olhou de novo para as flores, para a casa, para os jardins à sua volta, e aqueles olhos cor de água pareceram absorver tudo.

Depois se fixaram no rosto dele, e Harper sentiu a garganta seca.

— Gosto mesmo da sua casa. Vemo-nos no trabalho.

Ele ficou parado, como se estivesse pregado no chão, enquanto ela se afastava, desaparecendo numa curva do caminho, rumo ao crepúsculo.

Harper se deu conta de que estava exausto. Como se tivesse acabado de correr uma maratona. Ia beber a tal cerveja, sentar-se um pouco. Logo acabaria de plantar os amores-perfeitos.

Enquanto as crianças levavam Parker para dar o seu passeio após o jantar, Stella arrumou a confusão que dois meninos e um cão podiam fazer numa cozinha com uma pizza de pepperoni.

— Na próxima noite de pizza, pago eu — disse Hayley, enquanto arrumava os copos na máquina de lavar.

— Combinado. — Stella olhou para ela. — Quando eu estava grávida do Luke, só queria comida italiana. Pizza, spaguetti, manicotti. Fiquei surpresa por ele não sair logo cantando o "That's Amore".

— Eu não tenho tido nenhum desejo específico. Como qualquer coisa. — Sob a luz dos holofotes, lá fora, viu os dois meninos e o cão correndo. — O bebê anda se mexendo muito. É normal, não é?

— Claro. Gavin se enroscava e dormia. Tinha de espetar o dedo na barriga ou beber uns goles de Coca-Cola para ele se mexer. Mas Luke fez ginástica na minha barriga durante meses. Não deixa você dormir?

— Às vezes, mas não me importo. Sinto-me como se fôssemos as duas únicas pessoas do mundo. Só eu e ele... ou ela.

— Sei exatamente o que você quer dizer. Mas, Hayley, se alguma vez você estiver acordada, preocupada, ou se não se sentir bem, pode ir ao meu quarto.

O nó que Hayley tinha na garganta desapareceu instantaneamente.

— Sério? Você não se importa?

— Claro que não. Às vezes, ajuda falar com alguém que já passou pela mesma coisa.

— Não estou sozinha — disse Hayley baixinho, com os olhos nos meninos do outro lado da janela. — Não como pensei que estaria. Como estava preparada para estar... acho eu. — Seus olhos se encheram de lágrimas; ela pestanejou e esfregou-os. — Os malditos hormônios, céus!

— Chorar também ajuda. — Stella acariciou os ombros de Hayley. — E quero que me chame se precisar de alguém que vá às consultas com você.

— Quando fui lá, o médico disse que parecia estar tudo bem. Dentro do prazo previsto. E que eu deveria inscrever-me em aulas, sabe, para o parto. Mas eles preferem que tenhamos um parceiro.

— Eu, eu!

Hayley riu e virou-se.

— Sério? Tem certeza? É muito pedir isso a você.

— Adoraria. É quase tão bom como ter outro filho.

— Gostaria de ter outro? Se...

— Sim. Dois era o plano inicial, mas, assim que Luke nasceu, eu pensei... como é que posso não fazer isso outra vez? Não seria divertido tentar ter uma menina? Mas outro menino também seria fantástico. — Inclinou-se sobre a bancada e olhou pela janela. — São fantásticos os meus filhos, não são?

— São mesmo.

— Kevin tinha tanto orgulho deles, adorava-os. Por ele, acho que teríamos meia dúzia.

Hayley percebeu a mudança no tom de voz e, dessa vez, foi ela que pousou a mão no ombro de Stella.

— Machuca muito falar sobre ele?

— Agora não mais. Por algum tempo, sim... por muito tempo. — Pegou um pano para limpar a bancada. — Mas agora é bom recordar. Reconfortante, suponho. Devia chamar os meninos para dentro.

Ao ouvir o som de passos no assoalho de madeira, voltou-se. Quando Roz entrou, Stella olhou para ela, surpresa.

Lembrava-se de que a primeira impressão que tivera de Rosalind Harper fora de uma mulher bela, mas aquela era a primeira vez que via Roz explorar seus atributos naturais.

Vestia um vestido cor de cobre liso, colado ao corpo, que fazia com que a pele parecesse brilhar. A saia e as sandálias de salto agulha realçavam as pernas esguias e tonificadas. Um delicado colar de filigrana, com uma lágrima de citrina, caía-lhe entre os seios.

— David? — Roz olhou em volta, depois revirou os olhos escuros e dramáticos. — Vou chegar atrasada por causa dele.

Stella soltou um assobio exagerado.

— Deixe-me dizer apenas, uau!

— Que tal? — Ela sorriu e deu meia-volta. — Devia estar maluca quando comprei estes sapatos. Vão me matar. Mas, quando tenho de me arrastar para um destes eventos de caridade, gosto de causar uma boa impressão.

— Se a impressão que você pretende deixar é "sou fabulosa" — interveio Hayley –, acertou em cheio.

— Era essa a intenção.

— Você está deslumbrante. Sexy, mas com classe. Todos os homens vão desejar trazer você para casa esta noite.

— Bom. — Com uma gargalhada, Roz balançou a cabeça. — É ótimo ter mulheres aqui em casa. Quem havia de dizer? Vou chatear David. Se eu não o apressar, vai ficar na frente do espelho mais meia hora.

— Divirta-se.

— Ninguém pode dizer que ela parece mãe de alguém — murmurou Stella entre dentes.

"Como estarei dentro de vinte anos?", pensou Hayley.

Estudou seu reflexo no espelho enquanto passava creme de vitamina E na barriga e nos seios. Ainda conseguiria arrumar-se e saber que estava com boa aparência?

Claro que não tinha uma matéria-prima tão boa com que trabalhar como Roz. Lembrava-se de a avó lhe ter dito certa vez que a beleza estava na estrutura óssea. Olhar para Roz ajudava a perceber exatamente o que isso queria dizer.

Nunca seria tão deslumbrante quanto Roz, nem tão vistosa quanto Stella, mas não era feia. Tratava da pele, experimentava os truques de maquiagem que lia nas revistas.

Os homens sentiam-se atraídos por ela.

"Obviamente", pensou, com um sorriso irônico, olhando para a barriga.

Pelo menos antes de engravidar. A maioria dos homens não se sentia atraída por mulheres grávidas. E não fazia mal, porque naquele momento não estava interessada em homens. A única coisa que interessava era o seu bebê.

— Agora só você é que importa, anjinho — disse, enquanto vestia uma camiseta larga.

Depois de se meter na cama e ajeitar os travesseiros, pegou um dos livros empilhados na mesa de cabeceira. Tinha livros sobre parto, sobre gravidez, sobre desenvolvimento dos bebês. Toda noite lia um pouco de cada um.

Quando sentiu os olhos começarem a ficar pesados, fechou o livro. Apagou a luz e aninhou-se.

— Boa-noite, bebê — murmurou.

E teve aquela sensação precisamente quando estava prestes a adormecer. Aquele pequeno arrepio, a certeza absoluta de que não estava sozinha. Seu coração começou a bater mais depressa, até conseguir ouvi-lo. Reunindo toda a sua coragem, entreabriu os olhos.

Viu a figura de pé ao lado da cama. Os cabelos claros, o bonito rosto triste. Pensou em gritar, como pensava sempre que via a mulher. Mas se controlou, encheu-se de coragem e estendeu a mão.

Quando a sua mão passou através do braço da mulher, Hayley não conseguiu conter um grito abafado. E depois se viu sozinha, trêmula e à procura do interruptor do abajur.

— Não estou imaginando coisas. Não estou!

Stella subiu no banquinho para pendurar mais um cesto. Depois de olhar para as vendas do ano anterior e de fazer algumas contas, decidira aumentar a oferta em quinze por cento.

— Eu poderia fazer isso — insistiu Hayley. — Não vou cair de um banquinho de nada.

— Nem pense nisso. Passe-me esse. O das begônias.

— São mesmo bonitas. Tão luxuriantes.

— Roz e Harper começaram a criá-las durante o inverno. As begônias e as marias-sem-vergonha vendem muito. Com criadores como Roz e Harper, podemos tê-las em grande quantidade, a baixo custo. Estas plantas são a base do nosso sustento.

— As pessoas poderiam criá-las em casa, sairia mais barato.
— Claro. — Stella desceu, reposicionou o banco e subiu de novo.
— Os gerânios — pediu. — Mas é difícil resistir a todas essas cores e flores. Mesmo jardineiros entusiastas, aqueles que fazem seu próprio plantio, têm dificuldade em resistir a flores grandes e bonitas. As flores, minha jovem aprendiz, vendem.
— E é por isso que estamos pendurando estes cestos por todo o lado.
— Sedução. Espere até mudarmos algumas das anuais lá para fora, para a parte da frente. As cores vão atrair os clientes. As perenes de floração precoce também.

Escolheu outro cesto.

— Chame Roz, está bem? Quero que ela veja isso e que me dê autorização para pendurar umas dezenas na estufa 3, junto do estoque extra. E escolha um vaso. Um dos grandes que não foram vendidos no ano passado. Quero arrumá-lo, pô-lo ao pé do balcão. Vou vender esse desgraçado. Na verdade, escolha dois. Apague o preço com desconto. Quando eu acabar, não só se venderão, como se venderão com um belo lucro.

— Está bem.

— Escolha um dos transparentes cor de cobalto — gritou Stella. — Sabe quais são? E não o pegue sozinha.

Na sua mente, Stella começou a arrumá-lo. Flores brancas — marias-sem-vergonha, cascatas de *alyssum*, realçadas pelo prateado de crisântemos e sálvia. Mais uma fileira de petúnias brancas. Droga, eu devia ter dito a Hayley para trazer um dos vasos de pedra cinzenta. Faria um bom contraste com o cobalto. E usaria cores quentes. Gerânios encarnados, lobélias, verbenas, marias-sem-vergonha vermelhas da Nova Guiné.

Somou e subtraiu plantas na cabeça, calculando o custo dos vasos, das plantas, da terra. E sorriu enquanto pendurava outro arranjo.

— Você não devia estar tratando de papelada?

Quase caiu do banco, e teria caído se alguém não a segurasse por trás.

— Não é só isso que eu faço. — Começou a descer, mas percebeu que, em cima do banco, conseguia olhar para ele nos olhos sem inclinar a cabeça. — Já pode tirar a mão, Logan.
— Ela não se importa de estar aí. — Mas baixou-a e enfiou-a no bolso. — Bonitos arranjos.
— Quer comprar?
— Talvez. Tinha uma expressão no rosto quando entrei.
— Geralmente tenho. Por isso se chama rosto.
— Não, o tipo de expressão que as mulheres fazem quando estão pensando em como deixar um homem com cara de bobo.
— Tinha? Importa-se? — disse, apontando para um dos arranjos.
— Está muito longe da verdade. Estava pensando em como vou transformar dois vasos da prateleira dos descontos em mostras estupendas e vendê-los com um lucro considerável.
Enquanto pendurava o arranjo, ele levantou outro e, limitando-se a esticar o braço, pendurou-o no lugar.
— Exibicionista.
— Pequena.
Hayley apareceu à porta, depois deu meia-volta rapidamente e tornou a sair.
— Hayley! — chamou Stella.
— Esqueci uma coisa — respondeu ela, sem parar.
Stella respirou fundo e pensou em pedir outro vaso a Logan, mas ele já havia pegado um e já o pendurara.
— Você tem andado ocupado — disse ela.
— Tivemos tempo fresco e seco esta semana.
— Se veio buscar os arbustos para o trabalho do Pitt, posso tratar da papelada.
— A minha equipe está carregando. Quero ver você outra vez.
— Bom, você está me vendo.
Ele não tirou os olhos dos dela.
— Sei que você não é boba.
— Não, não sou. Mas não sei se...
— Nem eu — interrompeu ele. — Mas isso não me impede de querer ver você outra vez. É irritante pensar em você.

— Obrigada. Isso realmente me faz ter vontade de suspirar e cair nos seus braços.

— Não quero que você caia nos meus braços. Se quisesse, daria um pontapé nesse banco.

Ela pousou a mão no coração, piscou e fez o seu melhor sotaque sulista.

— Meu Deus, este sentimentalismo todo é demais para mim.

Ele sorriu.

— Gosto de você, ruiva. Às vezes. Posso vir buscá-la às sete?

— O quê? Hoje? — O divertimento relutante transformou-se em pânico num abrir e fechar de olhos. — Não posso simplesmente sair assim, de um momento para o outro. Tenho dois filhos.

— E três adultos em casa. Há alguma razão para um deles ou os três não poderem tomar conta dos seus filhos durante algumas horas, esta noite?

— Não. Mas não lhes *perguntei*, um conceito que parece ser estranho para você. E... — Afastou os cabelos do rosto com um gesto irritado.

— Podia ter outros planos.

— E tem?

Ela inclinou a cabeça e olhou para ele de cima.

— Sempre tenho planos.

— Aposto que sim. Então dê um jeito neles. Já levou as crianças para comer costela?

— Sim, na semana passada, depois de...

— Ótimo.

— Já reparou na quantidade de vezes que você me interrompe no meio de uma frase?

— Não, mas vou começar a contá-las. Olá, Roz.

— Olá, Logan. Stella, está fantástico. — Parou no meio do corredor, observando e acenando com a cabeça enquanto batia distraidamente com as luvas sujas na calça manchada de terra. — Não estava certa de que pendurar tantos assim fosse ficar bom, mas fica. Talvez pela abundância de flores.

Tirou o boné, enfiou-o num dos bolsos traseiros da calça e as luvas no outro.

— Estou interrompendo alguma coisa?
— Não.
— Sim — corrigiu Logan. — Mas não faz mal. Você pode tomar conta dos filhos da Stella esta noite?
— Eu ainda não disse...
— Claro que sim. Vai ser divertido. Vão sair?
— Jantar. Depois deixo a fatura na sua escrivaninha — disse ele a Stella. — Vemo-nos às sete.

Cansada de estar de pé, Stella sentou-se no banquinho e olhou para Roz de testa franzida enquanto Logan saía.
— Você não me ajudou nada.
— Acho que ajudei. — Ela estendeu o braço e virou um dos vasos para verificar a simetria das plantas. — Saia, divirta-se. Os meninos ficam muito bem e eu vou gostar de passar algum tempo com eles. Se não quisesse sair com o Logan, não sairia. Sabe muito bem como dizer não.
— Talvez seja verdade, mas eu gostaria de um pouco mais de antecedência. Um pouco mais de... qualquer coisa.
— Ele é como é — disse Roz, com uma palmadinha no joelho de Stella. — E o que isso tem de bom é que você não precisa se preocupar com o que ele está escondendo ou se estará representando. Ele é... não posso dizer que é um homem agradável, porque consegue ser incrivelmente complicado. Mas é um homem honesto. Acredite em mim, isso vale muito.

CAPÍTULO ONZE

"É por isso", pensou Stella, "que namorar raramente vale a pena." Estava de pé em frente ao espelho, apenas de roupas íntimas, debatendo, pensando, desesperando-se sobre o que poderia vestir.

Nem sequer sabia aonde iria. *Odiava* não saber aonde iria. Como poderia saber para o que tinha de se preparar?

"Jantar" não era informação suficiente. Seria um jantar para vestido preto curto ou um jantar para *tailleur* elegante comprado em liquidação? Calça jeans e camiseta e casaco ou calça jeans e blusa de seda?

Além disso, ao combinar de ir buscá-la às sete, ele lhe dera muito pouco tempo para mudar de roupa, quanto mais para decidir o que deveria vestir.

Namorar. Como algo que era tão desejado, tão excitante e tão divertido na adolescência, tão natural e fácil aos vinte anos, se tornara uma coisa tão complicada e frequentemente irritante aos trinta?

Não era apenas o problema de o casamento ter estragado ou enferrujado suas habilidades de namoro. O namoro entre adultos era complexo e cansativo, porque as pessoas envolvidas no maldito namoro já tinham, certamente, passado por uma relação séria e, pelo menos, por uma separação e carregavam consigo essa bagagem extra. Já estavam habituadas à sua maneira de viver, já tinham definido suas expectativas e efetuado esse ritual social do namoro tantas vezes que, na realidade, só queriam ir direto ao assunto — ou então ir para casa assistir televisão.

Juntando a isso um homem que combinava um encontro sem um mínimo de antecedência, que não tinha o bom-senso suficiente para dar algumas indicações de forma que a parceira soubesse como se apresentar, tinha-se uma autêntica complicação mesmo antes de começar.

Muito bem, então. *Muito bem.* Ele teria de se contentar com o que houvesse.

Estava colocando o vestido preto curto quando a porta do banheiro se abriu de rompante e Gavin entrou correndo.

— Mamãe! Já acabei os trabalhos de casa. Luke ainda não acabou, mas eu já. Posso ir lá para baixo? Posso?

Ela estava contente por ter decidido pelas sandálias sem meia-calça, pois Gavin estava naquele momento tentando subir pela sua perna.

— Não se esqueceu de nada? — perguntou ao filho.

— Não. Fiz todos os exercícios de vocabulário.

— Que tal bater à porta?

— Oh! — Ele lhe dirigiu um grande sorriso inocente. — Está muito bonita.

— Bajulador. — Inclinou-se e deu-lhe um beijo no alto da cabeça. — Mas, quando uma porta está fechada, você tem que bater.

— Está bem. Posso descer?

— Espere. — Aproximou-se da cômoda para pôr as argolas de prata. — Quero que me prometa que vai se portar bem com a sra. Roz.

— Vamos comer hambúrgueres com queijo e jogar videogame. Ela diz que consegue ganhar de nós no Smackdown, mas eu não acredito.

— Nada de discussões com o seu irmão. — "Como se isso fosse possível", pensou. — Considere esta noite a noite de folga dele.

— Posso ir lá para *baixo*?
— Pode. — Deu-lhe uma palmadinha no bumbum. — Lembre-se de que eu estarei com o celular, se precisar de alguma coisa.

Depois de ele sair correndo, calçou os sapatos e vestiu um casaco preto leve. Depois de uma olhadela ao espelho, concluiu que os acessórios davam ao vestido aquele ar entre o casual e o ligeiramente formal, tal como pretendera.

Pegou a bolsa e, verificando se não se esquecera de nada, entrou no quarto do lado. Luke estava deitado de barriga para baixo no chão — a sua posição preferida — olhando de testa franzida e com ar infeliz para o livro de aritmética.

— Problemas, querido?

Ele levantou a cabeça, com o rosto contraído naquela expressão assustada que só um menino consegue fazer.

— Odeio deveres de casa.
— Eu também.
— Gavin fez a dança da vitória, com os braços no ar, só porque acabou primeiro.

Compreendendo a desmoralização que isso representava, Stella se sentou no chão ao lado dele.

— Vamos ver o que falta para acabar.
— Por que eu tenho de saber quanto é a soma de dois mais três?
— Se não soubesse, como é que poderia contar os dedos que tem em cada mão?

Ele franziu a testa, depois o rosto se iluminou com um sorriso encantado.

— Cinco!

Contornada a crise, Stella o ajudou com os demais problemas.

— Muito bem, já está tudo pronto. Não foi tão ruim assim.
— Odeio deveres de casa.
— Mas... e a dança da vitória?

Ele riu, levantou-se de um salto e fez alguns passos de dança pelo quarto.

"E está outra vez tudo bem no meu pequeno mundo", pensou ela.

— Por que você não come aqui em casa? Vamos fazer hambúrgueres com queijo.

— Não sei. Você vai se portar bem com a sra. Roz?

— Vou. Ela é boazinha. Uma vez ela foi ao quintal e atirou a bola para o Parker ir buscar. E não se importou de pegar a bola mesmo depois de estar toda babada. Tem gente que se importa. Vou lá para baixo, está bem? Porque estou com fome.

— Está bem.

Sozinha, levantou-se, apanhando automaticamente a roupa e os brinquedos que não haviam sido arrumados nos devidos lugares.

Passou os dedos por alguns dos tesouros dos filhos. As adoradas revistas de histórias em quadrinhos de Gavin, a sua bola de beisebol. O caminhão preferido de Luke e o urso velho com o qual ainda não tinha vergonha de dormir.

Depois sentiu um arrepio nas costas e ficou rígida. Mesmo por baixo do casaco, sentiu os braços arrepiados. Pelo canto do olho, viu uma silhueta — um reflexo, uma sombra — no espelho por cima da cômoda.

Quando se virou, Hayley abriu a porta e entrou no quarto.

— Logan está estacionado na frente da casa — começou ela a dizer, depois parou. — Está bem? Parece pálida.

— Sim. Estou bem. — Mas passou a mão trêmula pelos cabelos. — Pareceu-me apenas... nada. Nada. Exceto por estar pálida, que tal estou? — E forçou-se a olhar de novo para o espelho. Viu apenas o próprio reflexo e o de Hayley, que se aproximava dela.

— Cinco estrelas. Adoro os seus cabelos.

— É fácil dizer isso quando não se tem de acordar com eles todas as manhãs. Pensei em prendê-los, mas pareceu-me muito formal.

— Está muito bem assim. — Hayley aproximou-se mais, inclinando a cabeça para olhar para Stella. — Uma vez experimentei pintar os cabelos de ruivo. Foi um grande desastre. Fazia com que a minha pele parecesse amarela.

— Esse castanho-escuro e denso é o que fica melhor em você. — "E olhem para este rosto", pensou Stella com uma leve pontada de inveja. "Nenhuma ruga."

— Sim, mas o ruivo é tão moderno. Bom, vou lá para baixo. Posso manter Logan entretido um pouquinho. Espere mais alguns minutos e estaremos todos na cozinha. É grande a farra de hambúrgueres.

Ela não pretendia fazer uma entrada sensacional, pelo amor de Deus. Mas Hayley já desaparecera e ainda tinha de passar batom. E tentar acalmar-se.

Pelo menos, o nervosismo que sentia em relação ao encontro — e dessa vez *era* um encontro — tinha ficado em segundo plano. Não fora o reflexo de Hayley que vira no espelho. Mesmo aquele vislumbre fugaz fora suficiente para lhe dizer que a mulher que vira tinha cabelos louros.

Mais calma, saiu do quarto e percorreu o corredor. Do alto das escadas, ouviu o riso de Hayley.

— Ela desce já. Suponho que não preciso dizer para você fazer de conta que está em casa. Vou voltar para a cozinha, para junto do pessoal. Diga a Stella que darei beijinhos em todos em nome dela. Divirtam-se.

"Será que essa moça é vidente?", pensou Stella. Hayley tinha calculado tão habilmente sua saída que Stella estava no meio da escada quando ela se dirigiu à cozinha.

E a atenção de Logan voltou-se para cima.

"Uma boa calça preta", reparou ela. Uma bela camisa azul, sem gravata, mas com um casaco esportivo por cima. E mesmo assim parecia algo selvagem.

— Você está ótima — disse ele.

— Obrigada. Você também.

— Hayley pediu para lhe dizer que se despediria de todos por você. Está pronta?

— Estou.

Saiu com ele e inspecionou o Mustang preto.

— Você tem um carro.

— Isto não é apenas um carro, e tratá-lo assim é mesmo coisa de mulher.

— E dizer isso é muito machista. Está bem, se não é um carro, o que é?

— É uma máquina.

— Desculpe-me. Você não chegou a me dizer aonde vamos.

Ele abriu a porta.

— Vamos descobrir.

Ele dirigiu rumo à cidade, com uma música que ela não conseguiu identificar tocando baixinho. Sabia que era blues, ou supunha que era, mas não conhecia nada sobre essa área musical. Quando disse isso, casualmente, ele pareceu ficar chocado, mas o assunto deu tema de conversa para a viagem.

Stella obteve algumas informações resumidas sobre artistas como John Lee Hooker e Muddy Waters, B. B. King e Taj Mahal.

Ocorreu-lhe, depois de terem entrado na cidade, que a conversa entre eles nunca parecia ser problema. Depois de estacionar, ele se virou e olhou longamente para ela.

— Você tem certeza de que nasceu aqui?

— É o que diz a minha certidão de nascimento.

Ele balançou a cabeça e saiu do carro.

— Uma vez que é tão ignorante em relação aos blues, talvez seja melhor verificar outra vez.

Levou-a para um restaurante onde as mesas já estavam cheias de clientes e o nível de ruído das conversas era elevado. Depois de se sentarem, Logan mandou o empregado embora com um aceno.

— Por que não esperamos para pedir as bebidas quando decidirmos o que queremos comer? Depois podemos pedir uma garrafa de vinho.

— Está bem. — Uma vez que parecia que ele queria ir direto ao jantar, ela abriu o cardápio.

— Este restaurante é conhecido pelo seu bagre. Alguma vez você já experimentou? — perguntou ele.

Ela levantou os olhos por cima do cardápio e olhou para ele.

— Não. E, mesmo que isso faça de mim uma ianque, estou pensando em comer galinha.

— Está bem. Pode provar o meu, só para você ver o que está perdendo. Eles têm um bom chardonnay da Califórnia na lista de vinhos, que vai bem tanto com peixe quanto com aves. Tem um bom resultado.

Ela pousou o cardápio e inclinou-se para a frente.

— Sabe mesmo o que está dizendo ou está inventando?

— Gosto de vinho. Faço questão de conhecer as coisas de que gosto.

Stella recostou-se quando ele chamou o garçom. Depois de pedirem, inclinou a cabeça.

— O que estamos fazendo aqui, Logan?

— Falando por mim, vou jantar um belo bagre e beber um copo de bom vinho.

— Já tivemos algumas conversas, a maioria relacionada com trabalho.

— Tivemos algumas conversas e algumas discussões — corrigiu ele.

— É verdade. Tivemos uma saída, bastante agradável, que terminou num tom surpreendentemente pessoal.

— Às vezes gosto mesmo de ouvir você falar, ruiva. É quase como ouvir uma língua estrangeira. Você está alinhando os fatos todos como se fossem pedras de calçada, tentando fazer uma espécie de caminho entre um ponto e outro?

— Talvez. A questão é que estou aqui sentada com você, num encontro. Essa não era a minha intenção há vinte e quatro horas. Temos uma relação de trabalho.

— Hum. Por falar nisso, ainda acho o seu sistema muito irritante.

— Que grande surpresa! Por falar nisso, você esqueceu de deixar aquela fatura na minha escrivaninha esta tarde.

— Esqueci? — Ele encolheu os ombros. — Sei que ela está em algum lugar.

— O que eu quero dizer é...

Interrompeu-se quando o garçom se aproximou com o vinho e mostrou o rótulo para Logan.

— É esse mesmo. A senhora prova.

Ela levou algum tempo, mas por fim pegou o copo para provar o vinho. Bebeu um gole e levantou as sobrancelhas.

— É muito bom... tem um bom final.

Logan sorriu.

— Sendo assim, vamos tratar dele.

— O que eu estava querendo dizer — recomeçou ela — é que, embora seja inteligente e benéfico para os dois desenvolvermos uma relação amigável, provavelmente não é inteligente nem benéfico para nenhum de nós se a levarmos para qualquer outro nível.

— Hum. — Ele provou o vinho, sem tirar os grandes olhos de gato de cima dela. — Acha mesmo que não vou beijar você outra vez porque talvez não seja inteligente nem benéfico?

— Estou num lugar novo, com um emprego novo. Mudei os meus filhos para um lugar novo. Para mim, eles estão em primeiro lugar.

— Imagino que sim. Mas também imagino que esta não é a primeira vez que você janta com um homem desde que perdeu o marido.

— Tenho sempre muito cuidado.

— Ninguém diria. Como ele morreu?

— Num acidente de avião. Vinha de uma viagem de negócios. Eu estava com a televisão ligada quando entrou um plantão de notícias. Não disseram nomes, mas eu soube logo que era o avião de Kevin. Soube que ele havia morrido antes mesmo de virem me informar.

— E sabe o que vestia quando ouviu a notícia, o que estava fazendo, onde estava. — A voz dele era calma, o seu olhar direto. — Sabe todos os pormenores desse dia.

— Por que você está dizendo isso?

— Porque foi o pior dia da sua vida. O dia antes e o dia depois são apenas recordações indistintas, mas você nunca esquecerá um único detalhe desse dia.

— Você tem razão. — A intuição dele a surpreendeu e a tocou. — Já perdeu alguém?

— Não, não dessa maneira. Mas uma mulher como você? As mulheres como você não se casam nem ficam casadas a menos que o homem seja o centro da sua vida. Se alguma coisa lhes rouba esse centro, nunca esquecem.

— É verdade. — Estava gravado no seu coração. — Essa é a manifestação de simpatia mais perspicaz, exata e reconfortante que alguém já me fez. Espero que não se sinta insultado se eu disser que isso me surpreende.

— Não me sinto insultado facilmente. Você perdeu o pai dos seus filhos, mas construiu uma vida... e parece ser boa... para eles. Isso exige trabalho. Não é a primeira mulher em quem estou interessado que tem filhos. Respeito a maternidade e as suas prioridades. Isso não me impede de olhar para você neste momento e de pensar quando é que vou ver você nua.

Ela abriu a boca e voltou a fechá-la. Pigarreou e bebeu um gole de vinho.

— Bem... muito direto.

— Se você fosse outro tipo de mulher, eu teria ido direto para a cama. — Ela abafou uma gargalhada e ele ergueu o copo de vinho, enquanto esperava que lhes servissem a entrada. — Mas você é... uma vez que estamos tendo este belo jantar juntos, direi apenas que é uma mulher cautelosa.

— O que quer dizer é medrosa.

Ele sorriu.

— Você nunca saberá. Além disso, ambos trabalhamos para Roz e eu nunca faria nada para lhe causar problemas. Pelo menos intencionalmente. Tem dois filhos em que pensar. E não sei até que ponto ainda está sensível pela perda do seu marido. Por isso, em vez de arrastar você para a cama, estamos conversando enquanto jantamos.

Ela refletiu por um minuto sobre o que ele dissera. No fundo, não encontrava nada de errado na lógica dele. Na verdade, estava de acordo.

— Está bem. Primeiro, Roz. Eu também não farei nada que possa lhe causar problemas. Portanto, o que quer que aconteça aqui, temos de concordar em manter uma relação de trabalho cortês.

— Pode não ser sempre cortês, mas será profissional.

— Muito bem. Meus filhos são a minha prioridade, a primeira e a última. Não só porque têm de ser — acrescentou –, mas porque quero que sejam. Nada poderá alterar isso.

— Se assim não fosse, não teria muito respeito por você.

— Bom. — Esperou mais um instante porque a resposta dele, além de ser novamente muito direta, lhe agradara muito. — Quanto ao Kevin, amava-o muito. Perdê-lo partiu meu coração. Uma parte de mim só queria deitar-se e morrer, e outra tinha de passar pela dor e pela raiva... e viver.

— É preciso ter coragem para viver.

Ela sentiu os olhos ardendo e respirou fundo.

— Obrigada. Tive de me recompor. Pelas crianças, por mim própria. Nunca sentirei por outro homem exatamente aquilo que sentia por ele. E acho que nem devo. Mas isso não quer dizer que não possa interessar-me e sentir-me atraída por outra pessoa. Não quer dizer que esteja condenada a viver o resto da vida sozinha.

Ele não disse nada por um instante.

— Como uma mulher tão sensata pode ter uma ligação tão emocional com formulários e faturas?

— Como um homem tão talentoso pode ser tão desorganizado? — Mais descontraída do que imaginara, apreciou a salada. — Ontem passei outra vez pelo trabalho dos Dawson.

— Ah, sim?

— Sei que ainda faltam alguns retoques finais que têm de esperar que as últimas geadas passem, mas queria dizer a você que é um bom trabalho. Não, nada disso. É um trabalho excepcional.

— Obrigado. Você tirou mais fotografias?

— Tirei. Vamos usar algumas, as do "antes" e do "depois", na seção de paisagismo do site na Internet que estou criando.

— Não me diga.

— Digo. Vou fazer Roz ganhar mais dinheiro, Logan. Se ela ganhar mais, você também ganhará mais. O site vai trazer mais trabalhos de paisagismo, posso garantir.

— É difícil encontrar um lado negativo nisso.

— Sabe o que invejo mais em você?

— A minha personalidade cintilante.

— Não, você não é nada cintilante. Os seus músculos.

— Inveja os meus músculos? Acho que não ficariam muito bem em você, ruiva.

— Sempre que começava um projeto, no Norte, nunca podia concluí-lo sozinha. Tenho visão... talvez não tão criativa como a sua, mas consigo ver aquilo que quero e tenho uma habilidade considerável. Mas, quando se trata de trabalho manual pesado, estou fora. É frustrante porque há certas coisas que gostaria mesmo de conseguir fazer sozinha. E não consigo. Por isso, invejo os seus músculos, que lhe dão a possibilidade de fazer isso tudo.

— Imagino que, independente de estar fazendo ou orientando, as coisas são sempre feitas como você quer.

Ela sorriu e bebeu um gole de vinho.

— Nem é preciso dizer. Ouvi dizer que você tem uma casa, não muito longe da Roz.

— A cerca de três quilômetros. — Quando o prato principal foi servido, Logan partiu um pedaço de bagre e colocou-o no prato dela.

Stella olhou para o prato.

— Bem... hum.

— Aposto que você ensina aos seus filhos que não podem dizer que não gostam de uma coisa sem nunca a terem provado.

— Uma das vantagens de ser adulta é poder dizer esse tipo de coisa sem aplicarmos a nós mesmos. Mas tudo bem. — Cortou um pedacinho, preparou-se para o pior e comeu. — Estranhamente — disse, após um instante —, não parece bagre. Ou com aquilo que alguém presume que pareceria. Na verdade, é até bom.

— Ainda vai recuperar o seu sangue sulista. Depois você vai experimentar o mingau de milho.

— Isso eu já experimentei. Seja como for, é você quem está fazendo todo o trabalho? Na sua casa?

— A maior parte. O terreno tem algumas elevações suaves, bom escoamento. Algumas árvores antigas muito bonitas no lado norte. Dois sicômoros e algumas nogueiras, com azaleias silvestres e loureiros espalhados por ali. Do lado sul tem boa exposição. Uma boa largura e um pequeno riacho ao fundo.

— E a casa?
— O quê?
— A casa. Que tipo de casa é?
— Oh... É uma casa de dois andares. Muito espaçosa só para mim, mas veio com o terreno.
— Parece o tipo de coisa que eu vou começar a procurar dentro de alguns meses. Se você souber de alguma interessante, me avise.
— Claro, posso ficar atento. As crianças estão se dando bem na casa de Roz?
— Estão ótimas. Mas vai chegar uma hora em que vamos querer a nossa própria casa. É importante para eles. Não quero nada muito especial... nem tenho dinheiro para isso. E não me importo de fazer algumas obras. Sou bastante habilidosa. E preferiria que não estivesse assombrada.

Calou-se quando ele lhe lançou um olhar interrogativo. Depois balançou a cabeça.

— Deve ser do vinho, porque nunca imaginei que fosse ficar preocupada com isso.
— E por quê?
— Vi... pensei ter visto... — corrigiu-se — o fantasma que dizem que assombra a Harper House. No espelho, no meu quarto, pouco antes de você ir me buscar. Não era a Hayley. Ela entrou um instante depois e eu tentei convencer-me de que tinha sido ela. Mas não foi. E, ao mesmo tempo, não pode ter sido mais ninguém, porque... simplesmente não é possível.
— Parece que você ainda está tentando se convencer disso.
— Sou uma mulher sensata, lembra? — Tocou com o dedo na cabeça. — As mulheres sensatas não veem fantasmas nem os ouvem entoando cantigas de ninar. Nem os sentem.
— Senti-los como?
— Um arrepio, uma... uma *sensação*. — Estremeceu e tentou aliviar o ambiente com uma gargalhada. — Não consigo explicar, porque não é racional. E hoje a sensação foi muito intensa. Breve, mas intensa. De hostilidade. Não, não é bem isso. "Hostilidade" é uma palavra muito forte. Talvez de desaprovação.

— Por que não fala com Roz sobre isso? Ela pode contar a história para você, se souber.

— Talvez. Você nunca o viu?

— Não.

— Nem sentiu nada?

— Não posso dizer que tenha sentido. Mas, às vezes, quando estou trabalhando, mexendo na terra, escavando-a, sinto algo. Quando plantamos uma coisa, mesmo que morra, deixa qualquer coisa no solo. Por que não uma pessoa também?

Era um assunto que mereceria certa reflexão mais tarde, quando não estivesse tão distraída. Naquele momento, tinha de pensar no fato de estar apreciando a companhia dele. E havia a atração física. Se continuasse apreciando a companhia dele e a atração não desaparecesse, iriam acabar na cama.

Depois, havia todos os desdobramentos e perturbações que isso implicava. Além do mais, o universo deles era limitado. Trabalhavam para a mesma pessoa, no mesmo negócio. Não era o tipo de atmosfera em que duas pessoas pudessem ter uma relação adulta sem que todos à sua volta soubessem.

Portanto, teria de pensar também *nisso* e em como seria desconfortável que a sua vida privada fosse do conhecimento público.

Depois de jantar, caminharam até Beale Street para participar das festividades noturnas. Turistas, habitantes de Memphis, casais e grupos de jovens percorriam a rua iluminada por letreiros de néon. A música saía das portas abertas e os clientes entravam e saíam das lojas.

— Havia aqui um bar chamado Monarch. Esses sapatos incomodam você para andar a pé?

— Não.

— Ainda bem. Belas pernas, a propósito.

— Obrigada. Tenho-as há anos.

— Então, o Monarch — continuou ele. — Os fundos davam para um beco onde havia também uma funerária. Facilitava a vida dos proprietários quando tinham de se desfazer das vítimas dos tiroteios.

— Uma curiosidade engraçada sobre Beale Street.
— Oh, há muitas mais. *Blues, rock...* é o lar de ambas as coisas... vodu, jogo, sexo, escândalos, contrabando de uísque, batedores de carteira e homicídios.

Enquanto ele falava, passaram por um bar de onde vinha música que pareceu a Stella muito sulista, no bom sentido.

— Aconteceu tudo aqui — continuou ele. — Mas você deveria apreciar as festividades como são hoje.

Juntaram-se à multidão que enchia a praça para ver três rapazes fazendo acrobacias no meio da rua.

— Eu também sei fazer aquilo — disse ela, indicando com a cabeça um dos rapazes, que caminhava sobre as mãos até a caixa das gorjetas.

— Sim, sim.
— Sério. Não vou demonstrar aqui e agora, mas pode acreditar. Seis anos de ginástica. Consigo me torcer como uma contorcionista. Bom, não como uma contorcionista, mas antigamente...

— Está tentando me excitar?

Ela riu.

— Não.

— Então foi apenas um efeito colateral. O que você consegue fazer?

— Pode ser que lhe mostre um dia, quando estiver vestida de forma mais apropriada.

— *Está* tentando me excitar.

Ela riu de novo e observou os artistas. Depois de Logan deixar algum dinheiro na caixa, continuaram a caminhar lentamente.

— Quem é Betty Paige e por que a cara dela está nestas camisetas?

Ele parou abruptamente.

— Você só pode estar brincando.

— Não estou.

— Pelo visto, não só vivia no Norte, como vivia no Norte dentro de uma caverna. Betty Paige, a lendária *pin-up* dos anos 1950 e deusa sexual, de maneira geral.

— Como sabe? Você nem era nascido nos anos 1950.

— Faço questão de conhecer a minha história cultural, especialmente quando envolve mulheres deslumbrantes que se despem. Olhe para aquele rosto. A moça do lado com um corpo de Vênus.

— Provavelmente não era capaz de andar em cima das mãos — disse Stella e recomeçou a andar enquanto ele soltava uma gargalhada.

Caminharam para digerir o vinho e a refeição, descendo por um lado da rua e subindo pelo outro. Ele a tentou com um bar de blues, mas, depois de um breve debate consigo própria, ela balançou a cabeça.

— Não posso mesmo. Já é mais tarde do que tinha planejado. Amanhã tenho um dia muito cheio e hoje já abusei da boa vontade de Roz.

— Fica para outra vez.

— E um clube de blues está na minha lista. Já fiz algumas das coisas que queria, esta noite. Beale Street e bagre. Já sou praticamente uma nativa.

— Quando você se der conta, estará fritando bagres e colocando amendoins na Coca-Cola.

— Por que eu haveria de pôr amendoins na Coca-Cola? Nem quero saber. — Acenou com a mão enquanto ele arrancava com o carro. — É coisa de sulista. E se eu disser apenas que me diverti muito esta noite?

— Já não é ruim.

"Não foi complicado", pensou ela, "nem aborrecido, nem estressante." Pelo menos depois dos primeiros minutos. Quase tinha se esquecido de como era sentir-se excitada e ao mesmo tempo descontraída na companhia de um homem.

Ou de pensar, e não valia a pena fingir que não tinha pensado isso, como seria ter aquelas mãos — aquelas mãos grandes, de trabalhador — no seu corpo.

Roz deixara as luzes acesas para ela. A da varanda, a do vestíbulo e a do seu quarto. Viu-as brilhando quando se aproximaram da casa e pensou que era um gesto muito maternal. Ou fraternal, como de uma irmã mais velha, uma vez que Roz não tinha idade para ser sua mãe.

Sua mãe sempre estivera muito ocupada com a própria vida e interesses para pensar em pormenores como as luzes da varanda. "Talvez", pensou Stella, "essa seja uma das razões por que eu própria sou tão obsessiva em relação aos pormenores."

— É uma casa tão bonita — disse Stella. — A maneira como brilha à noite... Não admira que ela a adore.

— Não há lugar como este. Quando chega a primavera, os jardins nos tiram o fôlego.

— Ela devia fazer visitas guiadas à casa e aos jardins.

— Costumava fazer, uma vez por ano. Deixou de fazê-lo desde que despachou o imbecil do Clerk. Se fosse você, não tocaria nesse assunto com ela — avisou, antes que Stella falasse. — Se ela quiser voltar a fazer esse tipo de coisas, acabará fazendo, de qualquer jeito.

Conhecendo agora o estilo dele, Stella esperou que ele contornasse o carro para lhe abrir a porta.

— Estou ansiosa para ver os jardins em toda a sua glória. E estou grata pela oportunidade de viver aqui durante algum tempo e de meus filhos poderem estar em contato com esse tipo de tradição.

— Há outra tradição. Um beijo de boa-noite.

Aproximou-se um pouco mais lentamente, dessa vez dando-lhe a oportunidade de prever o beijo. Sentiu a pele arrepiada de excitação, quando a boca de Logan encontrou a sua.

Depois os nervos se concentraram na barriga e na garganta, quando a língua dele deslizou sobre os seus lábios para entreabri-los. As mãos dele enfiaram-se nos seus cabelos, acariciaram-lhe os ombros e percorreram-lhe o corpo até os quadris, onde a seguraram com firmeza.

"Músculos", pensou ela vagamente. Oh, céus, não havia dúvida de que ele os tinha. Era como estar encostada em aço quente e macio. Depois ele avançou e prendeu-a entre si e a porta. Aprisionada, com o corpo ardendo enquanto ele explorava a sua boca, Stella sentiu-se frágil e tonta, viva de desejo.

— Espere um minuto — conseguiu dizer. — Espere.

— Deixe-me só acabar isto primeiro.

Ele queria muito mais do que isto, mas já sabia que teria de se contentar com um beijo. Portanto, não pretendia apressá-lo. A boca de Stella era deslumbrante, e aquele leve tremor no seu corpo era brutalmente erótico. Imaginou-se engolindo-a por inteiro, com violência, com avidez. Ou saboreando-a pedacinho a pedacinho, até enlouquecer com o sabor.

Quando ele se afastou, a expressão entorpecida e sonhadora nos olhos dela disse-lhe que podia fazê-lo, se quisesse. Em outra ocasião, em outro lugar.

— Acha que vale a pena fingirmos que vamos deixar as coisas por aqui?

— Não posso...

— Não estou dizendo hoje — disse ele, quando ela olhou para a porta.

— Nesse caso, não, não vale a pena.

— Ótimo.

— Mas não posso me atirar de olhos fechados numa coisa assim. Preciso...

— Planejar — terminou ele. — Organizar.

— Não sou muito espontânea, e a espontaneidade... neste caso... é praticamente impossível quando se tem dois filhos.

— Então planeje. Organize. E depois me avise. Eu sou muito espontâneo. — Beijou-a de novo, até ela sentir os joelhos fracos.

— Você tem os meus telefones. Me ligue. — Recuou. — Entre, Stella. Tradicionalmente, o rapaz não se limita a dar um beijo de boa-noite na moça; ele espera que ela entre antes de se afastar, perguntando-se quando terá oportunidade de voltar a beijá-la.

— Boa-noite, então. — Entrou, subiu a escada e esqueceu-se de apagar as luzes.

Ainda estava nas nuvens quando começou a percorrer o corredor, quando então se deu conta de uma voz que cantava quando estava a dois passos do quarto dos filhos.

Cobriu a distância com um salto. E *viu*, viu a silhueta, o brilho dos cabelos louros sob a claridade tênue da luz de presença, o tremeluzir dos olhos que se voltaram para ela.

Depois o frio a atingiu como uma bofetada, irada e forte. Depois o frio e a mulher desapareceram.

Com as pernas trêmulas, correu para as camas e acariciou os cabelos de Gavin e de Luke. Pousou as mãos no rosto deles, depois nas suas costas, como fazia quando eram bebês. Uma mãe nervosa, tentando certificar-se de que os filhos estavam respirando.

Parker virou-se preguiçosamente, soltou um pequeno rosnado, bateu com a cauda no chão uma vez e voltou a adormecer.

"Ele me sente, me fareja, me conhece. Será que ocorre o mesmo com ela? Por que ele não late para ela?"

"Ou será que estou ficando maluca?"

Despiu-se e levou um cobertor e um travesseiro para o quarto deles. Deitou-se no chão, no meio dos filhos, e passou o resto da noite entre eles, protegendo-os do impossível.

Capítulo Doze

Na estufa, Roz regou os canteiros de plantas anuais que plantara durante o inverno. Estava quase na hora de colocá-las à venda. Parte dela ficava sempre um pouco triste por saber que não seria ela plantando-as em algum jardim. E sabia que nem todas seriam bem-tratadas.

Algumas morreriam por negligência, outras teriam sol demais, ou de menos. Agora eram luxuriantes, belas e cheias de potencial.

E eram dela.

Tinha de deixá-las partir, tal como fizera com os filhos. Tinha de ter esperança, tal como com os filhos, de que elas floresceriam suntuosamente.

Sentia saudades de seus meninos. Dava-se conta disso mais do que nunca agora que havia novamente crianças em casa, com a sua tagarelice, os seus cheiros e a sua desarrumação. O fato de Harper estar por perto ajudava, tanto que, às vezes, era difícil para ela não se apoiar demais nele, não sufocá-lo com a sua necessidade.

Mas ele já passara a fase de ser apenas seu. Apesar de viver perto e de muitas vezes trabalharem lado a lado, nunca mais seria apenas dela.

Tinha de se contentar com visitas ocasionais, com os telefonemas e e-mails dos outros filhos. E com o fato de saber que eles estavam felizes construindo suas próprias vidas.

Ela os plantara, cuidara deles, alimentara-os e ensinara-os. E deixara-os partir.

Recusava-se a ser uma daquelas mães autoritárias e sufocantes. Os filhos, a exemplo das plantas, precisavam de espaço e de ar. Mas, oh, às vezes queria voltar atrás dez anos, vinte, e segurar nos braços apenas um pouquinho mais seus preciosos meninos.

Este sentimentalismo todo ia deixá-la nostálgica, pensou. Fechou a água quando Stella entrou na estufa.

Roz respirou fundo.

— Não há nada como o cheiro de terra molhada, não é?

— Não, pelo menos para pessoas como nós. Olhe para aqueles cravos. Serão vendidos logo, logo. Senti sua falta esta manhã.

— Queria chegar aqui cedo. Tenho a reunião do Clube de Jardinagem logo à tarde. Quero fazer duas dúzias de vasos de quinze centímetros para os centros de mesa.

— Boa publicidade. Só queria lhe agradecer mais uma vez por ter cuidado dos meninos ontem à noite.

— Foi divertido. Muito. E vocês se divertiram?

— Sim, bastante. Haverá algum problema, para você, se Logan e eu nos encontrarmos socialmente?

— Por que haveria problema?

— Numa situação de trabalho...

— Os adultos devem viver suas próprias vidas, tal como em qualquer outra situação. Vocês dois são adultos descompromissados. Calculo que conseguirão resolver sozinhos qualquer problema que derive da relação social de vocês.

— E claro que ambas estamos usando a palavra "socialmente" como um eufemismo.

Roz começou a ajeitar algumas petúnias.

— Stella, se você não quisesse ir para a cama com um homem como Logan, eu ficaria preocupada.

— Nesse caso, suponho que não tem com que se preocupar. Mesmo assim, queria lhe dizer... estou trabalhando para você, vivendo na sua casa; portanto, queria lhe dizer que não sou uma pessoa promíscua.

— Tenho certeza de que não — disse Roz, erguendo os olhos do trabalho. — Você é muito cautelosa, muito circunspecta e um pouco séria demais para ser promíscua.

— Mais uma maneira de me chamar de medrosa — murmurou Stella.

— Não exatamente. Mas, se você fosse promíscua, isso continuaria a ser problema seu e não meu. Você não precisa da minha aprovação.

— Mas eu a quero... porque estou trabalhando para você e vivendo na sua casa. E porque respeito você.

— Está bem — Roz passou para as maria-sem-vergonha. — Você tem a minha aprovação. Uma das razões por que quis que vivesse aqui foi porque queria conhecer você em nível pessoal. Quando a contratei, dei a você um papel em algo que é muito importante para mim a título pessoal. Portanto, se eu tivesse concluído, após as primeiras semanas, que você não era o tipo de pessoa de quem eu podia gostar e a quem conseguiria respeitar, teria despedido você. — Olhou para ela. — Por mais competente que fosse. A competência não é assim tão difícil de se encontrar.

— Obrigada. Também penso assim.

— Acho que vou levar alguns daqueles gerânios que já estão em vasos. Com isso poupo tempo e trabalho e também porque temos um bom abastecimento deles.

— Diga-me quantos, para eu atualizar o estoque. Roz, há mais uma coisa que queria falar com você.

— Fale — disse Roz enquanto começava a selecionar as plantas.

— É sobre o fantasma.

Roz levantou um gerânio rosa salmão e estudou-o de vários ângulos.

— O que tem?

— Sinto-me idiota só de estar falando isso, mas... alguma vez você se sentiu ameaçada por ela?

— Ameaçada? Não. Não usaria uma palavra tão forte. — Roz pousou o gerânio num tabuleiro de plástico e escolheu outro. — Por quê?

— Porque, segundo parece, eu a vi.

— Isso não é algo inesperado. A Noiva Harper geralmente mostra-se a mães e a meninos. Às meninas também, mas com menos frequência. Eu própria a vi algumas vezes quando era menina, e com bastante regularidade depois de ter meus filhos.

— Diga-me como ela é.

— Mais ou menos de sua altura. — Enquanto falava, Roz continuou a escolher os gerânios para o Clube de Jardinagem. — Magra. Muito magra. Vinte e tantos anos, talvez perto dos trinta, embora seja difícil de calcular. Não parece muito bem. Quer dizer — acrescentou com um sorriso distraído —, mesmo levando-se em conta que é um fantasma. Parece-me uma mulher que foi muito bela, mas que esteve doente por algum tempo. É loura e tem olhos verdes ou cinzentos. E muito tristes. Usa um vestido cinzento, ou que parece cinzento, e que lhe fica largo, como se tivesse perdido muito peso.

Stella respirou fundo.

— Foi quem eu vi. O que eu vi. É muito estranho, mas eu a *vi*.

— Você deveria se sentir lisonjeada. Ela raramente se mostra a pessoas que não sejam da família... pelo menos é o que diz a lenda. Não deveria se sentir ameaçada, Stella.

— Mas eu me senti. Ontem à noite, quando cheguei em casa e fui ver os meninos. Primeiro eu a ouvi. Ela canta uma melodia de ninar.

— "Lavender's Blue." É aquilo a que se pode chamar a sua marca registrada. — Pegando uma tesoura pequena de podar, Roz aparou um ramo lateral mais fraco. — Nunca falou, pelo menos que eu tenha ouvido ou que tenha ouvido alguém contar, mas canta para as crianças da casa durante a noite.

— "Lavender's Blue." Sim, é isso. Eu a ouvi e corri para o quarto. E ali estava ela, de pé entre as duas camas. Olhou para mim. Foi apenas por um segundo, mas olhou para mim. Os olhos dela não estavam tristes, Roz, estavam zangados. Senti uma rajada de ar frio, como se ela tivesse me atirado qualquer coisa com raiva. Não foi como das outras vezes, em que senti apenas um arrepio.

Agora interessada, Roz estudou o rosto de Stella.

— Também senti algumas vezes que a tinha aborrecido. Apenas uma mudança de tom. Mais ou menos como você acabou de descrever, suponho.

— Aconteceu.

— Eu acredito, mas, essencialmente, pela minha experiência, ela sempre foi uma presença benigna. Sempre entendi esses acessos de mau humor como uma espécie de chateação. Imagino que os fantasmas também fiquem chateados.

— Imagine que os fantasmas ficam chateados — repetiu Stella lentamente. — Não consigo compreender uma afirmação dessas.

— As pessoas ficam, não ficam? Por que isso mudaria quando morrem?

— Está bem — disse Stella, passado um instante. — Vou tentar aceitar tudo isso como se não fosse uma loucura. Então, talvez ela não goste da minha presença aqui.

— Ao longo dos últimos cem anos, mais ou menos, a Harper House teve muitas pessoas vivendo nela, muitos hóspedes. Ela já devia estar habituada. Se for para se sentir melhor, poderemos mudar você para outra ala...

— Não. Não me parece que faria alguma diferença. Embora a noite passada eu tenha ficado suficientemente tensa para dormir no quarto das crianças, ela não estava zangada com eles. Era apenas comigo. Quem era ela?

— Ninguém sabe ao certo. Nós nos referimos a ela como a Noiva Harper, mas imaginamos que tenha sido uma criada. Uma ama ou governanta. A minha teoria é que um dos homens da casa a seduziu, talvez a tenha repudiado, principalmente se ela tiver engravidado. Há uma forte ligação com crianças; portanto, parece lógico que ela estivesse relacionada com crianças. É quase certo que tenha morrido na casa ou perto dela.

— Mas deve haver registros, não? Um álbum de família, certidões de nascimento e de óbito, fotografias, qualquer coisa.

— Oh, toneladas.

— Gostaria de vê-los, se não se importa. Gostaria de tentar descobrir quem ela era. Quero saber com quem ou com o que estou lidando.

— Está bem. — De tesoura ainda na mão, Roz apoiou as mãos nos quadris. — Suponho que é estranho nunca ninguém tê-lo feito antes, incluindo eu mesma. Eu ajudo. Talvez seja interessante.

— Isto é fantástico — disse Hayley, olhando para a mesa da biblioteca onde Stella colocara os álbuns de fotografias, as caixas de papéis antigos, seu laptop e vários blocos de notas. — Parecemos a turma do Scooby Doo.

— Nem acredito que você também a viu e nunca disse nada.

Hayley encolheu os ombros e continuou a explorar a sala.

— Pensei que você acharia que eu tinha perdido o juízo. Além disso, exceto da última vez, tive apenas vislumbres pelo canto do olho. — Ergueu a mão ao lado do rosto. — Nunca tinha visto um fantasma a sério. Isto é totalmente o máximo.

— Ainda bem que alguém está se divertindo.

E estava mesmo. Uma vez que tanto ela como o pai adoravam livros, haviam transformado a sala de estar numa espécie de biblioteca, enchendo as prateleiras de livros e colocando duas poltronas confortáveis.

Era uma sala simpática e acolhedora.

Mas aquilo era uma *biblioteca*. Estantes fundas de madeira escura flanqueavam as janelas altas e cobriam as paredes em torno de uma espécie de plataforma, onde estava a mesa comprida. Devia haver centenas de livros, mas o ambiente não era pesado, graças ao sereno verde-escuro das paredes e ao granito claro da lareira. Hayley gostava dos grandes candelabros pretos e dos grupos de fotografias de família em cima da prateleira da lareira.

Havia mais fotografias espalhadas aqui e ali, e *coisas*. Coisas fascinantes como taças e estátuas e um relógio de cristal em forma de cúpula. Flores, claro. Havia flores em quase todas as divisões da casa. Estas eram tulipas de um tom roxo-escuro, numa jarra de vidro transparente.

Havia muitas cadeiras, largas, macias e estofadas, e até mesmo um sofá. Apesar de haver um lustre no centro do teto e de até as estantes estarem iluminadas, havia abajures com cúpulas fantásticas, que pareciam vitrais. Os carpetes eram provavelmente muito antigos e extremamente interessantes, com um padrão de pássaros exóticos na orla.

Hayley não conseguia imaginar como seria ter uma sala assim, muito menos como decorá-la para ficar tão, bom, deslumbrante era a única palavra que lhe ocorria e, ao mesmo tempo, tão acolhedora como a pequena biblioteca que tivera em casa.

Mas Roz sabia. Roz, na opinião de Hayley, era o máximo.

— Acho que esse é o meu cômodo preferido da casa — declarou.

— Claro que acho o mesmo de todos os cômodos depois de estar lá por cinco minutos. Mas penso que esse leva mesmo a taça. Parece uma fotografia tirada de uma revista como a *Southern Living*, mas é tão acolhedor! Uma pessoa não se sentiria mal por tirar um cochilo no sofá.

— Sei o que você quer dizer. — Stella afastou para o lado o álbum de fotografias que estivera vendo. — Hayley, você não pode se esquecer de não falar sobre isso às crianças.

— Claro que não. — Voltou para junto da mesa e finalmente sentou-se. — Olhe, talvez possamos fazer uma sessão espírita. Seria arrepiante e fantástico.

— Ainda não cheguei a tanto — respondeu Stella. Ergueu os olhos quando David entrou.

— Um lanche para as caça-fantasmas — anunciou enquanto pousava a bandeja na mesa. — Café, chá, biscoitos. Pensei em trazer um angel cake, mas me pareceu muito óbvio.

— Você está achando graça disso?

— Claro que sim. Mas também estou disposto a arregaçar as mangas e mergulhar nessas coisas todas. Seria bom poder dar um nome à mulher depois desse tempo todo. — Apontou para o computador de Stella.

— E para que é isso?

— Para tomar notas. Datas, fatos, especulação. Não sei. É o meu primeiro dia de trabalho.

Roz entrou com uma caixa nas mãos. Tinha o rosto sujo de poeira e restos de teias de aranha nos cabelos.

— As contas da casa estavam no sótão. Há mais lá, mas isso deve ser o suficiente para começarmos.

Largou a caixa em cima da mesa e sorriu.

— Isso vai ser divertido. Não sei como nunca tinha me lembrado de tal coisa. Por onde querem começar?

— Estava pensando que poderíamos fazer uma sessão espírita — começou Hayley. — Talvez ela nos diga simplesmente quem é e por que razão o seu espírito está, sei lá, preso neste plano de existência. É o que acontece com os fantasmas. Ficam presos e, às vezes, nem sequer sabem que estão mortos. Não é algo sinistro?

— Uma sessão espírita. — David esfregou as mãos. — Onde é que eu deixei o meu turbante?

Quando Hayley começou a rir, Stella bateu com os nós dos dedos na mesa.

— Podemos controlar o riso? Pensei que deveríamos começar por algo um pouco mais prosaico. Como tentar datá-la.

— Nunca datei um fantasma — disse David com ar pensativo —, mas estou disposto a tentar.

— Descobrir o período em que viveu — explicou Stella, lançando-lhe um olhar de esguelha. — Através da roupa. Devemos conseguir determinar quando viveu, pelo menos aproximadamente.

— Descoberta através da moda. — Roz acenou e pegou um biscoito. — Parece bom.

— Inteligente — concordou Hayley. — Mas não reparei bem no que ela estava vestindo. Foi uma visão muito rápida.

— Um vestido cinzento — disse Roz. — De gola alta. Mangas compridas.

— Algum de nós tem jeito para desenhar? — perguntou Stella. — Eu me safo com linhas retas e curvas, mas não tenho jeito para desenhar pessoas.

— Roz é a pessoa certa. — David deu um tapinha no ombro de Roz.

— Consegue desenhá-la, Roz? A impressão com que você ficou dela?

— Posso tentar.

— Eu trouxe blocos. — Stella estendeu um a Roz e esta sorriu.

— Claro que sim. E aposto que os seus lápis estão todos muito bem-apontados. Tal como no primeiro dia de aula.

— É difícil escrever com eles se não estão apontados. David, enquanto Roz desenha, por que você não nos fala das suas experiências com... acho que podemos continuar a chamá-la de Noiva Harper, por enquanto.

— Não foram muitas, e todas quando eu era pequeno e vinha para cá brincar com Harper.

— Como foi a primeira vez?

— Nunca nos esquecemos da primeira vez. — Ele piscou o olho para ela, sentou-se e serviu-se de café. — Eu estava no quarto do Harper e fingíamos que estávamos dormindo para Roz não entrar e nos mandar parar de falar. Estávamos falando baixinho...

— Achavam sempre que eu não os ouvia — interrompeu Roz, sem tirar os olhos do desenho.

— Acho que foi na primavera. Lembro-me de que estávamos com as janelas abertas e soprava uma leve brisa. Eu devia ter cerca de nove anos. Conheci Harper na escola e, apesar de eu estar um ano à frente dele, tornamo-nos amigos. Nós nos conhecíamos havia poucas semanas quando vim para cá passar a noite. Ali estávamos nós, no escuro, pensando que estávamos falando baixinho, e ele me contou do fantasma. Pensei que estava inventando uma história para me assustar, mas ele jurou que era verdade e que já o tinha visto um monte de vezes. Devemos ter adormecido. Lembro-me de acordar e pensar que alguém havia acariciado a minha cabeça. Pensei que fosse Roz e fiquei um pouco envergonhado, por isso entreabri um olho para ver.

Bebeu um gole de café, semicerrando os olhos enquanto vasculhava suas lembranças.

— E eu a vi. Ela se aproximou da cama de Harper e inclinou-se sobre ele, como se fosse beijá-lo no rosto. Depois atravessou o quarto. Havia uma cadeira de balanço no canto. Sentou-se e começou a se balançar e a cantar.

Pousou a xícara.

— Não sei se fiz barulho ou se me mexi, mas, de repente, ela olhou diretamente para mim. E sorriu. Pensei que estava chorando, mas sorriu. E levou o dedo aos lábios como para me pedir que não fizesse barulho. Em seguida, desapareceu.

— O que você fez? — perguntou Hayley num murmúrio, em tom reverente.

— Cobri a cabeça com os cobertores e fiquei lá debaixo até de manhã.

— Você teve medo dela? — perguntou Stella.

— Um menino de nove anos e um fantasma... e eu sou uma pessoa de natureza sensível; portanto, claro que sim. Mas não fiquei com medo. De manhã, parecia ter sido um sonho, mas um sonho bom. Ela me acariciou os cabelos e cantou para mim. E era bonita. Nada de correntes rangendo nem de uivos de gelar o sangue. Parecia um anjo, de certa forma, por isso não tive medo dela. De manhã, contei a Harper e ele disse que devíamos ser irmãos, porque nunca nenhum dos seus amigos a tinha visto.

Sorriu ao lembrar isso.

— Fiquei muito orgulhoso e cheio de vontade de vê-la outra vez. Eu a vi mais algumas vezes quando dormia aqui. Depois, por volta dos meus treze anos, as... as aparições, digamos assim, pararam.

— Ela nunca falou com você?

— Não, só cantava. Sempre a mesma canção.

— Você sempre a via no quarto, à noite?

— Não. Houve uma vez em que acampamos no quintal. Era verão, estava calor e havia muitos insetos lá fora, mas nós chateamos Roz até ela nos deixar dormir lá, numa barraca. Não chegamos a ficar a noite toda porque Mason cortou o pé numa pedra. Lembra, Roz?

— Lembro. Às duas da manhã, estava enfiando quatro crianças no carro para levar uma delas ao hospital para ser costurada.

— Fomos lá para fora antes do pôr do sol, no lado oeste da propriedade. Às dez, estávamos todos meio agoniados de tantos cachorros-quentes e marshmallows, e fartos de fazer medo uns aos outros com histórias de fantasmas. Havia vaga-lumes — murmurou, fechando os olhos. — Já passava do meio do verão e estava abafado. Vestíamos somente roupa de baixo. Os mais novos adormeceram, mas Harper e eu ainda ficamos acordados mais um pouco. Um bom tempo. Eu devo ter adormecido porque, quando dei por mim, Harper estava me sacudindo para me acordar. "Ali está ela", disse, e eu a vi caminhando pelo jardim.

— Oh, meu Deus — disse Hayley quase sem fôlego, aproximando-se mais de David enquanto Stella continuava a escrever. — O que aconteceu depois?

— Bom, Harper começou a me dizer baixinho que devíamos segui-la, enquanto eu tentava fazê-lo mudar de ideia sem sacrificar a minha masculinidade. Os outros dois acordaram e Harper disse que ia sozinho e que nós podíamos ficar ali se fôssemos covardes miseráveis.

— Aposto que isso fez vocês se mexerem — comentou Stella.

— Ser um covarde miserável não é uma opção aceitável para um garoto na companhia de outros. Fomos todos. Mason não devia ter mais de seis anos, mas correu atrás de nós, tentando acompanhar-nos. Havia luar, por isso conseguíamos vê-la, mas Harper disse para não nos aproximarmos muito, para ela não nos ver. Juro que não corria uma aragem naquela noite, nem uma leve brisa que agitasse as folhas. Ela não fazia o mínimo ruído enquanto andava pelos caminhos, entre os arbustos. Havia qualquer coisa diferente nela, naquela noite. Só muito tempo depois percebi o que era.

— E o que era? — Hayley inclinou-se para a frente, ofegante, e agarrou-lhe o braço. — O que havia de diferente nela naquela noite?

— Tinha os cabelos soltos. De todas as outras vezes, tinha os cabelos presos numa espécie de coque com cachos caídos. Mas nessa noite estavam soltos, meio despenteados e caídos sobre as costas, sobre os ombros. E vestia qualquer coisa branca e esvoaçante. Parecia mais um fantasma nessa noite do que em qualquer uma das outras vezes. E tive medo dela, mais do que da primeira vez ou em qualquer das vezes que se seguiram. Ela saiu do caminho e passou por cima das flores sem lhes tocar. Eu ouvia a minha respiração ofegante e devo ter abrandado, porque Harper caminhava muito à nossa frente. Ela seguia na direção dos velhos estábulos ou talvez da cocheira.

— A cocheira? — disse Hayley, quase num grito. — Onde Harper vive?

— Sim, mas nessa época ele não vivia lá — acrescentou David com uma gargalhada. — Não tinha mais de dez anos. Parecia que ela ia na direção dos estábulos, mas teria de passar pela cocheira. Então parou, virou-se e olhou para trás. Sei que fiquei paralisado nesse momento, sem uma gota de sangue.

— Imagino! — exclamou Hayley com empatia.

— Ela parecia louca e, de alguma forma, isso era pior do que o fato de estar morta. Antes que eu conseguisse decidir se seguia Harper ou voltava atrás como um covarde miserável, Mason gritou. Pensei que ela o apanhara, não sei bem como, e quase comecei a gritar. Mas Harper voltou correndo. Afinal, Mason tinha cortado o pé numa pedra. Quando olhei outra vez para os estábulos, ela já havia desaparecido.

Parou, estremeceu e riu de forma pouco convincente.

— Consegui pôr medo em mim mesmo.

— E em mim também — balbuciou Hayley.

— Ele precisou tomar seis pontos. — Roz empurrou o bloco para Stella. — É assim que eu a vejo.

— É ela. — Stella estudou o esboço da mulher magra, de olhos tristes. — Era assim que você a via, David?

— Sim, exceto naquela noite.

— Hayley?

— Sim, tanto quanto consigo dizer.

— E eu também. Isto a mostra com um vestido bastante simples, cintura vincada, gola alta, botões à frente. As mangas são um pouco largas até o cotovelo, depois justas até o punho. A saia é estreita nos quadris, depois alarga um pouco. Tem os cabelos encaracolados, um monte de cachos amarrados no alto da cabeça. Vou fazer uma pesquisa na Internet, mas não há dúvida de que é posterior a 1860, não acham? A essa altura, a moda eram as saias largas, à Scarlett O'Hara. E deve ser anterior a, digamos, 1920, quando começaram a se usar saias mais curtas.

— Acho que deve ser por volta da virada do século — disse Hayley, encolhendo depois os ombros quando todos os olhares se voltaram para ela. — Sei muitas coisas que não servem para nada. Isto parece aquilo a que chamavam de estilo ampulheta. Quer dizer, apesar de ela ser muito magra, parece ser esse o estilo. Finais do século XIX.

— Muito bem, vamos procurar e descobrir. — Stella apertou algumas teclas.

— Preciso fazer xixi. Não descubram nada importante até eu voltar.

— Hayley saiu da sala tão depressa quanto o seu estado lhe permitia.

Stella passou os olhos pelos vários sites sugeridos e escolheu um sobre moda feminina da década de 1890.

— Finais do período vitoriano — declarou, enquanto lia e estudava as fotografias. — Ampulheta. Estes são todos mais elegantes, diria eu, mas parece ser a mesma ideia.

Avançou até o final da década e os primeiros anos do século XX.

— Não. Estão vendo, estas mangas são muito maiores nos ombros. São chamadas de mangas bufantes, e a parte de cima dos vestidos de dia parece ser um pouco mais justa.

Voltou até as décadas anteriores a 1890.

— Não. Aqui já encontramos saias com armação atrás. Acho que a Hayley acertou em cheio. Em algum momento na década de 1890.

— 1890? — disse Hayley, entrando. — Um a zero para mim.

— Espere aí. Se ela era uma criada — recordou-lhes Roz —, podia não se vestir de acordo com a última moda.

— Droga. — Hayley fingiu apagar a pontuação do quadro.

— Mas, mesmo assim, podemos dizer entre 1890 e... 1910? — sugeriu Stella. — Se usarmos esse intervalo e lhe dermos uma idade aproximada de vinte e cinco anos, podemos calcular que nasceu entre 1865 e 1885.

Suspirou.

— É um intervalo muito grande e com uma grande margem de erro.

— Os cabelos — disse David. — Mesmo que fosse uma criada e usasse roupa de segunda mão, nada a impediria de usar os cabelos na última moda.

— Excelente. — Stella procurou de novo e estudou os vários sites.

— Muito bem, o penteado no estilo das Gibson Girls, um coque amarrado no alto da cabeça, popularizou-se depois de 1895. Se dermos um salto no escuro e considerarmos que a nossa heroína se penteava na moda, podemos limitar o período entre 1890 e 1895 ou, no máximo, 1898, se ela estivesse um pouco atrasada. Depois, se partirmos do princípio de que morreu nessa década, entre os vinte e dois e os vinte e seis anos, digamos...

— Primeiro vamos ver o álbum da família — decidiu Roz. — Isso deve dizer-nos se alguma das mulheres Harper, por sangue ou por casamento, dessa faixa etária morreu nessa década.

Puxou-o para si. A encadernação era de couro preto, decorada com relevos intrincados. Alguém — Stella calculou que fosse a própria Roz — a mantinha limpa e arrumada.

Roz folheou a genealogia da família.

— Isso remonta a 1793, ao casamento de John Andrew Harper com Fiona McRoy. Tem indicação do nascimento dos seus oito filhos.

— Oito? — Hayley arregalou os olhos e pousou a mão na barriga. — Santo Deus!

— Seis deles chegaram a adultos — continuou Roz. — Casaram e procriaram, procriaram, procriaram. — Virou cuidadosamente as páginas finas. — Aqui temos várias meninas nascidas de casamentos com pessoas da família Harper entre 1865 e 1870. E aqui temos uma Alice Harper Doyle, que morreu ao dar à luz em outubro de 1893, com vinte e dois anos.

— Que horror — disse Hayley. — Era mais nova do que eu.

— E já tinha dado à luz duas vezes — disse Roz. — A vida para as mulheres antes de Margaret Sanger* era dura.

— E ela teria vivido aqui nesta casa? Morrido aqui? — perguntou Stella.

— É possível. Casou-se com Daniel Francis Doyle, de Natchez, em 1890. Podemos verificar as certidões de óbito. Tenho aqui mais três que morreram durante esse período, mas as idades não batem certo. Vejamos, Alice era a irmã mais nova de Reginald Harper. Ele tinha mais duas irmãs e nenhum irmão. Teria, portanto, herdado a casa e a

---

* Ativista norte-americana, lutou pelo controle da natalidade e pelo direito ao aborto legal. (N. T.)

propriedade. Há um grande intervalo entre Reggie e as irmãs. Provavelmente vários abortos.

Quando Hayley soltou um gemido, Roz ergueu os olhos.

— Não quero que isso perturbe você.

— Eu estou bem. Estou bem — disse ela, respirando fundo. — Então, Reginald era o único filho homem desse ramo da família?

— Era. Havia muitos primos, e a propriedade teria passado para um deles depois da sua morte, mas ele teve um filho... primeiro, teve várias filhas, depois o menino em 1892.

— E a mulher dele? — perguntou Stella. — Talvez seja ela.

— Não, essa viveu até 1925, morreu idosa.

— Então, vamos investigar primeiro Alice — decidiu Stella.

— E ver o que conseguimos encontrar sobre as criadas nesse período. Não seria muito estranho que Reginald tivesse andado envolvido com uma ama ou uma criada enquanto a mulher procriava. Levando-se em conta que era homem.

— Ei! — exclamou David indignado.

— Desculpe, querido. Digamos então que era um homem Harper e que viveu num período em que os homens de uma certa posição tinham amantes e não viam nada de errado em levar uma criada para a cama.

— Assim está melhor. Mas não muito.

— Concordamos que ele e a família viveram aqui nesse período?

— Um Harper viveria sempre na Harper House — disse Roz a Stella. — E, se bem me recordo da história da família, foi Reginald quem substituiu a iluminação a gás pela luz elétrica. Ele deve ter vivido aqui até a sua morte, em... — Verificou o livro. — Em 1919, e a casa passou para seu filho, Reginald Jr., que se casou com Elizabeth Harper McKinon, prima em terceiro grau, em 1916.

— Muito bem, então temos de descobrir se Alice morreu aqui e precisamos estudar os registros para ver se alguma criada morreu aqui nesse período. — Usando o bloco de notas, Stella escreveu os tópicos da busca. — Roz, sabe quando é que as... vamos chamar-lhes visões à falta de melhor termo... quando começaram?

— Não, e agora sei que isso é estranho. Devia saber e devia saber mais sobre ela do que sei. A história da família Harper é passada de geração em geração, tanto oralmente como por escrito. Mas aqui temos um fantasma que, tanto quanto sei, vagueia pela casa há mais de um século, e não sei praticamente nada a seu respeito. Meu pai chamava-o simplesmente de Noiva Harper.

— O que você sabe sobre ela? — Stella preparou-se para tomar notas.

— O seu aspecto, a melodia que canta. Eu a vi quando era pequena, quando vinha ao meu quarto cantar aquela melodia de ninar, tal como constava ter feito há várias gerações. Era... reconfortante. Havia nela uma espécie de doçura. Tentei falar com ela algumas vezes, mas nunca me respondeu. Limitava-se a sorrir. Às vezes, chorava. Obrigada, querido — disse, quando David lhe serviu mais café. — Não a vi durante a adolescência e, sendo uma adolescente, não pensei muito nisso. Tinha a cabeça em outras coisas. Mas eu me lembro da primeira vez que a vi depois de adulta.

— Não faça suspense — pediu Hayley.

— Foi no começo do verão, em finais de junho. John e eu estávamos casados havia pouco tempo e vivíamos aqui em casa. Já fazia calor, uma daquelas noites quentes e paradas em que o ar parece um manto molhado. Mas eu não conseguia dormir, por isso troquei a casa fresca pelo calor dos jardins. Estava inquieta, nervosa. Achava que estava grávida. Queria estar... queríamos tanto ter um filho que eu não conseguia pensar em mais nada. Saí para o jardim e sentei-me num velho balanço de madeira, olhando para a Lua, rezando para que fosse verdade e tivéssemos feito um bebê.

Soltou um leve suspiro.

— Eu tinha apenas dezoito anos. Seja como for, enquanto estava ali sentada, ela apareceu. Não a vi nem ouvi aproximar-se, estava apenas ali no caminho. Sorrindo. Algo na forma como me sorriu, como olhou para mim, deu-me a certeza, a certeza absoluta, de que havia uma criança dentro de mim. Fiquei ali sentada, no calor do meio da noite, e chorei de alegria. Quando fui ao médico algumas semanas depois, já sabia que trazia Harper no ventre.

— Que bonito! — Hayley pestanejou para conter as lágrimas. — Tão enternecedor...

— Depois disso, eu a vi algumas vezes ao longo dos anos e a vi sempre no início de uma gravidez, antes de ter a certeza. Eu a via e sabia que um bebê estava a caminho. Quando o mais novo atingiu a adolescência, deixei de vê-la regularmente.

— Tem de ter alguma coisa a ver com crianças — declarou Stella, sublinhando duas vezes a palavra "gravidez" no seu bloco. — Esse é o elo. As crianças a veem, as mulheres com filhos ou grávidas a veem. A teoria da morte no parto começa a parecer boa. — Assim que disse isso, fez uma careta. — Desculpe-me, Hayley, foi sem querer.

— Eu sei o que você quer dizer. Talvez seja Alice. Talvez precise apenas ser reconhecida pelo nome para o seu espírito passar para o outro lado.

— Bom. — Stella olhou para as caixas e livros. — Vamos a isto.

Nessa noite, com a mente cheia de fantasmas e de interrogações, Stella sonhou outra vez com o seu jardim perfeito, com a dália azul crescendo teimosamente no meio dele.

— *Uma erva daninha é uma flor crescendo no lugar errado.*

Ouviu a voz dentro da cabeça, uma voz que não era a sua.

— É verdade. É verdade — murmurou. — Mas é tão bonita. Tão forte e vigorosa.

— *Assim parece agora; mas é um engano. Se ela ficar, vai mudar tudo. Vai apoderar-se de tudo e estragar tudo o que você fez. Tudo o que você tem. Arriscaria isso, arriscaria tudo, por uma flor deslumbrante? Uma flor que morrerá, de qualquer maneira, na primeira geada?*

— Não sei. — Estudando o jardim, esfregou o braço quando a pele se arrepiou de inquietação. — Talvez pudesse alterar o plano. Podia usá-la como ponto central.

Um trovão ribombou e o céu ficou negro. Ela estava de pé junto ao jardim, tal como estivera uma noite de pé na sua cozinha durante uma noite de tempestade.

E a dor que sentira naquela altura apunhalou-a como se alguém tivesse cravado uma faca no seu coração.

— *Você sentiu? Está disposta a senti-la de novo? Arriscaria esse tipo de dor por isto?*

— Não consigo respirar. — Caiu de joelhos enquanto a dor a invadia. — Não consigo respirar. O que está acontecendo comigo?

— *Lembre-se disso. Pense nisso. Lembre-se da inocência dos seus filhos e corte-a. Arranque-a. Antes que seja tarde demais! Você não vê que ela está tentando ofuscar todo o resto? Não vê como está roubando a luz? A beleza pode ser venenosa.*

Acordou tremendo de frio, com o coração batendo devido à dor que a despertara.

E soube que não estivera sozinha, nem mesmo em sonhos.

Capítulo Treze

No seu dia de folga, Stella foi com os meninos, seu pai e a mulher deste ao jardim zoológico. Uma hora depois, as crianças já tinham cobras de borracha, balões e deliciavam-se com casquinhas de sorvete gigantescas.

Stella há muito aceitara o fato de que o principal dever de um avô é mimar os netos e, uma vez que o destino dera aos filhos apenas este avô, deixava-o à vontade.

Quando a casa dos répteis se tornou o próximo objetivo, ela preferiu ficar de fora, entregando a responsabilidade dessa parte da visita ao avô.

— Sua mãe nunca gostou de cobras — disse Will aos meninos.

— E não tenho vergonha de admitir isso. Vão vocês. Eu fico aguardando.

— Vou fazer companhia a você — disse Jolene, ajeitando o boné azul-claro. — Prefiro sempre a companhia de Stella à de uma jiboia.

— Mulheres! — Will trocou um olhar desdenhoso com os netos. — Vamos, homens, para o poço das cobras!

Com um grito de guerra, os três partiram para o edifício.

— Ele tem tanto jeito com as crianças — disse Stella. — É tão natural e descontraído. Estou muito contente por vivermos mais perto uns dos outros e eles poderem se ver regularmente.

— Você não pode estar mais contente do que nós. Juro que aquele homem parecia uma criança nesses últimos dias, ansioso pelo dia de hoje. Ele não podia estar mais orgulhoso de vocês três.

— Suponho que ambos perdemos muita coisa enquanto eu crescia.

— Ainda bem que estão recuperando o tempo perdido.

Stella olhou para Jolene enquanto se dirigiam a um banco de jardim.

— Você nunca diz nada sobre ela. Nunca a critica.

— Minha querida, já tive de morder a língua tantas vezes para me controlar, nos últimos vinte e sete anos, que não sei como ainda a tenho.

— Por quê?

— Bom, quando se é a segunda mulher e, ainda por cima, a madrasta, é o mais inteligente a fazer. Além disso, você cresceu e se tornou uma mulher forte, inteligente e generosa, e está criando os dois meninos mais bonitos, espertos e encantadores da face da Terra. Por que criticar?

"Mas ela critica você", pensou Stella.

— Alguma vez eu lhe disse que acho que você foi a melhor coisa que podia ter acontecido ao meu pai?

— Talvez uma ou duas vezes. — Jolene corou de forma encantadora. — Mas nunca me importo de ouvir isso.

— Deixe-me acrescentar que você foi uma das melhores coisas que aconteceram na minha vida. E na das crianças.

— Oh, deixe disso. — Dessa vez, os olhos de Jolene encheram-se de lágrimas. — Assim você me faz chorar. — Enfiou a mão na mala e tirou um lencinho de renda. — Você é muito querida. Muito querida. — Fungou e tentou secar as lágrimas e abraçar Stella ao mesmo tempo. — E eu a adoro de paixão. Sempre adorei.

— E eu sempre senti isso. — Também de olhos úmidos, Stella remexeu na mala à procura de um lenço de papel. — Céus, olha para o que fizemos uma à outra.

— Valeu a pena. Às vezes, chorar um pouquinho é tão bom quanto sexo. Meus olhos estão borrados?

— Não. Só um pouquinho... — Stella usou o canto do lenço para limpar uma mancha debaixo do olho de Jolene. — Pronto. Já está limpo.

— Sinto-me maravilhosa. Agora me conte como estão as coisas antes que eu comece outra vez a fungar.

— Em termos de trabalho, não podiam estar melhores. Não podiam mesmo. Estamos quase começando a época alta da primavera, e estou ansiosa. Os meninos estão felizes, fazendo amigos na escola. Na verdade, cá entre nós, acho que Gavin tem uma paixonite por uma loirinha de cabelos cacheados que estuda na turma dele. Chama-se Melissa e ele fica com as orelhas vermelhas quando fala dela.

— Que lindo! Não há nada como a primeira paixão, não é? Lembro-me bem da minha. Estava maluca por aquele rapaz. Tinha a cara cheia de sardas e um cacho de cabelos caído na testa. Quase morri de alegria no dia em que ele me deu um pequeno sapo dentro de uma caixa de sapatos.

— Um sapo.

— Bom, querida, eu tinha oito anos e era uma menina do interior; portanto, olhando bem as coisas, foi uma prenda muito atenciosa. Ele acabou se casando com uma amiga minha. Eu fui ao casamento e tive de usar um vestido cor-de-rosa horroroso, com uma saia tão rodada que podia ter escondido um cavalo lá debaixo e ido para a igreja montada nele. Estava coberto de babados, parecia um bolo de casamento em tamanho gigante.

Fez um gesto com a mão quando Stella soltou uma gargalhada.

— Não sei por que estou falando isso, mas é o tipo de experiência traumática que nunca se esquece, mesmo mais de trinta anos depois. Eles agora vivem do outro lado da cidade. De vez em quando, nós nos encontramos para jantar. Ele ainda tem sardas, mas o cacho desapareceu, juntamente com a maior parte dos cabelos.

— Imagino que você deve conhecer muitas pessoas e a história dessa região, por ter vivido aqui a vida toda.

— Suponho que sim. Não posso ir ao supermercado, de noite ou de dia, sem encontrar meia dúzia de pessoas conhecidas.

— O que você sabe sobre o fantasma Harper?

— Hum. — Jolene tirou um espelhinho e o batom da bolsa e retocou a maquiagem. — Apenas que ele sempre vagueou por lá, pelo menos desde que as pessoas se lembram. Por quê?

— Isso vai parecer uma loucura, especialmente vindo de mim, mas... eu a vi.

— Oh, meu Deus! — exclamou ela, fechando o espelho. — Conte-me tudo.

— Não há muito para contar.

Mas lhe contou o que havia e o que começara a fazer em relação ao assunto.

— Que excitante! É como um detetive. Talvez eu e seu pai possamos ajudar. Você sabe como ele adora brincar com o computador. Stella! — Apertou o braço de Stella. — Aposto que ela foi *assassinada*, esquartejada com um machado ou qualquer coisa, e enterrada numa cova rasa. Ou atirada no rio... aos pedaços. Sempre pensei isso.

— Deixe-me dizer, antes de mais... credo! O fantasma, pelo menos, está inteiro. Além disso, a nossa melhor pista é a antepassada da Roz que morreu ao dar à luz — lembrou Stella.

— Oh, é verdade. — Jolene ficou amuada por um segundo, obviamente desapontada. — Bom, se descobrirem que é ela, será uma história triste, mas nem de longe tão excitante como um homicídio. Conta a história ao seu pai e nós veremos o que poderemos fazer. Ambos temos muito tempo livre. Será divertido.

— Isso é novidade para mim — respondeu Stella. — Parece que ultimamente ando fazendo muitas coisas fora do habitual.

— E alguma delas tem a ver com um homem? Um homem alto, de ombros largos, com um sorriso malandro?

Stella semicerrou os olhos.

— Por que a pergunta?

— Sabe quem é a minha prima em segundo grau, a Lucille? Você já esteve com ela uma vez. Por acaso, ela estava jantando na cidade há umas noites e me disse que viu você no mesmo restaurante com um homem muito bonito. Não foi cumprimentá-la porque estava com o seu último namorado e ele ainda não está completamente divorciado da segunda mulher. Na verdade, não estava completamente divorciado quando começaram a namorar há um ano e meio, mas Lucille é assim.

Jolene fez um gesto com a mão e perguntou:

— Então, quem é o bonitão?

— Logan Kitridge.

— Oh! — exclamou ela, prolongando o som. — Esse é *mesmo* um homem bonitão. Pensei que você não gostava dele.

— E não gostava, achava-o irritante e era difícil trabalhar com ele. Agora estamos nos dando um pouco melhor no trabalho e, não sei bem como, parece que começamos a sair juntos. Tenho tentado concluir se quero mesmo voltar a vê-lo.

— O que há para concluir? Ou quer ou não quer.

— Quero, mas... sei que não devia lhe pedir para me contar fofocas...

Jolene aproximou-se mais dela.

— Querida, se não pode pedir a mim, a quem poderá?

Stella riu e olhou para a casa dos répteis para se certificar de que os filhos não estavam vindo.

— Gostaria de saber, antes de me envolver mais, se ele tem muitas namoradas.

— Você quer saber se ele é mulherengo.

— Suponho que essa seja a palavra certa.

— Eu diria que um homem daqueles se safa quando quer, mas nunca ouvi ninguém dizer "aquele Logan Kitridge é um tarado". Como dizem do filho da minha irmã, o Curtis. A maior parte do que as pessoas, principalmente as mulheres, dizem sobre Logan é como aquela mulher o deixou escapar ou como é que ainda nenhuma mulher mais esperta o caçou. Você está pensando em caçá-lo?

— Não. Não, decididamente não.

— Talvez ele esteja pensando em caçar você.

— Eu diria que estamos ambos sondando o terreno. — Avistou os filhos e o pai. — Lá vêm os caçadores de répteis. Não fale sobre nada disso na frente dos meninos, está bem?

— Você sabe que eu sou um túmulo.

O centro de jardinagem No Jardim abriu às oito, preparando-se para a anunciada abertura da primavera como para uma guerra. Stella havia reunido as tropas e supervisionado com Roz a exposição das mercadorias. Tinham o apoio de recrutas experientes e o campo de combate estava — modéstia à parte — extraordinariamente bem-montado e organizado.

Às dez estavam lotados, com as salas de exposição, as zonas exteriores e as estufas públicas apinhadas de clientes. As caixas registradoras tilintavam como sinos de igreja.

Stella corria de zona para zona, intervindo onde achava que era mais necessária em determinada altura. Respondia a perguntas dos funcionários e dos clientes, reabastecia carrinhos quando os empregados estavam muito ocupados e ajudou inúmeras pessoas a levar suas compras para os carros, picapes ou vans.

Usava o walkie-talkie que trazia preso à cintura como um general.

— Desculpe, você trabalha aqui?

Stella parou e virou-se para uma mulher de calça jeans larga e uma camiseta surrada.

— Sim, minha senhora, trabalho. Chamo-me Stella. Em que posso ajudar?

— Não encontro a columbina, nem a dedaleira, nem... não encontro metade das coisas da minha lista. Está tudo em lugares diferentes.

— Fizemos uma reorganização. Deixe-me ajudá-la a encontrar o que está procurando.

— Já estou com aquele carrinho cheio — disse a mulher, indicando-o com um aceno. — Não quero ter de arrastá-lo pela propriedade toda.

— Vai estar muito ocupada, não vai? — disse Stella em tom jovial. — E que escolhas maravilhosas! Steve? Você se importa de levar esse carrinho para a frente e de colocar nele uma etiqueta em nome de...?

— Sra. Haggerty. — Ela franziu os lábios. — Agradeço muito. Mas não deixe ninguém mexer nele. Passei muito tempo escolhendo essas coisas.

— Claro que não. Como tem passado, sra. Haggerty?

— Muito bem. Como estão os seus pais?

— Bem, obrigado. — Steve pegou a alça do carrinho. — A sra. Haggerty tem um dos jardins mais bonitos do condado — disse a Stella.

— Vou fazer canteiros novos. Cuide do meu carrinho, Steve, ou você vai se ver comigo. Agora, onde diabos está a columbina?

— Por aqui. Deixe-me ir buscar outro carrinho, sra. Haggerty.

Stella agarrou um carrinho pelo caminho.

— É a menina nova que a Rosalind contratou?

— Sim, senhora.

— Do Norte.

— Culpada.

Ela franziu os lábios e olhou em volta com evidentes sinais de irritação.

— Não há dúvida de que mudou tudo.

— Eu sei. Espero que o novo esquema poupe ao cliente tempo e trabalho.

— Não me poupou nem uma coisa nem outra, hoje. Espere aí. — Parou, ajeitando o chapéu de palha enquanto estudava os vasos de milefólio.

— As aquileias estão bonitas e saudáveis, não estão? Dão-se muito bem no calor e têm uma longa época de floração.

— Não faria mal levar algumas coisas para a minha filha, já que estou aqui. — Escolheu três vasos. Enquanto caminhavam, Stella falou sobre as plantas, conseguindo envolver a sra. Haggerty na conversa. Tinham enchido o segundo carro e metade de um terceiro quando chegaram à zona das perenes.

— Tenho de reconhecer que você conhece plantas.

— E eu tenho de retribuir o elogio. E invejo-lhe as horas de jardinagem que tem pela frente.

A sra. Haggerty parou, olhando novamente em volta. Mas dessa vez com uma expressão especulativa.

— Sabe, da maneira como arrumou as coisas, provavelmente comprei o dobro do que havia planejado.

Dessa vez, Stella exibiu um sorriso radiante.
— Sério?
— Espertinha. Isso me agrada. Seu pessoal é todo do Norte?
— Não, na verdade meu pai e a mulher dele vivem em Memphis. São naturais daqui.
— Não me diga? Bem, bem. Passe lá em casa para ver o meu jardim. Roz lhe dirá onde fica.
— Adoraria. Muito obrigada.

Ao meio-dia, Stella calculou já ter andado uns quinze quilômetros.

Às três, desistiu de tentar calcular quantos quilômetros já andara, quantos quilos levantara, a quantas perguntas respondera.

Começou a sonhar com uma demorada ducha fria e um copo de vinho que nunca mais acabasse.

— Isso é uma loucura — disse Hayley, enquanto arrastava os carrinhos vazios da área de estacionamento.

— Quando você fez a última pausa?

— Não se preocupe, tenho passado muito tempo sentada cuidando do balcão e conversando com os clientes. Para dizer a verdade, estava precisando esticar as pernas.

— Vamos fechar dentro de pouco mais de uma hora e as coisas já estão mais calmas. Por que não procura Harper ou um dos empregados e trata do reabastecimento?

— Parece bom. Olhe, não é a picape do Senhor Bom Como o Milho?

Stella olhou e viu a picape de Logan.

— Senhor Bom Como o Milho?

— Quando é apropriado, é apropriado. Vou voltar ao trabalho.

E ela devia fazer o mesmo. Mas ficou vendo Logan manobrar sobre o cascalho, em volta das montanhas formadas por sacas enormes de adubo e terra. Ele saiu por um lado da picape e os seus dois homens pelo outro. Depois de uma breve conversa, atravessou o estacionamento em direção a ela.

E ela foi ao seu encontro.

— Tenho um cliente que se decidiu por aquele adubo de cedro vermelho. Pode dar saída de um quarto de tonelada.

— Que cliente?

— Jameson. Vamos passar pelo armazém e carregá-lo antes de acabarmos por hoje. Trago os papéis para você amanhã.

— Você podia dá-los agora.

— Tenho de fazer as contas. Se perder tempo agora fazendo as contas, não vou conseguir levar o maldito adubo hoje e o cliente não vai ficar nada satisfeito.

Ela limpou a testa com o braço.

— Felizmente para você, hoje não tenho energia para discutir.

— Você tem estado ocupada, já percebi.

— Sem comentários. É fantástico. Aposto que quebramos todos os recordes. Nem sinto os pés. É verdade, estava pensando que gostaria de passar na sua casa, para vê-la.

Os olhos dele fixaram-se nos dela até Stella sentir arrepios de calor no fundo da espinha.

— Você podia fazer isso. Tenho tempo hoje à noite.

— Hoje à noite não posso. Talvez na quarta-feira, depois de fecharmos? Se Roz puder tomar conta dos meninos.

— Quarta-feira está bom para mim. Consegue encontrar o local sozinha?

— Sim, eu chego lá. Por volta das seis e meia?

— Ótimo. Até lá.

Enquanto ele voltava para a picape, Stella deu-se conta de que aquela havia sido a conversa mais estranha que alguma vez tivera sobre sexo.

Naquela noite, depois de os filhos terem jantado e enquanto estavam na sua hora de brincadeiras antes de dormir, Stella tomou um banho demorado. À medida que as dores e a fadiga do dia iam desaparecendo, sua excitação crescia.

"Foi um dia *fantástico*", pensou.

Ainda estava um pouco preocupada com o excesso de mercadoria em algumas áreas e aquilo que considerava insuficiência de mercadoria em outras. Mas, entusiasmada com o sucesso do dia, decidiu não questionar os instintos de cultivadora de Roz.

A julgar pelo dia, uma temporada muito boa estava por vir.

Vestiu o roupão turco, enrolou uma toalha à volta dos cabelos e saiu do banheiro com três passos de dança. E soltou um gritinho agudo ao ver a mulher na entrada do seu quarto.

— Desculpe, desculpe — disse Roz, com uma gargalhada. — Sou de carne e osso.

— Céus! — Com as pernas bambas, Stella deixou-se cair sobre a cama. — Meu *Deus!* Acho que o meu coração parou.

— Tenho aqui uma coisa que talvez coloque-o para trabalhar outra vez. — Roz tirou uma garrafa de champanhe de detrás das costas.

— *Dom Perignon?* Viva, viva! Sim, acho que já tenho pulso.

— Vamos celebrar. Hayley está na sala. E eu vou lhe dar meio copo disso. E nada de sermões.

— Na Europa, as grávidas têm permissão e são mesmo encorajadas a beber um copo de vinho por semana. Estou disposta a fingir que estamos na França se eu tiver direito a um copo cheio.

— Ande logo. Os meninos estão com David. Vão fazer um concurso de videogame.

— Oh! Bom, acho que não faz mal. Ainda falta meia hora para a hora de dormir. Isso é caviar? — perguntou quando entrou na sala.

— Roz diz que não posso comer porque não faz bem ao bebê. — Hayley inclinou-se para a frente e cheirou a bandeja de prata com a tigela de caviar negro e brilhante. — De qualquer maneira, não sei se ia gostar.

— Ótimo. Assim fica mais para mim. Champanhe e caviar. Isso é que é uma patroa!

— Foi um grande dia. Geralmente começo a temporada um pouco melancólica — disse Roz, abrindo a garrafa. — Meus bebês todos me abandonando... Depois, fico muito ocupada para pensar nisso. — Encheu os copos. — E, ao fim do dia, lembro-me de que me meti nisso para vender e ter lucro... fazendo ao mesmo tempo algo de que gosto. Depois venho para casa e começo a me sentir outra vez um pouco melancólica. Mas hoje não.

Distribuiu os copos.

— Posso não dispor dos números, dos fatos e dos dados na ponta da língua, mas sei o que sei. Acabamos de ter o melhor dia de todos os tempos.

— Um aumento de dez por cento em relação ao ano passado. — Stella ergueu o copo num brinde. — Eu, por acaso, tenho os números e os dados na ponta da língua.

— Claro que sim. — Com uma gargalhada, Roz passou o braço pelos ombros de Stella e lhe deu um beijo no rosto, apanhando-a de surpresa. — Naturalmente. Fizeram um trabalho fantástico, as duas. Todo mundo fez. E é justo dizer, Stella, que eu fiz um grande favor a mim própria e ao negócio no dia em que contratei você.

— Uau! — Stella bebeu um gole para desfazer o nó na garganta. — Não vou discutir isso. — Bebeu mais um pouco, deixando o champanhe borbulhar na língua, antes de se atirar ao caviar. — No entanto, por mais que eu quisesse aceitar todo o crédito por esse aumento de dez por cento, não posso. O estoque é fantástico. Você e Harper são cultivadores excepcionais. Aceito o crédito por cinco desses dez por cento.

— Foi divertido — interveio Hayley. — Foi uma loucura na maior parte do tempo, mas divertido. Tanta gente e tanto barulho e tantos carrinhos cheios... Todo mundo parecia feliz. Acho que estar perto de plantas e pensar em levá-las para casa tem esse efeito nas pessoas.

— Um bom serviço aos clientes tem muito a ver com esses rostos felizes. E você — disse Stella, erguendo o copo na direção de Hayley — é a melhor nessa área.

— Temos uma boa equipe — disse Roz, agitando os dedos dos pés descalços. Hoje tinha as unhas pintadas num tom de pêssego-claro. — Vamos fazer uma ronda completa pela manhã, ver quais as áreas em que Harper e eu temos de nos concentrar. — Inclinou-se para a frente e pôs caviar numa torrada. — Mas hoje vamos simplesmente celebrar.

— Este é o melhor emprego que eu já tive. Queria apenas dizer isso. — Hayley olhou para Roz. — E não é só por poder beber champanhe caro e vê-las comendo caviar.

Roz deu-lhe um tapinha no braço.

— Tenho outro assunto para falar. Já contei a David. Dei alguns telefonemas em relação à Alice Harper Doyle, por causa da certidão de óbito. Natchez — disse. — Segundo os registros oficiais, ela morreu em Natchez, na casa onde vivia com o marido e os dois filhos.

— Droga! — Stella olhou de testa franzida para o copo. — Era muito fácil.

— Temos de continuar vasculhando os papéis e tomar nota dos nomes das criadas que estiveram aqui nesse período.

— Um trabalho complicado — respondeu Stella.

— Ei, mas nós somos as maiores — disse Hayley. — Vamos conseguir tratar disso. Além do mais, tenho andado pensando. David disse que a viu dirigir-se aos velhos estábulos, certo? Talvez ela estivesse envolvida com um dos criados da estrebaria. Talvez tenham tido uma discussão, ou algo do gênero, e ele a tenha matado. Talvez tenha sido um acidente, talvez não. Supostamente, as mortes violentas costumam prender os espíritos.

— Homicídio — disse Roz em tom especulativo. — É possível.

— Você parece minha madrasta. Falei com ela sobre o assunto — disse Stella a Roz. — Ela e meu pai estão dispostos a ajudar com as pesquisas, se precisarmos deles. Espero que não haja problema.

— Por mim, nenhum. Pensei que talvez a Noiva Harper se mostrasse a uma de nós, agora que começamos a investigar o seu caso. Talvez tente apontar-nos a direção correta.

— Tive um sonho. — Uma vez que se sentia meio idiota ao falar nisso, Stella encheu o copo de champanhe. — Uma espécie de continuação de outro sonho que tive há algumas semanas. Nenhum deles foi muito claro... ou então eu me esqueci dos pormenores depois de acordar. Mas sei que ambos tinham a ver com um jardim que eu havia plantado e com uma dália azul.

— As dálias podem ser azuis? — perguntou Hayley.

— Podem, embora não seja comum — explicou Roz. — Mas é possível hibridizá-las em tons de azul.

— Essa era diferente de tudo o que eu já vi. Era de um azul... elétrico, intenso. Um azul terrivelmente vivo, e a flor era enorme. E o fantasma estava no sonho. Não a vi, mas consegui senti-la.

— Ei! — Hayley chegou-se para a frente. — Talvez ela se chamasse Dália!

— É uma boa ideia — comentou Roz. — Já que estamos investigando fantasmas, não parece muito rebuscado considerar que um sonho esteja relacionado com o caso, de alguma maneira.

— Talvez. — Stella franziu a testa e bebeu mais um gole. — Eu conseguia ouvi-la, mas não vê-la. Mais ainda, conseguia senti-la, e havia qualquer coisa sombria, assustadora. Ela queria que eu me livrasse da dália. Parecia insistente, zangada, e, não sei como explicar, mas ela estava *lá*. Como é que ela pode estar num sonho?

— Não sei — disse Roz. — Mas não estou gostando disso.

— Nem eu. É muito... íntimo. Ouvi-la dentro da minha cabeça, murmurando... — Estremeceu com a recordação. — Quando acordei, soube que ela estivera ali, no quarto, tal como estivera no meu sonho.

— É assustador — concordou Hayley. — Os sonhos são uma coisa pessoal, só nossa, a menos que queiramos partilhá-los. Você acha que a flor tinha alguma coisa a ver com ela? Não sei por que razão iria querer que você se livrasse dela.

— Quem me dera saber. Poderia ser simbólico. Dos jardins, dos viveiros. Não sei. Mas as dálias estão entre as minhas flores preferidas e ela queria que eu a arrancasse.

— Mais um dado para acrescentar à confusão. — Roz bebeu um longo trago de champanhe. — Vamos esquecer o assunto por hoje, antes de ficarmos malucas. Podemos tentar arranjar algum tempo esta semana para procurar nomes.

— Ah... a princípio tenho planos para quarta-feira, depois do trabalho. Se não se importarem de tomar conta das crianças durante algumas horas.

— Acho que podemos tratar disso entre todos — concordou Roz.

— Mais um encontro com o Senhor Bom Como o Milho?

Com uma gargalhada, Roz comeu mais caviar.

— Presumo que estejam falando do Logan.

— Na versão da Hayley — assentiu Stella. — Vou passar na casa dele. Gostaria de ver o que ele está fazendo com os jardins. — Bebeu mais champanhe. — E, embora isso seja perfeitamente verdade, a principal razão da visita é ir para a cama com ele. Provavelmente. A menos que mude de ideia. Ou ele. Enfim! — Pousou o copo vazio. — É isso.

— Não sei bem o que você quer que nós digamos — disse Roz um instante depois.

— Você está se divertindo? — sugeriu Hayley. Depois olhou para a barriga. — E está tomando cuidado?

— Só estou contando a vocês porque acabariam sabendo, de qualquer maneira, ou desconfiando. Acho melhor não fazer rodeios. E não me parece correto pedir a vocês que tomem conta dos meus filhos enquanto eu... enquanto eu não estou lá, e não ser honesta com vocês.

— A vida é sua, Stella — observou Roz.

— Sim. — Hayley bebeu o resto do seu delicioso champanhe. — Mas eu estou disposta a ouvir os pormenores. Acho que ouvir falar de sexo é o mais perto que estarei da coisa durante os próximos tempos. Portanto, se quiser partilhar...

— Vou tentar não me esquecer disso. Agora é melhor descer e cuidar dos meninos. Obrigada pelo champanhe, Roz.

— Foi merecido.

Enquanto se afastava, Stella ouviu Roz perguntar:

— Senhor Bom Como o Milho? — E as duas mulheres romperam em gargalhadas.

Capítulo Quatorze

Stella não conseguia evitar o sentimento de culpa enquanto corria para casa para se arrumar antes do encontro com Logan. Não, encontro não, corrigiu-se enquanto entrava na banheira. Não era um encontro, a menos que houvesse planos. Era uma visita.

Portanto, já tinham tido uma saída, um encontro e uma visita. Era a relação mais estranha em que já estivera envolvida.

Mas, independentemente de como chamasse, sentia-se culpada. Não seria ela que daria o jantar aos filhos e ouviria as aventuras do seu dia enquanto comiam.

"Não é que tenha de passar todos os meus momentos livres com eles", pensou, enquanto saía do banho. Esse tipo de coisa não lhes fazia bem — nem a ela. Eles não passariam fome, por não ser ela a lhes servir a comida.

Mesmo assim, parecia terrivelmente egoísta da sua parte entregá-los aos cuidados de outra pessoa só para poder estar com um homem.

Para ter intimidades com um homem, se as coisas corressem como ela esperava.

"Desculpem, meninos, hoje a mamãe não vai poder jantar com vocês porque quer ter sexo selvagem."

Céus.

Passou creme no corpo enquanto se debatia entre a excitação e a culpa.

Talvez devesse adiar. Não havia dúvida de que estava se precipitando e isso não era coisa dela. Quando fazia coisas que não eram típicas dela, geralmente cometia erros.

Com trinta e três anos, tinha direito a uma relação física com um homem de quem gostava, um homem que a excitava, um homem com quem, como descobrira, tinha bastante em comum.

Trinta e três. Trinta e quatro em agosto, recordou a si própria com uma careta. Trinta e quatro já não era trinta e poucos. Era trinta e tal. Merda.

Muito bem, não pensaria nisso agora. Tinha de esquecer os números. Diria apenas que era uma mulher adulta. Assim ficava melhor.

"Uma mulher adulta", pensou, enfiando o roupão para se maquiar. Uma mulher adulta e livre. Um homem adulto e livre. Interesses mútuos, um companheirismo razoável. Uma forte atração sexual.

Como uma mulher haveria de pensar como deve ser quando não conseguia parar de imaginar como seria ter as mãos de um homem...

— *Mamãe!*

Olhou para o rosto parcialmente maquiado no espelho.

— Sim?

As pancadas na porta do banheiro pareciam uma rajada de metralhadora.

— Mamãe! Posso entrar? Posso? Mamãe!

Abriu a porta e viu Luke, corado de raiva, com os punhos cerrados ao lado do corpo.

— O que houve?

— Ele está *olhando* para mim.

— Oh, Luke!

— Com aquela cara, mamãe. Com... aquela... *cara*!

Ela conhecia bem aquela cara. Era um sorriso tolo, de olhos semicerrados, que Gavin criara para atormentar o irmão. Stella sabia muito bem que ele a praticava em frente ao espelho.

— Não olhe para ele.

— Se eu não olhar, ele faz aquele barulho.

O barulho era um sopro sibilado que Gavin conseguia manter durante horas, se fosse preciso. Stella tinha certeza de que até o mais experiente agente da CIA fraquejaria sob o poder brutal daquele som.

— Está bem. — Como é que podia preparar-se para sexo se tinha de resolver problemas entre os filhos? Saiu do banheiro, passou pelo quarto dos meninos e entrou na sala do outro lado do corredor, onde tivera a esperança de que os filhos conseguissem passar os vinte minutos que ela demorava se vestindo assistindo, de forma serena, aos desenhos animados.

"Boba", pensou. "Você é mesmo boba."

Gavin estava deitado no chão e olhou para cima quando ela entrou. Seu rosto era o retrato da inocência por baixo dos cabelos dourados.

Na próxima semana deveria levar os meninos para cortar os cabelos, decidiu, fazendo uma nota nos seus arquivos mentais.

Ele tinha um carrinho na mão e estava rodando distraidamente o brinquedo enquanto as personagens dos desenhos animados saltavam na televisão. Havia vários outros carros empilhados, caídos de lado ou de pernas para o ar, como se tivesse havido um acidente horrível. Infelizmente, a pequena ambulância e o carro da polícia pareciam ter-se envolvido numa feia colisão frontal.

Não vinha ajuda a caminho.

— Mãe, você está com a cara franzida.

— Sim, eu sei. Gavin, quero que você pare com isso.

— Não estou fazendo nada.

Ela sentiu, sentiu mesmo, a ameaça de um grito agudo se formando na garganta. "Controle-se", ordenou a si própria. "Controle-se." *Não* ia gritar com os filhos como a mãe gritara com ela.

— Talvez você queira ficar sem fazer nada no seu quarto, sozinho, o restante da noite.

— Eu não estava...

— Gavin! — Stella interrompeu a negação antes que o grito escapasse da sua garganta. Em vez de gritar, falou em tom lento e irritado. — Não olhe para o seu irmão. Não assobie para o seu irmão. Sabe que isso o irrita e é exatamente por isso que o faz, e quero que pare imediatamente.

O ar inocente transformou-se numa expressão amuada, e Gavin atirou o último carro para o monte de veículos acidentados.

— Por que sou sempre eu?

— Sim, por quê? — retorquiu Stella, igualmente exasperada.

— Ele está parecendo um bebê.

— Não sou um bebê! Você é um babaca.

— Luke! — Dividida entre o riso e o choque, Stella virou-se para Luke. — Onde você ouviu essa palavra?

— Sei lá. É um palavrão?

— Sim, e não quero que a repita. — "Mesmo quando for apropriado", pensou, enquanto apanhava Gavin fazendo a tal careta.

— Gavin, posso cancelar os meus planos para esta noite. Você quer que eu faça isso e fique em casa? — Falou num tom calmo, quase doce. — Podemos passar a hora de brincar arrumando o seu quarto.

— Não. — Vencido, enfiou o dedo na pilha de carros. — Eu não vou mais olhar ele.

— Nesse caso, se não se importam, vou acabar de me arrumar.

Enquanto se afastava, ouviu Luke perguntar baixinho a Gavin:

— O que é um babaca?

— Esta noite estão impossíveis de aturar — avisou Stella.

— Não seriam irmãos se não discutissem um com o outro de vez em quando — disse Roz. Olhou para os meninos que, com o cão e Hayley, brincavam no quintal. — Parece estar tudo bem.

— Está em ebulição, como um vulcão. Um deles está somente à espera do momento certo para cair em cima do outro.

— Veremos se conseguimos distraí-los. Se não conseguirmos e eles ficarem descontrolados, eu os acorrentarei em cantos diferentes até você voltar. Ainda tenho as correntes que usava com os meus. Têm valor sentimental.

Stella riu e sentiu-se completamente tranquilizada.

— Está bem. Mas me telefone se eles decidirem se comportar mal. Voltarei para casa na hora de colocá-los na cama.

— Vá e divirta-se. E, se não voltar a tempo, nós cuidaremos de tudo.

— Assim, você está tornando as coisas muito fáceis para mim — disse Stella.

— Não há necessidade de serem difíceis. Sabe ir até casa dele?

— Sei. Essa é a parte fácil.

Entrou no carro, buzinou e acenou. "Eles vão ficar bem", pensou, vendo no espelho retrovisor os filhos rolando no chão com Parker. Não teria conseguido sair de casa se não tivesse certeza disso.

Era mais difícil ter a certeza de que correria tudo bem com ela.

Podia, pelo menos, apreciar o passeio. A brisa do começo de primavera entrava pelas janelas e soprava em seu rosto. As árvores estavam cobertas de folhas novas e verdes, e as olaias e os cornisos silvestres adicionavam-lhes a cor das suas flores.

Passou pelos viveiros e sentiu uma pontada de orgulho e satisfação, porque agora ela também fazia parte de tudo aquilo.

A primavera chegara ao Tennessee e ela estava ali para vivê-la. Com as janelas abertas e o vento soprando em seu rosto, teve a impressão de sentir o cheiro do rio. Apenas um leve vestígio de algo grande e poderoso, em contraste com o perfume doce das magnólias.

"Os contrastes", pensou, "são a norma, ultimamente." A elegância etérea e a força básica da casa que era agora o seu lar, o ar quente que antecipava o início oficial da primavera, enquanto no mundo que deixara para trás as pessoas ainda estavam tirando a neve das calçadas.

E ela, uma mulher cautelosa e de natureza prática, a caminho da cama de um homem que não compreendia completamente.

Nada mais parecia completamente em ordem. Dálias azuis, concluiu. A sua vida, tal como os seus sonhos, tinha grandes dálias azuis crescendo para alterarem o design.

Pelo menos aquela noite, ela iria deixá-las crescer.

Seguiu a curva da estrada, ocupando a mente com os planos para o fluxo de clientes que esperavam no fim de semana.

Embora, admitiu, ninguém tivesse pressa por ali. Ninguém, empregados ou clientes, parecia ter pressa para nada — a não ser ela.

Eles vinham, entravam, passeavam entre as plantas, conversavam, passeavam mais um pouco. Eram atendidos com uma atenção descontraída e mais conversa.

Esse ritmo mais lento, por vezes, dava-lhe vontade de agarrar em qualquer coisa e despachar o serviço. Mas o fato de, muitas vezes, levar o dobro do tempo que devia para atender um cliente — na sua opinião — não parecia incomodar ninguém por ali.

Tinha de recordar a si própria que parte do seu trabalho como gerente consistia em se fundir de forma eficiente com a cultura do negócio que geria.

Mais um contraste.

De qualquer maneira, os planos que estabelecera garantiam que haveria sempre pessoas suficientes para atender os clientes. Ela e Roz já tinham feito mais uma dúzia de vasos de cimento e iriam arrumá-los no dia seguinte. Podia pedir a Hayley que fizesse alguns. Aquela moça tinha olho.

Seu pai e Jolene ficariam com os meninos no sábado e, em relação a *isso*, não podia sentir-se culpada, pois todos os envolvidos estavam excitados com a perspectiva.

Precisava verificar o *estoque* de tabuleiros de plástico e de caixas de embalagem, além de dar uma olhadela nas plantas no campo e...

Seus pensamentos dispersaram-se quando viu a casa. Não podia dizer o que estava à sua espera, mas não era aquilo.

Era maravilhosa.

Precisando de alguns reparos, talvez, um pouco velha, mas linda. Transbordando de potencial.

Dois andares de cedro cinzento, no cimo de uma leve inclinação, com grandes janelas quebrando a uniformidade da madeira antiga. No alpendre largo e coberto — supunha que podia chamar-se uma varanda —, viu uma velha cadeira de balanço, um banco de jardim e uma cadeira de espaldar alto rodeados por vasos e cestos de flores.

Ao lado, havia um terraço, e conseguiu ver um curto lance de escadas que levava a um bonito pátio.

Nele havia mais cadeiras, mais vasos — oh, estava ficando apaixonada — e depois apenas terreno aberto, que se estendia até um encantador bosquezinho de árvores.

Ele estava plantando arbustos — andrômeda japonesa com suas flores em forma de sino já em botão, loureiros com suas folhas brilhantes, a antiquada veigela e um conjunto suntuoso de azaleias prestes a explodirem em flores.

"E é inteligente", pensou ela, aproximando-se lentamente, era muito inteligente e criativo usar flox e flocos-de-neve e zimbros na área mais baixa, para servirem de base aos arbustos e se derramarem sobre o muro.

Ele plantara mais por cima, no pátio — uma magnólia, ainda tenra e jovem, e um corniso com flores cor-de-rosa. No lado oposto, havia uma jovem cerejeira.

Algumas dessas árvores eram as que ele a criticara por ter mudado de lugar quando se conheceram. E o que dizia sobre os seus sentimentos por ele o fato de essa recordação fazê-la sorrir?

Estacionou ao lado da picape dele e estudou o terreno.

Havia estacas, com uma corda fina unindo-as numa espécie de padrão sinuoso, no caminho de acesso ao alpendre. Sim, estava vendo a ideia dele. Um passeio indolente até o alpendre, que ele provavelmente rodearia com arbustos ou árvores anãs. Encantador. Viu uma pilha de pedras e pensou que ele devia estar planejando fazer com elas um jardim. Ali, na orla das árvores, ficaria perfeito.

A casa precisava ser pintada, e algumas das pedras que se erguiam das fundações tinham de ser recolocadas. "Um jardim ali", pensou enquanto saía do carro. Narcisos naturalizados no interior das árvores. E, ao longo da estrada, ela colocaria vegetação rasteira e arbustos e plantaria lírios, talvez algumas íris.

O balanço no alpendre também precisava ser pintado, e devia haver uma mesa ali... e ali. Um banco de jardim ao pé da cerejeira, talvez outro caminho até os fundos. Com lajes, talvez. Ou bonitas alpondras, com musgo ou tomilho rastejante crescendo entre elas.

Controlou-se quando subiu ao alpendre. "Ele deve ter os seus próprios planos", recordou a si própria. Era a casa dele, os planos dele. Por mais que a propriedade a atraísse, não era sua.

Ainda tinha de encontrar a sua.

Respirou fundo, passou os dedos pelos cabelos e bateu.

Esperou durante muito tempo, ou assim lhe pareceu, enquanto torcia a pulseira do relógio entre os dedos. Os nervos começaram a lhe apertar o estômago enquanto aguardava ali, sob a brisa do final da tarde.

Quando ele abriu a porta, Stella teve de forçar um sorriso descontraído. Ele parecia tão másculo. O corpo longo e musculoso estava vestido com uma calça jeans desbotada e uma camiseta branca. Tinha os cabelos despenteados; ela nunca o vira de outra forma. Tinha muito cabelo para estar penteado. E também não lhe ficaria bem.

Estendeu o vaso de dálias que preparara.

— Tenho pensado muito em dálias — disse-lhe. — Espero que tenha lugar para elas.

— Claro que sim. Obrigado. Entre.

— Adorei a casa — começou ela a dizer — e o que você está fazendo com ela. Dei por mim plantando mentalmente...

Calou-se de repente. A porta dava diretamente para aquilo que supôs ser uma sala de estar. Fosse o que fosse, estava completamente vazia. O espaço consistia em paredes nuas, soalhos riscados e uma lareira de tijolos enegrecidos pelo fumo.

— O que você estava dizendo?

— A vista é magnífica. — Era a única coisa que lhe ocorria, e era verdade. As grandes janelas traziam o exterior para dentro de casa. Era uma pena que a parte de dentro fosse tão triste.

— Ainda não estou usando este espaço.

— Nota-se.

— Tenho planos para ele, no futuro, quando tiver tempo e vontade. É melhor irmos para dentro antes que você comece a chorar.

— Estava assim quando você a comprou?

— Por dentro? — Ele encolheu os ombros e passou para um cômodo que poderia ser uma sala de jantar. Também estava vazia, com as paredes cobertas de papel desbotado e se soltando. Stella viu quadrados mais claros onde tempos atrás deviam ter estado quadros.

— Havia um carpete de parede a parede em cima deste soalho de carvalho — disse ele. — Lá em cima havia uma goteira, e os tetos estavam todos manchados. E os cupins tinham causado alguns estragos. Precisei arrancar as paredes no inverno passado.

— O que vai ser aqui?

— Ainda não decidi.

Passaram por mais uma porta e Stella soltou a respiração num assobio.

— Achei que estaríamos mais confortáveis aqui. — Pousou as flores numa bancada de granito amarelo e afastou-se para deixá-la olhar.

Stella não teve dúvidas de que havia a marca dele naquela cozinha. Era essencialmente masculina e forte. Os tons de areia das bancadas condiziam com os mosaicos do chão e eram realçados pelo tom acastanhado mais profundo das paredes. Os armários eram de uma madeira escura, com portas de vidro jateado. Havia especiarias crescendo em vasos de terracota no parapeito largo por cima do lava-louças duplo e uma pequena lareira de pedra em um canto.

A bancada em L oferecia muito espaço para trabalhar, e havia mais espaço para comer na parte diagonal que separava a cozinha de uma zona grande e arejada, onde ele colocara um sofá de couro preto e duas poltronas grandes.

E, melhor do que tudo, ele substituíra a parede dos fundos por vidro. Era possível uma pessoa ali sentada, pensou Stella, sentir-se parte dos jardins que estava criando lá fora. Podia sair para o terraço de lajes e caminhar entre flores e árvores.

— Está maravilhoso. Maravilhoso. Foi você que fez tudo?

Naquele momento, ao ver a expressão sonhadora no rosto dela, Logan teve vontade de lhe dizer que tinha sido ele que juntara a areia para fazer o vidro.

— Em parte. O trabalho acalma no inverno, por isso posso me dedicar ao interior, quando tenho vontade. Conheço pessoas que trabalham bem. Contrato-as ou trocamos serviços. Quer beber alguma coisa?

— Sim, obrigada. O outro cômodo tem de ser a sala de jantar formal, para quando receber pessoas ou der algum jantar. Claro que todo mundo vai acabar aqui. É irresistível.

Voltou para a cozinha e aceitou o copo de vinho que ele lhe ofereceu.

— Vai ficar fabuloso, quando acabar. Único, lindo e acolhedor. Adoro as cores que você escolheu.

— A última mulher que esteve aqui disse que pareciam apagadas.

— Não entendia nada do assunto. — Stella bebeu um gole e balançou a cabeça. — Não, são tons de terra, naturais... o que condiz com você e com o espaço.

Olhou para a bancada, onde havia legumes numa tábua.

— E vejo que você cozinha; portanto, o espaço tem mesmo de condizer com você. Poderia me fazer uma visita guiada rápida, enquanto bebemos o vinho, e depois deixo você voltar ao jantar.

— Não está com fome? O meu atum vai ser desperdiçado, então.

— Oh! — Ela sentiu o estômago às voltas. — Não quis me convidar para jantar. Pensei que...

— Gosta de atum grelhado?

— Sim. Gosto.

— Ótimo. Quer comer antes ou depois?

Ela sentiu o sangue subir-lhe ao rosto e depois desaparecer.

— Ah...

— Antes ou depois da visita guiada?

O humor no seu tom disse a Stella que ele sabia exatamente o que lhe passara pela cabeça.

— Depois. — Ela bebeu um gole de vinho para se recompor. — Depois. Podíamos começar lá por fora, antes que escureça.

Logan levou-a para o terraço, e os nervos dela acalmaram de novo enquanto falavam sobre o terreno e os planos que ele tinha.

Stella estudou o terreno que ele cultivara e acenou enquanto ele lhe falava de hortas, jardins de pedras, jardins de água. E o seu coração suspirou de desejo.

— Vou arranjar uns tijolos holandeses antigos — disse ele. — Conheço um pedreiro que pode me arranjar. Vou pedir-lhe que construa um muro com três lados, aqui, com cerca de dois metros quadrados de área.

— Você vai fazer um jardim murado? Meu Deus, acho que vou chorar. Sempre quis ter um. Não ficaria bem na minha casa do Michigan. Prometi a mim mesma que, quando conseguisse uma casa nova, faria um. Com um pequeno lago e bancos de pedra e cantos secretos.

Girou lentamente sobre si própria. Sabia que já tinha sido investido ali muito trabalho duro e muito suor. E muito mais seria necessário. Um homem capaz de fazer uma coisa daquela, um homem que queria fazer algo assim, era um homem que valia a pena conhecer.

— Invejo-o e admiro-o por cada centímetro desta propriedade. Se precisar de um par de mãos extra, me diga. Tenho saudades de fazer jardinagem só por prazer.

— Se quiser aparecer, traga essas mãos e as crianças que eu consigo trabalho para vocês. — Ao vê-la levantar as sobrancelhas, ele acrescentou: — Os meninos não me incomodam, se é isso que está pensando. E não vale a pena planejar um jardim onde as crianças não sejam bem-vindas.

— Por que você não tem filhos?

— Sempre pensei que já os teria a essa altura. — Ele estendeu a mão e tocou-lhe os cabelos, contente por ela não ter usado grampos. — Mas as coisas nem sempre correm como planejamos.

Caminharam lado a lado em direção à casa.

— As pessoas costumam dizer que o divórcio é como a morte.

— Não acho isso. — Ele balançou a cabeça, caminhando lentamente. — É como um fim. Cometemos um erro e o corrigimos, damos um ponto final e começamos de novo. O erro foi tanto dela quanto meu. Simplesmente só nos demos conta depois de já estarmos casados.

— A maioria dos homens, se lhes derem essa oportunidade, não hesita em falar mal da ex-mulher.

— É um desperdício de energia. Deixamos de nos amar, depois deixamos de gostar um do outro. Isso é o que mais lamento — acrescentou ele, abrindo a grande porta de vidro da cozinha. — Depois deixamos de estar casados, e foi melhor para os dois. Ela ficou onde queria estar, eu voltei para onde queria estar. Perdemos apenas dois anos das nossas vidas e não foi tudo tão ruim.

— Muito sensato. — "Mas o casamento é uma coisa séria", pensou ela. "Talvez a mais séria de todas. O fim de um casamento devia deixar cicatrizes, não devia?"

Ele serviu mais vinho e segurou a mão dela.

— Vou lhe mostrar o resto da casa.

Seus passos ecoaram nos espaços vazios.

— Estou pensando em fazer uma espécie de biblioteca aqui, com um espaço de trabalho. Poderia desenhar as minhas plantas aqui.

— Onde você as desenha agora?

— No quarto, principalmente, ou na cozinha. O que for melhor. Aqui é um banheiro, precisa de uma remodelação completa. As escadas são sólidas, mas têm de ser lixadas e envernizadas.

Conduziu-a para o andar de cima e ela imaginou tinta nas paredes, talvez uma técnica que fundisse os tons de terra e realçasse as tonalidades da madeira.

— Se fosse eu, teria arquivos e listas e recortes e dúzias de fotografias cortadas de revistas. — Olhou para ele de lado. — Imagino que não deve ser o seu caso.

— Tenho ideias, e não me importo de lhes dar algum tempo para fermentarem. Cresci numa fazenda, lembra-se? As fazendas têm casas, e a minha mãe adorava comprar mobílias velhas e restaurá-las. Havia mesas por todo lado... ela tinha uma queda por mesas. Hoje, gosto de ter muito espaço à minha volta.

— O que ela fez com as coisas quando se mudaram? Alguém me disse que seus pais se mudaram para Montana — explicou quando ele lhe lançou um olhar interrogativo.

— Sim, têm uma casinha simpática em Helena. Meu pai vai pescar quase todos os dias, pelo menos é o que a minha mãe diz. E ela levou as suas peças preferidas, encheu uma caminhonete de mudanças. Vendeu algumas coisas, deu outras à minha irmã, impingiu-me algumas.

Tenho tudo armazenado. Um dia desses, tenho de ver bem o que está lá, ver o que posso usar.

— Se fosse ver o que tem, poderia decidir como quer pintar, decorar, arrumar os cômodos. Poderia definir melhor.

— Melhores definições. — Ele se encostou à parede e sorriu.

— O paisagismo e a decoração de interiores têm o mesmo núcleo básico, o uso do espaço, pontos focais, design... e sabe disso muito bem ou não teria feito o que fez na cozinha. Portanto, vou me calar.

— Não me importo de ouvir você falar.

— Bom, já acabei. Qual é a próxima parada da visita?

— Aqui, suponho. Estou usando-o como escritório. — Apontou para uma porta. — Mas acho que você não vai querer vê-lo.

— Eu aguento.

— Mas não sei se eu aguento. — Puxou-a em direção a outra porta. — Vai começar a falar em sistemas de arquivo e caixas de entrada e saída, e isso vai estragar a harmonia. Não vale a pena usar a propriedade como preliminares, se vou quebrar o ambiente mostrando-lhe algo que vai ferir a sua suscetibilidade.

— A propriedade como preliminares?

Ele sorriu e, sem responder, conduziu-a a outra porta.

Era o quarto dele e, tal como a cozinha, os acabamentos refletiam a pessoa que lá dormia. Simples, espaçoso e masculino, com o exterior se fundindo com o interior. O terraço que ela vira ficava do outro lado e, para além dele, a vista era dominada pelo verde primaveril das árvores. As paredes eram de um tom amarelo discreto, realçado pelas madeiras dos rodapés, dos soalhos e dos ângulos do teto, onde três claraboias deixavam entrar a luz do crepúsculo.

A cama era larga. Um homem do tamanho dele devia precisar de espaço na cama, concluiu ela. Para dormir e para sexo. A cabeceira e os pés eram de ferro preto e a colcha, cor de chocolate.

Havia desenhos a lápis emoldurados nas paredes, jardins em preto e branco. Quando se aproximou, viu a assinatura rabiscada no canto inferior.

— Foi você que fez estes desenhos? São lindos.

— Gosto de ter uma imagem visual dos projetos e, às vezes, faço esboços. E alguns não são maus de todo.
— São muito melhores do que isso e você sabe muito bem. — Não conseguia imaginar aquelas mãos grandes e duras desenhando algo tão elegante, tão belo e fresco. — Você é uma surpresa constante, Logan. Um estudo em contrastes. Estava pensando em contrastes pelo caminho, em como as coisas não estão acontecendo como eu pensava que estariam. Como deveriam estar.

Virou-se para ele e apontou para os esboços.
— Mais uma dália azul.
— Desculpe, não entendi. Como a dália do seu sonho?
— Sonhos. Já tive dois, e nenhum deles foi propriamente agradável. Na verdade, estão se tornando positivamente assustadores. Mas giram à volta da dália, tão ousada e bela, tão inesperada. Mas não é o que eu tinha planejado. Não é o que eu tinha imaginado. E isto também não.
— Planejado, imaginado ou não, eu queria ter você aqui.

Ela bebeu mais um gole de vinho.
— E aqui estou eu. — Respirou fundo, lentamente. — Talvez devêssemos falar sobre... o que esperamos e como...

Ele se aproximou e a puxou para si.
— E que tal se plantássemos outra dália azul e simplesmente víssemos o que acontece?

"Poderíamos tentar", pensou ela enquanto a boca dele cobria a sua. O formigueiro na sua barriga espalhou-se e a parte necessitada dentro dela murmurou: "Graças a Deus."

Ficou na ponta dos de pés, como uma bailarina. E, moldando o corpo ao dele, deixou-o tirar o copo de sua mão.

Depois, as mãos dele estavam em seus cabelos, os dedos entrelaçados nele, agarrando-o, e Stella colocou os braços à volta dele.
— Estou tonta — murmurou. — Há qualquer coisa em você que me deixa tonta.

O sangue dele disparou, descarregando uma onda de desejo no seu ventre.
— Nesse caso, é melhor não ficar de pé. — Num gesto rápido, segurou-a no colo. Ela era o tipo de mulher que um homem queria ter

nos braços, pensou. Feminina, delicada, curvilínea e macia. Segurá-la fazia-o sentir-se impossivelmente forte e invulgarmente carinhoso.

— Quero tocar você toda. Depois voltar ao princípio e tocar outra vez. — Quando a levou para a cama, sentiu o corpo dela tremer de forma sexy. — Mesmo quando você me irrita, só me dá mais vontade de colocar as mãos em você.

— Nesse caso, você deve me desejar constantemente.

— É verdade. Seus cabelos me deixam meio louco. — Enterrou o rosto neles enquanto a deitava na cama.

— E a mim também. — Sentiu a pele ganhar vida quando os lábios dele deslizaram pela sua garganta. — Mas provavelmente por razões diferentes.

Ele mordeu a pele sensível, de leve, como um homem provando uma iguaria. E a sensação a percorreu numa torrente de calor.

— Somos adultos — começou.

— Ainda bem.

Ela soltou um riso trêmulo.

— O que eu quero dizer é que nós... — Os dentes dele exploraram a pele da sua garganta e uma neblina deliciosa invadiu-lhe a mente. — Nada.

Ele tocou seu corpo, tal como dissera que queria tocar. Uma carícia longa e suave, dos ombros à ponta dos dedos. Uma passagem lenta sobre os quadris, a sua coxa, como se estivesse saboreando as formas dela tal como saboreara o seu gosto.

Depois beijou-a de novo, um beijo quente e ávido. Os nervos dela explodiram em choques elétricos quando as mãos e os lábios dele a percorreram como se estivesse esfomeado. Suas mãos duras, ásperas nas palmas, acariciaram-lhe o corpo com perícia e desespero.

Tal como ela imaginara. Tal como desejara.

Desejos que ela sufocara implacavelmente ganharam subitamente vida. Deixando-se ir, puxou-lhe a blusa até as suas mãos encontrarem a pele quente e se cravarem nela.

Homem e músculo.

Ele encontrou o seio de Stella, fazendo-a arquear o corpo de prazer enquanto seus dentes a mordiscavam por cima da blusa e do sutiã, agitando-lhe o sangue e fazendo-o correr febrilmente. Tudo dentro dela estava maduro e pronto.

Com os sentidos bem despertos, agarrados um ao outro num torvelinho tenso de prazer, Stella entregou-se aos seus desejos e a ele. E o desejou, desejou aquela promessa de libertação que havia tanto tempo não desejava. Queria, ansiava pelo calor que a percorria, à medida que a carícia possessiva daquelas mãos marcadas pelo trabalho e a pressão exigente daqueles lábios insaciáveis iam eletrizando o seu corpo.

Queria, ansiava por toda aquela agonia palpitante, aquela necessidade que se agitava loucamente dentro dela e aquela liberdade de satisfazê-la.

Ergueu-se com ele, corpo contra corpo, e moveu-se com ele, pele contra pele. E o levou ao delírio com aquela pele sedosa, aquelas curvas maravilhosas. Sob a luz do crepúsculo, ela era mais do que bela, ali deitada sobre a colcha escura — os cabelos brilhantes espalhados, os olhos, da cor de um céu de verão, turvados de prazer.

A paixão irradiava dela, encontrando e igualando-se à dele. E ele queria dar-lhe mais, e receber mais, e simplesmente afogar-se naquilo que davam um ao outro. O cheiro dela o enchia como a sua própria respiração.

Murmurou o nome dela, saboreando-o e explorando-o como se estivem explorando um ao outro. E havia mais, descobriu, mais do que ele esperara.

O coração dela acelerou enquanto aquelas mãos ásperas a guiavam pelos degraus do desejo. Atingiu o cume numa longa e interminável onda de calor apaixonado. Arqueou de novo o corpo, gritando enquanto apertava os braços à volta dele, com o coração disparado.

Sua boca cobriu a dele numa espécie de loucura faminta, enquanto sua mente gritava — mais!

Ele se conteve, apertando-a enquanto ela alcançava o ápice, e a violência da reação dela o fez tremer. Seu coração, sua mente, seu ventre, tudo estava sensível a ponto de doer.

E, quando não aguentou mais, mergulhou nela.

Ela gritou mais uma vez; um som que era ao mesmo tempo de choque e triunfo. E já estava se movendo com ele, movimentando rapidamente os quadris, com as suas mãos segurando seu rosto.

Ela olhou para ele, com aqueles olhos azuis, os lábios sensuais tremendo a cada inspiração, enquanto se erguiam e baixavam juntos.

Em toda a sua vida, ele nunca vira uma flor tão bela.

Quando aqueles olhos se turvaram, quando se fecharam com um gemido soluçado, ele se deixou ir.

Ele era pesado. Muito pesado. Stella ficou imóvel debaixo de Logan e refletiu sobre a maravilha que era estar presa, impotente, debaixo de um homem. Sentia-se livre e sonolenta e totalmente em paz. Imaginou que provavelmente tinha uma bonita luz cor-de-rosa irradiando suavemente dos dedos das mãos e dos pés.

O coração dele ainda batia com força. Que mulher não se sentiria cheia de si e satisfeita sabendo que fizera um homem tão grande e forte ficar sem fôlego?

Indolente como um gato, passou as mãos pelas costas dele.

Ele gemeu e se virou para o lado.

Stella sentiu-se imediatamente exposta e embaraçada. Estendeu a mão para puxar a colcha, para se cobrir, pelo menos, parcialmente. Depois ele fez algo que a deixou paralisada e com o coração aos saltos.

Pegou sua mão e beijou-lhe os dedos.

Não disse nada, absolutamente nada, e ela ficou quieta enquanto tentava acalmar o coração.

— Acho que agora eu deveria lhe oferecer algo para comer — disse ele por fim.

— Ah... eu deveria telefonar para casa e ver se está tudo bem com os meninos.

— Força. — Ele se sentou, dando-lhe uma palmadinha na coxa nua antes de sair da cama e enfiar a calça. — Vou adiantar as coisas na cozinha.

Não se deu ao trabalho de vestir a camisa e dirigiu-se à porta. Depois parou, virou-se e olhou para ela.

— O que foi? — perguntou ela, levantando um braço para cobrir os seios num gesto que esperava que parecesse casual.

— Gosto de ver você assim. Toda despenteada e corada. Sinto vontade de despentear você e fazê-la corar outra vez, assim que tiver oportunidade.

— Oh! — Ela tentou encontrar uma resposta, mas ele já se fora assobiando.

Capítulo Quinze

Ele sabia cozinhar. Com pouca ajuda de Stella, Logan preparara uma refeição de atum delicadamente grelhado, arroz integral com ervas aromáticas e pimentões salteados com cogumelos. Era o tipo de cozinheiro que misturava e adicionava ingredientes a olho, ou por impulso, e parecia gostar de fazer isso.

Os resultados eram maravilhosos.

Stella cozinhava de forma adequada, competente. Media tudo e considerava as refeições apenas mais uma de suas tarefas diárias.

Provavelmente uma boa analogia para aquilo que eles eram, pensou. E mais uma razão para fazer muito pouco sentido estar comendo na cozinha dele ou estar nua na cama dele.

O sexo fora... incrível. Não valia a pena ser desonesta a esse respeito. E, depois de um sexo bom e saudável, ela devia estar se sentindo à vontade, descontraída e confortável. Em vez disso, sentia-se tensa, contraída e embaraçada.

Fora tão intenso e, depois, ele simplesmente saltara da cama e começara a fazer o jantar. Era como se tivessem acabado de jogar uma partida de tênis.

Mas beijara-lhe os dedos, e esse gesto doce e afetuoso atingira-a em cheio no coração.

Era o seu velho problema, o problema de sempre, recordou a si própria. Analisava demais, preocupava-se demais, fazia tudo demais. Mas, se não analisasse uma coisa, como haveria de saber o que era?

— O jantar está bom?

Ela interrompeu seu debate interno e viu que ele a observava com aqueles olhos intensos de felino.

— Está ótimo.

— Você não está comendo muito.

Deliberadamente, ela partiu mais um pedaço de atum.

— Nunca compreendi as pessoas que cozinham como você, como em alguns programas de culinária. Misturando as coisas, uma pitada disso, um borrifo daquilo. Como sabe se é a quantidade certa?

Logan sabia que não era nisso que ela estava pensando, com a boca franzida naquele trejeito sexy.

— Não sei. Geralmente é ou então fica suficientemente diferente para resultar de outra forma.

Talvez não conseguisse entrar na cabeça dela, mas tinha de perceber se o que ela estava pensando tinha a ver com o sexo ou com as ramificações de o terem feito. Mas, por enquanto, jogaria à maneira dela.

— Já que tenho de cozinhar e, se não quero passar todas as noites num restaurante, tenho mesmo de cozinhar, quero apreciar o que estou fazendo. Se for muito disciplinado, acabo ficando irritado.

— E eu, se não for disciplinada em certa medida, começo a ficar nervosa. Estará insosso ou muito salgado? Malpassado, bem-passado demais? Quando colocasse a comida na mesa, estaria com os nervos em frangalhos. — Uma expressão de preocupação passou pelo seu rosto. — Aqui não é o meu lugar, não é?

— Define aqui.

— Aqui, aqui. — Fez um gesto largo com os braços. — Com você, comendo esta refeição deliciosa e inventiva, na sua cozinha maravilhosamente decorada, na sua casa estranhamente encantadora e negligenciada, depois de uma espécie de loucura sexual no seu quarto totalmente masculino.

Ele se recostou e decidiu beber um longo gole de vinho para clarear as ideias. Quando achava que a tinha compreendido, ela parecia sempre conseguir ir mais além.

— Nunca tinha ouvido essa definição de aqui. Deve ser uma coisa do Norte.

— Você sabe o que quero dizer — retorquiu ela. — Isto não é... não é...

— Eficiente? Ordenado? Organizado?

— Não me fale com esse tom conciliador.

— Este não era o meu tom conciliador, era o meu tom exasperado. Qual é o seu problema, ruiva?

— Você me *confunde*.

— Oh! — Ele encolheu os ombros. — É só isso. — E pegou de novo o garfo.

— Você acha que é uma piada?

— Não, mas acho que tenho fome e que não posso fazer grande coisa em relação ao fato de você estar confusa. E não me importo muito de confundir você, pois, caso contrário, você vai começar a fazer listas de coisas por ordem alfabética.

Os olhos azuis semicerraram-se.

— A, é arrogante e aborrecido, B, grosseiro. C...

— C, é do contra e castradora, mas isso já não me incomoda tanto como no princípio. Acho que existe algo interessante entre nós. Nem você nem eu estávamos à procura disso, mas eu consigo aceitá-lo. Você tem de analisar até a exaustão. Diabo me carregue se percebo por que até começo a gostar disso em você.

— Eu estou arriscando mais do que você.

Ele ficou sério.

— Não vou magoar os seus filhos.

— Se eu achasse que você seria capaz de fazer isso, não estaria aqui nesse nível.

— Que "nível"?

— Sexo e jantares.

— Pareceu-me que você lidou melhor com o sexo do que com o jantar.

— Você tem toda a razão. Porque não sei o que você espera de mim agora e não tenho bem certeza do que espero de você.

— E isso é o equivalente, para você, a atirar ingredientes para dentro da panela.

Ela suspirou.

— Pelo visto, você me compreende melhor do que eu a você.

— Não sou muito complicado.

— Oh, por favor. Você é um labirinto, Logan. — Inclinou-se para a frente até conseguir ver os pontinhos dourados dos olhos dele. — Um maldito labirinto sem qualquer padrão geométrico. Profissionalmente, você é um dos paisagistas mais criativos e versáteis com que já trabalhei, mas faz metade dos planos em cima do joelho, com pedacinhos de papel espalhados pela picape ou guardados nos bolsos.

Ele enfiou uma garfada de arroz na boca.

— Isso dá bons resultados para mim.

— Pelo visto, mas não devia resultar para ninguém. Você se dá bem no caos, como esta casa demonstra claramente. Ninguém deveria dar-se bem no caos.

— Espere aí. — Dessa vez ele fez um gesto com o garfo. — Onde está o caos? Não há praticamente nada aqui dentro!

— Precisamente! — exclamou Stella, apontando para ele. — Você tem uma cozinha maravilhosa, um quarto confortável e elegante...

— Elegante? — Uma expressão embaraçada invadiu-lhe o rosto. — Meu Deus...

— E salas vazias. Você devia estar arrancando os cabelos, tentando decidir o que fazer com elas, mas não. Você simplesmente... simplesmente... — Balançou as mãos em círculos. — É preguiçoso.

— Nunca fui preguiçoso em toda a minha vida. Vagaroso, sim, às vezes — respondeu ele. — Mas nunca preguiçoso.

— Como queira. Você entende de vinho e lê revistas em quadrinhos. Que sentido isso faz?

— Muito, se pensar que eu *gosto* de vinho e de revistas em quadrinhos.

— Você foi casado e, pelo visto, dedicado o suficiente para se mudar para longe.

— Que sentido faz casar se não estivermos dispostos a fazer o que deixa a outra pessoa feliz? Ou a tentar, pelo menos.

— Você amava a sua mulher — disse Stella com um aceno. — Mas passou por um divórcio e sobreviveu sem uma cicatriz. As coisas estavam acabadas, é pena, vamos pôr um fim a isso. Você é grosseiro e abrupto num minuto, amável no minuto seguinte. Sabia para o que eu vinha aqui hoje, mas se deu ao trabalho de preparar uma refeição... o que foi cortês e civilizado... pode pôr isso na coluna do C.

— Céus. Ruiva, assim você acaba comigo. Eu avançaria para o D para dizer que é deliciosa, mas neste momento parece mais uma louca.

Apesar de ele estar rindo, Stella estava a mil e não conseguia parar.

— O sexo foi incrível, de balançar as paredes, e depois você saltou da cama como se fizéssemos isso todas as noites há muitos anos. Não consigo acompanhar você.

Quando achou que ela havia acabado de falar, Logan pegou o copo e bebeu, com ar pensativo.

— Vamos ver se consigo encontrar o caminho no meio disso tudo. Apesar de não ter detectado nenhum padrão geométrico.

— Oh, cale-se.

Ele lhe agarrou a mão antes que ela pudesse levantar-se da mesa.

— Não, fique aí sentada. Agora é a minha vez. Se não trabalhasse como trabalho, não conseguiria fazer aquilo que faço e com certeza não gostaria do que faço. Descobri isso no Norte. Meu casamento foi um fracasso. Ninguém gosta de falhar, mas ninguém vive a vida inteira sem fazer uma besteira ou outra. Eu e Rae fizemos bobagens, mas não magoamos ninguém a não ser a nós próprios. Lambemos as feridas e seguimos em frente.

— Mas...

— Espere. Se sou grosseiro e abrupto, é porque me sinto grosseiro e abrupto. Se sou amável, é porque quero ser, ou acho que tenho de ser, em determinados momentos.

Pensou "Oh, que se lixe" e encheu novamente o copo de vinho. Ela mal tocara no seu.

— Qual era a próxima? Oh, sim, a sua presença aqui esta noite. Sim, eu sabia por que você tinha vindo. Não somos adolescentes e você é uma mulher bastante direta, à sua maneira. Queria estar com você e acho que deixei isso bem claro. Você não viria bater na minha porta se não estivesse pronta. Quanto à refeição, há uma ou duas razões para isso. Primeiro, gosto de comer. Segundo, queria que você estivesse aqui. Queria estar com você aqui, assim. Antes, depois, no meio. Da forma que as coisas acontecessem.

Enquanto ele falava, de alguma forma, a irritação dela ia desaparecendo.

— Como é que consegue fazer com que pareça tudo tão natural?

— Ainda não acabei. Apesar de concordar com você na descrição do sexo, oponho-me ao uso da palavra "saltar". Eu não saltei da cama. Levantei-me porque, se tivesse respirado o seu aroma por muito mais tempo, iria pedir para você ficar aqui. Sei que não pode ou não quer. E a verdade é que não sei se também estarei preparado para isso. Se você é o tipo de mulher que precisa de conversa depois do sexo, tipo "Querida, foi fantástico..."

— Não sou. — Algo no tom exasperado dele a fez sorrir. — Sei julgar por mim própria e acabei com você lá em cima.

A mão dele acariciou a dela.

— Se houve alguma destruição, foi mútua.

— Está bem. Destruição mútua. A primeira vez que se está com um homem, e acho que isso é verdade para a maioria das mulheres, é tão enervante quanto excitante. Mais ainda se o que aconteceu entre ambos a tocou de alguma maneira. E você me tocou de alguma maneira, e isso me assusta.

— Direta — comentou ele.

— Direta, em contraste com o seu labirinto. É uma combinação complicada. Oferece muito em que pensar. Lamento ter feito uma tempestade tão grande de tudo isso.

— Ruiva, você nasceu para fazer tempestades de tudo. Isso é até interessante, agora que começo a me habituar.

— Talvez seja verdade, e eu poderia dizer que o fato de você ser muito diferente também é bastante interessante. Mas, agora, vou ajudá-lo a arrumar a cozinha. Depois tenho de ir para casa.

Ele se levantou ao mesmo tempo que ela, depois simplesmente segurou-a pelos ombros e encostou-a na geladeira. Beijou-a loucamente

— o mau humor, as necessidades, a frustração e os desejos acumulados misturavam-se naquele beijo.

— Aqui você tem mais uma coisa em que pensar.

— Sem dúvida.

Roz não se metia na vida das outras pessoas. Não se importava de ouvir mexericos se lhe viessem contar algum, mas não se metia. Não gostava — melhor dizendo, não permitia — que os outros se metessem na sua vida e dispensava-lhes a mesma cortesia.

Portanto, não fez perguntas a Stella. Pensou em várias, mas não as fez.

Observou.

Sua gerente tratou dos negócios com a habitual calma e eficiência. Roz achava que Stella podia estar no meio de um tornado e continuar conduzindo os negócios de forma eficiente.

Uma característica admirável e um tanto assustadora.

Roz passara a sentir um grande afeto por Stella e agora dependia dela, inquestionavelmente, para tratar dos pormenores do negócio, de forma que ela própria pudesse concentrar-se nos deveres e prazeres de cultivar. Adorava os meninos. Era impossível não gostar deles. Eram encantadores e inteligentes, espertos e barulhentos, divertidos e cansativos.

Já estava tão habituada à presença deles, de Stella e de Hayley, que não conseguia imaginar a casa sem eles.

Mas não se intrometeu, nem mesmo quando Stella chegou a casa, depois da sua noite com Logan, com o ar inconfundível de uma mulher muito satisfeita.

Mas também não mandou Hayley calar, nem lhe virou as costas, quando a moça começou a falar a respeito.

— Ela não entra em pormenores — queixou-se Hayley enquanto ela e Roz arrancavam as ervas daninhas de um canteiro. — Gosto quando as pessoas entram em pormenores. Mas me disse que ele cozinhou para ela. Sempre pensei que, quando um homem cozinha, ou está tentando nos apanhar na cama ou está apaixonado.

— Talvez estivesse apenas com fome.

— Um homem, quando tem fome, manda vir uma pizza. Pelo menos, os homens que conheci. Acho que ele está apaixonado. — Fez uma pausa, obviamente à espera de que Roz fizesse um comentário. Quando ela não disse nada, Hayley suspirou. — Então? Vocês se conhecem há muito tempo.

— Há alguns anos. Mas não sei lhe dizer o que vai dentro da cabeça dele. Só posso dizer que nunca cozinhou para mim.

— A mulher dele era horrível?

— Não sei. Não a conheci.

— Gostaria que fosse. Uma autêntica cabra com coração de pedra, que o tivesse destroçado e deixado ferido e ressentido com todas as mulheres. Depois Stella apareceria e o deixaria todo confuso enquanto o curava.

Roz agachou-se sobre os calcanhares e sorriu.

— Você é muito novinha, minha querida.

— Não é preciso ser nova para gostar de romance. Ah... o seu segundo marido era terrível, não era?

— Era... e é... um mentiroso, um vigarista e um ladrão. Tirando isso, é um homem encantador.

— Partiu o seu coração?

— Não. Feriu o meu orgulho e me irritou. O que foi ainda pior, na minha opinião. Mas isso é passado, Hayley. Vou colocar aqui umas *Silene armeria* — continuou. — Têm uma época de floração longa e ficarão bem aqui.

— Desculpe.

— Não é preciso se desculpar.

— É que hoje de manhã esteve aqui uma mulher... sra. Peebles?

— Oh, sim, a Roseanne. — Depois de olhar para o espaço vazio, Roz pegou a pequena pá e começou a remexer a terra na parte da frente do canteiro. — E comprou alguma coisa?

— Andou de um lado para o outro durante mais de uma hora e disse que voltaria em outro momento.

— Típico. O que ela queria? Não eram plantas, com certeza.

— Também percebi isso. Ela é bisbilhoteira, e a curiosidade dela não é aquilo a que se pode chamar uma curiosidade benigna. Vem aqui só pelos mexericos... para os espalhar ou para os recolher. Há pessoas desse estilo em todos os lados.

— Suponho que sim.

— Bom, de qualquer maneira, ela tinha ouvido dizer que eu estava morando aqui e que havia uma ligação familiar; portanto, estava tentando puxar por mim. Não me deixo levar com muita facilidade, mas eu a deixei tentar.

Roz sorriu por baixo da aba do boné enquanto pegava uma planta.

— Ainda bem.

— Acho que o que ela queria mesmo era que eu lhe transmitisse a notícia de que o Bryce Clerk está de novo em Memphis.

As mãos de Roz estremeceram bruscamente, partindo um pedaço do caule.

— Ah, sim? — perguntou baixinho.

— Está vivendo no Peabody, por enquanto, e parece que tem um negócio qualquer em vista. Ela não foi muito específica. Diz que ele pretende se mudar permanentemente para cá e que está à procura de um escritório. Ela diz que ele parece muito próspero.

— Provavelmente caçou outra mulher insensata.

— Você não é insensata, Roz.

— Fui, durante algum tempo. Bom, não me interessa onde ele está nem o que está fazendo. Não me deixo queimar duas vezes com o mesmo fósforo.

Ajeitou a planta e pegou outra.

— O nome comum dessas plantas é amor-perfeito. Sente essas zonas pegajosas nos caules? Servem para apanhar moscas. Mostra que uma coisa tão atraente também pode ser perigosa ou, pelo menos, uma grande chatice.

Encerrou o assunto enquanto se lavava. Não estava preocupada com um patife com quem fora havia tempos suficientemente idiota para se casar. Uma mulher tinha o direito a cometer alguns erros na vida, mesmo que os cometesse por solidão ou tolice ou — tinha de admitir — vaidade.

"Tenho esse direito", pensou Roz, "desde que corrija os erros e não os repita."

Vestiu uma blusa e passou os dedos pelos cabelos úmidos enquanto se olhava ao espelho. Ainda conseguia ser atraente e muito, se se desse a esse trabalho. Se quisesse um homem, conseguia arranjar um homem — e não apenas se ele partisse do princípio de que ela era burra e tinha uma fonte inesgotável de dinheiro. Talvez o que acontecera com Bryce tivesse abalado a sua confiança e autoestima durante algum tempo, mas agora estava bem. Mais do que bem.

Nunca precisara de um homem para preencher a sua vida antes de o conhecer e não precisava de um agora. As coisas estavam novamente como ela gostava delas. Os filhos eram felizes e produtivos, o negócio corria sobre rodas, a casa estava segura. Tinha amigos de quem gostava e conhecidos que tolerava.

E, naquele momento, tinha o interesse acrescido de investigar o fantasma da família.

Escovando mais uma vez os cabelos, desceu para se juntar à equipe na biblioteca. Ouviu baterem à porta quando acabou de descer a escada e fez um desvio para abrir.

— Logan, que boa surpresa!
— Hayley não lhe disse que eu viria?
— Não, mas não importa. Entre.
— Encontrei-a hoje nos viveiros e ela me pediu para passar aqui esta noite, para dar uma ajuda com as pesquisas. Não consegui resistir à ideia de ser um caça-fantasmas.
— Compreendo. — E compreendia. — Acho melhor lhe avisar que a nossa Hayley é uma romântica e, neste momento, está vendo você como um Rochester e Stella como Jane Eyre.
— Oh!

Ela sorriu.

— Stella ainda está com os filhos, colocando-os para dormir. Por que não sobe até a ala oeste? Siga o barulho. Diga a ela que vamos ficar nos entretendo até ela descer.

Afastou-se antes que ele pudesse concordar ou protestar.

Ela não se metia na vida dos outros. Mas isso não queria dizer que não pudesse plantar uma semente de vez em quando.

Logan ficou onde estava durante alguns instantes, tamborilando com os dedos na perna. Ainda fazia isso quando começou a subir as escadas.

Roz estava certa em relação ao barulho. Ouviu os risos e gritos, os pés batendo no chão, mesmo antes de chegar ao topo da escada. Seguindo o ruído, percorreu o corredor e parou junto da porta aberta.

Era obviamente um quarto de meninos. E, apesar de estar muito mais arrumado do que o dele naquela idade, não era estático nem excessivamente organizado. Havia alguns brinquedos espalhados pelo chão, livros e outros objetos em cima da escrivaninha e nas prateleiras. Cheirava a sabonete, xampu, juventude e lápis de cor.

No meio do quarto, Stella estava sentada no chão, fazendo cócegas sem misericórdia em Gavin, que já estava de pijama, enquanto Luke, completamente nu, corria pelo quarto aos gritos imitando uma sirene, com as mãos curvadas à volta da boca.

— Como é que eu me chamo? — inquiriu Stella enquanto fazia o filho mais velho rir descontroladamente.

— Mamãe!

Ela imitou o som de uma buzina e enfiou os dedos nas costelas dele.

— Tente de novo, menino indefeso. Como é que eu me chamo?

— Mamãe, mamãe, mamãe, mamãe, mamãe! — Ele tentou escapar e ela o virou de barriga para baixo.

— Não estou ouvindo.

— Imperatriz — conseguiu ele dizer entre as gargalhadas.

— E? O resto, diga o resto ou as cócegas continuam.

— Imperatriz Magnífica de Todo o Universo!

— E nunca se esqueça disso. — Deu-lhe um beijo no traseiro, por cima da calça de pijama, e endireitou-se. — E agora você, criaturinha baixa com cara de sapo. — Levantou-se, esfregando as mãos, enquanto Luke gritava, deliciado.

E depois recuou, soltando também um grito, quando viu Logan à porta.

— Oh, meu Deus! Quase me matou de susto!

— Desculpe, estava assistindo ao espetáculo. Sua Alteza. Olá, menino. — Acenou para Gavin, que ainda estava deitado no chão. — Que tal isso?

— Ela me derrotou. Agora tenho que ir para a cama, porque é essa a lei do país.

— Assim parece. — Abaixou-se, pegou a calça de um pijama dos X-Men e olhou para Luke com as sobrancelhas erguidas. — É da sua mãe?

Luke soltou uma gargalhada e começou a dançar, nada preocupado com a nudez.

— Não! É minha. Só tenho que vesti-la se ela me apanhar.

Luke tentou fugir para o banheiro e a mãe o apanhou com um só braço.

"É mais forte do que parece", pensou Logan, enquanto ela levantava o filho acima da cabeça.

— Garotinho bobo, nunca conseguirá escapar de mim. — Colocou-o no chão. — Trate de vestir o pijama, e cama. — Olhou para Logan. — Queria alguma coisa...

— Fui convidado para a... para a reunião lá embaixo.

— É uma festa? — quis saber Luke quando Logan lhe estendeu a calça do pijama. — Vai ter biscoitos?

— É uma reunião, uma reunião de adultos, e, se tiver biscoitos — disse Stella, abrindo a cama de Luke —, você poderá comê-los amanhã.

— David faz uns biscoitos muito bons — comentou Gavin. — Melhores do que os da mamãe.

— Se isso não fosse verdade, teria que punir você severamente. — Abriu a cama dele e Gavin sentou-se, sorrindo. Stella empurrou-o carinhosamente para trás.

— Mas você é mais bonita do que ele.

— Muito espertinho. Logan, importa-se de lhes dizer que eu desço já? Vamos só ler um pouquinho.

— Pode ser ele lendo? — pediu Gavin.

— Posso. Qual é o livro?

— Hoje é o *Capitão Cueca*. — Luke pegou no livro e apressou-se a enfiá-lo nas mãos de Logan.

— Então é um super-herói?

Luke arregalou os olhos.

— Não conhece o *Capitão Cueca*?

— Acho que não. — Revirou o livro nas mãos, mas estava olhando para o menino. Nunca lera para crianças antes. Talvez fosse divertido. — Talvez seja melhor eu ler a história para ficar conhecendo-o. Se a Imperatriz não se importar.

— Bem, eu...

— Por favor, mamãe! Por favor!

Ao ouvir o coro de ambos os lados, Stella cedeu com uma estranha sensação no estômago.

— Claro. Vou arrumar o banheiro.

Deixou-os sozinhos enquanto limpava o chão e recolhia os brinquedos do banho, ouvindo a voz profunda de Logan lendo em tom divertido.

Pendurou as toalhas molhadas, arrumou os brinquedos num saco de rede para secarem, limpou o chão. E sentiu o frio envolvendo-a. Um frio duro e cortante que a penetrou até os ossos.

Os seus cremes e loções tombaram em cima do balcão, como se uma mão zangada os tivesse derrubado. O barulho a fez saltar para tentar apanhá-los antes que caíssem no chão.

E cada um era como um cubo de gelo na sua mão.

Ela os vira mexerem-se. Deus do céu, vira-os *mexerem-se*.

Empurrando-os para a parede, dirigiu-se automaticamente para a porta de ligação para proteger os filhos do frio, da fúria que sentia no ar.

Ali estava Logan, sentado na cadeira entre as duas camas, lendo as aventuras patetas do Capitão Cuecas naquela voz lenta e descontraída, enquanto os seus filhos adormeciam, aconchegados nas suas camas.

Stella ficou ali parada, bloqueando o frio, deixando-o bater nas suas costas até Logan acabar de ler, até erguer os olhos para ela.

— Obrigada. — Ficou surpresa com a calma da sua própria voz. — Meninos, digam boa-noite ao Logan.

Entrou no quarto enquanto eles murmuravam os cumprimentos. Ao sentir que o frio não a seguia, pegou o livro e conseguiu sorrir.

— Eu desço já.

— Está bem. Até a próxima, homens.

O interlúdio deixara-o enternecido e descontraído. Ler histórias para crianças era fantástico. Quem haveria de dizer? *Capitão Cueca!*

Não se importaria de voltar a fazê-lo em outro momento, especialmente se conseguisse convencer a mamãe a deixá-lo ler um livro de história em quadrinho para eles.

Gostara de vê-la no chão, lutando com o filho. "Imperatriz Magnífica", pensou com um sorriso.

De repente, ficou sem fôlego. A força do frio foi como uma rajada nas suas costas, envolvendo-o e empurrando-o para a frente.

Cambaleou no alto da escada e sentiu-se tonto com a perspectiva de cair. Agitando os braços, conseguiu agarrar-se ao corrimão e, rodando o corpo, segurou-se também com a outra mão, vendo pontinhos negros à frente dos olhos. Por um instante, temeu simplesmente cair por cima do corrimão, empurrado pelo impulso do seu próprio movimento.

Pelo canto do olho, viu uma silhueta, vaga mas feminina. E, emanando dela, sentiu uma raiva crua e amarga.

Depois ela desapareceu.

Ouviu sua própria respiração ofegante e sentiu o suor frio do pânico nas costas. Apesar de ter as pernas fracas, ficou onde estava, esforçando-se para se recompor até Stella aparecer.

O meio sorriso dela desapareceu assim que o viu.

— O que foi? — perguntou, aproximando-se rapidamente dele. — O que aconteceu?

— Ela... esse fantasma... alguma vez assustou os meninos?

— Não. Exatamente o oposto. Com eles é... reconfortante, até mesmo protetora.

— Está bem. Vamos lá para baixo. — Pegou sua mão com firmeza, preparado para deixá-la em segurança à força se fosse necessário.

— Você está com a mão fria.

— É você quem está dizendo isso.

— Me diga, o que foi?
— Já falamos.

Contou o que acontecera a todos, depois de se sentarem à volta da mesa na biblioteca, com as suas pastas, livros e apontamentos. Enquanto falava, colocou uma boa porção de brandy no café.

— Em todos os anos desde que ela faz parte desta casa — começou Roz —, nunca houve nada que indicasse que ela é uma ameaça. Houve pessoas que se sentiram assustadas ou perturbadas, mas nunca ninguém foi fisicamente atacado.

— Os fantasmas podem atacar fisicamente? — perguntou David.

— Você não precisaria perguntar isso se estivesse no topo da escada comigo.

— Os poltergeists conseguem deslocar objetos — comentou Hayley. — Mas geralmente manifestam-se perto de adolescentes. Tem qualquer coisa a ver com a puberdade. Seja como for, não é isso que está acontecendo. Talvez um antepassado de Logan lhe tenha feito alguma coisa. E ela esteja se vingando.

— Já estive nesta casa dezenas de vezes. Ela nunca me incomodou antes.

— As crianças — disse Stella baixinho, olhando para os seus apontamentos. — Centra-se tudo nelas. Ela é atraída por crianças, principalmente meninos. É protetora em relação a eles. Quase se pode dizer que me inveja por eu tê-los, não de uma forma malévola, mas triste. No entanto, estava zangada na noite em que eu saí para jantar com Logan.

— Você está pondo um homem à frente dos filhos. — Roz ergueu a mão. — Não estou dizendo que é isso que eu penso. Temos de pensar como ela. Já falamos sobre isto, Stella, e tenho refletido sobre o assunto. Os únicos momentos em que me lembro de senti-la zangada foi uma ou outra vez em que saí com algum homem, quando os meus filhos estavam crescendo. Mas nunca senti nada tão direto nem perturbador como isto. Por outro lado, nunca foi nada importante. Nunca senti nada sério por nenhum desses homens.

— Não vejo como ela pode saber o que eu penso ou sinto.

"Os sonhos", pensou Stella. "Ela esteve nos meus sonhos."

— Não sejamos irracionais — interrompeu David. — Vamos seguir esta linha de pensamento até o fim. Digamos que ela acha que as coisas são sérias ou que estão se encaminhando nesse sentido entre você e Logan. É evidente que isso não agrada a ela. As únicas pessoas que se sentiram ameaçadas foram vocês dois. Por quê? Será que isso a deixa zangada? Ou com ciúmes?

— Um fantasma ciumento. — Hayley tamborilou com os dedos na mesa. — Oh, essa é boa. É como se ela sentisse empatia por você por ser mulher, uma mulher sozinha com filhos. Ajuda você a tomar conta deles, até a protege, de certa forma. Mas, assim que entra um homem em cena, ela fica furiosa. É como se não quisesse que você tivesse uma família normal, mãe, pai, filhos, porque ela também não teve.

— Logan e eu dificilmente... Tudo o que ele fez foi ler uma história para eles.

— O tipo de coisa que um pai faria — observou Roz.

— Eu... enquanto ele estava lendo, eu estava arrumando o banheiro. E ela estava lá. Senti-a. Depois, bom, as minhas coisas... as coisas que estão em cima da bancada começaram a saltar. *Eu* saltei.

— Credo — murmurou Hayley.

— Fui à porta e, no quarto dos meninos, estava tudo calmo e normal. Sentia calor à minha frente e um frio cortante atrás de mim. Ela não queria assustá-los. Apenas a mim.

Porém, comprar uma babá eletrônica estava no topo da sua lista. Dali em diante, queria ouvir tudo o que se passava naquele quarto quando os filhos estivessem lá sem ela.

— Esta é uma boa hipótese, Stella, e você é suficientemente inteligente para saber que deveríamos explorá-la. — Roz apoiou as mãos na mesa da biblioteca. — Nada do que encontramos indica que este espírito pertença a uma das mulheres Harper, como se pensou ao longo de todos estes anos. No entanto, alguém a conhecia enquanto foi viva, alguém sabia que ela morreu. Terá o caso sido abafado, ignorado? De uma maneira ou de outra, talvez isso explique a presença dela. Se o caso foi abafado ou ignorado, o mais lógico parece ser que ela tenha sido uma criada ou uma amante.

— Aposto que ela teve um filho. — Hayley pousou a mão na barriga. — Talvez tenha morrido ao dar à luz ou tenha sido obrigada a dar a criança e tenha morrido de desgosto. Deve ter sido um dos homens Harper que a envolveu em problemas, não acham? Por que razão ficaria aqui se não tivesse vivido aqui ou...

— Morrido aqui — terminou Stella. — Reginald Harper era o chefe da família no período em que julgamos que ela morreu. Roz, como poderemos descobrir se ele teve uma amante ou um filho ilegítimo?

CAPÍTULO DEZESSEIS

Logan estivera apaixonado duas vezes em toda a sua vida. Sentira desejo várias vezes. Sentira fortes interesses, mas o amor só o apanhara duas vezes. A primeira, no final da adolescência, quando tanto ele como a moça dos seus sonhos eram jovens demais para lidar com o sentimento.

Tinham-se consumido mutuamente e ao amor que sentiam com paixão, ciúmes e uma espécie de energia louca. Conseguia agora olhar para trás e pensar em Lisa Anne Lauer com afeto e uma doce nostalgia.

Depois houvera Rae. Ele era um pouco mais velho, um pouco mais vivido. Não se haviam precipitado, esperando dois anos antes de casarem. Ambos o desejavam, apesar de algumas pessoas que o conheciam terem ficado surpresas, não só com o noivado, mas com o fato de ele ter concordado em se mudar para o Norte com ela.

Mas Logan não ficara surpreso. Amava-a, e o Norte era onde ela queria estar. "Precisava estar", corrigiu-se, e ele pensara, afinal ingenuamente, que conseguiria viver em qualquer lugar.

Deixara os planos do casamento nas mãos de Rae e da mãe dela, com alguma participação sua. Não era maluco. Mas gostara do grande casamento, espalhafatoso e cheio de gente, com toda a sua pompa.

Conseguira um bom emprego no Norte. Pelo menos em tese. Mas sentia-se inquieto e insatisfeito naquela colmeia e deslocado na agitação urbana.

"Um rapaz do campo", pensou, enquanto ele e a sua equipe acabavam de colocar as tábuas tratadas no telhado de um caramanchão de três metros e meio. Estava muito ligado ao campo, às cidades pequenas, para conseguir adaptar-se a uma paisagem urbana.

Não se dera bem lá, nem ele nem o seu casamento. No início, foram apenas pequenas coisas, coisas mesquinhas — em retrospectiva, coisas com que deviam ter sabido lidar, fazendo concessões, superando. Em vez disso, ambos haviam deixado essas pequenas coisas fermentarem e crescerem até os afastar — não apenas afastar, mas empurrar em direções opostas.

Ela estava no seu elemento, ele não. No fundo, sentia-se infeliz, e ela se sentia infeliz por ele não estar se adaptando. Tal como qualquer doença, a infelicidade se espalha até as raízes quando não é tratada.

A culpa não fora apenas dela. Nem dele. No fim, tinham sido suficientemente inteligentes, ou suficientemente infelizes, para desistir antes que as coisas piorassem.

O fracasso magoara, e a perda daquele amor há tempos promissor magoara. Stella estava errada quando falava em ausência de cicatrizes. Simplesmente havia cicatrizes com as quais era preciso aprender a conviver.

O cliente queria glicínias no caramanchão. Deu instruções à sua equipe sobre o local onde as plantar e dirigiu-se ao pequeno lago onde o cliente queria plantas aquáticas.

Sentia-se melancólico e, quando estava assim, gostava de trabalhar sozinho tanto quanto possível. Tinha os juncos em vasos e, arrastando as botas, entrou na água para afundá-los. Se os deixasse à vontade, os juncos se espalhariam e abafariam todo o resto, mas em vasos dariam um belo efeito bucólico ao lago. Tratou de três nenúfares da mesma forma, depois enterrou os lírios amarelos. Eles gostavam de estar perto da água e fariam dançar a sua cor na beira do lago.

O trabalho satisfazia-o, centrava-o, como sempre. Deixava uma parte da sua mente livre para lidar com outros problemas. Ou, pelo menos, para refletir sobre eles.

Talvez pusesse um pequeno lago no jardim murado que pensava em construir em sua casa. Mas sem juncos. Talvez experimentasse alguns nenúfares e lírios-do-brejo como planta de fundo. Parecia-lhe mais o tipo de coisa de que Stella gostaria.

Apaixonara-se duas vezes antes, pensou Logan de novo. E agora conseguia sentir as delicadas raízes dentro dele à procura de um lugar onde crescer. Provavelmente conseguiria cortá-las. Provavelmente. Talvez devesse fazê-lo.

O que iria fazer com uma mulher como Stella e com aqueles dois meninos terrivelmente queridos? Inevitavelmente, a longo prazo, iriam brigar muito, com as suas abordagens diferentes a praticamente tudo. Duvidava que se consumissem um ao outro, mas, céus, quando a tivera na cama sentira-se sem dúvida chamuscado. Mas podiam murchar, como ele e Rae haviam murchado. E sabia que isso era ainda mais doloroso, mais terrível, do que consumir-se rapidamente.

Dessa vez tinha de pensar também nas crianças.

Não fora por isso que o fantasma lhe dera um bom pontapé na traseira? Era difícil acreditar que estava ali, suando no ar abafado sob o céu encoberto, e pensando no seu encontro com um fantasma. Sempre se julgara uma pessoa de espírito aberto em relação a essas coisas — até estar frente a frente, por assim dizer, com elas.

Na verdade, apercebeu-se Logan enquanto levava o adubo para espalhar na beira do lago, que nunca acreditara nessas histórias de fantasmas. Para ele, sempre tinham sido apenas lendas ou invenções. As casas antigas tinham de ter fantasmas porque isso dava uma boa história, e ali, no Sul, todo mundo adorava uma boa história. Aceitara isso como parte da cultura e talvez, de alguma forma estranha, como algo que podia acontecer às outras pessoas. Principalmente se as outras pessoas estivessem um pouco embriagadas ou fossem muito suscetíveis à atmosfera.

Mas ele não estava embriagado nem era suscetível. No entanto, sentira a respiração dela, o gelo da sua respiração e o poder da sua raiva. Ela quisera fazer-lhe mal, quisera afastá-lo. Daquelas crianças e da mãe das crianças.

Assim, dedicava-se agora a descobrir a identidade do fantasma que assombrava aqueles corredores.

Mas parte dele perguntava-se se ela não estaria certa. Não seria melhor para todos se ele se afastasse?

O celular que trazia no cinto tocou. Uma vez que estava quase terminando o trabalho, atendeu em vez de ignorá-lo, tirando as luvas imundas antes de soltar o telefone do cinto.

— Kitridge.

— Logan, é Stella.

O coração deu um salto em seu peito, o que o irritou.

— Sim, os malditos formulários estão na picape.

— Quais formulários?

— Sei lá, aqueles por que você me telefonou para me chatear.

— Por acaso, não estou ligando para chatear você por nada. — A voz dela adquiriu um tom seco e profissional, o que fez com que o coração de Logan voltasse a saltar e a irritação aumentasse.

— Bom, também não tenho tempo para bater papo. Estou trabalhando.

— Ainda bem, porque queria marcar uma consulta. Tenho uma cliente que gostaria que você fosse fazer uma consulta no local. Ela está aqui, portanto, se você me der uma ideia dos seus planos para hoje, digo-lhe já se você poderá se encontrar com ela e quando.

— Onde?

Stella deu-lhe um endereço que ficava a vinte minutos de onde ele se encontrava. Olhou à sua volta, fazendo cálculos de cabeça.

— Às duas horas.

— Muito bem. Vou dizer a ela. A cliente se chama Marsha Fields. Precisa de mais alguma informação?

— Não.

— Ótimo.

Ouviu o estalido do outro lado da linha e ficou ainda mais irritado por não ter desligado primeiro.

Quando Logan chegou em casa naquela noite, estava cansado, suado e mais bem-disposto. O trabalho físico geralmente fazia-lhe bem, e naquele dia trabalhara muito. Trabalhara com o tempo abafado e, depois, com uma breve tempestade de primavera. Ele e a sua equipe haviam parado para almoçar quando o tempo piorara e tinham ficado sentados na picape quente, com a chuva chicoteando as janelas, enquanto comiam sanduíches e bebiam chá doce.

O trabalho de Marsha Fields tinha fortes possibilidades. Ela era uma mulher decidida e tinha ideias muito específicas. Uma vez que gostava e concordava com a maioria delas, Logan estava ansioso por colocá-las no papel, para as desenvolver ou refinar.

E, uma vez que Marsha tinha uma prima por parte de mãe que era prima em segundo grau de Logan pelo lado de pai, a consulta demorara mais do que seria normal e decorrera de forma jovial.

Também não fazia mal algum o fato de ela estar prestes a lhe dar mais trabalho.

Fez a última curva antes de chegar em casa num estado de espírito animado, que ficou consideravelmente mais sombrio quando viu o carro de Stella estacionado atrás do seu.

Não queria vê-la naquele momento. Ainda não tinha as coisas claras na sua cabeça e ela iria apenas acabar com progressos que ele tinha feito. Queria uma ducha e uma cerveja, um pouco de silêncio. Depois queria jantar, com a televisão num canal de esportes e o trabalho espalhado na mesa da cozinha.

Não havia espaço naquele cenário para uma mulher.

Estacionou, firmemente decidido a mandá-la embora. Ela não estava no carro nem no alpendre. Tentou perceber se o fato de ter ido para a cama com ele a faria achar que tinha o direito de entrar em sua casa quando ele não estivesse lá. Concluiu que não, pelo menos no caso de Stella, e nesse momento ouviu barulho de mangueira no jardim.

Enfiou as mãos nos bolsos e contornou a casa.

Ela estava no pátio, vestindo calça cinzenta justa — daquela por cima dos tornozelos — e uma blusa azul larga. Tinha os cabelos presos num rabo de cavalo brilhante e encaracolado que, por razões que ele não conseguia explicar, lhe pareceu desesperadamente sexy.

Uma vez que o sol começara a espreitar entre as nuvens, protegera os olhos com óculos escuros.

Estava simples e bem-arrumada e trabalhava com o cuidado de não molhar os mocassins cinzentos.

— Hoje choveu — disse ele.

Ela continuou a regar os vasos.

— Não o suficiente.

Acabou o que estava fazendo, mas continuou com a mangueira na mão quando se virou para ele.

— Compreendo que você tem o seu próprio estilo e os seus estados de espírito, e isso é problema seu. Mas não admito que fale comigo como falou hoje. Recuso-me a ser tratada como uma idiota que telefona para o namorado no meio de um dia de trabalho para dizer bobagens ou como uma colega de trabalho paranoica que o interrompe para aborrecê-lo com pormenores. Não sou uma coisa nem outra.

— Não é minha namorada ou minha colega?

Viu perfeitamente os maxilares dela se contraírem quando cerrou os dentes.

— Se e quando eu contatar você durante o trabalho, será por uma boa razão. Como era esta manhã.

Ela tinha razão, mas ele não precisava admitir.

— Conseguimos o trabalho.

— Viva!

Ele mordeu a bochecha para conter um sorriso ao ouvir o tom azedo da voz dela.

— Vou trabalhar no design com base numa proposta dela. Você receberá uma cópia de ambas as coisas. Está bem assim?

— Está. O que não está...

— Onde estão os meninos?

A pergunta apanhou-a desprevenida.

— Meu pai e a mulher dele foram buscá-los na escola. Vão jantar com eles e passar lá a noite, porque eu tenho uma aula de preparação para o parto com Hayley.

— A que horas?

— A que horas o quê?

— A aula.
— Às oito e meia. Não vim para bater boca, Logan, nem para ser apaziguada. Acho mesmo que... — Arregalou os olhos, depois semicerrou-os e recuou. Ele dera um passo à frente, e as intenções por trás daquele sorriso lento eram inconfundíveis.
— Nem pense nisso. Eu não poderia estar menos interessada em beijar você neste momento.
— Nesse caso, vou beijar você, talvez consiga despertar o seu interesse.
— Estou falando sério. — Apontou-lhe a mangueira como se fosse uma arma. — Não se aproxime mais. Quero deixar bem claro o que tenho para lhe dizer.
— Estou captando a mensagem. Vá, dispare — convidou. — Cansei de suar hoje, não me importo nem um pouco de levar um banho.
— Pare! — Ela recuou vários passos enquanto ele avançava. — Isso não é uma brincadeira, não é uma piada.
— Você só consegue me excitar mais quando fala nesse tom.
— Não estou falando em tom nenhum.
— Professora ianque. Vou sentir pena se você perder esse sotaque. — Tentou agarrá-la e, instintivamente, Stella apertou a mangueira. E acertou-o em cheio.
A água o atingiu bem no peito e Stella não conseguiu conter uma gargalhada.
— Não vou brincar com você agora. Estou falando sério, Logan.
Ensopado, ele tentou agarrá-la de novo enquanto se desviava para a esquerda. Dessa vez ela soltou um grito, largou a mangueira e fugiu.
Ele a apanhou pela cintura no fundo do pátio e levantou-a no ar. Indecisa entre o choque e a incredulidade, ela esperneou, torceu-se e depois perdeu o fôlego quando aterrissou sobre o gramado, por cima dele.
— Me largue, seu idiota.
— Não sei por quê. — Céus, era bom estar na horizontal. Melhor ainda tê-la na horizontal com ele. — Aqui está você, invadindo a minha propriedade, regando os meus vasos, dando-me sermões. — Rebolou e prendeu-a debaixo de si. — Devia poder fazer o que quisesse na minha propriedade.
— Pare com isso. Ainda não acabei de discutir com você.

— Aposto que consegue recomeçar de onde parou. — Mordeu-lhe o queixo de leve.

— Você está molhado, está todo suado e eu estou ficando com manchas de grama no...

O restante das palavras foi abafado pela boca de Logan, e Stella seria capaz de jurar que a água nos corpos de ambos havia se transformado em vapor.

— Não posso... não podemos... — Mas as razões estavam se tornando indistintas. — No quintal.

— Quer apostar?

Ele não conseguia deixar de desejá-la, então por que tentar? Queria a sua parte sólida e sensível e a parte doce e suave. Queria a mulher obcecada por formulários que era capaz de lutar no chão com os filhos. Queria a mulher que lhe regava os vasos enquanto o esfolava com palavras.

E aquela que vibrava debaixo dele sobre a grama quando a tocava.

Tocou-a com mãos exigentes que lhe moldaram os seios, lhe percorreram o corpo até os quadris. Saboreou-a com lábios esfomeados na sua garganta, no ombro, no seio.

Ela se derreteu debaixo dele e, ao mesmo tempo, o calor e o movimento pareciam dar-lhe vida.

Era uma loucura. Era imprudente e disparatado, mas não conseguia controlar-se. Rebolaram sobre a grama, como dois cachorrinhos frenéticos. Ele cheirava a suor, trabalho e umidade. E, céus, a homem. Um aroma pungente, delicioso e sexy.

Stella fechou os dedos sobre os cabelos ondulados, com madeixas mais claras do sol, e puxou a boca dele para a sua.

Mordiscou-lhe o lábio, a língua.

— O seu cinto... — Teve de se esforçar para conseguir falar. — Está me machucando...

— Desculpe.

Ele se levantou para o desapertar, depois parou para olhar para ela.

Os cabelos soltaram-se do elástico; seus olhos estavam ardentes, a pele corada. E Logan sentiu as raízes enterrarem-se no seu coração.

— Stella.

Não sabia o que poderia ter dito. As palavras eram um turbilhão em seu cérebro, misturadas com tantos sentimentos que não conseguia traduzi-los.

Mas ela sorriu, um sorriso lento e ardente como seu olhar.

— Deixe-me dar-lhe uma ajuda com isso.

Abriu-lhe o botão da calça, puxou o fecho. Sua mão fechou-se sobre ele, um torno de veludo. O corpo dele estava duro como aço, a sua mente e o seu coração indefesos.

Ela arqueou o corpo ao encontro do dele, roçando os lábios no seu peito nu, traçando com os dentes uma linha escaldante, apenas a um murmúrio da dor.

Depois estava em cima dele, destruindo-o. Rodeando-o.

Stella ouviu os pássaros e a brisa, sentiu o cheiro da grama e da pele úmida. E de maria-sem-vergonha, que pairava no ar do vaso que ela acabara de regar. Sentiu os músculos tensos dele, os ombros largos, as ondas surpreendentemente macias dos seus cabelos.

Quando olhou para baixo, viu que ele estava perdido nela.

Atirando a cabeça para trás, moveu-se até estar também perdida.

Estava deitada em cima dele, suada, nua e meio atordoada. Parte do seu cérebro deu-se conta de que ele tinha os braços apertados à volta dela como se fossem dois sobreviventes de um naufrágio.

Virou a cabeça e encostou a face no peito dele. Talvez tivessem naufragado um no outro. E ela acabara de fazer amor com um homem em plena luz do dia, no quintal.

— Isto é uma loucura — murmurou, mas sem conseguir mexer-se.

— E se tivesse aparecido alguém?

— Quem aparece sem ser convidado não pode reclamar.

Seu tom era arrastado e indolente, em contraste com a força com que a segurava. Ela levantou a cabeça para olhar para ele. Seus olhos estavam fechados.

— E há alguma razão para reclamar?

Ele sorriu levemente.

— Pessoalmente, não tenho nada a dizer.

— Sinto-me como se tivesse dezesseis anos. Droga, nem aos dezesseis anos fiz nada como isto! Preciso da minha sanidade. Preciso da minha roupa.

— Espere. — Ele a afastou para o lado e levantou-se.

Era evidente que não o preocupava nada andar de um lado para o outro nu como viera ao mundo.

— Vim aqui para falar com você, Logan. Sério.

— Você veio para discutir comigo — corrigiu ele. — Sério. E estava se saindo muito bem.

— Ainda não tinha acabado. — Virou-se e apanhou o elástico. — Mas vou acabar assim que me vestir e...

Gritou como uma mulher grita quando está sendo assassinada com uma faca de cozinha.

Depois o grito transformou-se num gorgolejo quando a água da mangueira que ele virara para ela lhe escorreu para a boca.

— Pensei que estávamos ambos precisando de algo para arrefecermos.

Não era pura e simplesmente coisa dela, mesmo naquelas circunstâncias, correr nua sobre a relva. Em vez disso, enrolou-se sobre si própria, com os joelhos encostados ao peito e os braços à volta das pernas, e amaldiçoou-o com veemência e criatividade.

Ele riu até lhe doer a barriga.

— Onde é que uma menina decente como você aprendeu essas palavras? Como é que posso voltar a beijar essa boca?

Ela o apunhalou com o olhar enquanto ele colocava a mangueira por cima da cabeça e tomava uma ducha improvisada.

— Sabe bem. Quer uma cerveja?

— Não, não quero uma cerveja. Com certeza, não quero a droga de uma cerveja. Quero uma toalha, seu idiota maluco, agora a minha roupa está toda molhada.

— Podemos colocá-la na máquina de secar. — Ele largou a mangueira e apanhou a roupa. — Vamos lá para dentro, vou pegar uma toalha para você.

Uma vez que ele atravessara o pátio em direção à porta, ainda nu e despreocupado, ela não teve outra escolha senão segui-lo.

— Você tem um roupão? — perguntou em tom frio e irado.

— Para que eu iria querer um roupão? Espere, ruiva.

Deixou-a na cozinha pingando e tremendo.

Voltou poucos minutos depois, vestindo uma calça de moletom velha e com duas toalhas de banho na mão.

— Devem servir. Seque-se, enquanto eu ponho a sua roupa para secar.

Pegou a roupa e dirigiu-se a uma porta. "A sala das máquinas", pensou ela, enquanto se enrolava numa das toalhas. Usou a outra para secar os cabelos — que agora ficariam indomáveis, absolutamente indomáveis — enquanto ouvia Logan ligar o secador de roupas.

— Quer um copo de vinho? — perguntou ele quando tornou a aparecer. — Um café, qualquer coisa?

— Veja bem...

— Ruiva, juro que já tive de ouvir você mais do que a qualquer outra mulher, que eu me lembre, em toda a minha vida. Não consigo entender por que diabos parece que estou me apaixonando por você.

— Não gosto de ser... Desculpe?

— Foi o cabelo que começou tudo. — Ele abriu a geladeira e tirou uma cerveja. — Mas isso era apenas atração. Depois a voz. — Abriu a garrafa e bebeu um longo trago. — Mas isso é apenas espírito de contradição da minha parte. Foi uma série de pequenas coisas, com uma série de coisas importantes acrescidas. Não sei exatamente o que é, mas, sempre que estou perto de você, fico mais perto do precipício.

— Eu... você... acha que está se apaixonando por mim e a sua maneira de demonstrar é me atirar no chão e agir como um viciado em sexo, e depois me encharcar com uma mangueira quando acaba?

Ele bebeu mais um gole, lentamente, com ar mais pensativo, e esfregou a mão no peito nu.

— Pareceu-me a melhor coisa a fazer, no momento.

— Bom, muito romântico.

— Não estava pensando em romantismo. Eu não disse que queria estar apaixonado por você. Na verdade, pensar nisso me deixou mal-humorado durante a maior parte do dia.

Ela semicerrou os olhos até o azul parecer uma luz intensa.

— Ah, sim?

— Mas agora já estou me sentindo melhor.

— Oh, muito bem. Maravilhoso. Me dê a minha roupa.

— Ainda não está seca.

— Não quero saber.

— As pessoas do Norte estão sempre com pressa. — Encostou-se descontraidamente na bancada. — Hoje pensei em outra coisa.

— Também não quero saber.

— A outra coisa foi que só estive apaixonado... a sério... duas vezes antes. E de ambas as vezes... bom, não vou ser delicado. Ambas as vezes foram uma merda. É possível que isto caminhe no mesmo sentido.

— É possível que já esteja lá.

— Não. — Ele sorriu. — Você está irritada e assustada. Eu não sou aquilo que procurava.

— Não andava à procura de nada.

— Nem eu. — Pousou a cerveja, depois acabou com o mau humor dela quando se aproximou e lhe segurou o rosto nas mãos. — Talvez eu consiga parar aquilo que está acontecendo dentro de mim. Talvez deva tentar. Mas olho para você, toco em você, e o precipício não fica somente mais perto, ela fica mais tentador.

Encostou os lábios na testa dela, depois soltou-a e recuou.

— Sempre que julgo ter percebido uma parte de você, você faz qualquer coisa em outra direção — disse Stella. — Eu só estive apaixonada uma vez... a sério... e foi tudo o que eu queria. Ainda não percebi o que quero agora, para além do que já tenho. Não sei, Logan, se tenho coragem de me aproximar outra vez desse precipício.

— Se as coisas continuarem como estão para mim, se você não se aproximar bem, serei capaz de ter que empurrar você.

— Não sou fácil de empurrar, Logan. — Agora foi ela que se aproximou dele e pegou sua mão. — Estou muito emocionada por você ter dito isso, muito sensibilizada por você poder sentir isso por mim. Mas preciso de um tempo para entender o que está se passando aqui dentro.

— Eu seria capaz de ajudar — arrematou ele após um momento — se você conseguisse fazer um esforço para me acompanhar.

A sua roupa estava seca mas terrivelmente amarrotada, os cabelos ondulados e, na opinião de Stella, quase com o dobro do volume.

Saiu do carro correndo, mortificada ao ver Hayley e Roz sentadas no alpendre bebendo qualquer coisa em copos altos.

— Vou só mudar de roupa — disse. — Não me demoro.

— Temos tempo — respondeu Hayley, e franziu os lábios quando Stella entrou em casa correndo. — Sabe o que significa quando uma mulher aparece com a roupa toda amarrotada e manchas de grama na traseira da calça?

— Presumo que ela passou na casa de Logan.

— Transa ao ar livre.

Roz engasgou-se com o chá e começou a rir.

— Hayley! Meu Deus.

— Alguma vez você fez sexo ao ar livre?

Roz suspirou.

— Num passado muito remoto.

Stella era suficientemente perspicaz para saber que elas estavam falando dela. Assim, não era somente o seu rosto que estava corado enquanto corria para o quarto, mas todo o corpo. Despiu-se rapidamente e atirou a roupa no cesto de roupa suja.

— Não tenho razão para estar sem graça — murmurou para si própria enquanto abria o roupeiro. — Absolutamente nenhuma. — Pegou um conjunto de lingerie lavada e sentiu-se melhor depois de vesti-lo.

E, quando estendeu a mão para a blusa, sentiu o frio.

Preparou-se, meio à espera de ver, dessa vez, uma jarra ou um abajur voar em sua direção.

Mas reuniu toda a sua coragem, virou-se e viu a Noiva Harper. Claramente, pela primeira vez, claramente, apesar de a luz fraca passar por ela como se fosse feita de fumo. Mas viu o seu rosto, a sua forma, os cachos claros, os olhos desesperados.

A Noiva estava à porta que ligava o quarto de Stella ao banheiro e ao quarto dos filhos.

Mas não foi raiva que Stella viu em seu rosto. Não foi desaprovação que sentiu vibrando no ar. Foi uma dor absoluta e terrível.

O seu medo transformou-se em piedade.

— Gostaria de poder ajudar você. Quero ajudar. — Com a blusa encostada aos seios, Stella deu um passo hesitante. — Quem me dera saber quem você é, o que lhe aconteceu. Por que motivo está tão triste.

A mulher virou a cabeça e olhou com olhos tristes para o quarto atrás dela.

— Eles não foram embora — disse Stella. — Nunca os deixaria partir. São a minha vida. Estão com o meu pai e a mulher dele... com os avós. Um dia de festa para eles, mais nada. Uma noite para serem mimados e mal habituados e para tomarem muito sorvete. Voltarão amanhã.

Deu um segundo passo, cautelosamente, com a garganta seca.

— Eles adoram estar com o meu pai e com a Jolene. Mas fica tudo tão silencioso quando não estão aqui, não é?

Deus do céu, estava falando com um fantasma. Tentando entabular um diálogo com um fantasma. Como é que a sua vida se tornara tão estranha?

— Pode me dizer alguma coisa, qualquer coisa que possa ajudar? Estamos todos tentando descobrir e, talvez, quando conseguirmos... Não pode me dizer o seu nome?

Embora estivesse tremendo, Stella levantou a mão. Aqueles olhos desesperados encontraram os dela e a mão de Stella passou através do fantasma. Sentiu frio e uma espécie de choque. Depois nada.

— Você consegue falar — disse Stella no quarto vazio. — Se consegue cantar, também consegue falar. Por que não diz nada?

Abalada, vestiu-se e prendeu os cabelos. Ainda tinha o coração batendo com força enquanto retocava a maquiagem, meio à espera de ver aquele rosto sofredor no espelho.

Depois enfiou os sapatos e desceu. Deixaria a morte para trás, pensou, e se prepararia para uma vida nova.

Capítulo Dezessete

O ritmo podia ser lento, mas os horários eram terríveis. À medida que a primavera ia se tornando verde e viçosa e as temperaturas aumentavam para um calor que Stella considerava de pico de verão, os clientes convergiam para os viveiros, tanto para passar uma horinha conversando com os empregados e os outros clientes, achava ela, como pelo estoque propriamente dito.

No entanto, todos os dias saíam pela porta principal plantas de canteiro, vasos de sempre-vivas e arbustos e árvores ornamentais.

Stella vigiava o estoque de plantas do campo ensacadas em lona e corria para tapar buracos nas mesas, acrescentando material das estufas. À medida que os vasos mistos, os cestos suspensos e os vasos de concreto eram comprados, ela criava mais.

Dava incontáveis telefonemas para os fornecedores, pedindo mais: mais fertilizantes, mais sementes de grama, mais adubo de raízes, mais tudo.

Com a pasta na mão e o olhar atento, controlava o inventário, ajustava e suplicava a Roz que liberasse parte do estoque mais recente.

— Ainda não está pronto. Para o ano.

— Nesse ritmo, vamos ficar sem columbina, hostas, crista-de-galo... — Apontou para o quadro. — Roz, já vendemos uns bons trinta por cento do nosso estoque de sempre-vivas. Teremos sorte se o atual estoque aguentar até o mês de maio.

— As coisas vão acalmar — disse Roz, tratando dos brotos de uma cravina. — Se começarmos a vender plantas antes de estarem prontas, os clientes não vão ficar satisfeitos.

— Mas...

— Estas cravinas só darão flor no ano que vem. Os clientes querem flores, Stella, você sabe muito bem disso. Querem plantá-las quando estão florindo ou quase. Não querem esperar um ano pela gratificação.

— Eu sei. Mesmo assim...

— Você está entusiasmada. Estamos todos. — Com a mão enluvada, Roz coçou o nariz. — Céus, Ruby anda feliz como se fosse ser avó outra vez, e Steve me dá tapinhas nas costas cada vez que cruzo com ele.

— Eles adoram este lugar.

— E eu também. A verdade é que este é o melhor ano que já tivemos. O tempo ajudou, em parte. Estamos tendo uma bonita primavera. Mas também arranjamos uma gerente eficiente e entusiasmada para dar um empurrão nas coisas. Mas, afinal de contas, a qualidade continua a ser o nosso lema. A quantidade vem em segundo lugar.

— Você tem razão. Claro que tem razão. É só que não aguento a ideia de ficarmos sem alguma coisa e termos de mandar os clientes para outro lugar.

— Provavelmente não chegaremos a tanto, principalmente se formos inteligentes o bastante para convencê-los a levar um belo substituto.

Stella suspirou.

— Você tem razão, mais uma vez.

— E, se tivermos mesmo de recomendar outros viveiros...

— Os clientes ficarão satisfeitos e impressionados com os nossos esforços para satisfazê-los. E é por isso que você é proprietária de um negócio como este e eu sou apenas a gerente.

— Também tem a ver com o fato de ter nascido e sido criada aqui. Dentro de poucas semanas, as compras de primavera e a época de plantação chegarão ao fim. Quem aparecer depois de meados de maio virá principalmente à procura de ferramentas de jardinagem ou de outros produtos, talvez um cesto ou um vaso já preparados, ou algumas plantas para substituir outras que tenham morrido ou que tenham passado a época de floração. E, quando o calor de junho começar, temos de pôr o que resta do estoque de primavera e verão em saldos antes de começarmos a despachar o estoque de outono.

— No Michigan, seria arriscado plantar alguma coisa antes de meados de maio.

Roz passou para o tabuleiro seguinte.

— Você tem saudades?

— Queria dizer que sim, porque o contrário parece desleal. Mas não, na verdade não. Não deixei nada lá a não ser recordações.

Eram as recordações que a preocupavam. Tivera uma boa vida, com um homem que amara. Quando o perdera, essa vida desmoronara — sob a superfície. Deixara-a abalada e instável por dentro. Mantivera a sua vida de pé, pelos filhos, mas no seu coração havia mais do que dor. Havia medo.

E ela lutara contra o medo e aceitara as recordações.

Mas não perdera apenas o marido. Os filhos haviam perdido o pai. Gavin tinha apenas uma memória doce mas vaga do pai — mais vaga a cada ano que passava. Luke era muito pequeno para se lembrar bem do pai. Parecia injusto. Se avançasse na relação com Logan, enquanto os filhos eram tão pequenos...

Era como já não ter saudades de casa, supunha. Parecia desleal.

Ao entrar na sala principal, viu vários clientes com carrinhos percorrendo os corredores entre as mesas e Hayley se agachando para pegar um grande vaso de morangos já plantado.

— Não!

A ordem seca fez as cabeças se virarem, mas Stella avançou com passo decidido entre os curiosos e, de mãos nos quadris, olhou para Hayley.

— O que você pensa que está fazendo?

— Vendemos os vasos todos que estavam junto das caixas. Pensei que este ficaria bem ao pé do balcão.

— Disso eu tenho certeza, mas você já se deu conta de que está com a gravidez em estágio avançado?

Hayley olhou para a barriga.

— É difícil não me dar conta disso.

— Se quer pegar um vaso, peça a alguém que o faça.

— Sou forte como um touro.

— E está grávida de oito meses.

— Ouça o que ela está dizendo, querida. — Uma das clientes deu um tapinha no braço de Hayley. — É melhor não correr riscos. Depois de o bebê nascer, terá muito tempo para levantar coisas. Agora é hora de aproveitar a sua condição e deixar as pessoas mimarem você um pouquinho.

— É preciso ficarmos sempre de olho nela — disse Stella. — Essa lobélia é linda, não é?

A mulher olhou para o vaso que tinha nas mãos.

— Adoro essa cor azul-marinho. Estava pensando em comprar umas sálvias vermelhas para pôr ao lado, talvez com cosmos no fundo?

— Parece perfeito. Bonito e colorido, e ficará com uma estação inteira de flores.

— Tenho mais espaço na parte de trás do canteiro, mas não sei bem o que posso colocar lá. — Mordeu o lábio enquanto inspecionava as mesas carregadas de opções. — Não me importaria de ouvir algumas sugestões, se tiver tempo.

— É para isso que estamos aqui. Temos umas alteias mistas fantásticas, suficientemente altas para colocar atrás do cosmo. E, se quiser realçar a sálvia, acho que aqueles cravos-túnicos ficariam muito bem. E já viu a perila?

— Nem sei o que isso é — disse a mulher com uma gargalhada.

Stella lhe mostrou a planta de folhagem roxa e mandou Hayley buscar vários cravos-túnicos. Com uma coisa e outra, encheram mais um carrinho.

— Ainda bem que decidiu levar também os alissos. Está vendo como o branco realça as demais cores? Na verdade, a maneira como estão arrumados no carrinho lhe dá uma boa ideia de como ficarão no seu jardim. — Stella apontou para os carrinhos. — Pode ver como as plantas se complementam umas às outras.

— Mal posso esperar para plantá-las. As minhas vizinhas vão ficar *verdes* de inveja.

— Mande-as vir aqui.

— Não seria a primeira vez. Sou cliente de vocês desde que abriram. Vivia a cerca de um quilômetro e meio daqui, mudei-me para mais perto de Memphis há dois anos. Agora são vinte e cinco quilômetros, mas sei que aqui encontro sempre coisas especiais, por isso continuo vindo.

— É muito bom ouvir isso. Hayley ou eu podemos ajudar em mais alguma coisa? Precisa de adubo, fertilizante?

— Essas coisas eu consigo comprar sozinha. Mas, na verdade — sorriu para Hayley —, já que este carrinho está cheio, se pudesse mandar um dos seus rapazes fortes levar esse vaso até o balcão... e depois até o meu carro... eu fico com ele.

— Deixe-me cuidar disso. — Stella lançou um último olhar significativo para Hayley. — E você se comporte bem.

— São irmãs? — perguntou a mulher a Hayley.

— Não. Ela é minha chefe. Por quê?

— Não sei, acho que me fizeram lembrar a minha irmã e eu. Ainda ralho com a minha irmã mais nova como ela ralhou com você, especialmente quando estou preocupada com ela.

— Sério? — Hayley olhou para Stella, que se afastava. — Nesse caso, acho que somos mais ou menos irmãs.

Embora concordasse que o exercício era bom para as grávidas, Stella não estava disposta a deixar Hayley trabalhar o dia todo e depois ir a pé quase oitocentos metros até em casa, nessa fase da gravidez. Hayley resmungava, mas todas as noites Stella a obrigava a entrar no carro e a levava para casa.

— Eu *gosto* de andar a pé.

— Depois de chegarmos em casa e de você comer alguma coisa, poderá dar um passeio pelos jardins. Mas não vai a pé este caminho todo, ainda por cima sozinha pelo meio do bosque, pelo menos enquanto eu mandar, mocinha.

— Você vai ser assim tão chata durante as próximas quatro semanas?

— Claro que sim.

— Sabe quem é a sra. Tyler? A senhora que ajudamos a comprar todas aquelas anuais?

— Sim?

— Ela disse que pensava que éramos irmãs porque você briga comigo assim como ela brigava com a irmã mais nova. Quando ela falou, achei que seria legal. Agora, é irritante.

— Azar o seu.

— Eu sei tomar conta de mim.

— Sim, e eu estou ajudando.

Hayley suspirou.

— Quando não é você, é Roz. Daqui a pouco as pessoas vão começar a pensar que ela é minha mãe.

Stella olhou para baixo e viu Hayley descalçar os sapatos.

— Os pés estão doendo?

— Estou bem.

— Tenho um gel maravilhoso para os pés. Por que não usa um pouquinho quando chegarmos em casa e põe os pés para cima uns minutos?

— Quase não consigo mais tocá-los. Sinto-me...

— Gorda, desajeitada e lenta — terminou Stella.

— E idiota e chata. — Afastou a franja úmida do rosto, pensando em cortá-la. Pensando em cortar o cabelo todo. — E com calor e estúpida.

Quando Stella estendeu o braço para aumentar o ar-condicionado, Hayley sentiu os olhos cheios de lágrimas de remorsos e infelicidade.

— Você está sendo tão amável comigo... todos estão... e eu nem sequer consigo ser agradecida. Sinto-me como se tivesse estado grávida a vida toda e fosse ficar grávida para sempre.

— Garanto que não vai.

— E eu... Stella, quando mostraram aquele vídeo na aula de parto e vimos aquela mulher dando à luz? Não sei como conseguirei fazer aquilo. Acho que não vou ser capaz.

— Eu estarei lá com você. Vai correr tudo bem, Hayley. Não prometo que não vai custar, mas também vai ser excitante. Emocionante.

Virou para o caminho de acesso a casa. E lá estavam seus filhos, correndo pelo jardim com o cão e Harper, no que parecia ser um jogo de beisebol bastante informal.

— E vai valer a pena — disse-lhe. — Assim que você tiver o bebê nos braços, saberá.

— Não me imagino como mãe. Antes, conseguia imaginar, mas, agora que a hora está se aproximando, não consigo.

— Claro que não. Ninguém consegue imaginar um milagre. Você tem o direito de estar nervosa. É natural.

— Nesse caso, estou me saindo muito bem.

Quando estacionou, os meninos correram para ela.

— Mamãe, mamãe! Estamos jogando beisebol e eu já acertei na bola um *milhão* de vezes.

— Um milhão? — Stella arregalou os olhos para Luke e saiu do carro. — Deve ser um recorde.

— Vem jogar conosco, mamãe! — Gavin pegou a mão dela enquanto Parker começava a saltar em volta das pernas da mãe. — Por favor!

— Está bem, mas acho que não vou conseguir acertar na bola um milhão de vezes.

Harper se aproximou do carro até ficar ao lado de Hayley. Tinha os cabelos encaracolados e úmidos por baixo do boné e a camisa suja de grama e terra.

— Precisa de ajuda?

Ela não conseguia calçar outra vez os sapatos. Sentia os pés quentes e inchados, como se não lhe pertencessem. Lágrimas de mau humor lhe inundaram os olhos e sentiu um nó na garganta.

— Estou grávida — disse secamente —, não sou deficiente.

Deixou os sapatos no carro enquanto saía com esforço. Antes que conseguisse controlar-se, deu uma palmada na mão que Harper lhe estendia.

— Deixe-me em paz, está bem?

— Desculpe. — Ele enfiou as mãos nos bolsos.

— Não consigo respirar com todo mundo em cima de mim, noite e dia. — Dirigiu-se à casa, esforçando-se para caminhar com dignidade.

— Ela está cansada, Harper. — Mesmo sem querer, Stella não tirou os olhos de Hayley até ela entrar em casa. — Cansada e maldisposta. É da gravidez.

— Talvez já não devesse estar trabalhando.

— Se lhe sugerir isso, ela explodirá. O trabalho a mantém distraída. Estamos todos de olho nela para ver se não abusa, e isso é parte do problema. Imagino que está se sentindo um pouco cercada.

— Mamãe!

Ergueu a mão para os meninos, impacientes.

— Ela teria respondido torto a qualquer pessoa que lhe oferecesse ajuda naquele momento. Não foi pessoal.

— Claro. Bom, tenho de ir tomar banho. — Virou-se para os garotos, que já estavam discutindo por causa da bola. — Até logo. E, da próxima vez, vou dar cabo dos dois.

A tarde estava abafada, com um vislumbre do verão que espreitava ao virar da esquina. Mesmo com o ar-condicionado ligado, Stella estava suando no pequeno escritório. Fizera uma concessão ao tempo e vestira uma camiseta de alças e calça fina de algodão. Desistira de tentar fazer qualquer coisa nos cabelos e juntara-os o melhor que conseguira no alto da cabeça.

Acabara de preparar o plano de trabalho da próxima semana e estava prestes a atualizar uma das folhas de cálculo quando alguém bateu à porta.

— Entre. — Automaticamente, pegou a garrafa térmica de café gelado que começara a fazer todas as manhãs. E o seu coração disparou quando Logan entrou.

— Olá. Pensei que você estivesse na casa da Marsha Field hoje.
— Tive de parar por causa da chuva.
— Mesmo? — Virou-se para a pequena janela e viu que estava chovendo. — Nem tinha percebido.
— Esses números e colunas todas devem ser muito absorventes.
— Para alguns.
— Está um dia bom para fazer gazeta. Quer vir brincar na chuva, ruiva?
— Não posso. — Abriu os braços para indicar a escrivaninha. — Trabalho.

Ele se sentou no canto da mesa.

— Tem sido uma primavera muito atarefada, até agora. Acho que Roz não se importaria se você tirasse duas horinhas numa tarde de chuva.
— Provavelmente não. Mas eu sim.
— Também achei que sim. — Pegou um suporte para lápis de formato estranho, obviamente feito por uma criança, e examinou-o. — Gavin ou Luke?
— Gavin, com sete anos.
— Você anda me evitando, Stella?
— Não. Um pouco — admitiu. — Mas não completamente. Temos estado ocupadíssimos aqui e em casa. Só faltam três semanas para o fim da gravidez de Hayley e quero estar por perto.
— Acha que conseguiria tirar umas horas na sexta-feira à noite, por exemplo? Para irmos ao cinema?
— Bom, geralmente às sextas-feiras tento sair com as crianças.
— Ótimo. O novo filme da Disney já estreou. Venho buscar vocês às seis. Podemos comer uma pizza primeiro.
— Oh, eu... — Recostou-se e olhou para ele de testa franzida. — Isso foi muito traiçoeiro.
— Faço o que for preciso.
— Logan, alguma vez você foi ao cinema com duas crianças numa sexta-feira à noite?
— Não. — Ele se levantou e sorriu. — Deve ser uma experiência interessante.

Contornou a escrivaninha e, segurando-a pelos cotovelos, levantou-a da cadeira com uma força e facilidade que a deixaram de água na boca.

— Comecei a ter saudades suas.

Tocou com a boca na dela, aprofundando o contato enquanto a deixava deslizar ao longo do corpo dele até tocar novamente com os pés no chão. Ela levantou os braços e os cruzou à volta do pescoço dele por um instante, até o cérebro recomeçar a funcionar.

— Parece que também comecei a ter saudades suas — disse, recuando. — Tenho pensado muito.

— Aposto que sim. Continue. — Puxou uma madeixa solta do cabelo dela. — Até sexta.

Ela se sentou de novo depois de ele sair.

— Mas estou com dificuldades de me lembrar do que tenho pensado.

Ele tinha razão. Foi uma experiência interessante. Uma experiência com a qual ele lidara, na opinião de Stella, melhor do que ela esperara. Parecia não ter problemas com a linguagem dos meninos. Na verdade, enquanto comiam a pizza, ela teve a sensação de estar sobrando. Normalmente, conseguia aguentar-se em discussões intensas sobre livros de histórias em quadrinhos e beisebol, mas esta estava num nível completamente diferente.

A certa altura, teve dúvidas se o Wolverine dos X-Men não teria assinado para jogar beisebol pelos Atlanta Braves.

— Consigo comer cinquenta fatias de pizza — anunciou Luke enquanto a pizza era dividida. — E depois, vinte *litros* de pipocas.

— Você iria vomitar!

Stella abriu a boca para dizer a Gavin que vomitar não era um bom tema de conversa para ter à mesa, mas Logan se limitou a dizer enquanto punha uma fatia de pizza no prato:

— Seria mais inteligente vomitar depois da pizza, para arranjar espaço para as pipocas.

A sabedoria e o humor desta observação fizeram com que os meninos soltassem ruídos enojados e deliciados.

— Ei! — disse Luke com expressão revoltada. — Gavin tem mais pepperoni na fatia dele. Eu tenho duas rodelas e ele tem três!

Enquanto Gavin soltava uma fungadela desdenhosa e se preparava para fazer a cara que Luke odiava, Logan acenou.

— Sabe, você tem razão. Não parece justo. Vamos resolver isso. — Tirou uma fatia de pepperoni da pizza de Gavin e enfiou-a na boca. — Agora estamos todos iguais.

Seguiram-se mais gargalhadas. Os meninos comeram como estivadores, fizeram uma confusão terrível e estavam tão excitados quando chegaram ao cinema que Stella esperava de que começassem um motim.

— Vocês têm de se lembrar de ficar calados durante o filme — avisou. — As outras pessoas querem ouvir.

— Vou tentar — disse Logan com ar solene. — Mas às vezes não consigo evitar, tenho de falar.

Os meninos foram rindo até a bilheteria.

Stella conhecia homens que se faziam queridos junto dos filhos de uma mulher — para apanhar a mulher. E, pensou enquanto se sentavam com baldes de pipocas, conhecia outros que se esforçavam sinceramente por seduzir as crianças porque elas eram uma novidade interessante.

Mas Logan parecia à vontade com os meninos, e tinha de dar algum crédito a um homem de trinta e tantos anos por, pelo menos, parecer gostar de ver um filme cujas personagens eram macacos falantes.

Lá pelo meio, como ela esperara, Luke começou a se agitar na cadeira. Dois copos de refrigerante, calculou ela, e uma bola de sorvete tamanho pequeno. Ele iria recusar-se a ir ao banheiro para não perder nada. Teriam uma curta discussão sussurrada.

Inclinou-se para ele, preparada. E Logan antecipou-se. Stella não ouviu o que ele disse no ouvido de Luke, mas a criança riu e levantaram-se os dois.

— Voltamos já — murmurou Logan a Stella, e saiu de mão dada com Luke.

Muito bem, era a gota-d'água, admitiu ela com os olhos úmidos. Ele levara o seu filho para fazer xixi.

Estava perdida.

Gavin e Luke eram dois meninos muito felizes quando entraram no banco de trás do carro de Logan. Assim que apertaram os cintos, começaram a tagarelar sobre as suas partes preferidas do filme.

— Ei, rapazes. — Logan sentou-se atrás do volante e voltou-se para trás, com o braço em cima das costas do banco de Stella. — É melhor prepararem-se, porque eu vou beijar a mãe de vocês.

— Por quê? — perguntou Luke.

— Porque, como talvez já tenham reparado, ela é bonita e sabe bem disso.

Inclinou-se para ela, com uma expressão divertida nos olhos. Quando Stella fez menção de lhe oferecer a face, ele lhe segurou o rosto, virou-o e deu-lhe um beijo rápido e suave nos lábios.

— Você não é bonito — disse Luke entre risos. — Por que é que ela beijou você?

— Garoto, porque eu sou irresistível. — Piscou o olho para o espelho retrovisor antes de ligar o carro e reparou que Gavin o estava observando com uma expressão pensativa.

Luke estava cochilando quando chegaram em casa, cabeceando para tentar manter-se acordado.

— Deixe-me levá-lo para cima.

— Eu posso levá-lo. — Stella debruçou-se para lhe soltar o cinto. — Estou habituada. E não sei se você deve ir lá em cima outra vez.

— Ela vai ter de se habituar comigo. — Afastou Stella e pegou em Luke ao colo. — Vamos embora, rei da pizza.

— Não tenho sono.

— Claro que não.

Bocejando, Luke apoiou a cabeça no ombro de Logan.

— Você tem um cheiro diferente da mamãe. E a pele mais dura.

— Não me diga.

Roz apareceu no vestíbulo quando eles entraram.

— Bom, parece que todo mundo se divertiu. Logan, desça para beber qualquer coisa depois de colocarem as crianças na cama. Gostaria de falar com vocês dois.

— Claro. Desceremos já.

— Eu posso levá-los — começou Stella, mas ele já estava subindo as escadas com Luke.

— Vou buscar uma garrafa de vinho para nós. Boa-noite, querido — disse Roz a Gavin, e sorriu quando Stella seguiu Logan.

Este já estava desapertando os tênis de Luke.

— Logan, eu faço isso. Pode ir ficar com Roz.

Ele continuou a descalçá-lo, perguntando a si próprio se o nervosismo que sentira na voz dela teria a ver com o fantasma ou com ele. Mas foi o menino de pé ao lado de Stella, invulgarmente calado, que lhe chamou a atenção.

— Trate lá dele, então. Eu e Gavin precisamos ter uma conversinha. Não é, garoto?

Gavin encolheu os ombros.

— Pode ser?

— Ele tem de se preparar para dormir.

— Não vai demorar. Vamos para o meu escritório? — disse a Gavin, e, quando apontou para o banheiro, viu os lábios do menino tremerem com um sorriso.

— Logan — começou Stella.

— Conversa de homens... com licença. — E fechou-lhe a porta na cara.

Calculando que seria mais fácil para ambos se estivessem cara a cara, Logan sentou-se na beira da banheira. Não tinha certeza, mas achava que o menino estaria tão nervoso quanto ele.

— Ficou aborrecido por eu ter beijado a sua mãe?

— Não sei. Talvez. Uma vez vi outro homem beijá-la, quando era menor. Ela foi jantar com ele e nós ficamos com uma babá e, quando acordei, eu o vi dando um beijo nela. Mas eu não gostava muito dele porque estava *sempre* sorrindo. — Demonstrou, arreganhando os lábios e mostrando os dentes.

— Também não gosto dele.

— Você beija todas as moças por serem bonitas? — perguntou Gavin.

— Bom, já beijei algumas. Mas a sua mamãe é especial.
— Por quê?

O garoto queria respostas diretas, percebeu Logan. Portanto, teria de se esforçar ao máximo para dá-las.

— Porque ela me faz sentir diferente no coração, no bom sentido. As moças nos fazem sentir esquisitos de muitas maneiras, mas, quando sentimos uma coisa diferente no coração é porque são especiais.

Gavin olhou para a porta fechada e de novo para ele.

— O meu pai beijava a mamãe. Eu me lembro.

— Ainda bem que se lembra. — Sentiu um impulso, que o surpreendeu, de acariciar os cabelos de Gavin. Mas achou que não era o melhor momento para nenhum dos dois.

Logan sabia que havia mais do que um fantasma naquela casa.

— Imagino que ele devia amá-la muito, e ela a ele. Ela me disse que o amava muito.

— Ele não pode voltar. Pensei que talvez voltasse, mesmo depois de mamãe dizer que não. Quando a senhora começou a cantar, pensei que ele pudesse aparecer também. Mas não apareceu.

Poderia haver alguma coisa mais difícil para uma criança do que perder um pai ou uma mãe? Ali estava ele, um homem feito, e não conseguia imaginar a dor de perder os pais.

— Isso não quer dizer que não esteja olhando por vocês. Eu acredito nessas coisas. Quando as pessoas que nos amam têm de partir, continuam tomando conta de nós. Seu pai vai estar sempre olhando por vocês.

— Então ele também viu você beijar a mamãe, porque também olha por ela.

— Imagino que sim. — Logan acenou. — Gosto de pensar que ele não se importa, porque sabe que eu quero que ela seja feliz. Talvez, quando nos conhecermos melhor, você também não se importe muito.

— Você faz o coração da mamãe se sentir diferente?

— Espero que sim, porque eu detestaria sentir isto sozinho. Não sei se estou me explicando bem. Nunca precisei ter uma conversa destas antes. Mas, se decidirmos ser felizes juntos, todos nós, seu pai continuará a ser o seu pai, Gavin. Para sempre. Quero que você saiba que eu sei disso e que respeito isso. De homem para homem.

— Está bem. — Ele sorriu lentamente quando Logan lhe estendeu a mão. Quando a apertou, o sorriso se abriu mais. — Seja como for, gosto mais de você do que do outro cara.

— É bom saber disso.

Luke já estava na cama e dormindo quando voltaram a entrar no quarto. Logan se limitou a erguer as sobrancelhas em resposta ao olhar interrogativo de Stella, depois afastou-se enquanto ela preparava Gavin para dormir.

Deliberadamente, pegou a mão de Stella quando saíram para o corredor.

— Pergunte a ele, se você quer saber — disse, antes que ela conseguisse abrir a boca. — É com ele.

— Só não quero que ele fique perturbado.

— Pareceu que estava perturbado quando você foi colocá-lo para dormir?

— Não — suspirou ela. — Não.

No alto das escadas, o frio passou através deles. Logan enlaçou a cintura de Stella num gesto protetor, puxando-a com firmeza para junto dele. Mas o frio passou com uma pequena rajada.

Segundos depois, ouviram a voz cantando baixinho.

— Ela está zangada conosco — murmurou Stella quando ele se virou, preparado para voltar. — Mas não com eles. Não lhes fará mal. Vamos deixá-la em paz. Tenho um intercomunicador lá embaixo, podemos ouvi-los se precisarem de alguma coisa.

— Como é que você consegue dormir aqui em cima?

— Estranhamente, durmo bem. No início, porque não acreditava. Agora por saber que, de alguma maneira estranha, ela gosta deles. Na noite em que ficaram na casa dos meus pais, ela entrou no meu quarto e chorou. Partiu meu coração.

— Estão falando do fantasma? — perguntou Roz. — Era precisamente isso que eu tinha em mente. — Ofereceu-lhes os copos de vinho que já tinha servido. Depois franziu os lábios quando Stella ligou o intercomunicador. — É estranho ouvir isso outra vez. Há anos eu não a ouvia.

— Tenho de admitir — disse Logan com os olhos no intercomunicador — que me assusta um pouco. Mais do que um pouco, para dizer a verdade.

— Uma pessoa se habitua. Mais ou menos. Onde está Hayley? — perguntou Stella a Roz.

— Estava cansada... e um tanto melancólica, irritada, acho eu. Instalou-se lá em cima com um livro e um grande copo de refrigerante. Já falei com ela sobre o assunto, por isso... — Apontou para as poltronas. Na mesinha de café estava uma bandeja com uvas brancas, torradas e metade de um queijo brie.

Sentou-se e tirou uma uva.

— Decidi fazer algo um pouco mais ativo em relação à nossa hóspede permanente.

— Um exorcismo? — perguntou Logan, olhando de lado para o intercomunicador onde se ouvia a voz cantando suavemente.

— Nada tão ativo assim. Queremos descobrir a história dela e qual é a sua ligação com esta casa. Parece-me que não estamos fazendo grandes progressos, principalmente porque não conseguimos encontrar a direção certa.

— Também não temos tido a oportunidade de perder muito tempo com isso — observou Stella.

— Mais uma razão para recorrermos a uma ajuda externa. Temos muito que fazer e somos amadores. Então, por que não recorrer a alguém que saiba o que fazer e tenha tempo para fazê-lo como deve ser?

— O concerto acabou, por hoje — disse Logan quando o intercomunicador se silenciou.

— Às vezes, ela volta duas ou três vezes. — Stella lhe ofereceu uma torrada. — Você conhece alguém, Roz? Alguém a quem entregar essa tarefa?

— Ainda não sei. Mas fiz algumas perguntas, usando a desculpa de querer fazer uma busca formal sobre a genealogia da minha família. Falaram-me de um homem em Memphis. O professor Mitchell Carnegie

— disse. — Deu aulas na Universidade de Charlotte, mudou-se para cá há alguns anos. Acho que deu aulas na Universidade de Memphis durante um semestre ou dois, e talvez ainda faça uma palestra ou outra de vez em quando. Mas, essencialmente, dedica-se a escrever livros. Biografias, e por aí fora. É recomendado como um especialista em histórias familiares.

— Parece ser a pessoa certa. — Stella pôs um pouco de brie numa torrada. — Sempre é melhor alguém que sabe o que faz do que as nossas tentativas inexperientes.

— Isso depende — acrescentou Logan — da opinião que ele tenha sobre fantasmas.

— Vou marcar uma reunião com ele — disse Roz, erguendo o copo de vinho. — É a única maneira de sabermos.

Capítulo Dezoito

Embora se sentisse como se estivesse arriscando a vida, Harper seguiu as instruções e encontrou Hayley junto da caixa. Ela estava sentada num banco alto, com um jardim de vasos à sua volta, registrando as compras dos últimos clientes. A sua blusa — bata? Túnica? Não sabia como se chamava a roupa pré-maternidade — era de um vermelho vivo e ousado.

Era engraçado, aquela era a cor que lhe vinha à cabeça quando pensava nela. Um vermelho vivo, muito sexy. A franja irregular fazia com que seus olhos parecessem enormes e tinha grandes argolas de prata nas orelhas, que espreitavam entre o cabelo quando ela mexia a cabeça.

Atrás do balcão alto, quase não se percebia que estava grávida. "Exceto pelos olhos, que parecem cansados", pensou ele. E tinha o rosto um pouco inchado — talvez pelo aumento de peso, talvez por andar dormindo mal. De qualquer jeito, achou que era melhor não tocar no assunto. A verdade era que tudo o que lhe saía da boca ultimamente, pelo menos quando estava junto dela, era a coisa errada.

Também não esperava que aquela próxima conversa corresse bem. Mas prometera atirar-se aos leões por uma boa causa.

Esperou até ela liberar os clientes e, preparando-se psicologicamente, aproximou-se do balcão.

— Olá.

Ela olhou para ele, e não se podia dizer que a sua expressão fosse particularmente acolhedora.

— Olá. O que você está fazendo fora da sua caverna?

— Já acabei por hoje. Na verdade, minha mãe acaba de telefonar. Pediu-me que lhe desse carona para casa quando estivesse liberado.

— Bem, *eu* ainda não estou liberada — disse ela com irritação.

— Ainda há, pelo menos, dois clientes lá dentro e sábado é o meu dia de fechar a loja.

Não era o tom de voz que ela usava para conversar com os clientes, reparou ele. Estava começando a pensar que era o tom que Hayley reservava apenas para ele.

— Sim, mas ela disse que precisava de você em casa assim que pudesse e pediu-me para dizer ao Bill e ao Larry que fechassem a loja.

— O que ela quer? Por que não me telefonou?

— Não sei. Sou apenas o mensageiro. — E ele sabia o que acontecia muitas vezes ao mensageiro. — Já falei com o Larry e ele está ajudando os últimos clientes.

Ela começou a descer do banco e, apesar de estar morto de vontade de ajudá-la, Harper calculou que ela lhe cortaria as mãos pelos pulsos com os dentes se tentasse.

— Posso ir a pé.

— Pelo amor de Deus, que teimosia. — Enfiou as mãos nos bolsos e respondeu à testa franzida dela com expressão igual. — Você quer me arrumar problemas? Se eu deixar você ir a pé, minha mãe vai cair em cima de mim como cinco toneladas de tijolos. E, depois de acabar comigo, vai cuidar de você. Vamos embora.

— Está bem. — A verdade era que não sabia por que se sentia tão má e venenosa, tão cansada e dolorida. Estava morta de medo de que houvesse alguma coisa errada com ela ou com o bebê, apesar de todas as garantias em contrário por parte do médico.

O bebê podia nascer doente ou deformado porque ela...

Não sabia o quê, mas a culpa seria dela.

Agarrou a bolsa com maus modos e fez o possível para passar intempestivamente por Harper em direção à porta.

— Só falta meia hora para a minha hora de sair — queixou-se, abrindo a porta do carro. — Não sei o que pode ser tão importante que não possa esperar meia hora.

— Também não sei.

— Ela ainda não falou com o cara da genealogia, não é?

Ele entrou e ligou o carro.

— Não. Tratará disso quando puder.

— Você não me parece muito interessado, de qualquer maneira. Por que você nunca aparece quando temos as nossas reuniões sobre a Noiva Harper?

— Talvez apareça, quando conseguir pensar em alguma coisa para dizer.

Ela cheirava bem, especialmente assim, fechada no carro com ele. Um cheiro bom e sexy, que o deixava nervoso. A única coisa boa desta situação era que a viagem não era longa.

Espantado por não estar transpirando em bicas, virou e estacionou em frente à casa.

— Dirigindo um carrinho pretensioso destes tão depressa, está mesmo pedindo uma multa.

— Não é um carrinho pretensioso. É um carro esportivo confiável e de boa aerodinâmica. E eu não vinha assim tão depressa. O que eu tenho que faz com que você esteja sempre me criticando?

— Não estava criticando você, estava apenas fazendo uma observação. Pelo menos você não escolheu um carro vermelho. — Abriu a porta e conseguiu pôr as pernas fora do carro. — A maior parte dos homens escolhe carros vermelhos, mais vistosos. Talvez por este ser preto é que você não tem o porta-luvas cheio de multas por excesso de velocidade.

— Não recebo uma multa por excesso de velocidade há dois anos.

Ela soltou uma gargalhada desdenhosa.

— Está bem, dezoito meses, mas...

— Importa-se de parar de discutir por cinco segundos e de me ajudar a sair deste maldito carro? Não consigo me levantar.

Como um atleta na linha de partida, ele correu à volta do carro. Não sabia bem o que fazer, principalmente ao vê-la ali sentada, corada e com uma expressão furiosa nos olhos. Pensou em segurar as mãos dela e puxar, mas depois teve medo de... chocalhar alguma coisa.

Assim, inclinou-se, segurou-a pelas axilas e içou-a.

A barriga dela bateu contra ele e, então, o suor escorreu pelas suas costas.

Sentiu o que estava dentro dela mexer-se — dois pontapés fortes. Era... extraordinário.

Depois, ela o empurrou.

— Obrigada.

"Humilhante", pensou Hayley. Não conseguira deslocar o seu centro de gravidade o suficiente para sair de um maldito carro. Claro que, se ele não tivesse insistido em levá-la naquele carrinho de brinquedo, nada daquilo teria acontecido.

Ela queria tomar meio quilo de sorvete de baunilha e caramelo e enfiar-se numa banheira de água fria. Para o resto da vida.

Empurrou a porta de casa e entrou intempestivamente.

Os gritos de *Surpresa* fizeram com que o coração lhe saltasse para a garganta e quase perdeu o controle da bexiga, cada vez mais sensível.

Na sala, papel crepe cor-de-rosa e azul pendia do teto em faixas artísticas e grandes balões brancos balançavam nos cantos. Caixas embrulhadas em papel colorido e cheias de laços formavam uma montanha multicolorida em cima de uma mesa. A sala estava cheia de mulheres. Stella, Roz, todas as moças que trabalhavam nos viveiros, até mesmo algumas clientes regulares.

— Não fique com essa cara, menina. — Roz aproximou-se de Hayley e abraçou-a. — Você acha que deixaríamos você ter o bebê sem fazer uma festa antes?

— Uma festa para o bebê. — Sentiu um sorriso abrir-se em seu rosto, ao mesmo tempo que os olhos se enchiam de lágrimas.

— Sente-se logo. Pode beber um copo do ponche mágico de champanhe do David antes de passar para as bebidas sem álcool.

— Isto é... — Viu a poltrona colocada no centro da sala, enfeitada com tule e balões, como um trono festivo. — Não sei o que dizer.

— Nesse caso, vou me sentar ao seu lado. Chamo-me Jolene, querida. Sou a madrasta de Stella. — Deu um tapinha na mão de Hayley e depois na sua barriga. — E sempre tenho qualquer coisa para dizer.

— Aqui está. — Stella aproximou-se com um copo de ponche.

— Obrigada. Muito obrigada. Essa é a coisa mais simpática que alguém já fez por mim em toda a minha vida.

— Pode chorar um pouquinho. — Jolene estendeu-lhe um lencinho debruado com renda. — Depois vamos fazer uma festa.

Assim foi. Soltaram exclamações enternecidas com as roupinhas impossivelmente minúsculas, cobertores macios como nuvens, sapatinhos tricotados à mão, brinquedos e bonecos de pelúcia. Jogaram jogos inocentes que só as mulheres numa festa dessas poderiam apreciar, beberam ponche e comeram bolo para adoçar a noite.

O nó que Hayley sentia no coração havia dias desapertou-se.

— Nunca me diverti tanto — disse, atordoada e exausta, olhando para as pilhas de presentes que Stella arrumara de novo em cima da mesa. — Sei que isso foi para mim. Gostei dessa parte, mas todo mundo se divertiu, não acham?

— Você está brincando? — Sentada no chão, Stella continuou a dobrar meticulosamente um papel de embrulho quadriculado. — Foi uma festa fantástica.

— Vai guardar esse papel todo? — perguntou Roz.

— Um dia Hayley vai querê-lo, e só estou guardando os poucos que ela não rasgou.

— Não pude evitar. Estava muito excitada. Tenho de enviar cartões de agradecimento e tentar lembrar-me de quem deu o quê.

— Eu fiz uma lista enquanto você estava abrindo os embrulhos.

— Claro que fez. — Roz serviu-se de mais um copo de ponche, depois sentou-se e estendeu as pernas. — Céus, estou acabada!

— Tiveram tanto trabalho. Foi tão fantástico. — Sentindo de novo a ameaça das lágrimas, Hayley gesticulou. — Todo mundo foi... acho que tinha me esquecido de que as pessoas podiam ser tão boas, tão generosas. Olhem para essas coisas todas! Oh, aquele macacãozinho amarelo com os ursinhos... E o chapéu combinando. E o balanço. Stella, não tenho palavras para lhe agradecer o balanço.

— Eu estaria perdida se não tivesse tido o meu.

— Foi tão simpático vocês fazerem isto por mim. Não fazia a menor ideia. Não podia ter ficado mais surpresa nem mais agradecida.

— Pode adivinhar quem planejou tudo — disse Roz, apontando Stella com um aceno de cabeça. — David começou a chamá-la de Generala Rothchild.

— Tenho de agradecer a David por essa comida maravilhosa. Nem acredito que comi duas fatias de bolo. Sinto-me prestes a explodir.

— Você não pode explodir ainda, porque não acabamos. Temos de subir para eu lhe dar o meu presente.

— Mas a festa foi...

— Um esforço conjunto — acabou Roz. — E eu tenho um presente para você, lá em cima, que espero que goste.

— Respondi mal ao Harper — disse Hayley, enquanto a ajudavam a subir as escadas.

— Ele está habituado.

— Mas não queria ter falado daquele modo com ele. Ele estava ajudando vocês com a surpresa e eu fui horrível. Disse-me que eu sempre o criticava e era precisamente isso que eu estava fazendo.

— Depois pode lhe pedir desculpa. — Roz virou para a ala oeste e passou pelo quarto de Stella e pelo de Hayley. — Aqui está, querida.

Abriu a porta e afastou-se para Hayley entrar.

— Oh, meu Deus. Oh, meu Deus! — Hayley levou as mãos à boca enquanto olhava para o quarto.

Estava pintado de amarelo-claro, com cortinas de renda nas janelas.

Ela sabia que o berço era uma antiguidade. Nada podia ser tão belo e tão rico se não fosse antigo e estimado. A madeira brilhava com reflexos vermelhos. Reconheceu o enxoval de bebê que vira numa revista, sabendo que não tinha dinheiro suficiente para comprá-lo.

— A mobília é emprestada, enquanto você estiver aqui. Foi dos meus filhos, e dos filhos da minha mãe, e da mãe dela, há mais de oitenta e cinco anos. Mas o enxoval é seu e a mesa de trocar fraldas também. Stella acrescentou o tapete e o abajur. E David e Harper, os queridos, pintaram o quarto e trouxeram as mobílias do sótão.

Esmagada pela emoção, Hayley conseguiu apenas balançar a cabeça.

— Depois de trazermos os seus presentes para cá, ficará um quarto de bebê encantador. — Stella acariciou as costas de Hayley.

— É tão bonito. Mais do que aquilo com que sonhei. Eu... tenho sentido tanta falta do meu pai. Quanto mais se aproxima a data do parto, mais saudades sinto dele. É uma dor enorme por dentro. E tenho me sentido triste e assustada, e cheia de pena de mim mesma.

Limpou as lágrimas das faces com as costas da mão.

— Mas, hoje, tudo isso me fez sentir... Não é pelas coisas. Adoro-as, adoro tudo. Mas por terem feito isto por nós, vocês duas.

— Você não está sozinha, Hayley. — Roz pousou a mão na barriga de Hayley. — Nem você nem o seu bebê.

— Eu sei. Acho que... bem, acho que teríamos nos virado sozinhos. E eu trabalharia arduamente para conseguir. Mas nunca esperei voltar a ter uma família a sério. Nunca esperei ter pessoas que gostassem de mim e do bebê dessa maneira. Tenho sido rude.

— Não — disse-lhe Stella. — Apenas grávida.

Com um riso trêmulo, Hayley pestanejou para se livrar do restante das lágrimas.

— Suponho que isso explique muita coisa, mas não vou poder usar essa desculpa por muito mais tempo. E nunca, nunca poderei agradecer a vocês ou retribuir tudo o que fizeram por mim. Nunca.

— Oh, acho que se puser os nossos nomes no bebê ficaremos quites — disse Roz em tom casual. — Principalmente se for um menino. Rosalind Stella é capaz de ser um pouco duro para ele quando for para a escola, mas acho que é justo.

— Ei, eu estava pensando em Stella Rosalind.

Roz olhou para Stella com uma sobrancelha erguida.

— Esta é uma daquelas raras ocasiões em que compensa ser a mais velha.

Nessa noite, Hayley entrou no quarto do bebê na ponta dos pés. Apenas para tocar, para cheirar, para se sentar na cadeira de balanço com as mãos sobre a barriga.

— Desculpe ter sido tão chata ultimamente. Agora já estou melhor. Vai correr tudo bem. Você tem duas fadas madrinhas, bebê. As melhores mulheres que já conheci. Posso não conseguir pagar-lhes tudo o que fizeram por nós. Mas juro que não há nada que elas possam pedir-me que eu não faça por elas. Sinto-me segura aqui. Foi uma estupidez da minha parte esquecer-me disso. Você e eu somos uma equipe. Não devia ter tido medo de você. Nem por você.

Fechou os olhos e embalou-se na cadeira.

— Tenho tanta vontade de ter você nos meus braços que até dói. Quero vesti-lo com um daqueles macacõezinhos lindos e segurá-lo, cheirá-lo e embalá-lo nesta cadeira. Oh, meu Deus, espero saber o que estou fazendo.

O ar ficou frio, deixando-lhe os braços arrepiados. Mas não foi por medo que abriu os olhos; foi por pena. Olhou para a mulher de pé ao lado do berço.

Naquela noite tinha os cabelos soltos, dourados e despenteados. Vestia uma camisola branca, suja de lama na bainha. E tinha nos olhos uma expressão de... Hayley diria de loucura.

— Você não tinha ninguém para lhe ajudar, não é? — As mãos tremiam-lhe um pouco, mas continuou a acariciar a barriga. Manteve os olhos fixos na mulher e continuou a falar. — Talvez não tivesse ninguém ao seu lado quando sentiu medo, como eu. Suponho que também podia ter enlouquecido, se estivesse sozinha. E não sei o que faria se acontecesse alguma coisa com o meu bebê. Nem sei como aguentaria se acontecesse alguma coisa que me separasse dele... ou dela. Mesmo que estivesse morta, não aguentaria. Portanto, acho que a compreendo um pouco.

Quando disse isso, Hayley ouviu um som de sofrimento, um som que a fez pensar numa alma ou numa mente se despedaçando.

E depois estava sozinha.

Na segunda-feira, Hayley sentou-se de novo no seu banco alto atrás da caixa. Quando as costas começaram a doer, ignorou-as. Quando teve de chamar outra empregada para substituí-la enquanto se arrastava até o banheiro outra vez, conseguiu fazer uma piada.

Sentia-se como se a sua bexiga tivesse encolhido para o tamanho de uma ervilha.

No regresso, fez um desvio pelo exterior, não só para esticar as pernas e as costas, mas também para ver Stella.

— Posso fazer o meu intervalo agora? Quero procurar Harper e pedir-lhe desculpas. — Passara toda a manhã temendo esse momento, mas não podia adiá-lo mais. — Não consegui encontrá-lo no domingo, mas hoje deve estar outra vez enfiado na sua caverna.

— Vai. Ah, encontrei Roz ainda há pouco. Ela telefonou para o tal professor, o dr. Carnegie. Marcou uma reunião com ele para o fim da semana. Talvez consigamos fazer alguns progressos nessa área.

Depois, olhou para Hayley com os olhos semicerrados.

— Amanhã, uma de nós terá de ir com você à consulta. Não quero mais que você dirija.

— Ainda estou cabendo atrás do volante. — "Mas por pouco", pensou.

— Pode ser, mas Roz ou eu vamos levar você. E acho que está na hora de começar a trabalhar em regime de meio expediente.

— Para me tirar do trabalho neste momento, mais vale me internar no manicômio. Stella, muitas mulheres trabalham mesmo até o fim. Além disso, passo o dia inteiro sentada. A melhor parte de ir à procura de Harper é poder andar um pouco.

— Andar — concordou Stella. — Mas não pegar peso. Nenhum.

— Chata, chata, chata. — Mas disse isso com uma gargalhada e dirigiu-se à estufa de enxertos.

No exterior da estufa, fez uma pausa. Ensaiara o que queria dizer. Achara melhor pensar primeiro. Sabia que ele aceitaria o seu pedido de desculpas. A mãe o educara bem e, por aquilo que já vira, ele tinha um bom coração. Mas queria muito que ele compreendesse que ela estava apenas num estado de espírito complicado.

Abriu a porta. Adorava o cheiro dali. Experiências, possibilidades. Um dia, esperava que Roz ou Harper lhe ensinassem qualquer coisa sobre esse aspecto do negócio.

Viu-o ao fundo, curvado sobre o trabalho. Tinha fones nos ouvidos e estava batendo o pé ao ritmo da música que só ele ouvia.

Céus, era mesmo muito atraente. Se o tivesse conhecido na livraria, antes de a sua vida ter mudado, teria flertado com ele ou arranjado uma forma de ele flertar com ela. Aqueles cabelos escuros e desgrenhados, a linha definida do maxilar, os olhos sonhadores. E aquelas mãos de artista.

Apostava que ele tinha meia dúzia de garotas penduradas nele e outra meia dúzia à espera de uma oportunidade.

Aproximou-se. Ficou tão surpresa quando ele ergueu subitamente a cabeça e se virou para ela que estacou.

— Meu Deus, Harper! Pensei que eu é que ia assustar você.

— O quê? O quê? — perguntou ele com ar confuso enquanto tirava os fones de ouvido. — O quê?

— Pensei que não estava me ouvindo.

— Eu... — E não estava. Tinha sentido o cheiro dela. — Precisa de alguma coisa?

— Acho que sim. Preciso lhe dizer que lamento muito a forma como tenho caído em cima de você sempre que abre a boca nessas últimas duas semanas. Tenho sido uma grande chata.

— Não... Bem, é verdade. Mas não faz mal.

Ela riu e se aproximou mais para tentar ver o que ele estava fazendo. Parecia apenas um molho de caules presos com um fio.

— Acho que estava apenas assustada. O que vou fazer, como vou conseguir? Por que me sinto sempre tão gorda e feia?

— Você não é gorda. E nunca poderia ser feia.

— É muito simpático da sua parte. Mas estar grávida não me afetou a visão e sei o que vejo no espelho todos os dias.

— Nesse caso, sabe que é bonita.

Ela sorriu e os seus olhos cintilaram.

— Devo ser mesmo um caso deplorável, para você se sentir na obrigação de flertar com uma grávida rabugenta.

— Não estou... seria incapaz. — Mas queria fazê-lo, no mínimo.
— Seja como for, parece que você está se sentindo melhor.
— Muito melhor. Basicamente, andava cheia de pena de mim mesma e odeio me sentir assim. Imagina, a sua mãe e a Stella prepararam uma festa para o bebê. Fartei-me de chorar. E a Stella também. Mas depois nos divertimos muito. Quem haveria de dizer que uma festa para o bebê poderia ser tão divertida? — Levou as mãos à barriga e riu. — Você já conhece a madrasta da Stella?
— Não.
— É muito divertida. Eu ri tanto que pensei que ia ter o bebê ali mesmo. E a sra. Haggerty...
— A sra. Haggerty? A nossa sra. Haggerty estava lá?
— Não só estava lá, como ganhou o jogo do nome da canção. Tínhamos de escrever o maior número de nomes de canções com a palavra *"baby"*. Você nem vai acreditar numa das que ela escreveu.
— Desisto.
— "Baby Got Back."
Ele sorriu.
— Não acredito. A sra. Haggerty escreveu o nome de uma música de rap?
— E depois a cantou.
— Agora você está mentindo.
— É verdade. Pelo menos, cantou alguns versos. Quase fiz xixi nas calças. Mas estou me esquecendo do motivo por que estou aqui. Você estava apenas ajudando com a melhor surpresa que já tive e eu não fiz nada senão resmungar e ser agressiva. E criticá-lo, como você disse. Lamento muito.
— Não faz mal. Tenho um amigo cuja mulher teve bebê há alguns meses. Juro que, perto do fim, era possível ver as presas lhe crescendo na boca. E acho que ficou com os olhos vermelhos algumas vezes.
Ela riu outra vez e encostou a mão na barriga.
— Espero não chegar a esse ponto antes de...
Depois se calou, com uma expressão confusa no rosto, ao sentir um pequeno estalo dentro de si. Ao ouvi-lo, mais precisamente. Como um *ping* suave e distante.

Depois, a água começou a escorrer pelas suas pernas.

Harper emitiu também um som, como um homem cujas palavras ficaram estranguladas na garganta. Levantou-se de um salto, gaguejando, enquanto Hayley olhava para o chão.

— Oh, oh! — disse ela.

— Não faz mal, está tudo bem. Talvez eu deva... talvez seja melhor...

— Ai, pelo amor de Deus, Harper. Não fiz xixi no chão. A bolsa estourou.

— Que bolsa? — Pestanejou, depois ficou pálido como um cadáver.

— *Essa* bolsa. Oh, céus! Oh, meu Deus! Oh, merda! Sente-se. Sente-se ou... eu vou chamar...

Uma ambulância, os fuzileiros.

— Minha mãe.

— Acho que é melhor eu ir com você. É um pouco cedo. — Forçou-se a sorrir para não gritar. — Ainda faltam duas semanas. Acho que o bebê está impaciente para sair e ver o que está acontecendo por aqui. Você me dá uma ajuda? Oh, céus, Harper, estou morta de medo!

— Não se preocupe. — Passou o braço à volta dela. — Apoie-se em mim. Está sentindo alguma dor?

— Não, por enquanto não.

Por dentro, Harper ainda se sentia pálido e agoniado. Mas segurou-a com firmeza e, quando virou a cabeça, seu sorriso parecia descontraído.

— Ei! — Muito suavemente, tocou-lhe na barriga. — Feliz aniversário, bebê.

— Oh, meu Deus. — O rosto dela se iluminou quando saíram. — Isto é *fantástico*.

Stella não podia dar à luz o bebê, mas podia fazer praticamente todo o resto — ou delegar a alguém. Hayley ainda não havia preparado a bolsa para levar para o hospital, mas Stella tinha uma lista. Um telefonema para David tratou disso, enquanto conduzia Hayley ao hospital. Telefonou para o médico para colocá-lo a par do progresso do trabalho de parto de Hayley, deixou uma mensagem no celular do pai e outra no gravador de mensagens de casa para lhe pedir que ficasse com os seus filhos e ajudou Hayley com a respiração quando as primeiras contrações começaram.

— Se alguma vez me casar, comprar uma casa ou começar uma guerra, espero que você se encarregue dos detalhes.

Stella olhou para o lado quando Hayley afagou a barriga.

— Pode contar comigo. Tudo bem?

— Sim. Estou nervosa e excitada e... Oh, uau, vou ter um bebê!

— Você vai ter um bebê fabuloso.

— Os livros dizem que as coisas podem ficar complicadas durante o parto; portanto, se eu gritar ou xingar você...

— Já passei por isso. Fique descansada que eu não levarei a mal.

Quando Roz chegou, Hayley já estava instalada num quarto. A televisão estava ligada, passando um episódio antigo de *Friends*. Por baixo, no balcão, havia um arranjo de rosas brancas. Obra de Stella, sem dúvida.

— Como está a nossa mamãe?

— Dizem que estou trabalhando depressa. — Corada e de olhos brilhantes, Hayley estendeu a mão e segurou a de Roz. — E está tudo bem. As contrações tornaram-se mais frequentes, mas não dói tanto assim.

— Ela não quer a anestesia peridural — disse Stella.

— Ah! — Roz deu uma palmadinha na mão de Hayley. — Isso é com você. Pode mudar de ideia se achar que não vai aguentar.

— Talvez seja um disparate e talvez venha a me arrepender, mas quero sentir tudo. Uau! Esta, eu senti!

Stella aproximou-se e ajudou-a com a respiração durante a contração. Hayley suspirou e fechou os olhos no momento em que David entrava no quarto.

— É aqui a festa? — Pousou uma bolsa de viagem, uma pequena mochila e uma jarra de margaridas amarelas, antes de se inclinar e beijar Hayley no rosto. — Você não vai me pôr para correr só porque sou homem, não é?

— Você quer ficar? — Hayley corou de felicidade. — Sério?

— Você está brincando? — Tirou uma pequena câmera digital do bolso. — Nomeio a mim mesmo fotógrafo oficial.

— Oh! — Mordendo o lábio, Hayley afagou a barriga. — Não sei se tirar fotografias é uma boa ideia.

— Não se preocupe, querida, não vou tirar nenhuma que não possa mostrar a todo mundo. Sorria.

Tirou algumas fotografias. Pediu a Roz e a Stella que se colocassem ao lado da cama e disparou mais algumas vezes.

— É verdade, Stella, Logan vai levar os meninos para a casa dele depois da escola.

— O quê?

— Seus pais estão num torneio de golfe qualquer. Eles estavam prontos para voltar, mas eu lhes disse que não se preocupassem, que eu tomaria conta das crianças. Depois, Logan passou pelos viveiros, encontrou Harper... ele também já está a caminho.

— Logan? — perguntou Hayley. — Vem para cá?

— Não, Harper. Logan está com os meninos. Disse que os levaria para a casa dele, que os colocaria para trabalhar e para você não se preocupar. E pediu que o mantivéssemos a par dos progressos do bebê.

— Não sei se... — Mas Stella calou-se quando começou outra contração.

Seu trabalho ao lado de Hayley manteve-a ocupada, mas parte da sua mente não conseguia pôr de lado a ideia de Logan estar tomando conta de seus filhos. Colocá-los para trabalhar? O que isso queria dizer? Como é que ele saberia o que fazer se eles começassem a brigar — algo que aconteceria inevitavelmente, a certa altura? Como é que poderia tomar conta deles se os levasse para algum trabalho? Poderiam cair numa vala, ou de uma árvore, ou cortar algum dedo com uma ferramenta afiada, pelo amor de Deus.

Quando o médico apareceu para ver o progresso de Hayley, Stella saiu rapidamente para telefonar para Logan.

— Kitridge.

— É Stella. Meus filhos...

— Sim, eles estão bem. Estão aqui. Gavin, não corra atrás do seu irmão com essa serra elétrica. — Ao ouvir o grito horrorizado de Stella,

Logan soltou uma gargalhada. — Estou brincando. Eles estão cavando um buraco. Estão felizes como porquinhos na lama e duas vezes mais sujos. Já temos bebê?

— Não, o médico está agora com ela. No último exame, já tinha oito centímetros de dilatação.

— Não faço ideia do que isso significa, mas presumo que seja bom.

— É muito bom. Está tudo correndo muito bem. Até parece que tem um bebê todas as semanas. Você tem certeza de que as crianças estão bem?

— Ouça.

Stella percebeu que ele tinha levantado o telefone e ouviu risos e as vozes excitadas dos filhos discutindo o que poderiam enterrar naquele buraco. Um elefante. Um brontossauro. O sr. Kelso, o gordo da mercearia.

— Eles não deveriam chamar o sr. Kelso de gordo.

— Não temos tempo para mulheres por aqui. Ligue-me quando tivermos um bebê.

Desligou, deixando-a com o telefone mudo nas mãos. Depois, virou-se e quase foi de encontro a Harper. Ou melhor, à floresta de lírios vermelhos que ele equilibrava nas mãos.

— Harper? Você está aí?

— Ela está bem? Cheguei atrasado?

— Está tudo bem. O médico está com ela. E você chegou bem a tempo.

— Está bem. Lembrei-me dos lírios porque são exóticos e ela gosta de vermelho. Acho que ela gosta de vermelho.

— São lindíssimos. Deixe-me ajudar você.

— Talvez seja melhor eu não entrar. Talvez seja melhor você levar as flores.

— Não seja bobo. Temos uma autêntica festa por aqui. Ela é uma moça sociável e ter pessoas à sua volta a ajuda a se esquecer um pouco da dor. Quando eu saí, David tinha colocado Red Hot Chili Peppers no CD player e uma garrafa de champanhe para gelar na pia do banheiro.

Conduziu-o para dentro do quarto. A música ainda era Red Hot Chili Peppers, e David virou a máquina para a porta para tirar uma fotografia de Harper espreitando com ar nervoso através de uma floresta de lírios vermelhos.

— Oh! Oh! São as flores mais lindas que eu já vi! — Um pouco pálida, mas sorridente, Hayley tentou sentar-se na cama.

— Vão dar um ótimo ponto focal. — Stella ajudou Harper a colocá-las na mesa. — Você pode se concentrar nelas durante as contrações.

— O médico diz que estou quase lá. Daqui a pouco já posso começar a fazer força.

Harper aproximou-se da cama.

— Você está bem?

— Um pouco cansada. Dá muito trabalho, mas não é tão ruim como eu pensava. — Abruptamente, apertou a mão dele. — Oh, oh. Stella.

Roz estava aos pés da cama. Olhou para o filho, de mãos dadas com Hayley, e para o rosto dele. Sentiu algo dentro de si contrair-se e distender-se dolorosamente. Depois suspirou e começou a massagear os pés de Hayley, enquanto Stella murmurava instruções e palavras de encorajamento.

A dor aumentou. Stella observou a curva das contrações no monitor e sentiu a própria barriga contrair-se por empatia. "Essa menina é de ferro", pensou. Estava agora pálida e banhada de suor. Havia momentos em que Hayley apertava a sua mão com tanta força que julgava que ela iria quebrar seus dedos. Mas Hayley mantinha a concentração e aguentava as contrações.

Uma hora transformou-se em duas, com as contrações cada vez mais próximas e mais fortes, e Hayley soprando como um comboio a vapor. Stella lhe dava lascas de gelo e panos molhados, e Roz massageava-lhe os ombros.

— Harper! — A generala Rothchild começou a distribuir ordens. — Massageie a barriga da Hayley.

Ele olhou para Stella como se ela lhe tivesse pedido para fazer pessoalmente o parto.

— Fazer o quê?

— Suavemente, em círculos. Isso ajuda. David, a música...

— Não, eu gosto da música. — Hayley segurou a mão de Stella quando sentiu uma contração aproximar-se. — Pode pôr mais alto, David, para o caso de eu começar a gritar. Oh, oh, merda! Tenho vontade de fazer força. Quero fazer força, *agora*!

— Ainda não, ainda não. Concentre-se. Hayley, você está se comportando maravilhosamente. Roz, talvez seja hora de chamar o médico.

— Vou tratar disso — disse ela, saindo do quarto.

Quando o médico se sentou entre as pernas de Hayley e chegou o momento de ela fazer força, Stella reparou que Harper e David estavam ambos um pouco esverdeados. Deu a ponta de uma toalha a Hayley e segurou na outra, para ajudá-la a fazer força, enquanto contava até dez.

— Harper! Fique atrás dela e apoie suas costas.

— Eu... — Ele estava se aproximando sorrateiramente da porta, mas a mãe bloqueou seu caminho.

— Estou certa de que não vai querer estar longe daqui quando um milagre destes acontecer — disse, empurrando-o suavemente.

— Você está se portando muito bem — disse Stella. — É fantástica. — Acenou quando o médico disse a Hayley para fazer força novamente.

— Prepare-se. Respire fundo. E força!

— Meu Deus! — Mesmo no meio do burburinho de vozes, o murmúrio de David foi audível. — Nunca vi nada assim. Tenho de telefonar para a minha mãe. Droga, tenho de lhe mandar um caminhão de flores!

— Céus! — Harper conteve a respiração ao mesmo tempo que Hayley. — É uma cabeça.

Hayley começou a rir, com as lágrimas deslizando pela sua face.

— Olhe para aquele cabelo todo! Oh, meu Deus, não podemos tirá-lo já?

— A seguir são os ombros, querida, e depois pronto. Você precisa fazer força mais uma vez, está bem? Ouça! Ele já está chorando. Hayley, é o seu bebê chorando. — E Stella estava chorando também quando, com um último esforço desesperado, a vida invadiu o quarto.

— É uma menina — disse Roz suavemente enquanto limpava o suor do próprio rosto. — Você tem uma filha, Hayley. E é linda.

— Uma menina. Uma bebezinha. — Hayley já tinha os braços no ar. Quando a pousaram sobre a barriga dela para Roz cortar o cordão umbilical, continuou rindo enquanto acariciava a bebê da cabeça aos pés. — Oh, está *olhando* para você. Olhando para você. Não, não a levem.

— Vão só limpá-la. Dois segundos. — Stella inclinou-se e beijou Hayley na testa. — Parabéns, mamãe.

— Vejam. — Hayley pegou a mão de Stella e depois a de Harper. — Até chorando ela é linda.

— Três quilos e cem — anunciou a enfermeira, levando a bebê embrulhada para a cama. — Quarenta e cinco centímetros. E dez no índice Apgar.

— Ouviu? — Hayley embalou a bebê e beijou-lhe a testa, a face, a boquinha minúscula. — Você passou com distinção no primeiro teste. Ela está olhando para mim! Olá! Olá, sou a sua mamãe. Estou muito feliz por ver você.

— Sorria! — David tirou outra fotografia. — Que nome você decidiu dar a ela?

— Escolhi um novo enquanto estava fazendo força. Vai se chamar Lily, porque eu estava vendo os lírios e sentindo seu aroma enquanto ela nascia. Portanto, chama-se Lily Rose Star. Rose é de Rosalind, Star é de Stella.

Capítulo Dezenove

Exausta e excitada, Stella entrou em casa. Apesar de já passar da hora de dormir, estava à espera de que os filhos aparecessem correndo, mas teve de se contentar com as boas-vindas entusiásticas de Parker. Pegou-o e beijou-lhe o focinho enquanto ele lhe lambia o rosto.

— Adivinhe, meu amigo peludo! Hoje tivemos um bebê. A nossa primeira menina.

Afastou os cabelos do rosto e sentiu-se imediatamente culpada. Roz deixara o hospital antes dela e estava provavelmente lá em cima cuidando dos meninos.

Dirigia-se às escadas quando Logan apareceu no vestíbulo.

— Grande dia, hein?

— O maior — concordou ela. Não pensara que ele ainda estivesse ali e deu-se conta, súbita e intensamente, de que o seu trabalho ao lado de Hayley a fizera transpirar profusamente, eliminando qualquer vestígio de maquiagem do seu rosto. Além disso, não lhe parecia estar com um cheiro muito agradável.

— Muito obrigada por ter tomado conta das crianças.

— Não custou nada. Ganhei dois belos buracos. Mas a roupa deles talvez não tenha salvação.

— Eles têm outras. Roz está lá em cima com eles?

— Não. Está na cozinha. David está improvisando qualquer coisa para comermos e eu ouvi falar em champanhe.

— Mais champanhe? Nós praticamente mergulhamos em champanhe no hospital. É melhor subir para cuidar dos meninos.

— Já estão dormindo desde as nove. Fazer buracos acaba com um homem.

— Oh... eu sei que você disse que ia trazê-los quando lhe telefonei para dar a notícia do bebê, mas não esperava que os colocasse na cama.

— Eles estavam exaustos. Tomamos um banho, como homens, eles se enfiaram na cama e adormeceram em cinco segundos.

— Bem, fico lhe devendo uma.

— Me pague.

Aproximou-se dela, abraçou-a e beijou-a até ela sentir a cabeça rodando.

— Cansada? — perguntou.

— Sim, mas um cansaço bom.

Logan passou os dedos pelos cabelos dela, sem largá-la.

— Como estão a bebê e a mamãe?

— Ótimas. Hayley é espantosa. Aguentou-se como uma rocha durante sete horas de trabalho de parto. E a bebê pode ter nascido duas semanas antes do tempo, mas nasceu como uma campeã. Poucos gramas a menos do que Gavin pesava quando nasceu, e eu levei o dobro de tempo convencendo-o a sair.

— Teve vontade de ter outro?

Ela empalideceu.

— Oh! Bem...

— Agora eu assustei você. — Divertido, ele passou o braço sobre os ombros dela. — Vamos lá ver qual é o cardápio para acompanhar o tal champanhe.

Na realidade, ele não a assustara, mas a deixara ligeiramente inquieta. Estava apenas começando a se habituar à ideia de ter uma relação e ele já estava fazendo insinuações sutis sobre bebês.

Claro que podia ter sido apenas uma observação natural, em face das circunstâncias. Ou uma espécie de piada.

Fosse qual fosse a intenção, deixou-a pensando. Desejaria ter mais filhos? Tinha eliminado essa possibilidade quando Kevin morrera e desligara implacavelmente o seu relógio biológico. Claro que era capaz, fisicamente, de ter outro filho. Mas era preciso mais do que capacidade física para colocar uma criança no mundo.

Já tinha dois filhos saudáveis e ativos. E era única e completamente responsável por eles — em nível emocional, financeiro e moral. Pensar em ter outro significava pensar em ter uma relação permanente com um homem. Casamento, um futuro, partilhar não só aquilo que tinha, mas também construir mais e numa direção diferente.

Viera para o Tennessee para reencontrar as próprias raízes e para plantar a sua família no solo de suas origens. Para estar perto do pai e dar aos filhos o prazer de estarem perto de avós que queriam conhecê-los.

Sua mãe nunca estivera particularmente interessada, nunca gostara de se considerar avó. Acabava com sua imagem de juventude, achava Stella.

Se um homem como Logan aparecesse no radar da sua mãe, seria imediatamente caçado.

E, se era por isso que Stella estava hesitando, era realmente muito triste. Mas, sem dúvida, isso fazia parte da questão, caso contrário nem lhe passaria pela cabeça.

Nunca odiara nenhum dos seus padrastos. Mas também nunca tivera uma boa relação com eles, nem eles com ela. Que idade tinha quando a mãe voltara a casar pela primeira vez? Era da idade de Gavin, lembrou-se. Sim, mais ou menos oito anos.

Tinham-na tirado da escola e colocado numa escola nova, numa casa nova, num bairro novo, e Stella passara por tudo isso meio aturdida, enquanto a mãe navegava na adrenalina de ter um marido novo.

Esse durara quanto tempo? Três anos, quatro? Entre dois e três, com mais um ano de convulsão enquanto a sua mãe lidava com a batalha e os destroços do divórcio, outra casa nova, um emprego novo, um novo começo.

E outra escola nova para Stella.

Depois disso, a mãe se limitara a ter *namorados* por um longo período. Mas isso acabara por ser outra espécie de convulsão, ter de sobreviver às incursões loucas da mãe no amor e aos eventuais finais amargos.

"E eram sempre amargos", recordou Stella.

Pelo menos, quando a mãe voltara a se casar, ela já estava na universidade, morando sozinha. E talvez essa fosse uma das razões por que aquele casamento durara quase uma década. Não havia uma criança atrapalhando as coisas. Porém, acabara ocorrendo outro divórcio amargo, que quase coincidira com a sua viuvez.

Fora um ano horrível, de todas as maneiras possíveis, aquele em que a sua mãe acabara com mais um casamento breve e tumultuado.

Era estranho que, mesmo depois de adulta, Stella não conseguisse perdoar por completo o fato de ter sido sempre colocada em segundo ou terceiro lugar, atrás das necessidades da mãe.

Não estava fazendo isso com os filhos, garantiu a si própria. Não estava sendo egoísta nem descuidada em sua relação com Logan, nem empurrando os filhos para a parte de trás do coração por estar se apaixonando.

No entanto, a verdade é que estava tudo avançando muito depressa. Faria mais sentido acalmar as coisas um pouco, até conseguir ver melhor o quadro geral.

Além disso, estaria muito ocupada para pensar em casamento. E não podia esquecer-se de que ele não lhe pedira em casamento nem para ter filhos, pelo amor de Deus. Estava fazendo uma tempestade num copo-d'água por causa de um comentário casual.

Tinha de colocar os pés no chão. Levantou-se da escrivaninha e dirigiu-se à porta, mas esta abriu antes.

— Estava à sua procura — disse Stella a Roz. — Vou buscar a nossa nova família e trazê-la para casa.

— Quem me dera poder ir com você! Quase adiei a reunião por causa disso. — Olhou para o relógio como se estivesse ainda levando em conta tal hipótese.

— Quando você voltar da reunião com o dr. Carnegie, elas já estarão instaladas e prontas para os mimos da tia Roz.

— Tenho de admitir que estou louca para pôr as mãos naquela bebê. Então, o que está preocupando você?

— Preocupando-me? — Stella abriu a gaveta da escrivaninha para tirar a bolsa. — O que faz você pensar que ando preocupada com alguma coisa?

— O seu relógio está ao contrário, o que significa que esteve torcendo a pulseira. O que significa que está preocupada. Está acontecendo alguma coisa que eu não saiba?

— Não. — Irritada, Stella endireitou o relógio. — Não, não tem nada a ver com o trabalho. Estava pensando em Logan e na minha mãe.

— O que Logan tem a ver com sua mãe? — perguntou Roz, pegando na garrafa térmica de Stella. Abriu-a, cheirou o conteúdo e despejou um pouco de café gelado na tampa.

— Nada. Não sei. Quer um copo?

— Não, está bom assim. Só quero provar.

— Acho... sinto-me... tenho pensado... e já pareço uma idiota falando. — Stella tirou o batom da bolsa e, aproximando-se do espelho que pendurara na parede, começou a retocar a maquiagem. — Roz, as coisas entre mim e Logan estão ficando sérias.

— Uma vez que tenho olhos, já havia percebido. Quer que eu faça perguntas ou que me meta na sua vida?

— O problema é que não sei se estou pronta para uma relação séria. Nem sei se ele está. Já é surpreendente que tenhamos acabado gostando um do outro, quanto mais... — Virou-se. — Nunca me senti assim em relação a ninguém. Tão agitada e nervosa e... bem, inquieta.

Arrumou o batom e fechou a bolsa.

— Com Kevin foi tudo muito claro. Éramos jovens, estávamos apaixonados e, na verdade, não havia uma única barreira a ser ultrapassada. Não que nunca tenhamos discutido ou que não tivéssemos os nossos problemas, mas as coisas sempre foram relativamente simples para nós.

— E, quanto mais vivemos, mais complicada a vida se torna.

— Sim. Tenho medo de me apaixonar outra vez, de atravessar aquela linha divisória entre o que é meu e o que é nosso. Parece incrivelmente egoísta, agora que disse isso em voz alta.

— Talvez, mas acho que é bastante normal.

— Pode ser. Roz, a minha mãe era... é... uma pessoa complicada. Sei, no meu íntimo, que tomei muitas decisões por serem exatamente o oposto do que ela faria. É patético.

— Não sei se é, se essas decisões foram as mais corretas para você.

— Foram. Têm sido. Mas não quero virar as costas a algo que pode ser maravilhoso só porque sei que a minha mãe mergulharia de cabeça sem pensar duas vezes.

— Minha querida, olho para você e me lembro de como era ter a sua idade, e ambas olhamos para Hayley e pensamos como é que ela tem coragem e força de espírito para criar aquela bebê sozinha.

Stella riu.

— É bem verdade.

— E, uma vez que as três nos tornamos amigas, podemos dar umas às outras apoio, conselhos e um ombro para chorar. Mas a verdade é que cada uma tem de passar por aquilo que tem de passar. E eu acho que você vai resolver o seu problema rapidamente. Perceber como fazer as coisas é um dos seus pontos fortes.

Pousou a tampa da garrafa térmica na escrivaninha e deu uma palmadinha no ombro de Stella.

— Bem, vou em casa mudar de roupa.

— Obrigada, Roz. Sério. Se Hayley estiver bem quando chegarmos em casa, eu a deixarei com David. Sei que as coisas por aqui hoje estão complicadas.

— Não, fique em casa com ela e com a Lily. Harper pode cuidar das coisas por aqui. Não é todo dia que trazemos um bebê para casa.

Roz estava pensando nisso enquanto procurava um lugar para estacionar perto do apartamento de Mitchell Carnegie. Há muitos anos que não havia um bebê na Harper House. Como é que a Noiva Harper iria reagir?

Como é que todos eles iriam reagir?

Como é que ela própria iria reagir ao fato de o seu filho mais velho estar apaixonado por aquela doce mãe solteira e pela sua bebezinha? Duvidava que Harper soubesse que estava caminhando nessa direção, e claro que Hayley não fazia a menor ideia. Mas uma mãe percebia essas coisas; uma mãe conseguia lê-las no rosto do filho.

Mais uma coisa em que pensar em outro momento, decidiu, praguejando entre dentes pela falta de lugares.

Teve de deixar o carro a quase três quarteirões e praguejou de novo porque achara que era apropriado usar saltos altos. Agora ficaria com os pés doloridos *e* teria de perder mais tempo para vestir qualquer coisa confortável depois daquela reunião.

Iria chegar atrasada, algo que detestava, e iria chegar cheia de calor e suada.

Teria adorado passar aquela reunião para Stella. Mas não era o tipo de coisa que pudesse pedir a uma gerente. Tinha a ver com a sua casa, com a sua família. Tomara como garantido este aspecto da sua vida durante muito tempo.

Fez uma pausa na esquina enquanto esperava que o sinal abrisse.

— Roz!

Bastou aquela única sílaba para deixar os cabelos da nuca arrepiados. Sua expressão era fria como gelo quando se virou e olhou para o homem magro e atraente que se aproximava rapidamente dela nos seus sapatos Ferragamo brilhantes.

— Bem me pareceu que era você. Mais ninguém poderia estar tão bonita e fresca numa tarde tão quente.

Aproximou-se dela, aquele homem com quem, algum tempo atrás, Roz fora suficientemente idiota para se casar, e apertou sua mão.

— Você está fantástica!

— É melhor largar a minha mão, Bryce, ou de repente vai se ver com a cara encostada na calçada, uma possibilidade que lhe garanto que só será embaraçosa para você.

O rosto dele, com o seu bronzeado uniforme e as feições descontraídas, endureceu.

— Tinha esperança de que após todo esse tempo todo pudéssemos ser amigos.

— Não somos amigos e nunca seremos. — Deliberadamente, tirou um lenço de papel da bolsa e limpou a mão que ele tocara. — Não tenho mentirosos e traiçoeiros entre meus amigos.

— Um homem não pode cometer um erro nem encontrar perdão com uma mulher como você.

— Você tem toda a razão. Acho que é a primeira vez que tem toda a razão na sua vida miserável.

Começou a atravessar a estrada, mais resignada do que surpreendida, quando viu que ele a seguia. Vestia um terno cinza-claro de corte italiano. *Canali*, se não estava enganada. Pelo menos era esse o seu estilista preferido quando era ela quem pagava as contas.

— Não percebo por que razão você ainda está aborrecida, Roz, minha querida. A menos que ainda sinta alguma coisa por mim.

— Oh, e sinto, Bryce, e sinto. Principalmente nojo. Desapareça antes que eu chame um policial e mande prendê-lo por assédio.

— Gostaria apenas de ter outra oportunidade de...

Ela parou.

— Isso nunca acontecerá, nem nesta vida nem em mil vidas futuras. Pode dar graças por conseguir andar na rua com os seus sapatos caros, Bryce, e por vestir um terno bom em vez de um macacão de prisioneiro.

— Você não tem razão nenhuma para falar comigo assim. Conseguiu o que queria, Roz. Deixou-me sem um tostão.

— Está se esquecendo dos quinze mil seiscentos e cinquenta e oito dólares e vinte e dois centavos que transferiu da minha conta uma semana antes de eu pôr você na rua? Oh, sim, eu sei — disse, quando ele se manteve cuidadosamente inexpressivo. — Mas resolvi deixar passar porque decidi que merecia pagar alguma coisa pela minha própria estupidez. Agora desapareça e não se aproxime mais de mim, ou prometo que se arrependerá.

Caminhou com passos decididos pela calçada e nem o "vaca frígida!" que ele lhe atirou a fez abrandar o passo.

Mas estava abalada. Quando chegou ao seu destino, tinha as mãos e os joelhos trêmulos. Detestava ter permitido que ele a afetasse. Odiava que o fato de o ver tivesse causado qualquer reação, mesmo que fosse de raiva.

Porque havia também vergonha.

Ela o aceitara no seu coração e na sua casa. Deixara-se encantar e seduzir — e ele mentira e a enganara. Sabia que ele lhe roubara mais do que o seu dinheiro. Roubara-lhe o orgulho. E era um choque perceber que, depois desse tempo todo, ainda não o recuperara completamente.

Deu graças pelo ar agradável dentro do prédio e subiu no elevador até o segundo andar.

Estava muito cansada e aborrecida para se preocupar com o cabelo ou a maquiagem antes de bater à porta. Em vez disso, aguardou impaciente, batendo o pé, até a porta se abrir.

Ele era tão bem-apessoado como na fotografia da contracapa dos seus livros — vários dos quais ela lera ou folheara antes de combinar aquela reunião. Estava apenas um pouco mais amarrotado, com as mangas da camisa arregaçadas e calça jeans. Mas o que ela viu foi um indivíduo muito alto e magro, com um par de óculos de aro grosso na ponta de um nariz fino. Por trás das lentes, os olhos verdes pareciam distraídos. Tinha uma cabeleira abundante, meio revolta, de um castanho-musgo, em volta de um rosto forte, de ossos definidos, com uma nódoa negra no queixo.

O fato de ele estar descalço a fez sentir-se quente e muito bem-arrumada para a ocasião.

— Dr. Carnegie?

— Eu mesmo, sra. Harper, peço imensa desculpa. Distraí-me com as horas. Entre, por favor. E não olhe para nada — disse ele, com um sorriso rápido e encantador. — Como me distraí, não me lembrei de arrumar tudo. Vamos diretamente para o meu escritório, onde posso desculpar a desordem com o processo criativo. Posso oferecer-lhe alguma coisa?

O seu sotaque era do litoral sulista, reparou ela. Aquele sotaque indolente que transformava as vogais num líquido quente.

— Aceito qualquer coisa fresca, o que tiver.

Claro que olhou à sua volta enquanto ele a conduzia rapidamente através da sala. Havia jornais e livros em cima de um enorme sofá marrom, outra pilha numa mesinha de café que parecia georgiana, ao lado de uma vela branca e grossa. Viu uma bola de basquetebol e um par de tênis com tão mau aspecto que duvidava de que os seus próprios filhos os usassem, em cima de um maravilhoso tapete turco, e a maior televisão que ela já vira, ocupando uma parede inteira.

Apesar de ele a conduzir bastante depressa, teve um vislumbre da cozinha. Pelo número de pratos em cima da bancada, presumiu que ele tivesse dado uma festa havia pouco tempo.

— Estou no meio de um livro — explicou ele. — E, quando faço uma pausa, as tarefas domésticas não são a minha prioridade. A minha última faxineira se demitiu. Tal como as anteriores.

— Não imagino por quê — disse ela educadamente, enquanto olhava para o escritório dele.

Não havia uma única superfície vazia à vista, e o ar recendia a fumo de charuto. No parapeito da janela, estava uma diefembáquia num vaso de barro lascado, murchando. Erguendo-se acima do caos da escrivaninha, viu um monitor de computador e um teclado ergonômico.

Ele limpou a cadeira, atirando tudo para o chão sem cerimônias.

— Espere um minuto.

Quando ele saiu, Roz ergueu as sobrancelhas ao ver um sanduíche meio comido e o copo de — talvez fosse chá — entre a confusão em cima da escrivaninha. Ficou relativamente desapontada quando, esticando o pescoço, espreitou o monitor. O protetor de tela estava ativado. Mas o interessante é que mostrava várias personagens de desenhos animados jogando basquetebol.

— Espero que goste de chá — disse ele quando regressou.

— Pode ser, obrigada. — Aceitou o copo e esperou que tivesse sido lavado na última década. — Dr. Carnegie, aquela planta está se matando.

— Qual planta?

— A diefembáquia no parapeito da janela.

— Oh? Oh, nem sabia que tinha uma planta. — Olhou para ela, espantado. — De onde será que veio? Não parece muito saudável, não é?

Pegou-a e Roz percebeu, horrorizada, que ele pensava em atirá-la para o cesto de papéis transbordando ao lado da escrivaninha.

— Pelo amor de Deus, não a jogue fora. Seria capaz de enterrar o seu gato vivo?

— Não tenho gato.

— Dê-me aqui. — Levantou-se e tirou-lhe o vaso das mãos. — Está morrendo de sede e de calor e tem as raízes atrofiadas. Esta terra está dura como pedra.

Colocou-a ao lado da cadeira e sentou-se de novo.

— Eu cuidarei dela — disse, e cruzou as pernas, irritada. — Dr. Carnegie...

— Mitch. Se vai levar a minha planta, tem de me tratar por Mitch.

— Tal como expliquei quando o contatei, estou interessada em contratá-lo para fazer uma genealogia minuciosa da minha família, com um interesse específico em recolher informações sobre determinada pessoa.

— Sim. — "Uma mulher muito direta", pensou ele, sentando-se atrás da escrivaninha. — E eu lhe disse que só faço genealogias pessoais se algo na história da família me interessar. Como já a informei, estou trabalhando num livro e não tenho muito tempo para dedicar a uma busca genealógica.

— Não mencionou o seu pagamento.

— Cinquenta dólares por hora, mais as despesas.

Ela sentiu um aperto no estômago.

— Preços de advogado.

— Uma genealogia normal não demora muito, se soubermos o que estamos fazendo e onde procurar. Na maioria dos casos, faz-se em cerca de quarenta horas, dependendo de quantos anos se pretende recuar. Se for mais complicada, poderemos discutir um preço limite... voltando a falar no assunto depois de esse tempo se esgotar. Mas, como já disse...

— Não creio que seja preciso recuar muito mais de um século.

— Isso é fácil, nesta área. E, se está falando apenas de cem anos, provavelmente poderia fazê-lo sozinha. Terei todo o prazer em lhe dar algumas indicações. Sem custos.

— Preciso de um especialista, algo que me garantiram que o senhor é. E estou disposta a negociar as condições. Uma vez que encontrou tempo na sua agenda ocupada para me receber, acho que poderia me ouvir antes de me enxotar.

"Muito direta", pensou ele de novo, "e suscetível."

— Não era essa a minha intenção... enxotá-la. Claro que estou disposto a ouvi-la. Se não tiver muita pressa com o relatório, poderei ajudá-la dentro de algumas semanas.

Quando ela inclinou a cabeça, ele começou a remexer em cima e por baixo da escrivaninha.

— Deixe-me só... como diabo isto veio parar aqui?

Finalmente, encontrou um bloco de notas e uma caneta.

— Rosalind, certo?

Ela sorriu.

— Como em Rosalind Russell. O meu pai era fã dela.

Ele escreveu o nome dela no alto da folha.

— Disse cem anos. Imagino que uma família como a sua deva ter diários, registros, documentos... e uma considerável história oral, o suficiente para cobrir um século.

— Seria de pensar que sim, não seria? Na verdade, existem muitos registros, mas certas coisas me levam a pensar que parte da história oral está incorreta ou incompleta. No entanto, posso lhe mostrar tudo o que tenho. Nós já estudamos grande parte.

— Nós?

— Eu e outros moradores da minha casa.

— Então está à procura de informação sobre um antepassado específico.

— Não sei se ela é minha antepassada, mas estou certa de que fazia parte da casa. E estou certa de que morreu lá.

— Tem a certidão de óbito dela?

— Não.

Ele empurrou os óculos para cima enquanto escrevia.

— A sepultura?

— Não. O fantasma.

Roz sorriu serenamente quando ele ergueu os olhos para ela.

— Um homem que desenterra histórias familiares não acredita em fantasmas?

— Nunca encontrei nenhum.

— Se aceitar este trabalho, terá essa oportunidade. Qual será o seu preço, dr. Carnegie, para desenterrar a história e a identidade de um fantasma de família?

Ele recostou-se na cadeira e bateu com a caneta no queixo.

— Não está brincando, não é?

— Nunca brincaria por cinquenta dólares a hora, mais as despesas. Aposto que poderia escrever um livro muito interessante sobre o fantasma da família Harper, se eu assinasse uma autorização e cooperasse com o senhor.

— Aposto que sim — respondeu ele.

— E parece-me que poderia tentar encontrar aquilo que eu procuro como parte da sua pesquisa. Talvez eu devesse lhe cobrar alguma coisa.

Ele sorriu.

— Tenho de acabar este livro antes de iniciar ativamente outro projeto. Apesar das evidências em contrário, gosto de acabar aquilo que começo.

— Nesse caso, deveria começar a lavar a louça.

— Eu a avisei para não olhar. Primeiro, deixe-me dizer que a minha opinião sobre a probabilidade de haver um fantasma verdadeiro na sua casa é de... oh, na casa de uma em vinte milhões.

— Terei todo o prazer em apostar um dólar nessas probabilidades, se o senhor estiver disposto a arriscar os vinte milhões.

— Segundo, se eu aceitar este trabalho, precisarei ter acesso a todos os documentos da sua família... documentos pessoais... e precisarei do seu consentimento por escrito para procurar nos registros públicos relativos à sua família.

— Claro.

— Estou disposto a prescindir do meu pagamento, digamos, para as primeiras vinte horas. Até vermos o que encontramos.

— Quarenta horas.

— Trinta.

— Negócio fechado.

— E eu quero ver a sua casa.

— Talvez queira vir jantar conosco. Há algum dia da próxima semana que seja melhor para você?

— Não sei. Um segundo. — Virou-se para o computador e tamborilou nas teclas. — Terça-feira?

— Às sete horas, então. Não somos muito formais, mas será melhor trazer sapatos. — Pegou a planta e levantou-se. — Obrigada pelo seu tempo — disse, estendendo a mão.

— Vai mesmo levar essa coisa?

— Com certeza que vou. E não tenho a mínima intenção de lhe devolver para deixá-la morrer. Precisa de indicações para chegar à Harper House?

— Eu a encontrarei. Parece-me que já passei por ela uma vez. — Acompanhou-a até a porta. — Sabe, as mulheres sensatas geralmente não acreditam em fantasmas. As mulheres práticas geralmente não estão dispostas a pagar alguém para identificar um fantasma. E a senhora me parece uma mulher prática e sensata.

— Os homens sensatos geralmente não vivem em chiqueiros nem têm reuniões de trabalho descalços. Ambos teremos de correr os nossos riscos. Deveria pôr gelo nesse hematoma. Parece doloroso.

— E é. Maldito... — Calou-se. — Levei um encontrão num ressalto. Basquete.

— Estou vendo. Então, espero-o na terça-feira às sete.

— Lá estarei. Até lá, sra. Harper.

— Dr. Carnegie.

Manteve a porta aberta o tempo suficiente para matar a curiosidade. Estava certo. A vista por trás era tão sexy e elegante como pela frente, e ambas condiziam perfeitamente com aquela voz de beleza sulista fria como aço.

"Uma mulher de classe, da cabeça aos pés", concluiu enquanto fechava a porta.

"Fantasmas." Balançou a cabeça e riu enquanto abria caminho entre a confusão para regressar ao escritório. Era mesmo inusitado.

Capítulo Vinte

Logan inspecionou a pequenina forma pestanejando sob a luz do sol. Já tinha visto bebês antes, tivera mesmo a sua quota de contato pessoal com eles. Para ele, os recém-nascidos tinham uma estranha semelhança com peixes. "É qualquer coisa nos olhos", pensou. E esta tinha todo aquele cabelo preto, pelo que parecia uma criatura marinha humana. Exótica e transcendental.

Se Gavin estivesse por perto e Hayley fora do alcance das vozes deles, teria sugerido que aquele bebê em particular parecia algo nascido de uma relação entre o Aquaman e a Mulher Maravilha.

O menino teria percebido.

Os bebês sempre o tinham intimidado. Algo na forma como olhavam para as pessoas, como se soubessem muito mais do que elas e estivessem dispostos a tolerá-las apenas até crescerem o suficiente para tomarem eles próprios as rédeas da situação.

Mas calculou que tinha de arranjar algo melhor do que um encontro entre super-heróis, pois a mãe estava de pé ao lado dele, à espera da sua reação.

— Parece que caiu de Vênus, onde a grama é cor de safira e o céu, uma abóbada de poeira dourada. — Era verdade, admitiu Logan, e um pouco mais poético do que a teoria do Aquaman.

— Oh, que lindo! Vá... — Hayley deu-lhe um toque no braço. — Pode pegá-la no colo.

— Talvez seja melhor esperar até ela ser um pouco mais resistente.

Rindo, Hayley tirou Lily do berço.

— Um tipo grande como você não devia ter medo de um bebezinho tão pequeno. Tome. Tenha cuidado com a cabeça.

— Tem pernas compridas, para uma coisinha tão minúscula. — E agitou-as durante a passagem de mãos. — É linda como uma estampa. É muito parecida com você.

— Quase nem acredito que ela é minha. — Hayley ajeitou o chapéu de algodão de Lily e fez um esforço para tirar as mãos de cima dela. — Posso abrir o meu presente?

— Claro. Não faz mal ela estar ao sol?

— Estamos assando a bebê — disse-lhe Hayley enquanto arrancava a fita cor-de-rosa do embrulho que Logan pusera em cima da mesa do pátio.

— Desculpe?

— Ela tem um pouco de icterícia. O sol lhe faz bem. Stella que me disse que Luke também teve e costumavam levá-lo para tomar sol várias vezes por dia. — Começou a desfazer o embrulho. — Parece que ela e Roz sabem tudo sobre bebês. Posso fazer-lhes a pergunta mais disparatada que uma delas sempre tem a resposta. Eu e Lily temos sorte.

Três mulheres, um bebê. Logan imaginou que Lily mal precisava abrir a boca para arrotar antes que uma delas corresse para pegá-la no colo.

— Logan, acha que as coisas acontecem porque estão destinadas a acontecer ou porque nós fazemos com que aconteçam?

— Acho que pensamos que fazemos com que aconteçam porque estão destinadas a acontecer.

— Tenho pensado... Há muito tempo para pensar quando temos de acordar duas ou três vezes por noite. Quando saí de Little Rock, só queria... precisava, na verdade, desaparecer, e vim para cá porque tinha esperança de que Roz pudesse me dar um emprego. Podia facilmente ter ido para o Alabama. Tenho lá família consanguínea mais chegada do que Roz. Mas vim para cá e acho que estava destinado a ser assim. Acho que Lily teria de nascer aqui e ter Roz e Stella na sua vida.

— Todos nós teríamos perdido alguma coisa se você tivesse virado o carro em outra direção.

— Sinto-me como se estivesse em família. Tenho sentido falta disso desde que o meu pai morreu. Quero que Lily tenha uma família. Penso... Tenho certeza de que ficaríamos as duas bem, mesmo que estivéssemos sozinhas. Mas não quero que as coisas para ela fiquem apenas bem. Isso é pouco.

— As crianças mudam tudo.

O sorriso de Hayley parecia radiante.

— Pois mudam. Não sou a mesma pessoa que era há um ano ou mesmo há uma semana. Sou mãe. — Arrancou o resto do papel de embrulho e soltou um som que Logan considerou distintamente feminino.

— Oh, que bonequinha linda! E é tão macia. — Tirou-a da caixa e embalou-a como Logan estava embalando Lily.

— É maior do que ela.

— Mas não por muito tempo. Oh, é tão linda e rosada, e vejam o chapeuzinho!

— Se puxar o chapéu, tocará música.

— Sério? — Deliciada, Hayley puxou o chapéu cor-de-rosa e ouviu-se uma canção de ninar. — É perfeita. — Pôs-se na ponta dos pés para dar um beijo em Logan. — Lily vai adorar. Obrigada, Logan.

— Pensei que bonecas nunca são demais para uma menina.

Ergueu os olhos quando a porta do pátio se abriu. Parker apareceu um metro à frente dos dois meninos, que vinham correndo e aos gritos.

Eles também tinham sido assim pequeninos, Logan se deu conta com um choque. Suficientemente pequenos para caberem na curva de um braço, tão indefesos como, bom, como um peixe fora d'água.

Correram para Logan e Parker saltou à volta deles, delirante com a liberdade.

— Vimos a sua picape — anunciou Gavin. — Vamos trabalhar com você?

— Já encerrei o trabalho por hoje. — Os rostos dos meninos entristeceram comicamente e a sensação de prazer que Logan sentiu o fez reajustar os planos para o fim de semana. — Mas amanhã terei de construir um caramanchão no meu pátio. Seria bom ter um ou dois escravos no sábado.

— Nós poderemos ser escravos. — Luke puxou a calça de Logan.

— E eu sei o que é um caramanchão. É uma coisa onde crescem coisas.

— Bom, parece que arranjei uns escravos especializados. Veremos o que a mãe de vocês acha.

— Ela não se importa. Tem de trabalhar, porque Hayley está de modernidade.

— Maternidade — explicou Hayley.

— É isso.

— Posso vê-la? — perguntou Luke, puxando de novo a calça de Logan.

— Claro. — Agachou-se com a bebê nos braços. — É mesmo pequenina, não é?

— Ainda não faz nada. — Gavin franziu a testa com ar pensativo enquanto tocava gentilmente na bochecha de Lily. — Só chora e dorme.

Luke se aproximou do ouvido de Logan.

— Hayley dá de comer a ela — disse, num murmúrio conspirador — com leite que sai do *mamá* dela.

Com um esforço heroico para não rir, Logan acenou.

— Acho que já ouvi falar disso em algum lugar. É difícil de acreditar.

— É *verdade*. É por isso que elas têm mamás. As moças. Os rapazes não têm mamás porque não conseguem fazer leite, mesmo que bebam muito.

— Ah! Então está explicado.

— O gordo sr. Kelso tem mamás — disse Gavin, fazendo o irmão rir incontrolavelmente.

Stella apareceu à porta e viu Logan com a bebê nos braços e seus filhos à volta dele. Os três tinham sorrisos de orelha a orelha. O sol tremeluzia entre as folhas escarlates de um ácer, incidindo sobre a pedra num padrão de luz e sombras. Os lírios haviam florescido, num festival de cor e formas exóticas. Sentiu o cheiro deles, das primeiras rosas, da grama recém-aparada e da verbena.

Ouviu pássaros cantando e os murmúrios risonhos dos filhos, a música delicada do mensageiro de vento pendurado num dos ramos do ácer.

Seu primeiro pensamento, ali parada, como se tivesse entrado na moldura invisível de um retrato, foi: "Oh, oh."

Talvez tivesse dito isso em voz alta, pois Logan virou a cabeça para ela. Quando os olhos se encontraram, o sorriso tolo dele tornou-se carinhoso e descontraído.

"Parece muito grande ali agachado", pensou ela. Muito grande e demasiado rude, com aquela criança minúscula nos braços, bastante *masculino* ali entre os seus preciosos meninos.

E tão... deslumbrante, de alguma forma. Bronzeado, em forma e forte.

O lugar dele era numa floresta, abrindo uma trilha sobre terreno rochoso. Não ali, naquele cenário elegante, com flores perfumando o ar e um bebê dormitando nos braços.

Ele se endireitou e se dirigiu a ela.

— É a sua vez.

— Oh. — Estendeu os braços para pegar Lily. — Aqui está a minha bebê linda. Aqui está ela. — Pousou os lábios na testa de Lily e respirou fundo. — Como está ela hoje? — perguntou a Hayley.

— Ótima. Olhe, Stella, olhe o que Logan trouxe para ela.

"Sim, uma coisa feminina", pensou Logan quando Stella fez um som quase exatamente igual ao que Hayley fizera ao ver a boneca.

— Oh, é tão linda!

— E olhe para isto. — Hayley puxou o chapéu para fazer a música tocar.

— Mamãe, mamãe. — Luke abandonou Logan para puxar o braço da mãe.

— Só um minuto, querido.

Inspecionaram a boneca e derreteram-se sobre Lily enquanto Luke revirava os olhos, dando saltinhos de impaciência.

— Acho que Lily e eu deveríamos ir dormir um pouco. — Hayley colocou a bebê no bebê conforto, pegou-o com uma das mãos e a boneca com a outra. — Mais uma vez obrigada, Logan. Foi um gesto muito amoroso.

— Ainda bem que você gostou. Comportem-se bem.

— As bonecas não têm graça nenhuma — declarou Gavin, mas foi suficientemente delicado para esperar que Hayley entrasse em casa antes de dizer isso.

— Sim? — Stella estendeu a mão e puxou-lhe o boné para os olhos. — E o que são aquelas pessoas pequeninas nas suas prateleiras e em cima da sua escrivaninha?

— Não são bonecas. — Gavin fez uma expressão tão horrorizada quanto um rapaz de oito anos conseguia. — São bonecos de ação. Por favor, mamãe.

— Desculpe.

— Queremos ser ajudantes no sábado e construir um caramanchão. — Luke puxou-lhe a mão para lhe chamar a atenção. — Está bem?

— Ajudantes no sábado?

— Amanhã vou construir um caramanchão — explicou Logan. — Preciso de uma ajuda e consegui estes dois voluntários. Ouvi dizer que trabalham em troca de sanduíches de queijo e de sorvetes.

— Oh! Na verdade, estava pensando em levá-los comigo para o trabalho amanhã.

— Um *caramanchão*, mamãe. — Luke ergueu os olhos com uma expressão suplicante, como se lhe tivesse sido dada a oportunidade de construir o vaivém espacial e depois de pilotá-lo até Plutão. — Nunca construí nenhum, nunca.

— Bem...

— Por que não os dividimos? — sugeriu Logan. — Pode levá-los com você de manhã e eu passo aqui para buscá-los por volta do meio-dia.

Stella sentiu um nó na garganta. Parecia normal. Como ser pai. Como ser uma família. Vagamente, ouviu os filhos suplicarem e implorarem por cima do zumbido nos seus ouvidos.

— Está bem — conseguiu dizer. — Se você tem certeza de que não vão atrapalhar.

Ele inclinou a cabeça ao ouvir o tom tenso e formal dela.

— Se me atrapalharem, coloco-os para correr. Como agora. Por que é que não vão os dois procurar Parker e ver o que ele está fazendo, para eu poder falar um minuto com a mãe de vocês?

Gavin fez uma careta de nojo.

— Vamos embora, Luke. Provavelmente vai beijá-la.

— Ora, vejam só, sou transparente como vidro para aquele menino — disse Logan. Segurou o queixo de Stella, pousou os lábios nos dela e fitou-a nos olhos. — Olá, Stella.

— Olá, Logan.

— Vai me dizer o que está se passando nessa cabecinha ou terei que adivinhar?

— Muitas coisas. E nada de especial.

— Você parecia confusa quando saiu.

— Confusa? Aí está uma palavra que não ouço muitas vezes.

— E se déssemos um passeio?

— Está bem.

— Quer saber por que passei por aqui esta tarde?

— Para trazer uma boneca para Lily. — Caminhou ao lado dele ao longo de uma vereda. Ouviu os meninos e Parker, depois o baque seco do bastão de beisebol de Luke. Estariam entretidos durante algum tempo.

— Para isso e para ver se conseguia filar o jantar de Roz, o que é uma forma indireta de jantar com você. Calculo que não vou conseguir arrancá-la para muito longe da bebê nos próximos dias.

Ela teve de sorrir.

— Pelo visto, também sou transparente. É tão divertido ter uma bebê em casa. Quando consigo roubá-la de Hayley por uma hora... e antecipar-me à Roz... posso brincar com ela como... bom, como se fosse uma boneca, com todas aquelas roupinhas adoráveis. Como nunca tive uma menina, não tinha percebido como aqueles vestidinhos podem ser viciantes.

— Quando lhe perguntei se Lily despertara em você a vontade de ter outro filho, você entrou em pânico.

— Não entrei em pânico.

— Bom, digamos que ficou baqueada. Por quê?

— Não é assim tão estranho uma mulher da minha idade, com dois filhos já crescidos, ficar baqueada, digamos, com a ideia de ter outro bebê.

— Hum... Você voltou a baquear quando eu disse que queria levar os meninos para a minha casa amanhã.

— Não, é só porque já tinha planejado...

— Não queira me enganar, Ruiva.

— As coisas estão avançando muito depressa, numa direção que eu não planejei.

— Se vai planejar tudo e mais alguma coisa, talvez seja melhor eu lhe desenhar um mapa.

— Posso desenhar o meu próprio mapa e não entendo por que você está aborrecido. Foi você que perguntou. — Parou junto de uma grande trepadeira de flor de maracujá. — Achava que as coisas aqui no sul andassem mais devagar.

— Você me irritou desde a primeira vez em que vi você.

— Muito obrigada.

— Isso devia ter me dado uma pista — continuou ele. — Você era como coceira nas minhas costas. Naquele lugar onde não conseguimos coçar por mais ginástica que façamos. Eu não me importaria nem um pouco de ter avançado devagar. Regra geral, não vejo grande sentido em precipitar seja o que for. Mas sabe, Stella, não conseguimos planejar como nos apaixonamos. E eu me apaixonei por você.

— Logan...

— Vejo que isso deixa você aterrorizada. Imagino que só pode ser por uma de duas razões. Primeira, você não sente o mesmo por mim e tem medo de me magoar. Ou então sente o mesmo e isso a assusta.

Apanhou uma flor, com as suas pétalas brancas e os longos filamentos azuis, e a prendeu nos cachos dos cabelos dela. Um gesto romântico e casual que não condizia com a frustração do seu tom de voz.

— Vou acreditar que é a segunda razão, não só porque me convém mais, mas porque sei o que acontece conosco quando nos beijamos.

— Isso é atração. É química.

— Eu sei ver a diferença. — Segurou-a pelos ombros e virou-a.

— E você também sabe. Porque ambos já passamos por isso. Ambos já estivemos apaixonados, por isso sabemos a diferença.

— Pode ser, talvez seja verdade. E é também por essa razão que tudo isso está muito rápido. — Fechou as mãos sobre os braços dele, sentindo a sua força sólida, a sua vontade sólida. — Conheci Kevin durante um ano antes de as coisas começarem a ficar sérias e foi preciso mais um ano para começarmos a falar do futuro.

— Comigo e com Rae as coisas demoraram mais ou menos o mesmo tempo. E aqui estamos nós, Stella. Você, através da tragédia, eu, das circunstâncias. Ambos sabemos que não há garantias, por mais que façamos planos antecipadamente.

— Não, não há. Mas agora não sou apenas eu. Tenho mais pessoas em que pensar.

— Seus filhos fazem parte do pacote. — Ele lhe acariciou os braços. — Não sou idiota, Stella. E não seria incapaz de fazer amizade com os seus filhos para chegar em você. Mas a verdade é que gosto deles. Gosto de tê-los por perto.

— Eu sei. — Ela lhe apertou os braços e se afastou. — Eu sei — repetiu. — Sei ver quando alguém está fingindo. O problema não está em você. Está em mim.

— Que droga de lugar-comum para se dizer.

— Tem razão, mas é a verdade. Sei como é ser criança e ver a minha mãe saltar de homem em homem. Não é o que eu estou fazendo — disse, levantando as mãos quando uma expressão de fúria surgiu no rosto dele. — Também sei disso. Mas a verdade é que a minha vida agora está centrada nesses meninos. Tem de ser assim.

— E você acha que a minha não pode centrar-se neles? Se acha que eu não consigo ser um pai para eles por não serem meus filhos de sangue, então o problema é mesmo seu.

— Acho que é preciso tempo para...

— Você sabe fazer com que uma planta forte e saudável como esta cresça, se desenvolva? — Apontou para a trepadeira. — Pode reproduzi-la por mergulhia e consegue novos frutos e flores. Se a hibridizar, ela ficará mais forte e talvez consiga uma nova variedade.

— Sim. Mas leva tempo.

— É preciso começar. Eu não amo os meninos como você. Mas vejo que isso seria possível, se me desse a oportunidade. Por isso quero essa oportunidade. Quero casar com você.

— Oh, meu Deus. Não posso... não temos... — Teve de pressionar a mão contra o peito e lutar para respirar. Mas não parecia conseguir levar ar aos pulmões. — Casamento... Logan... Não consigo respirar.

— Ótimo. Isso quer dizer que vai se calar durante cinco minutos. Eu te amo e quero ter você na minha vida, você e seus filhos. Se alguém me tivesse dito há alguns meses que eu iria querer aturar uma ruiva complicada e dois meninos barulhentos, teria rido até cair no chão. Mas aí está. Eu sugiro vivermos juntos durante algum tempo até você se habituar, mas sei que você não o faria. Portanto, não vejo nenhuma razão para não casarmos simplesmente e começarmos a viver juntos.

— Simplesmente casarmos — conseguiu ela dizer. — Como ir comprar uma picape nova?

— Uma picape nova tem mais garantias do que um casamento.

— Esse romantismo todo está me deixando tonta.

— Poderia lhe comprar um anel e me colocar de joelhos. Era assim que eu pensava tratar do assunto, mas agora já comecei. Você me ama, Stella.

— Estou começando a pensar por quê.

— Sempre se perguntou por quê. Não me importo que continue sem saber. Poderíamos ter uma boa vida juntos, você e eu. Por nós. — Acenou com a cabeça na direção onde se ouvia o bastão de plástico batendo na bola. — Pelos meninos. Eu não posso ser o pai deles, mas posso ser um bom pai. Nunca magoaria vocês. Irritar, aborrecer, sim, mas nunca magoaria nenhum de vocês.

— Eu sei. Não conseguiria amá-lo se não fosse um homem bom. Você é um homem muito bom. Mas... casamento... Não sei se é essa a resposta para qualquer um de nós.

— Vou acabar convencendo você, mais cedo ou mais tarde. — Ele se aproximou dela novamente e enfiou os dedos em seus cabelos, alterando o clima. — Se for logo, você poderá decidir o quanto antes o que quer fazer com os cômodos vazios naquela casa grande. Estou pensando em escolher um ao acaso e começar a trabalhar nele no próximo dia de chuva.

Ela semicerrou os olhos.

— Esse é um golpe baixo.

— Faço o que for preciso. Seja minha, Stella. — Roçou os lábios nos dela. — Vamos ser uma família.

— Logan. — Seu coração ansiava por ele, mesmo enquanto o seu corpo se afastava. — Vamos recuar um minuto. A história da família faz parte do problema. Eu vi você com Lily.

— E?

— Estou a caminho dos trinta e cinco, Logan. Tenho um filho de seis anos e outro de oito. Tenho um trabalho exigente. Uma carreira, e não vou desistir dela. Não sei se quero ter mais filhos. Mas você nunca teve um bebê seu e merece passar por essa experiência.

— Já pensei nisso. Fazer um bebê com você, bom, seria ótimo se ambos decidirmos que o queremos. Mas neste momento me parece que ganhei a sorte grande. Você e dois meninos que já estão treinados. Não tenho de saber tudo o que vai acontecer, Stella. Não quero saber de todos os malditos pormenores. Só preciso saber que te amo e que quero os meninos.

— Logan. — Era hora de pensar de forma racional, decidiu ela. — Temos de nos sentar e conversar sobre isto. Ainda nem conhecemos a família um do outro.

— Podemos tratar disso facilmente, pelo menos em relação à sua. Podemos convidá-los para jantar. Escolha um dia.

— Você nem sequer tem *mobília*. — Ouviu a sua voz subir de intensidade e fez um esforço para se controlar. — Isso não é importante.

— Para mim, não é.

— A questão é que estamos pulando muitos dos passos mais básicos.

— E, neste momento, todos eles estavam misturados e confusos na sua cabeça.

Casamento, mudar mais uma vez a vida dos meninos, a possibilidade de ter outro filho. Como é que podia raciocinar?

— Você está falando sobre aceitar os meus filhos. Não sabe como é viver na mesma casa com dois meninos daquela idade.

— Ruiva, eu também já *fui* pequeno. E que tal se você fizesse uma lista de todos esses passos básicos? Podemos cumpri-los, por ordem, se é isso que precisa fazer. Mas quero que me diga, aqui e agora: você me ama?

— Você já respondeu por mim.

Ele a segurou pela cintura e a puxou daquela forma que lhe deixava o coração aos saltos.

— Me diga.

Saberia ele, poderia imaginar, como era um passo importante para ela dizer aquela palavra? Uma palavra que nunca dissera a outro homem senão àquele que perdera. Ali estava ele, fitando-a com aqueles olhos, à espera do simples reconhecimento daquilo que já sabia.

— Eu te amo, eu te amo, mas...

— Isso basta, por ora. — Fechou a boca sobre a dela e libertou a tempestade de emoções que rugia dentro dele. Depois recuou. — Faz essa lista, ruiva. E começa a pensar na cor que você quer para as paredes da sala. Diga aos meninos até amanhã por mim.

— Mas... não ia ficar para jantar?

— Tenho coisas para fazer — disse ele, enquanto se afastava. — E você também. — Olhou por cima do ombro. — Você tem que se preocupar comigo.

Uma das coisas que ele tinha de fazer era libertar a frustração. Quando pedira Rae em casamento, não fora surpresa para nenhum dos dois e a aceitação dela fora instantânea e entusiástica.

Por outro lado, aonde isso os levara?

Mas era duro para o ego de um homem quando a mulher que ele amava e com quem queria passar o resto da vida contrariava cada um dos seus gestos com teimosia, obstinação e *bom-senso*.

Treinou uma hora na esteira, suando, bebendo água e amaldiçoando o dia em que tivera a infelicidade de se apaixonar por uma ruiva teimosa.

Claro que, se ela não fosse teimosa, obstinada e sensata, provavelmente não teria se apaixonado por ela. Fosse como fosse, a culpa daquela confusão toda era dela.

Ele era feliz antes de ela aparecer. A casa nunca lhe parecera vazia antes de ela entrar lá. Ela e aqueles meninos barulhentos. Desde quando ele se dispunha voluntariamente a passar um precioso sábado, um sábado solitário, com dois meninos correndo de um lado para o outro em sua casa e arranjando encrenca?

Droga. Tinha de ir comprar sorvete.

Era um homem condenado, concluiu enquanto ia para o chuveiro. Já não havia escolhido o local onde ia montar o balanço no quintal? Já não começara a fazer o esboço de uma casa na árvore?

Começara a pensar como um pai.

Talvez tivesse gostado da sensação de ter aquele bebê nos braços, mas ter um filho não era condição essencial. Como é que qualquer um dos dois poderia adivinhar o que pensaria em relação a isso daqui a um ano?

"As coisas acontecem", pensou, lembrando-se das palavras de Hayley, "porque têm de acontecer."

"Porque", corrigiu-se enquanto enfiava uma calça jeans lavada, "nós as fazemos acontecer."

Ia começar a fazer com que as coisas acontecessem.

Quinze minutos depois, após consultar rapidamente a lista telefônica, estava no carro a caminho de Memphis. Ainda tinha os cabelos molhados.

Will mal começara a beber o seu descafeinado depois de jantar e a comer a miserável fatia de torta de limão que Jolene lhe dera, quando ouviu baterem à porta.

— Quem poderá ser a esta hora?

— Não sei, querido. É melhor você ir ver.

— Se for alguém que queira uma fatia de torta, eu também quero uma maior.

— Se for o rapaz dos Bowers por causa da grama, diga a ele que tenho aqui duas latas de Coca-Cola gelada.

Porém, quando Will abriu a porta, não era o rapaz dos Bowers, e sim um homem de ombros largos, testa franzida e expressão irritada. Instintivamente, Will colocou-se na frente da fresta da porta para bloqueá-la.

— Posso ajudar?

— Sim. Chamo-me Logan Kitridge e acabo de pedir a sua filha em casamento.

— Quem é, querido? — Ajeitando os cabelos, Jolene se aproximou da porta. — Ora, é Logan Kitridge, não é? Vimo-nos uma vez ou duas na casa de Roz, já há algum tempo. Conheço a sua mãe. Entre.

— Ele diz que pediu Stella em casamento.

— Não me diga! — O rosto dela iluminou-se como o sol e os olhos arregalaram-se, ávidos de curiosidade. — Ora, isso é maravilhoso! Entre e coma uma fatia de torta.

— Ele não disse se ela respondeu que sim — observou Will.

— Desde quando Stella consegue responder seja ao que for com um simples sim? — perguntou Logan, e Will sorriu.

— A minha filha é assim.

Sentaram-se, comeram torta, beberam café e evitaram o assunto em questão com conversas sobre a mãe dele, sobre Stella, sobre o novo bebê.

Finalmente, Will recostou-se.

— Então, supõe-se que eu lhe pergunte como é que pretende sustentar a minha filha e os meus netos?

— Diga-me o senhor. Da última vez que fiz isto, o pai da moça teve dois anos para me interrogar. Nunca imaginei ter de passar por essa parte outra vez, na minha idade.

— Claro que não. — Jolene deu um tapinha no braço do marido. — Ele está só brincando com você. Stella pode perfeitamente sustentar-se a si própria e aos filhos. E Logan não estaria aqui, com um ar tão irritado, se não a amasse. Suponho que uma pergunta importante, se não se importa que eu a faça, é como se sente em relação a ser padrasto dos meninos?

— Da mesma forma, imagino, que a senhora se sente como avó deles, apesar de não serem do seu sangue. E, se eu tiver sorte, eles vão sentir por mim aquilo que sentem pela senhora. Sei que adoram estar na sua companhia e ouvi dizer que a avó Jo faz bolinhos tão bons como os de David. Isso é um grande elogio.

— Eles são preciosos para nós — disse Will. — São preciosos para Stella. Eram preciosos para Kevin. Ele era um bom homem.

— Talvez fosse mais fácil para mim se ele não o tivesse sido. Se ele fosse um filho da mãe e ela tivesse se divorciado dele em vez de ele ter sido um bom homem que morreu novo. Não sei, porque não é esse o caso. Estou contente por ela, por ter tido um bom homem e um bom casamento, contente pelos meninos, por terem tido um bom pai que os amava. Consigo viver com o fantasma dele, se é isso que estão pensando. Na verdade, até consigo sentir-me grato.

— Bom, acho que isso é muito inteligente. — Jolene deu uma palmadinha de aprovação na mão de Logan. — E acho que revela um bom caráter. Não acha, Will?

Com um som reservado, Will franziu os lábios.

— Se casar com a minha filha, vou ter direito a obras no jardim a um preço especial?

Logan abriu lentamente um sorriso.

— Podemos incluir isso no pacote.

— Tenho pensado ultimamente em refazer o pátio.

— É a primeira vez que ouço falar nisso — murmurou Jolene.

— Vi num daqueles programas de remodelações colocarem um padrão de tijolos em espinha de peixe. Gostei muito do efeito. Sabe fazer esse tipo de coisa?

— Já fiz alguns. Posso dar uma olhada no que você tem agora, se quiser.

— Parece-me uma boa ideia — disse Will, afastando a cadeira da mesa.

Capítulo Vinte e Um

Stella refletiu, deu voltas e preocupou-se com o assunto. Estava preparada para se lançar em outra discussão sobre os prós e os contras do casamento quando Logan viesse buscar os meninos ao meio-dia.

Sabia que ele estava zangado com ela. Magoado também, calculava. Mas, estranhamente, sabia que ele apareceria — talvez por volta do meio-dia — para ir buscar os meninos. Dissera-lhes que viria; portanto, viria.

Era uma vantagem decisiva do lado dele, pensou. Ela sabia que podia confiar-lhe os filhos.

Sabia que iriam discutir. Estavam ambos muito envolvidos para conseguirem ter uma conversa calma e razoável sobre uma questão tão emocional. Mas não se importava de discutir com ele. Uma boa discussão geralmente punha para fora todos os fatos e sentimentos. E ela precisava de ambas as coisas, se queria decidir o que era melhor para todos os envolvidos.

Mas, quando ele foi ao encontro deles perto dos carrinhos vazios que os meninos estavam arrumando — por vinte e cinco centavos cada carrinho —, mostrou-se perfeitamente agradável. Na verdade, estava radiante.

— Prontos para um trabalho de homem? — perguntou.

Com gritos de assentimento, eles abandonaram o trabalho dos carrinhos em troca de atividades mais interessantes. Luke mostrou-lhe com orgulho o martelo de plástico que prendera a uma presilha do calção.

— Isso vai resolver a situação. Gosto de homem que anda com as suas próprias ferramentas. Eu os deixarei em casa mais tarde.

— A que horas pensa...

— Depende de quanto tempo eles aguentarem o trabalho. — Beliscou os bíceps de Gavin. — Sou capaz de conseguir arrancar um bom dia de trabalho deste aqui.

— Apalpa os meus! Apalpa os meus! — Luke dobrou o braço.

Depois de fazer o que ele pedia e soltar um assobio impressionado, Logan despediu-se de Stella com um aceno.

— Até logo.

E desapareceram.

De modo que ela refletiu, deu voltas e preocupou-se durante o resto do dia. Como não era boba, concluiu que fora exatamente essa a intenção dele.

A casa estava invulgarmente silenciosa quando Stella chegou do trabalho. Não estava certa se isso lhe agradava. Tomou um banho, brincou com a bebê, bebeu um copo de vinho e andou de um lado para o outro até o telefone tocar.

— Alô?

— Alô, é Stella?

— Sim, quem...

— Daqui fala Trudy Kitridge. Sou a mãe de Logan. Ele me pediu para lhe telefonar, disse-me que a esta hora já devia ter chegado do trabalho.

— Eu... oh! — "Oh, céus, céus. A *mãe* de Logan?"

— Logan nos contou que a pediu em casamento. Deixou-me boquiaberta.

— Sim, a mim também, sra. Kitridge, ainda não decidimos... eu ainda não decidi nada.

— Uma mulher tem direito a algum tempo para tomar a sua decisão, não é verdade? Tenho de avisá-la, minha querida, que, quando aquele rapaz mete alguma coisa na cabeça, é como um cão de fila. Ele nos disse que você queria conhecer a família dele antes de dar uma resposta. Acho isso muito enternecedor. Claro, como agora vivemos longe, não será muito fácil. Mas iremos aí nas festas. Provavelmente, passaremos o dia de Ação de Graças com Logan e o Natal com a nossa filha. Temos netos em Charlotte, sabe, por isso queremos passar lá o Natal.

— Claro! — Stella não fazia ideia, a mínima ideia, do que dizer. Como podia ter aquela conversa sem qualquer tempo para se preparar?

— Por outro lado, Logan nos disse que você tem dois meninos. Diz que são dois meninos cheios de vida. Portanto, talvez arranjemos dois netos também no Tennessee.

— Oh! — Nada lhe podia ter tocado mais no coração. — É muito simpático da sua parte dizer isso. Ainda nem os conheceu, nem a mim...

— Mas Logan conhece vocês e eu criei o meu filho para saber o que quer. Ele gosta de você e dos seus filhos; portanto, nós também vamos gostar. Ouvi dizer que trabalha para Rosalind Harper.

— Sim, sra. Kitridge...

— Ora, trate-me por Trudy. Como é que está se dando por aí?

Stella acabou tendo uma conversa de vinte minutos com a mãe de Logan que a deixou desconcertada, divertida, emocionada e exausta.

Quando desligou, ficou sentada no sofá, sem ação, como a vítima aturdida de uma emboscada, pensou.

Depois ouviu a picape de Logan.

Teve de se esforçar para não correr para a porta. Ele estaria à espera disso. Instalou-se na sala com uma revista de jardinagem nas mãos e o cão cochilando aos seus pés, como se não tivesse a menor preocupação neste mundo.

Talvez mencionasse, de passagem, que tinha falado com a mãe dele. Ou talvez não, talvez o deixasse morrendo de curiosidade.

Está bem, tinha de admitir que fora sensível e simpático da parte dele arranjar aquele telefonema, mas, pelo amor de Deus, não podia tê-la avisado para ela não passar os primeiros cinco minutos gaguejando como uma idiota?

Os meninos entraram com toda a elegância de um batalhão do exército depois de uma marcha forçada.

— Construímos um caramanchão *inteiro*. — Sujo de suor e terra, Gavin correu para Parker. — E plantamos as coisas para crescerem nele.

— Jasmina do Carolim.

"Jasmim da Carolina", interpretou Stella pela pronúncia confusa de Luke. Uma boa escolha.

— E eu espetei uma farpa no dedo. — Luke estendeu a mão suja para exibir o curativo no indicador. — Das *grandes*. Achamos que íamos ter de tirá-la com uma *faca*. Mas não foi preciso.

— Ufa, que sorte. Temos de ir desinfetar isso.

— Logan já desinfetou. E eu não chorei. E comemos sanduíches submarinos, mas Logan diz que por aqui se chamam sanduíches de pobrezinho, mas não sei por quê. Têm *montes* de coisas dentro. E tomamos sorvete.

— E andamos de carrinho de mão. — Gavin retomou a narrativa.

— E eu usei um martelo de verdade.

— Uau! Tiveram um dia em cheio. Logan não vai entrar?

— Não, disse que tinha de ir fazer umas coisas. E olha! — Gavin enfiou a mão no bolso e tirou uma nota de cinco dólares amassada. — Recebemos uma nota cada um, porque ele disse que tínhamos trabalhado tão bem que, em vez de escravos, tínhamos sido promovidos a mão de obra barata.

Stella não conseguiu evitar uma gargalhada.

— Que bela promoção! Parabéns. Acho que é melhor irmos para o banho.

— Depois vamos comer como dois porcos selvagens. — Luke enfiou a mão na dela. — Foi o que Logan disse na hora do almoço.

— Talvez guardemos "o comer como porcos" para quando estiverem trabalhando.

Eles não pararam de falar em Logan e no dia que haviam passado com ele ao longo de todo o banho e do jantar. E estavam exaustos para aproveitar a hora extra que Stella geralmente lhes dava no sábado à noite.

Às nove dormiam profundamente e, pela primeira vez desde que se lembrava, Stella deu por si sem nada para fazer. Tentou ler, tentou trabalhar, mas não conseguiu concentrar-se em nenhuma dessas coisas.

Ficou encantada quando ouviu Lily choramingar.

Quando saiu para o hall, viu Hayley descendo as escadas, tentando consolar Lily.

— Está com fome. Pensei em me aninhar na sala, talvez ver um pouco de televisão enquanto ela come.

— Quer companhia?

— Claro. Isto hoje esteve muito vazio, com David no lago durante o fim de semana, você e Roz trabalhando e os meninos fora. — Sentou-se, desabotoou a blusa e deu o peito a Lily. — Pronto. Melhor, não? À tarde fomos dar um belo passeio.

— Faz bem às duas. O que você quer ver?

— Nada de especial. Só queria ouvir vozes.

— Que tal mais uma? — Roz entrou e aproximou-se de Lily com um sorriso. — Vinha à procura desta menina. Olhem para ela mamando!

— Não tem problema nenhum de apetite — confirmou Hayley. — Hoje sorriu para mim. Sei que dizem que são apenas gases, mas...

— Que sabem eles? — Roz deixou-se cair numa poltrona. — Ninguém está dentro da cabeça de um bebê.

— Logan me pediu em casamento.

Não sabia por que lhe saíra — não sabia sequer que estava pensando nisso.

— Diabos me carreguem! — explodiu Hayley, depois baixou a voz e tentou acalmar Lily. — Quando? Como? Onde? Isso é fantástico. É a notícia mais bombástica dos últimos tempos. Conte-nos tudo.

— Não há muito para contar. Pediu-me ontem.

— Foi depois de eu entrar para colocar Lily para dormir? Eu sabia que algo estava acontecendo.

— Acho que ele não tinha intenção de fazer isso. Simplesmente aconteceu. Depois ficou muito irritado quando tentei enumerar as razões para não tomarmos uma decisão precipitada.

— Quais são? — quis saber Hayley.

— Só se conhecem desde janeiro — começou Roz, observando Stella. — Você tem dois filhos. Ambos já foram casados antes e trazem alguma bagagem desses casamentos.

— Sim. — Stella suspirou profundamente. — Exatamente.

— Mas, quando uma pessoa sabe, sabe, não é? — argumentou Hayley. — Quer sejam cinco meses ou cinco anos. E ele é fantástico com os seus filhos. Eles são doidos por ele. O fato de vocês terem sido casados antes deveria servir para ambos compreenderem os perigos, ou seja o que for. Não estou entendendo. Você não o ama?

— Amo. E quanto ao resto também é verdade, até certo ponto, mas... é diferente quando somos jovens e livres. Podemos correr mais riscos. Bom, uma pessoa diferente de mim pode correr mais riscos. E se ele quiser ter filhos e eu não? Tenho de pensar nisso. Tenho de saber se vou ser capaz de considerar a hipótese de ter outro filho nessa altura da minha vida ou se os filhos que já tenho se sentirão felizes e seguros com ele a longo prazo. Kevin e eu tínhamos um plano.

— E esse plano foi por água abaixo — disse Roz. — Não é fácil tomar a decisão de casar de novo. Eu esperei muito tempo e depois tomei a decisão errada. Mas acho que, se me tivesse apaixonado perdidamente por um homem com a sua idade, um homem que me fizesse feliz, que passasse o sábado com os meus filhos de boa vontade e que me excitasse na cama, teria casado com ele sem pensar duas vezes.

— Mas ainda agora você enumerou as razões para ser cedo demais!

— Não, eu lhe disse as suas razões... e são razões que eu compreendo, Stella. Mas há mais qualquer coisa que você e eu compreendemos ou deveríamos compreender: o amor é precioso e muitas vezes ele nos é roubado. Você tem a oportunidade de agarrá-lo de novo. E isso é uma sorte.

Sonhou novamente com o jardim e com a dália azul. Estava carregada de botões, grandes e maduros e prontos a abrir em flor. No cimo, uma única flor, deslumbrante e vibrante, oscilava na brisa. O seu jardim, embora já não fosse organizado e ordenado, espalhava-se aos seus pés em ondas e manchas encantadoras de cor e forma.

Depois Logan estava ao seu lado, e as mãos dele eram quentes e rudes quando a puxaram para si. A sua boca era forte e excitante quando saboreou a dela. A distância, ouviu os risos dos filhos e os latidos alegres do cão.

Deitou-se na grama verde, na orla do jardim, com os sentidos cheios de cores e aromas, cheios daquele homem.

O calor e o prazer eram intensos quando se amaram sob o sol. Sentiu a forma do rosto dele em suas mãos. Não era belo como um príncipe de contos de fadas, não era perfeito, mas ela o amava. Sentiu a pele arrepiada quando os corpos se moveram, pele contra pele, dureza contra suavidade, curvas contra ângulos.

Como podiam encaixar, como podiam fazer um todo tão glorioso, quando havia tantas diferenças?

Mas o seu corpo fundiu-se com o dele, juntou-se a ele e floresceu.

Ficou ali deitada ao sol com ele, sobre a grama verde, na orla do jardim, e conheceu a felicidade enquanto ouvia as batidas do seu coração.

Os botões da dália se abriram. Eram muitos. Demasiados. As outras plantas estavam à sombra, apertadas. O jardim era agora uma confusão, qualquer pessoa podia ver. A dália azul era muito agressiva e prolífica.

Está muito bem onde está. Simplesmente é um plano diferente.

Mas, antes que conseguisse responder a Logan, ouviu outra voz em sua mente, fria e dura.

— *O plano dele. Não o seu. As necessidades dele. Não as suas. Corte-a antes que se espalhe.*

Não, não era o plano dela. Claro que não. Aquele jardim fora pensado para ser um local encantador, um local tranquilo.

Tinha uma pá na mão e começou a cavar.

— *Isso mesmo. Arranque-a, arranque-a.*

O ar era agora frio, frio como no inverno, e Stella estremeceu enquanto cravava a pá no solo.

Logan desaparecera e estava sozinha no jardim com a Noiva Harper, no seu vestido branco, de cabelos desgrenhados, acenando em sinal de aprovação. E o seu olhar era louco.

— Não quero ficar sozinha. Não quero desistir.
— *Cave! Depressa. Quer a dor, o veneno? Quer infectar os seus filhos? Depressa! Se a deixar ficar, irá estragar tudo, matar tudo.*

Iria arrancá-la. Seria melhor arrancá-la. Poderia plantá-la em outro lugar qualquer, pensou, num lugar melhor.

Mas, quando a levantou, com cuidado por causa das raízes, as flores ficaram negras e a dália azul murchou e transformou-se em pó em suas mãos.

Manter-se ocupada era a melhor forma de não pensar. E estar ocupada não era problema para Stella, com o ano letivo se aproximando do fim, a venda de sempre-vivas nos viveiros prestes a começar e a sua melhor vendedora em licença-maternidade.

Não tinha tempo para analisar sonhos estranhos e perturbadores nem para se preocupar com um homem que a pedia em casamento num minuto e depois desaparecia no minuto seguinte. Tinha um negócio para gerir, uma família para cuidar, um fantasma para identificar.

Vendeu os últimos três loureiros e se dedicou de corpo e alma à reorganização da área de arbustos.

— Você não devia estar tratando de papéis em vez de camélias?

Endireitou-se, sabendo perfeitamente que estava suada, que tinha terra na calça e que os cabelos estavam escapando do boné que enfiara na cabeça. E olhou para Logan.

— Eu sou a gerente, e parte do trabalho de gestão é certificar-me de que o estoque esteja devidamente exposto. O que você quer?

— Tenho um novo trabalho. — Balançou os papéis, e a brisa fresca provocada pelo movimento era deliciosa. — Vim buscar material.

— Muito bem. Pode deixar os papéis na minha escrivaninha.

— Não vou mais longe do que isto. — Enfiou-lhe os papéis na mão. — Os homens já estão carregando o material. Vou levar aquele ácer japonês e cinco dos oleandros cor-de-rosa.

Puxou o carrinho e começou a carregá-lo.

— Muito bem — repetiu ela. Irritada, olhou para os papéis, pestanejou e releu a informação do cliente.

— É o meu pai.

— Hum... hum.

— Por que vai plantar oleandros para o meu pai?

— É o meu trabalho. Vou fazer um pátio novo, também. Sua madrasta já está falando em comprar mobília nova lá para fora. E uma fonte. Parece que as mulheres não conseguem ver uma superfície lisa sem quererem pôr lá qualquer coisa. Ainda estavam falando nisso quando eu saí de lá na outra noite.

— Você... o que foi fazer lá?

— Comer torta. Tenho de ir andando para ter tempo de ir em casa mudar de roupa antes do jantar com o professor. Até logo, Ruiva.

— Espere aí. Espere aí. Você mandou a sua mãe me telefonar, sem me avisar...

— Você é que disse que queria que conhecêssemos a família um do outro. A minha família neste momento está a alguns milhares de quilômetros daqui; portanto, o telefone me pareceu a melhor opção.

— Só queria que me explicasse... — Balançou os papéis. — Tudo isto.

— Eu sei. Você é fanática por explicações. — Parou para agarrá-la pelos cabelos e a beijou apaixonadamente. — Se isso não foi suficientemente claro, devo estar fazendo alguma coisa errada. Até logo.

— E depois foi embora, deixando-me ali parada como uma idiota. — Ainda furiosa, horas mais tarde, Stella mudou a fralda de Lily enquanto Hayley acabava de se preparar para o jantar.

— Foi você quem disse que deviam conhecer as respectivas famílias — observou Hayley. — Agora você já falou com a mãe dele e ele já falou com o seu pai.

— Eu sei o que disse, mas ele foi à casa do meu pai sem me dizer nada. E disse à mãe para me telefonar sem me avisar primeiro. Faz

as coisas conforme lhe passam pela cabeça. — Pegou Lily e embalou-a.
— Deixa-me nervosa.

— Tenho saudades de me sentir assim nervosa. — Virou-se de lado e olhou para o espelho, suspirando por causa da barriguinha pós-parto que ainda não desaparecera. — Acho que pensei, apesar de os livros dizerem o contrário, que tudo voltaria imediatamente ao lugar depois de Lily sair.

— Não é assim tão imediato. Mas você é jovem e ativa. Vai recuperar a forma.

— Espero que sim. — Pôs as suas argolas de prata preferidas nas orelhas, enquanto Stella beijava Lily. — Stella, vou lhe dizer uma coisa porque é a minha melhor amiga e gosto muito de você.

— Oh, querida.

— Bem, é verdade. A semana passada, quando Logan trouxe a boneca para Lily e você e os meninos chegaram... sabe, antes de eu entrar e de ele pedir você em casamento? Sabe o que vocês quatro pareciam?

— Não.

— Uma família. E acho que, independentemente do que se passa na sua cabeça, no seu coração, você sabe disso. E sabe que é assim que as coisas vão acontecer.

— Você ainda é muito nova para ser tão sabichona.

— Não tem a ver com os anos, mas sim com a quilometragem. — Hayley pôs uma fralda de pano no ombro. — Venha cá, minha menina. A mamãe vai mostrá-la aos convidados antes de ir para a cama. Está pronta? — perguntou a Stella.

— Vamos.

Dirigiram-se à escada, passando pelo quarto dos meninos para buscá-los, e encontraram Roz no patamar.

— Ora vejam só, estamos muito bonitos.

— Tivemos de vestir camisas novas — queixou-se Luke.

— E estão muito elegantes. Será que posso roubar estes dois jovens bem-vestidos para meus acompanhantes? — Estendeu as mãos. — Vai trovejar — disse, olhando para a janela. — E vejam, creio que é o nosso dr. Carnegie, bem pontual. Mas o que é aquilo que ele está dirigindo? Parece uma caixa enferrujada em cima de rodas.

— Acho que é um Volvo. — Hayley aproximou-se e espreitou por cima do ombro de Roz. — Um Volvo muito antigo. É um dos carros mais seguros, e são tão feios que se tornam engraçados. Oh, olhem para aquilo! — Ergueu as sobrancelhas quando Mitch saiu do carro. — Alerta de homem bonito!

— Meu Deus, Hayley, o homem tem idade para ser seu pai!

Hayley sorriu para Roz.

— Um cara bonito é um cara bonito. E este homem é sexy.

— Talvez precise de um copo de água fresca — sugeriu Luke.

— E um também para Hayley. — Divertida, Roz desceu para receber o seu convidado.

Ele trouxe uma garrafa de bom vinho branco para a anfitriã, o que ela aprovou, mas preferiu água mineral quando Roz lhe ofereceu uma bebida. Roz calculou que um homem que dirigia um carro fabricado mais ou menos na época em que nascera precisava manter a sobriedade. Mitch fez os sons apropriados quando lhe mostraram a bebê e deu apertos de mão firmes nos meninos.

Roz deu-lhe pontos extras pelo tato quando ele escolheu um tema casual para a conversa, em vez de fazer perguntas sobre a razão por que ela queria contratá-lo.

Quando Logan chegou, já estavam todos bastante à vontade.

— Acho que é melhor não esperarmos pelo Harper — disse Roz, levantando-se. — Meu filho sofre de atraso crônico e muitas vezes desaparece sem aviso prévio.

— Também tenho um — disse Mitch. — Sei como é.

— Oh, não sabia que tinha filhos.

— Só um. Josh tem vinte anos. Está na universidade. Tem, de fato, uma casa muito bonita, sra. Harper.

— Pode tratar-me por Roz. Muito obrigada. É um dos meus grandes amores. E aqui está outro — acrescentou, quando Harper entrou apressadamente pela porta da cozinha.

— Estou atrasado. Desculpem. Ia me esquecendo. Olá, Logan, Stella. Olá, meninos. — Beijou a mãe e depois olhou para Hayley. — Olá. Onde está Lily?

— Dormindo.

— Dr. Carnegie, o meu filho sempre atrasado, Harper.

— Peço desculpas. Espero não ter causado transtorno.

— Absolutamente — disse Mitch enquanto apertavam as mãos. — É um prazer conhecê-lo.

— Por que não nos sentamos? Parece que David se superou.

No centro da mesa estava um arranjo de flores de verão numa taça comprida. No aparador ardiam velas finas e brancas em candelabros de prata cintilantes. David usara a porcelana branca com uma toalha e guardanapos em tons de amarelo e verde-claro, num conjunto elegante mas casual. Em cada prato havia já preparada de forma requintada uma salada de lagosta fresca. David apareceu com o vinho.

— Interessa a alguém este excelente *Pinot Giorgio*?

O professor, reparou Roz, continuou a beber água.

— Sabe — disse Harper, enquanto começavam a comer o prato principal, porco recheado —, acho-o muito familiar. — Olhou para Mitch de olhos semicerrados. — Estou tentando me lembrar de onde o conheço. Não deu aulas na Universidade de Memphis enquanto eu estudei lá, não?

— Talvez, mas não me lembro de você em nenhuma das minhas aulas.

— Não, acho que não é de lá. Talvez eu tenha assistido a alguma das suas palestras. Espere, espere. Já sei. Josh Carnegie. Avançado dos Memphis Tigers.

— O meu filho.

— Muito parecido com você. Cara, ele é um ás. Assisti ao jogo contra a Carolina do Sul, na primavera passada, quando ele marcou trinta e oito pontos. Ele sabe jogar.

Mitch sorriu e passou o dedo pelo hematoma do queixo.

— É o que dizem.

A conversa virou-se para o basquete de forma exuberante, dando a Logan a primeira oportunidade de se inclinar para Stella.

— Seu pai diz que está ansioso por ver vocês no domingo. Eu posso levá-los, pois também fui convidado para o jantar de domingo.

— É mesmo?

— Ele gosta de mim. — Pegou a mão dela e beijou-lhe levemente os dedos. — Estamos firmando laços enquanto plantamos oleandros.

Ela sorriu.

— Você o atingiu em seu ponto fraco.

— Você, os meninos, o jardim. Sim, acho que não me esqueci de nada. Você já fez a tal lista para mim, Ruiva?

— Pelo visto, você está se saindo muito bem despachando a lista sem me consultar.

Ele sorriu maliciosamente.

— Jolene acha que deveríamos optar por um casamento tradicional em junho.

Quando Stella abriu a boca, Logan virou-se para falar com os meninos sobre as últimas revistas de histórias em quadrinhos da Marvel.

Durante a sobremesa, ouviu-se na babá eletrônica uma agitação e depois um choro agudo. Hayley levantou-se como se tivesse molas.

— É a minha deixa. Volto depois de ela comer e adormecer outra vez.

— Por falar em deixas... — Stella levantou-se também. — Hora de ir para a cama, meninos. Amanhã vocês vão à escola — acrescentou, antes mesmo que os protestos pudessem começar.

— Ir para a cama antes de escurecer é uma injustiça — queixou-se Gavin.

— Eu sei. A vida está cheia delas. O que se diz?

Gavin suspirou.

— Obrigado pelo jantar, estava muito bom, e agora temos de ir para a cama por causa da escola idiota.

— Mais ou menos isso — disse Stella.

— Boa-noite. Gostei muito das batatas — disse Luke a David.

— Quer ajuda? — perguntou Logan.

— Não. — Mas parou à porta, virou-se e olhou para ele por um instante. — Mas obrigada.

Levou os meninos para cima, iniciando o ritual noturno enquanto se ouviam os primeiros trovões ao longe. Parker fugiu para debaixo da cama de Gavin para se esconder. A chuva começou a bater nas janelas, em gotas grossas, enquanto Stella aconchegava os filhos.

— Parker é um medroso — disse Luke, aninhando-se no travesseiro. — Não pode dormir aqui em cima esta noite?

— Está bem, mas só esta noite, para ele não ter medo. — Tirou-o de debaixo da cama e, acariciando o cão que tremia, deitou-o com Luke. — Está melhor assim?

— Sim. Mamãe? — Calou-se, acariciando o cão, e trocou um olhar com o irmão.

— O que é? O que vocês estão tramando?

— Pergunta você — murmurou Luke.

— Não. Você.

— Você.

— Perguntar-me o quê? Se vocês gastaram as mesadas todas em livros de histórias em quadrinhos, eu...

— Você vai casar com Logan? — perguntou Gavin abruptamente.

— Se vou... de onde é que tiraram essa ideia?

— Ouvimos a Roz e a Hayley falarem, dizerem que ele pediu você em casamento. — Luke bocejou e olhou para ela com expressão de sono. — Vai?

Stella sentou-se na cama ao lado de Gavin.

— Tenho pensado nisso. Mas não decidiria uma coisa tão importante sem falar com vocês. Temos muito em que pensar, todos nós, muito para conversar.

— Ele é simpático e brinca com a gente, por isso não faz mal se você casar com ele.

Stella riu diante do resumo de Luke. "Está bem", pensou, "talvez não haja assim tanto para discutir de acordo com certos pontos de vista."

— O casamento é uma coisa muito séria. É uma promessa muito importante.

— Íamos viver na casa dele? — perguntou Luke.

— Bem, suponho que sim, se...

— Nós gostamos de estar lá. E eu gosto quando ele me pendura de cabeça para baixo. E me tirou a farpa do dedo e não doeu quase nada. Até deu um beijinho na ferida depois.

— Foi? — murmurou ela.

— Ele seria nosso padrasto. — Gavin desenhou círculos com o dedo no lençol. — Como a avó Jo é sua madrasta. E ela gosta de nós.

— Claro que gosta.

— Por isso decidimos que não faz mal termos um padrasto, se for o Logan.

— Estou vendo que pensaram muito no assunto — Stella conseguiu dizer. — E eu vou pensar também. Talvez voltemos a falar nisso amanhã.

— Deu um beijo na bochecha de Gavin.

— Logan disse que o papai estará sempre tomando conta de nós.

Stella sentiu as lágrimas arderem-lhe nos olhos.

— Sim, oh, sim, meu querido.

Abraçou-o com força e voltou-se para Luke.

— Boa-noite. Eu estarei lá embaixo.

Mas primeiro passou pelo seu quarto para recuperar o fôlego e se recompor. "Tesouros", pensou. Tinha os tesouros mais preciosos. Levou os dedos aos olhos e pensou em Kevin. Um tesouro que perdera.

"Logan disse que o papai estará sempre tomando conta de nós."

Um homem capaz de saber isso, de o aceitar e de o dizer a um menino era outro tipo de tesouro.

Logan alterara o padrão. Plantara uma grande dália azul no meio do seu jardim tranquilo. E ela não iria arrancá-la.

— Vou casar com ele — ouviu-se murmurar e riu-se de excitação.

Por trás do ribombar do trovão, ouviu o canto. Instintivamente, entrou no banheiro para espreitar para o quarto dos filhos. Ali estava ela, fantasmagórica no seu vestido branco e ondulante, com os cabelos num emaranhado dourado. Estava entre as camas, cantando com voz calma e doce, mas o seu olhar era tresloucado quando olhou para Stella à luz do relâmpago.

O medo traçou uma linha gelada nas costas de Stella. Avançou e foi empurrada para trás por uma onda de frio.

— Não. — Correu de novo em frente e bateu numa parede sólida.

— Não! — Esmurrou violentamente o ar sólido. — Não pode me manter longe dos meus bebês. — Lançou-se contra a escuridão gelada, gritando pelos filhos que dormiam sossegados.

— Miserável! Não toque neles!

Saiu do quarto correndo, ignorando Hayley, que corria para ela, ignorando o ruído de passos nas escadas. Só sabia uma coisa. Tinha de chegar perto dos filhos, tinha de ultrapassar a barreira e chegar junto dos seus meninos.

Correu para a porta aberta e foi projetada contra a parede oposta do corredor.

— O que está acontecendo? — Logan segurou-a e afastou-a, correndo ele próprio para o quarto.

— Ela não me deixa entrar. — Desesperada, Stella bateu com os punhos contra o frio até ter as mãos vermelhas e entorpecidas. — Ela está com os meus meninos. Me ajude.

Logan atirou-se contra a abertura.

— Parece aço. — Atirou-se de novo contra a barreira invisível, ajudado por Harper e David.

Atrás deles, Mitch olhou para dentro do quarto, para a figura vestida de branco, que emitia agora um brilho selvagem.

— Em nome de Deus...

— Tem de haver outra forma. A outra porta... — Roz agarrou o braço de Mitch e puxou-o pelo corredor.

— Isso alguma vez aconteceu antes?

— Não. Valha-me Deus... Hayley, leve a bebê daqui.

Frenética, com as mãos doloridas de tanto bater, Stella começou a correr. "Outra forma", pensou. A força não iria resultar. Podia bater contra aquele gelo invisível, enfurecer-se e ameaçar, mas a barreira não se quebraria.

Oh, por favor, Deus do céu, seus meninos.

Argumentar. Tentaria argumentar e suplicar e prometer. Correu para a chuva e abriu as portas do terraço. E, apesar de saber que não valeria a pena, lançou-se para dentro do quarto.

— Não pode ficar com eles! — gritou por cima do barulho da tempestade. — São meus. São os meus filhos. A minha vida. — Caiu de joelhos, agoniada de medo. Via os filhos dormindo ainda e a luz crua e branca que pulsava do vulto entre eles.

Pensou no sonho. Pensou no que ela e os meninos tinham discutido pouco antes de o fantasma começar a cantar.

— Não é da sua conta aquilo que eu faço. — Esforçou-se por manter a voz firme. — Eles são meus filhos e eu farei o que é melhor para eles. Você não é mãe deles.

A luz pareceu vacilar e, quando o vulto se voltou, havia tanto dor quanto loucura em seus olhos.

— Eles não são seus. Precisam de mim. Precisam da mãe. Sangue do meu sangue.

Estendeu as mãos, arranhadas e machucadas.

— Quer que sangre por eles? Assim farei. Estou sangrando. — De joelhos, encostou as palmas das mãos na parede gelada e invisível enquanto a chuva a ensopava.

— Eles me pertencem e não há nada que eu não seja capaz de fazer para protegê-los, para fazê-los felizes. Lamento muito o que lhe aconteceu. O que quer que tenha sido, o que quer que tenha perdido, lamento. Mas não pode ter o que é meu. Não pode me tirar os meus filhos. Não pode roubar os meus filhos.

Stella estendeu a mão e esta passou pela barreira, como se estivesse passando por água gelada. Sem hesitar, entrou no quarto.

Via, para além dela, Logan ainda tentando entrar, Roz encostada à outra entrada. Não conseguia ouvi-los, mas via a angústia no rosto de Logan e viu que as mãos dele estavam sangrando.

— Ele os ama. Talvez não o soubesse até esta noite, mas os ama. Sei que os protegerá. Será um pai para eles, um pai como eles merecem. Esta é a minha escolha, a nossa escolha. Nunca mais tente me afastar dos meus filhos.

Agora havia lágrimas no rosto do fantasma, que deslizou pelo quarto rumo às portas do terraço. Stella pousou a mão trêmula sobre a cabeça de Gavin, depois de Luke. "Seguros", pensou enquanto seus joelhos começavam a tremer. Seguros e quentes.

— Eu vou ajudar você — disse em tom firme, fitando de novo os olhos sofredores. — Todos nós a ajudaremos. Se quer a nossa ajuda, nos dê qualquer coisa. O seu nome, pelo menos. Diga-me o seu nome.

A Noiva começou a se desvanecer, mas ergueu a mão para as vidraças da porta. Ali, escrita em chuva que escorria como lágrimas, estava uma palavra:

Amélia

Quando Logan irrompeu pela porta atrás dela, Stella virou-se para ele e pousou rapidamente a mão nos seus lábios.

— Shhh, não acorde os meninos.

Depois, escondeu o rosto no peito dele e chorou.

EPÍLOGO

— Amélia. — Stella estremeceu, apesar da roupa seca e do brandy que Roz insistira para que ela bebesse. — É o nome dela. Vi-o escrito no vidro da porta pouco antes de ela desaparecer. Ela não iria fazer-lhes mal. Estava furiosa comigo, estava protegendo-os de mim. Não está completamente sã de espírito.

— Você está bem? — Logan continuava agachado em frente dela. — Tem certeza?

Ela acenou afirmativamente, mas bebeu mais um gole de brandy.

— Vou levar algum tempo para me recuperar do susto, mas, sim, estou bem.

— Nunca me senti tão assustada. — Hayley olhou para as escadas. — Tem certeza de que os meninos estão em segurança?

— Ela nunca os machucaria. — Stella pousou a sua mão na de Hayley num gesto tranquilizador. — Algo lhe destroçou o coração e a mente, acho eu. Mas as crianças são a sua única alegria.

— Perdoem-me por achar tudo isso absolutamente fascinante e completamente louco. — Mitch caminhava de um lado para o outro

na sala. — Se não tivesse visto com os meus próprios olhos...
— Balançou a cabeça. — Vou precisar de toda a informação que puderem me dar, assim que conseguir começar a trabalhar nisto.

Parou e olhou para Roz.

— Não consigo racionalizar. Vi, mas não consigo racionalizar. Havia uma... vou chamar-lhe uma entidade, à falta de palavra melhor. Havia uma entidade naquele quarto. O quarto estava selado. — Distraidamente, esfregou o ombro com que tentara arrombar uma parede de ar sólido. — E ela estava lá dentro.

— Foi um espetáculo maior do que tínhamos contado oferecer-lhe na sua primeira visita — disse Roz, servindo-lhe mais café.

— Parece muito calma em relação a tudo isso — respondeu ele.

— De todos os presentes, sou eu que convivo com ela há mais tempo.

— Como? — perguntou Mitch.

— Porque esta é a minha casa. — Estava pálida e parecia cansada, mas havia um brilho de combate nos seus olhos. — O fato de ela estar aqui não altera isso. Esta é a minha casa. — Respirou fundo e bebeu também um gole de brandy. — Mas tenho de admitir que o que aconteceu esta noite me deixou abalada, tal como a todos nós. Nunca vi nada como o que aconteceu lá em cima.

— Tenho de terminar o projeto em que estou trabalhando, depois vou precisar saber tudo o que viram. — Mitch olhou em volta. — Todos vocês.

— Está bem, podemos combinar isso.

— Stella deveria deitar-se — disse Logan.

— Não, eu estou bem, sério. — Olhou para a babá eletrônica e escutou o silêncio do outro lado. — Sinto-me como se o que aconteceu esta noite tivesse alterado alguma coisa. Nela, em mim. Os sonhos, a dália azul.

— Dália azul? — interrompeu Mitch, mas Stella balançou a cabeça.

— Eu lhe explico quando me sentir um pouco mais calma. Mas acho que os sonhos não vão voltar a se repetir. Acho que ela vai deixá-la em paz, vai deixá-la crescer, porque consegui chegar até ela. E acredito, sem a mínima dúvida, que foi porque falei com ela de mãe para mãe.

— Os meus filhos cresceram nesta casa. Ela nunca tentou me afastar deles.

— Você não decidiu casar quando eles ainda eram pequenos — anunciou Stella, e viu Logan semicerrar os olhos.

— Você não pulou alguns passos? — perguntou.

Ela esboçou um sorriso fatigado.

— Pelo visto, nenhum que seja muito importante. Quanto à Noiva, talvez o marido a tenha deixado, ou talvez tenha engravidado de um amante que a abandonou, ou... não sei. Não consigo raciocinar com clareza.

— Nenhum de nós consegue e, apesar de você achar que está bem, continua muito pálida. — Roz se levantou. — Vou levá-la para cima e pôr você na cama.

Balançou a cabeça quando Logan começou a protestar.

— Estejam todos à vontade para ficar o tempo que quiserem. Harper?

— Certo. — Compreendendo a sua deixa e o seu dever, Harper levantou-se. — Posso servir mais alguma coisa a alguém?

Como ainda estava abalada, Stella deixou Roz levá-la para cima.

— Acho que estou cansada, mas você não precisa subir comigo.

— Depois de um trauma desses, você merece alguns mimos. Imagino que Logan gostaria dessa tarefa, mas esta noite parece-me que uma mulher é a melhor opção. Vá, dispa-se — disse Roz, enquanto lhe abria a cama.

Stella obedeceu à medida que o choque se desvanecia, dando lugar à fadiga. Depois atravessou o banheiro para dar uma última olhadela nos filhos.

— Tive tanto medo... Tanto medo de não poder chegar aos meus meninos.

— Você foi mais forte do que ela. Sempre foi mais forte.

— Nunca nada me dilacerou tanto. Nem mesmo... — Stella regressou ao seu quarto e enfiou-se na cama. — Na noite em que Kevin morreu, não havia nada que eu pudesse fazer. Não podia estar com ele, trazê-lo de volta, impedir o que já acontecera, por mais que o desejasse.

— E esta noite você poderia fazer algo e fez. As mulheres, pelo menos as mulheres como nós, fazem o que é preciso fazer. Agora quero que descanse. Eu mesma virei ver vocês três antes de me deitar. Quer que deixe a luz acesa?

— Não é preciso. Obrigada.

— Nós estamos lá embaixo se você precisar de alguma coisa.

Na escuridão silenciosa, Stella suspirou. Ficou imóvel, à escuta, à espera. Mas não ouviu nada a não ser o som da própria respiração.

Por aquele dia — pelo menos por aquele dia — acabara tudo.

Quando fechou os olhos, mergulhou no sono.

E não sonhou.

Esperava que Logan passasse pelos viveiros no dia seguinte. Mas ele não apareceu. Tinha certeza de que ele passaria pela casa antes de jantar. Mas não apareceu.

Nem telefonou.

Stella imaginou que, depois da noite anterior, ele precisava se afastar um pouco. Dela, da casa, de todo tipo de drama. Como poderia censurá-lo?

Ele esmurrara o vazio com as mãos, as suas mãos grandes, fortes e ensanguentadas, tentando chegar aos seus filhos, depois a ela. Stella sabia agora tudo o que precisava saber sobre ele, sobre o homem que amava e respeitava.

Sabia o suficiente para lhe confiar tudo o que era seu. Amava-o o suficiente para esperar que ele a procurasse.

E, depois de os meninos irem para a cama e de a lua começar a subir no céu, a picape de Logan subiu o caminho até a Harper House.

Dessa vez, ela não hesitou e correu para a porta ao encontro dele.

— Ainda bem que você veio. — Lançou os braços à sua volta e apertou-o enquanto ele a abraçava. — Ainda bem. Temos mesmo de conversar.

— Venha cá, primeiro. Tenho uma coisa para você na picape.

— Não pode esperar? — Afastou-se um pouco dele. — Não podemos primeiro nos sentar e falar? Acho que não disse coisa com coisa ontem à noite.

— Você disse tudo o que era preciso. — Agarrou-lhe a mão e puxou-a para fora. — Depois de me tirar dez anos de vida com o susto, disse que casaria comigo. Não tivemos oportunidade de falar mais ontem, dadas as circunstâncias. Tenho uma coisa para lhe dar antes que me mate com tanta conversa.

— Talvez não queira me ouvir dizer que te amo.

— Posso tirar uns minutos para isso. — Levantou-a do chão e rodopiou com ela nos braços até a picape. — Você vai organizar a minha vida, Ruiva?

— Vou tentar. E você vai desorganizar a minha?

— Não tenha dúvida. — Colocou-a no chão e os lábios de ambos se encontraram.

— Que inferno de tempestade ontem à noite... em todos os sentidos — disse ela, encostando o rosto no dele. — Mas já passou.

— Esta já passou. Mas haverá outras. — Pegou suas mãos, beijou-as e olhou para ela sob a luz fraca da lua.

— Eu te amo, Stella. Vou fazê-la feliz mesmo quando irritá-la até matá-la de raiva. E os meninos... Ontem à noite, quando a vi lá dentro com eles, quando vi que não conseguia chegar junto deles...

— Eu sei. — Segurou suas mãos e beijou-lhe os nós dos dedos feridos e inchados. — Um dia, quando eles forem mais velhos, compreenderão a sua sorte por terem tido dois homens tão bons como pais. Eu sei a sorte que tenho por ter amado e sido amada por dois homens tão bons.

— Eu percebi a minha sorte quando comecei a me apaixonar por você.

— E quando foi isso?

— A caminho de Graceland.

— Você não perde tempo.

— Foi quando você me falou sobre o sonho.

O coração dela agitou-se.

— O jardim. A dália azul.

— Depois, mais tarde, quando me disse que tinha tido outro e me contou, isso me deixou pensando. Portanto... — Enfiou a mão na picape e tirou um pequeno vaso com uma planta enxertada. — Pedi a Harper se podia fazer isto para mim.

— Uma dália — murmurou ela. — Uma dália azul.

— Ele tem quase a certeza de que florescerá quando amadurecer. O menino tem jeito.

As lágrimas inundaram-lhe os olhos e embargaram-lhe a voz.

— Eu iria arrancá-la, Logan. Ela estava me pressionando para fazer isso e parecia que tinha razão. Não era o que eu havia plantado, não era o que eu planejara, por mais bonita que fosse. E, quando o fiz, quando a arranquei, ela morreu. Fui tão estúpida.

— Em vez dessa, vamos plantar esta. Poderemos plantá-la, você e eu, e nós quatro poderemos plantar um jardim à sua volta. O que acha da ideia?

Ela ergueu as mãos e segurou-lhe o rosto.

— Muito boa.

— Ótimo, porque Harper trabalhou nela como um cientista louco, para tentar obter um azul verdadeiro e profundo. Suponho que teremos de esperar que ela floresça para ver.

— Você tem razão. — Ergueu os olhos para ele. — Veremos o que acontece.

— Ele me disse que eu poderia batizá-la. Portanto, vai se chamar Sonho de Stella.

Com um nó na garganta, Stella disse:

— Eu estava enganada a seu respeito, Logan. Afinal, você é perfeito.

Embalou o vaso nos braços como se fosse uma criança, preciosa e nova. Depois, deu-lhe a mão entrelaçando os seus dedos nos dele, e caminharam juntos pelo jardim banhado pelo luar.

Na casa, no ar perfumado pelas flores, outro vulto caminhava. E chorava.

Este livro foi composto na tipografia
A Garamond, em corpo 12/16, e impresso em
papel off-set no Sistema Digital Instant Duplex
da Divisão Gráfica da Distribuidora Record.